ZHONGGUO
SUIBI
NIANDUJIAZUO

耿 立

主编

GENGLI
ZHUBIAN

中国随笔
年度佳作
2017

山西出版传媒集团

山西人民出版社

图书在版编目（CIP）数据

中国随笔年度佳作 2017 / 耿立主编 . -- 太原：山西人民出版社，
2018.4

ISBN 978-7-203-10345-5

Ⅰ . ①中… Ⅱ . ①耿… Ⅲ . ①随笔－作品集－中国－当代 Ⅳ .
① I267.1

中国版本图书馆 CIP 数据核字 (2018) 第 032149 号

中国随笔年度佳作 2017

主　　编：耿　立
责任编辑：李　鑫
复　　审：贺　权
终　　审：员荣亮
装帧设计：八牛 · 设计

出 版 者：山西出版传媒集团 · 山西人民出版社
地　　址：太原市建设南路 21 号
邮　　编：030012
发行营销：0351-4922220　4955996　4956039　4922127（传真）
天猫官网：http://sxrmcbs.tmall.com　电话：0351-4922159
E-mail：sxskcb@163.com　　发行部
　　　　　sxskcb@126.com　　总编室
网　　址：www.sxskcb.com

经 销 者：山西出版传媒集团 · 山西人民出版社
承 印 厂：山东新华印务有限责任公司

开　　本：710mm×1000mm　1/16
印　　张：15.5
字　　数：286 千字
印　　数：1—5000 册
版　　次：2018 年 4 月　第 1 版
印　　次：2018 年 4 月　第 1 次印刷
书　　号：ISBN 978-7-203-10345-5
定　　价：42.00 元

序言

随笔随记

耿 立

随笔的第一命题是思想，在因袭沉重的世间，提供独特的洞见和思想是危险的，因为都是病人的时候，那些思想的麻木是止疼的药膏，你接触了那种麻醉，那种无所适从的真空，是很多人不愿意看到的。那些人会把思想者当成江湖术士或者骗子。这是随笔的不幸也是思想者的不幸。

于是就会出现很多思想的变节者、妥协者，或者忏悔者，面对利益和所谓的安全，痛哭流涕或感恩戴德。

思想者的陨落是随笔文体必不可少的代价，就如流星，你划过了黑幕，你坠落，这是命定。

一个粗糙的头脑是幸福的，但粗糙的大脑使人愚昧。

但随笔有一种高贵的气质：击中并折磨别人的灵魂。

随笔是自由思想者的集合，不人云亦云，不鼠目寸光，但思想者往往是受难者、受苦者。人们往往把那些不合作者、特立独行者看成害群之马。但我们会知道，历史会给这些所谓的害群之马正名，当时的所谓的"坏人，捣乱者"，往往是"先驱，预言家"。

随笔是以精神的供给者而骄傲，而非知识的小贩和所谓的引车卖浆者；随笔应把思想和精神当作天然的使命和义不容辞的责任担当。

判断随笔高下的准绳是思想，而非像注水的猪肉表面光鲜。

人类之所以有力量在于思想，随笔亦如是。在今天，随笔呼唤思想，也呼唤随笔的力量，给这个文体以更高的世界和期许。但阻碍随笔前进的东西，我以为是小感想和朝书，是风花雪月，是没有怀疑的胆识。蒙田说"对于健全的头脑来说，怀疑是最好的枕头"，虽然帕斯卡对此颇不以为然，帕斯卡渴望的是拥有一个去忧解惑的枕头，也许他在现实遇到了很多烦心事，他需要精神的按摩，但风花雪月就是按摩师，这是随笔的下品。

随笔是一种维护知识分子思想荣誉的体裁。保持良知，不被各种时代幻觉和幻象所俘获，这也是近于一种灵魂叙事的文体。心灵的高贵、独立的书写、自由的思想与文字，都是随笔的依赖。

我总觉得，随笔是历史的精神侧面，是时代的精神侧面。在这里，我们可以勘察人的精神痕迹。在阅读随笔的时候，我们看到的是随笔的精神在我们的精神上留下的痕迹，但在当下，能在精神上留下精神痕迹的文字越来越少。

精神和影响没关系，和身体的胖瘦没关系，精神和思索和胆识有关。

如果一个民族缺少了精神的喂养，那民族的身体也会垮下。并不是什么都可以填饱我们的胃袋，经过我们喉管，能被我们消化。能成为我们壮骨的食物是不多的，多数食物只是活命，只是肉体的养料，而精神的养料和身体的养料是两个概念。

随笔的精华是后来者精神前行的路标，也是支撑后来者前行的火把。随笔有门槛，会选它的读者。西方有谚语：相同羽毛的鸟聚在一起。是的，相同羽毛的思想也会聚在一起。

2017 年 11 月初　珠海

目录

大是懵懂

胡竹峰

有怀朱耷先生

春阳中捧着新茶，杯中芽叶起伏。山浅绿浓绿嫩绿，干燥的绿湿润的绿，不同的绿中，忽然忆起八大。

三月间，桃花开遍陌上，杜鹃鸣了，什么也不做也不想，散散淡淡翻一本朱耷的书画册。有时，从午后一直看到日暮，不知不觉，一弯月亮爬上柳梢。

暑热难熬，读八大解暑。

秋凉肃穆，读八大壮怀。

寒意中喝一杯红茶，温一壶黄酒。窗外的乔木，落叶成渣，敞头淋着冬天的风，木然立在山林中。屋檐下，木椅一把，方桌一张，茶杯一只。忽然忆起八大。

木器色

朱耷的名字，音好。八大山人的名字，形好，尤其是哭之笑之的落款，大美。我个人极喜欢朱耷二字。这个名字有味道，如木器色泽且生有厚厚的包浆。不是徐文长，不是郑板桥，不是金冬心。是金农，是钱瘦铁，是范宽、梁楷、髡残，有奇味。

据说因生就一双大耳朵，家人取名曰朱耷。

《麻衣神相》上说：

> 耳主大脑，而通心胸，为心之司，肾之侯也。故肾气旺，则清而聪，肾气虚，则昏而浊，所以声与性并行也，厚而坚，耸而长，皆寿相也。

朱耷享年八十。

林散之晚年耳朵不好，有时候他落款就写"林散之左耳"。

林散之左耳，王羲之右军。

书画家的落款，有意味。与八大山人同期的有一位画家，叫牛石慧，他的落款是"生不拜君"。

哭之笑之。

生不拜君。

个

汉朝人喜欢画壁，土砖石墙上都是盛大张扬的神话传说、历史故事以及山川风物。唐朝人物画一时风流，才有曹衣出水、吴带当风。宋朝人讲究格物论理。所谓格物，就是对事物用非常认真的方法分析研究，找出构成事物的道理。宋画里即便是街上房屋窗内的人儿，也眉眼清楚。元明人追求闲适，高山流水听松卧云，画了太多的大幅山水。朱耷丢开这些，以一己面目沉迷于尺幅大小的花鸟虫鱼。

朱耷的书画，猫一幅鸟一幅瓜一幅果一幅花一幅草一幅，构图简单得近于空白，以小见大，盈尺间气息饱满，有一个丰满圆足的生命，让人生出无限想象。尤其是看真迹。

第一次看见朱耷的真迹是幅小小的墨笔瓜果，清宫旧裱。旧裱好看，只是镜框雕有祥云，不搭朱耷的心境。那幅瓜果图有题跋，没抄下来，现在忘了。

朱耷笔下的一朵花，一枝荷，一羽鸟，都是一"个"，一点，以少少许，胜多多许，这里有为艺的自尊与自信。

朱耷的布局，往往在方寸之间，一方一寸，却是宇宙万千。这些画是带核的诗，有青橄榄之味，入眼回甘袅丝，小中能见大，弦外有余音，平中寓曲、拙里藏奇、耐人寻味，于传神写态处旁逸斜出，线条布局间含而不发，给人以妙趣横生、粗中有细的感染力。

第一次见到朱耷的书画，是在一套香港出版的小说上。一本书用《鱼图》做封面，图中鲶鱼寥寥数笔，游弋于白纸幻化的无边江湖中。一本书用《双鹰图》做封面，设色苍茫上古。一本书用《松鹿图》做封面，有种高级的俗气。看惯了袒胸露乳、刀剑棍棒、拳打足踢，遇见到如此别致的书衣，心里觉得愉悦：这才像本书的样子。

鱼帖

石涛的画一笔好画，朱耷的画一笔妙画。好画有味，妙画有道。石涛的书画有味，朱耷的书画有道。道可道，非常道。有味的书画是青菜，嚼一嚼咽得下去。有道的书画是橄榄，嚼一嚼咽不下去。但吃一口，即有余味。

朱耷的鱼味有余味。青年时看朱耷画鱼，以为怪。少见多怪。现在看朱耷的鱼，觉得呆。此呆非木鸡之呆，而是醉鱼之呆。乡下农人在鱼塘里撒下酒糟，鱼吃了，体态似喝醉了一般不谙水性。

窗外风也萧萧雨也潇潇，秋天的凉意吹进来，吹得动挂轴条幅吹不动墨池镇尺。想象布衣的朱耷站在案前画鱼，下笔似青天起乌云，画着画着，鱼突然变成罗汉。铅灰的影子，像一件陶器，衣衫染着淡淡朱砂与宿墨的印痕。

朱耷的鱼多在白纸的虚空中游动，鱼水两忘。

朱耷喜欢画鳜鱼，鳜鱼为肉食性鱼类，在画中也是一副恶头恶脑的神情。有时候是愤怒的鳜鱼，有时候是自负的鳜鱼，有时候是平静的鳜鱼。

鳜鱼有时候写作"贵鱼"，为了讨口彩。鳜鱼卖得也不便宜，一条鳜鱼抵我一篇文章的稿费。想想我的文章卖得也不便宜，有时候一篇文章也能买十条鳜鱼。于是释然。鳜鱼有时候写作"桂鱼"。鳜鱼厚皮紧肉，黄身有黑斑，斑斑驳驳，恍如秋天桂花黄的暗影。

鳜鱼刺少，种类很多，它的肉属蒜瓣肉，细嫩鲜美。据说它夏天好钻在石缝里，是鱼类中唯一像牛羊，有肚能嚼的，所以吃小鱼。最著名的是翘嘴鳜，画里常常见到：水墨画家画鳜鱼，嘴都像个大铁钩子似的翘起。

鳜鱼是美馔，张志和"桃花流水鳜鱼肥"一句有出尘之美，一片隐逸之气。

鳜鱼四时皆有，三月时最为肥美。在清代汇总的菜谱《调鼎集》中，记有十多种鳜鱼的做法，除了清蒸，认为炒片最佳，炒者以薄为贵。饭馆里平日所做的整鱼，常用鳜鱼，醋熘、红烧、酱汁、五柳都可。零做的如滑熘、瓦块、糟熘、锅鱼、葱椒鱼、高丽鱼条、抓炒鱼片等，全和黄鱼做法相同。

鳜鱼的"鳜"字，颇可玩味。李时珍《本草纲目》中对鳜的理解是形体上的："鳜，蹶也，其体不能屈，曲如僵，鳜也。"李时珍还解释："昔有仙人刘凭常食石桂鱼，桂鳜同音，当即是也。"宋人罗愿的《尔雅翼》中还记有一种传说：如果渔翁钓到一条雄鳜鱼，数条雌鱼都会舍身来救，因此，一条甚至能引来十多条。鳜鱼是情义之鱼。

朱耷画鱼有佛性。

朱耷画鸟有人性。

那些鸟茕茕独立，或仰天而鸣或展翅欲飞或引颈回视，孤芳而不自赏。到底是太寂寞，寂寞得无暇自赏，朱耷在从从容容中把玩自己的孤单。

朱耷的画，我最喜欢花鸟，其次喜欢山水。

朱耷画鹿，枯寒若惊弓之鸟。

我见过近十幅朱耷的鹿，鹿同"禄"——福禄寿。朱耷一生福禄全无，画不好鹿。

骑马篇

朱耷书法的线条映带左右，像胖妇人起舞。难也正是难在这里，难得胖妇人身体韧性柔性如此之好，我怀疑朱耷笔下取法过十六天魔舞。

敦煌元代舞蹈壁画中舞者皆丰腴香艳，丰腴的香艳比骨感的香艳更撩人也更销魂。《红楼梦》中贾宝玉看着肌肤丰泽的薛宝钗雪白的胳膊，动了羡慕之心，不觉呆了。宝钗褪下串子来给他，也忘了接。朱耷的书法，下笔多变，万变不离其宗——马鬃。

我看朱耷的书法，就像骑马奔驰一般，马跑得飞快，风吹起马鬃。看朱耷的书法，心生喜悦，仿佛策马散心。如果把中国水墨拟人化，朱耷就是天马，在白的宣纸上声色纵横。

王羲之的书法是骑龙，偶尔也骑一骑流水或行云。

颜真卿的书法是骑虎，学颜真卿书法者往往骑虎难下。骑虎难下，虎也难下。谈虎色变，虎也色变。

米芾的书法是骑四不像，《封神演义》中姜子牙的坐骑似鹿非鹿，似马非马，似牛非牛，似驴非驴，谓之四不像。

苏东坡的书法是骑鹿，有人指鹿为猪，不怪他眼拙，造化未到耳。造化不是机缘，机缘天注定，造化要修。

郑板桥的书法是骑驴，骑驴颠簸在路上，骑驴颠簸在石板路上，骑驴颠簸在雨后的石板路上。

朱耷的书法，是骑一匹骏马左右上下，骑一匹老马迎向晚霞，骑一匹瘦马独寻梅花，骑一匹病马浪迹天涯。这些比喻的意思是说朱耷单枪匹马，这些比喻的意思是说朱耷的书法里有不同滋味。真正一味的是董其昌的书法和文徵明的书法。董其昌与文徵明是瓜果与蔬菜。近年居家常食素。我老家说人不好惹，就说他不是吃素的。

和尚吃素，慈悲为怀。

晋人书法流传至今，多是摹本拓片。《平复帖》《伯远帖》满足得了好奇，满足不了好学。欲窥晋人书法门庭，朱耷墨迹中可寻路径。

朱耷的书法，仿佛燃起的一块沉檀，渐渐洇开烟纹，发出旧年之香。

三十岁前，有去滕王阁的心境。三十岁后，更喜欢青云谱，据说那是朱耷当年创办的道观。

十五六岁时路过一次南昌，当年只闻滕王阁，不晓得郊外还有个青云谱。王勃少年得志，朱耷古稀晚翠，孤寂的心声也只能由青云谱就。枇杷晚翠，梧桐早凋，这是《千字文》里的话。

朱耷手书《千字文》，洋洋洒洒如庄子文章，无一丝渣滓。

如见祥云

读朱耷的《兰亭序》，如见祥云。

我见过十余种朱耷的《兰亭序》，尽管是印刷品，也觉得幸运。有人见过自康熙癸酉（1693 年）至康熙庚辰（1700 年）八年内十八件款署朱耷的《兰亭序》，其中伪作六件，真迹十二件，可谓前世积德。

据说朱耷传世的大小各色《兰亭序》不少于二十件，究竟抄录过多少回，无从求证。我们知道的是，永和九年的那场曲水流觞，余波荡漾，让一千年后哭之笑之的朱耷兀自向往。

朱耷的《兰亭序》结体疏畅，见山爬山，遇河涉水，我行我素，堂堂正正，学王而不见妩媚。要那些形和相做甚，即便是王羲之的形和相。世间万事万物自有其理，把一双脚削得鲜血淋淋去适履，行不得走不得，这样的事，朱耷不做。

与王羲之的《兰亭序》相比，朱耷的《兰亭序》节制从容，心境是宁静的。其中有一扇面：

> 永和九年暮春，会于会稽山阴之兰亭，修禊事也。群贤毕至，少长咸集。此地乃峻岭崇山，茂林修竹。更清流激湍，映带左右，引以为流觞曲水，列坐其次。是日也，天朗气清，惠风和畅，娱目骋怀，洵可乐也。虽无丝竹管弦之盛，一觞一咏，亦足以畅叙幽情。已故列序时人，录其所述。

文气干燥，书写的线条更干燥，无滞无碍。少了那些抒情，也少了跌宕起伏，一片浑茫，不见了王羲之的波光，嶙峋如掌心把玩的核桃。

朱耷生在江西，平生足迹大抵不离南方。但他书画的质地是干燥的，干燥得让我好奇。

干燥不见得比湿润差。

干燥是大境界。

干而不燥则是大宗师气度。

神气

甲骨文、篆书、二王、魏碑、唐楷、朱耷，这些字体有符号感更有宗教感。符号感是艺术，宗教感是神性。朱耷的神性让笔墨神气十足。穿过虚无，穿过时间，留下美好，朱耷神气的背后依附着神性，赋予花鸟虫鱼以永恒，赋予纸墨以永恒，这是纸墨的福气。

朱耷的神气里有深情：

> 墨点无多泪点多，山河仍是旧山河。
> 横流乱世权椰树，留得文林细揣摹。

朱耷的神气并非孤傲倔强，而是从容和简淡，从容而简淡地指向澄明。朱耷展示的从来不全是愤怒，而是漫不经意的自在和随意。哪有那么多仇恨与不甘。再深的恨与爱，也会被时间冲淡。津津乐道白眼朝天的人，谬托知己。只学朱耷白眼朝天的人，未能登堂。

朱耷的妙处大概是此八字：

> 浑融无迹，妙然天成。

从容简淡包含着结构、笔法的无比丰富性。过于丰富，只能对无限丰富性隐忍地控制，呈现极其朴素简淡的一面。这就是天才的禀赋。天才是自然之子。天才不易学，原因即在于此。许多人觉得朱耷好学，上手后，穷尽毕生，也只得在他一山二水中山穷水绝。

我从来不认为朱耷是修出来的。

王羲之横空出世。

苏东坡横空出世。

朱耷横空出世。

鲁迅横空出世，只可惜去世太早。

八大山人

朱耷，江西南昌人，明宁献王朱权九世孙，明亡后，心情悲愤，落发为僧，法号传綮，字刃庵，又用过雪个、个山、个山驴、驴屋、人屋、道朗等号。他最著名的号是八大山人。

两书家闲聊。

问："八大山人是一个人还是八个人？"

回："自然是八个人。"

曾见一旧石章：千人万人中，一人二人知。

呜呼。

有个叫邵长蘅的人曾留下了深入朱耷内心的记录。一个神秘的夜晚，深山古刹，大雨滂沱，与朱耷在纸上笔墨交谈，相问相答。这是朱耷唯一一次向世人敞开心扉，他到底对邵长蘅说了什么，不得而知。如今留下的只有一篇短短的《八大山人传》：

> 八大山人者，故前明宗室，为诸生，世居南昌。弱冠遭变，弃家遁奉新山中，剃发为僧。不数年，竖拂称宗师。住山二十年，从学者常百余人。临川令胡君亦堂闻其名，延之官舍。年余，竟忽忽不自得，遂发狂疾，忽大笑，忽痛哭竟日。一夕，裂其浮屠服，焚之，走还会城。独自徜徉市肆间，常戴布帽，曳长领袍，履穿踵决，拂袖翩跹行。市中儿随观哗笑，人莫识也。其侄某识之，留止其家。久之，疾良已。
>
> 山人工书法，行楷学大令、鲁公，能自成家。狂草颇怪伟。亦喜画水墨芭蕉、怪石、花竹及芦雁、汀凫，倏然无画家町畦。人得之，争藏弄以为重。饮酒不能尽二升，然喜饮。贫士或市人、屠沽邀山人饮，辄往。往饮，辄醉。醉后墨沈淋漓，亦不甚爱惜。数往来城外僧舍，雏僧争嬲之索画。至牵袂捉衿，山人不拒也。士友或馈遗之，亦不辞。然贵显人欲以数金易一石，不可得。或持绫绢至，直受之曰："吾以作袜材。"以故贵显人求山人书画，乃反从贫士、山僧、屠沽儿购之。一日，忽大书"哑"字署其门，自是对人不交一言，然善笑而喜饮益甚。或招之饮，则缩项抚掌，笑声哑哑然。又喜为藏钩拇阵之戏，赌酒胜则笑哑哑，

数负则拳胜者背，笑愈哑哑不可止，醉则往往欷歔泣下。

予客南昌，雅慕山人，属北竺澹公期山人就寺相见，至日大风雨，予意山人必不出，顷之，澹公驰寸札曰："山人侵早已至。"予惊喜趣乎笋舆，冒雨行相见，握手熟视大笑。夜宿寺中剪烛谈，山人痒不自禁，辄作手语势。已乃索笔书几上相酬答，烛见跋不倦。

传后有按语，下得沉痛：

世多知山人，然竟无知山人者。山人胸次汩淳郁结，别有不能自解之故，如巨石窒泉，如湿絮之遏火。无可如何，乃忽狂忽喑，隐约玩世，而或者目之曰狂士、曰高人，浅之乎知山人也。哀哉。

见过一个简单的朱耷年表，说1684年，五十九岁的朱耷始署"八大山人"款名，钤"八大山人"印的。名号的来历有两种说法：一说常持《八大人觉经》，因号"八大山人"；另说"八大山人者，四方四隅，皆我为大，而无大于我者也"。我取前一说法，四方四隅，皆我为大，这不是朱耷的心性。

无材可去补苍天，枉入红尘若许年。《石头记》中的顽石，曹雪芹轻笔一点，枉入红尘。朱耷是跌入红尘的。明朝灭亡，朱耷时年十九，不久父亲去世，他内心极度忧郁、悲愤，遂假装聋哑，隐姓埋名遁迹空门，潜居山野，以求自保。朱耷的画幅上常常可以看到一种奇特的签押，以"三月十九"四字组成，仿佛像一鹤形符号，借以寄托怀念故国的深情（甲申三月十九日是明朝灭亡的日子）。

很长一段时间，朱耷内心一直有一座喷发的火山。徐渭也有一座火山，偶尔会爆发，至死不变。朱耷相对平静一些，署名"八大山人"后，更加隐忍，一方面是血脉里的清贵。天纵之才与家国情怀相融成老杜的诗歌，慷慨悲壮。贵族气，我理解为独善节制、矜持淡然，不精怪，不撒泼，不粘腻，干净之外，还有一份干脆。

朱家王朝覆灭很久了，作为王族后裔，为儒为僧为道为隐，离世的步子轻盈而稳健。画笔诉说的如烟往事，小楼昨夜，无限江山，故国不堪笔墨堪。

《大家》2017 年第 1 期

泥土的虔敬（外一篇）

耿 立

顺着畦埂走，不知不觉，你就忘了回家的路。特别是有青纱帐的时候，那畦埂的深处，就像有一种诱惑，逗你走向更深处，前边无人，后面也无人，你只想这样一直走下去。母亲的声音传过来了，显得辽远，显得空茫，那声音在庄稼的秸秆上来回震荡，一圈一圈的，最后把你包围。你知道，有母亲声音的地方就有家，在畦埂上走的时候，能听到母亲的叫声，是一种幸福。

畦埂是大地的肋骨，她撑起村庄和田野，以免精魂松懈，支不起摊子。这些肋骨有直的，有斜的，犬牙交错，抑南抑北，或东或西。哪里有畦埂，哪里就有人迹，哪里就有收成，顺着她，顶头就能和庄稼和播种以及汗水、收获、储藏撞个满怀。

人们说乡村是泥土做的，是啊，老家的一切都在泥土上。那里的人不识字，但他们知道大地上的一切都是泥土给的。如果说草的种子是汉语印制的，父亲能读懂，那村主任折腾土地的脾气就是英文印制的，他读不懂。因为有时村主任让大家种水稻，却颗粒无收。父亲说我们这里的地寒，水稻是金贵喜暖的玩意儿，泥土有脾气，你不要拗，种子也有脾气，你不要拗，你能把庄稼种到石板上？

当牛下晌了，从对面走过来，父亲总是停下来，退后一步，给牛们让路，虽不用手捂着胸脯，但绝对虔敬，如同除夕从祖坟上把先辈的神灵请回家过年一样。父亲相信牛和人一样，离头三尺的地方有神灵。

每次从城里回木镇，把随身的东西往家里一扔，如果不到畦埂上走走，心就像欠缺一块。父母知道我这个心病，有时才到家门，没和父母搭几句话，母亲就会急着撵我，走吧走吧，到地里转转去吧，反正在父母跟前待不住。

一回家就往地里跑，这举止是会被某些乡间人耻笑的：已经是城里的人，还脱不了乡下的土气。我有时就想，在田野中间的畦埂上，搭两间草庵或者弄两间黄泥屋子，住下也不错，索性就做一个陪伴庄稼和自然的耕读者。但我没敢说出来，乡下人一定会说我作，大家都挤破头往城里钻，你偏要折身归返到田地里。

是的，我承认自己内心对泥土的迷恋，总觉得自己的一部分还在泥土里。记得小时候，在街道或是畦埂上跌倒，母亲总是在地上抓一抔土，喊："回来，回来！"我委顿的神态就立时精神了。

有一年的冬日，我在城里整日整夜睡不着，每到晚间，必须把两只耳朵用棉花堵上，否则一点响动就心惊肉跳。当时还不知抑郁这个词，但总觉得生活就像冬日里的薄暮，沉默压抑。常常是天黑透了，我推开老家木镇的门，那时母亲总是惊愕地从油灯下站起，起身时，母亲带起的风把那油灯的火苗吹得东倒西斜，我却觉得温暖无比。特别是下雪的时候，我进屋，母亲用笤帚为我扫身上的雪。

是什么让我迷恋那些畦埂呢？我自己也摸不清。也许这种神秘的牵引只能用古老的乡间哲学——"命"这个字来解释，其实所谓的命就是一种生命的密码，没有人能破译得了。

一踏上畦埂，漂泊已久的人，就像接通了某根神经，情绪一下激荡起来，好像听觉味觉嗅觉都重新张开了。有时走着走着，你不自觉地就想吆喝一声：哎——哎——哎。想到小时候，我们在地里割草，割累了，就把草摆在畦埂上，然后就吆喝起来：哎——哎——哎。不多一会儿，远处也有人吆喝起来：哎——哎——哎。这边呼，那边应。

整个平原都是哎哎的吆喝声，仿佛无数孩子的嘴在半空中呼喊。

麦子扬花季节的晚上，我曾扛着铁锨追随着父亲把河水引到地里给麦子浇水。那些草啊庄稼啊，像是过节在等着这一顿酒似的，有的庄稼酒量大，刚喝完，还没咂巴嘴，就引诱畦埂网开一面，在人不注意的时候松软出一道口子，再喝几口。这时父亲就大喊着："快堵上口子，别把麦子撑死了！"

其时，经过少雨的春天的庄稼，灌了几口猫尿似的酒，一个个如鬼魂附体，浑身颤抖。酒不是把他们灌醉了，而是把这些小生灵们的筋骨唤醒了，伸胳膊伸腿的，大呼小叫的，到处都是吱吱的争先恐后地拔节生长的声音。那些畦埂却好像是父亲给出的一个个咒语，箍住那些小生灵，怕他们得了便宜卖乖——发疯。

原本我想纵容这些麦子一把，让他们喝个东倒西歪，前仰后合，到麦子成熟的时候，好记得我的好，把最好的淀粉奉献出来。但听了父亲怕撑死他们的话，就改变主意，让小生灵的肠胃欠一点，不知他们会不会怨恨我。

还记得那夜，很多的人家都在浇地，累了，就穿过畦埂聚到一块儿说话。因为久不在家的缘故，看到镇里的人，我总是早早地把烟掏出来递过去。我并不抽烟，每次还乡，母亲就教导我，兜里多装几盒烟，见了人先让烟，免得人说你才离开土地几天就摆架子。大骡子大马架子大值钱，人架子大不值钱。大家接过烟，说一句，这是城里的烟，要吸一口。有的人满是惶恐，把泥手在衣襟上搓搓，慌忙接过立刻就吸了；有的人则是接过烟并不吸，而是把烟夹在耳朵上，说留着等烟瘾来了再吸。

等大家零散走开，我也递给父亲一支烟。父亲一愣，接过来，然后就把铁锨往畦埂上一横，坐在了铁锨的木把上。凑近些，我给父亲点着，父亲猛地吸了一口，然后徐徐吐出，好像长出一口气，把生活的积郁吐出一样，就如那些刚灌过水的小精灵们，一副享受的模样，恬然，自足。

你也抽！

父亲要我陪着他抽，我只是象征性地把烟点着了夹在手指间，压根儿就不会，心里也就没有想吸的意思。

抽吧！

我刚吸了一口，就咳咳咳地呛着了，接着，我把一支烟，随手插在畦埂上。让畦埂吸一口吧，过过瘾。

父亲的手，虽然如树皮一样皱褶苍老，有点变形，条条青筋如蚯蚓，但有着泥土的温暖，我握着的时候就感觉像庄稼的汁液传到了我的血管，这是泥土的温度。

我常想，畦埂是农人的精神线条，是农人的美学。父亲在田地里打畦埂的时候，把畦埂打得非常规矩非常讲究，就像做活的木匠一样仔细。我们家的地，每一块都是笔直的同样宽窄，那畦埂的宽窄也是一样的，如模子做出来的。每次打畦埂，父亲先是眯起眼照一下，用步伐量一下，或者放线，然后把畦埂所处的松土用脚踏实。每个地方踩几脚，父亲都用心数着，嘴里念叨着，一脚不多，一脚不少。这个畦里种甜瓜，那个畦里种辣椒大葱，在畦埂的边上，就种绿豆或者小豆。父亲爱喝酒，每次都是从畦埂的边上摘两根黄瓜，回家用拔凉的井水一洗，再用刀拍一下，放上盐、醋、蒜或者芥末做成下酒菜，然后用他的锡制的咂壶温了酒喝。每次母亲都劝他少喝点，父亲总是讨好地笑着说："就二两，就二两。"那时的父亲就像个馋嘴的孩子。

畦埂有四季，也有脾气。我以为春温、夏酷、秋沉实、冬肃然。在木镇，我生活了二十年才离开，那畦埂就像我的肋骨，我知道她的根底。惊蛰了，地里的一些生灵开始活动筋骨，那时畦埂上就像起了泡泡，一堆一堆的土。父亲说，那是蚯蚓或是别的虫子钻出来透气的痕迹。那时的田野总是蒸腾着一层热气，是被封裹了一冬的阳光，开始从田地里溢出来。刚播下的种子或是沉睡一冬的麦子，这时张开了嘴，大口大口地呼吸，这时的土地和畦埂是温暖的。而到了夏季，你再赤脚踏上畦埂，就感到像踩着了红通通的鏊子底。到了秋季，畦埂好像陡然瘦了下来，那是庄稼把他们挤瘦的。别急，收获过后，畦埂是霜和雪留恋的地方。那时的畦埂变硬了，一场大雪后，那些畦埂突显在田野里，如散了架的马倒在了雪地里。

畦埂会老，但她会活着，到了龙钟年纪，那更有沧桑感。我原先天真地认为，畦埂也如这土地上的人会生生不息，就像一代人老去，他的子孙依然在土地上活着。但我现在回到木镇，看到很多的土地荒芜，畦埂也委顿了，甚至再也看不到其踪迹。我想到，有一次从地里回来的父亲，脸上有一块泥巴，母亲想用手抠下，又想卷起衣襟擦，父亲招呼了一下说不用了——父亲羞涩了，但母亲的亲昵是对劳作的一种尊重。泥土在脸上怎么了？有时米粒和碎馍掉到地上，父亲拾起吹一下，或者母亲用衣襟擦一下，就又放进嘴里了。泥巴在父亲的脸上，不就是土地的徽章吗？作为对一辈子的老邻居的奖赏，是否在父亲的脸上撒一把草籽，用洗脸水一浇就能发芽？诗人雅姆说：

> 如果脸上有泥的人从对面走来
> 要脱帽致敬
> 先让他们过去

是啊，我们什么时候对有泥的人有过足够的尊重呢？我们向泥土敬个礼吧。

现在，父母故去，我看到的乡间，多是田园荒芜兮，心中难掩悲抑。回吧，回吧，我低声告诉自己。在归去的田野里看到一具鸟的遗骸——鸟的零散的骨架和半片羽毛，这短短的飞翔的一生就这样结束了？我把它埋在田野里，低头祈祷，会有人发现那像小坟包的鸟的埋葬地，来凭吊飞翔吗？

我心里一紧，有谁凭吊小时候的畦埂呢？这土地的肋骨已灭绝，其实灭绝的何止是这些畦埂呢，那些老旧的街道、碾盘，还有远离这片土地的萤火虫，乃至更远的白鳍豚、华南虎，这些文化的或者生物的精灵们，因为什么灭绝呢？是为人类的贪婪殉葬吗？

顺着畦埂，我不知能否走到人心的深处，告诉他们畦埂想他们！

《星火·中短篇小说》2017 年第 1 期

当有人否决你的想象

——关于鲍勃·迪伦获诺贝尔文学奖

王威廉

我是从大学二年级开始每年关注诺贝尔文学奖的。除了自身爱好写作、想当作家的因素，还有一个更巧的原因。

我在大一的时候无意中买过一本小书，叫《米格尔大街》，作者名字叫奈保尔。那是一本蓝色的小开本旧书，花城出版社 1992 年出版，被我从中山大学一家书店的犄角旮旯里扒拉了出来。作者的前面挂着一个我从未听说过的国家：特立尼达和多巴哥。周围没有任何人知道这是个什么样的作家，这是本什么样的书，但我越读越喜欢，一度成为我的枕边书。一年后，诺贝尔文学奖的消息出来，发现得主正是这个让我喜欢却一无所知的作家。当时我的心情非常兴奋和激动，但无人分享，也无人能解。

从那时起，我对诺贝尔奖产生了无与伦比的信任。

我赶紧去补读了上一届诺奖得主的作品。他已经是个用中文写作的法国作家了，也许是语言的距离太近，反而没有特别大的触动，但依然为中文写作的首度加冕感到骄傲。

再过一年，匈牙利的凯尔泰斯获奖，他的作品如此打动我，以至于我正式发表的第一篇文章，就是关于他的评论。

大三时，南非作家库切获奖，读他的作品，是一场阅读的盛宴，让我深深领悟到小说这门艺术所能抵达的幽微之处。

这几位作家，在获奖之前，我几乎一无所知，但他们让我深刻体验到了"同时代性"，把我从 19 世纪末、20 世纪初的趣味中搭手救了出来。

也就是说，在我生命最重要的成长期，诺贝尔奖为我强力推荐的这四位作家，给我竖起了当代文学的一把标尺，甚至建构起了我对当代文学的许多观念。

毕业以后的这些年里，虽然对一些得奖作家喜欢不起来，比如赫塔·米勒、耶利内克等，但还是肯定居多，比如略萨、特朗斯特罗姆的获奖，是让大师获得应有的位置，心服口服；而帕慕克和门罗则是全新的馈赠，激起了又一轮的阅读狂潮。至于莫言的获奖，那更是让我对当代中国文学有了更大的信心。

在一篇谈鲍勃·迪伦的文章里，我的铺垫似乎太多了。

以上铺垫的意思是，我对于诺贝尔文学奖的期待不外乎三点：第一，让我心目中的大师登上圣殿；第二，给我送来视野之外的"地下"大师；第三，中文写作的作家，这无关狭隘的民族主义，而是来自心底对于母语的那份敬重。

鲍勃·迪伦显然不属于这三点中的任何一种。

因此，你能想到，当得知鲍勃·迪伦获奖后，我心中那些复杂难言的情愫。

当然，他当然是大师，毫无疑问。我喜欢他的歌。早在中学时代我就听过他那首最著名的歌——《答案在风中飘》，并把那首反战的歌，当成是一首人生的励志歌反复吟咏。"行走"与"男人"之间的深层关联，直到现在还影响着我（尽管，今天的翻译为了避免性别歧视的指责，把 man 不再翻译成"男人"，而是"人"，但我依然倾向于"男人"这个词，这不仅仅来自于记忆的情感，更是来自于审美的感受）。

可即便如此，长久以来，我还是认定鲍勃·迪伦再伟大，他也是个伟大的歌手，而不是个伟大的诗人。

因此，得知他获奖，惊讶之后我的第一反应是，迪伦获多少次格莱美奖或是普利策奖都没有问题，但他真的不需要诺贝尔文学奖，在今天这个文学大师逐渐隐匿的年代，诺贝尔奖就像是一束强光，让我们得以发现那些隐匿的大师，从而获得新的艺术动力。而鲍勃·迪伦原本就是敞开的，他不需要这束强光，因而这束强光便失去了意义。这样的想法，让我对这次的颁奖感到遗憾。

但这种遗憾只是暂时的，我随后看到了更有趣、更丰富的面向。

我留意到周围的人们对这次颁奖的复杂而多重的反应。有称赞的，有愤怒的，有不解的，有恶搞的。关于诺奖，可以说，这是近年来争议最大的一次。因为大家都知道鲍勃·迪伦，大家仿佛都了解他，因而每个人都可以说几句。最愤怒的群体来自诗人，因为鲍勃·迪伦似乎是顶着诗人的桂冠获奖的，他抢占了他们的机会吧。这是玩笑话，深层原因一定是鲍勃·迪伦的歌词并不符合他们对诗歌的判断与理解。

我特别想知道美国作家的反应，所以我还专门写信问了一位洛杉矶的作家朋友乔纳森，他作为一个出生于 20 世纪 60 年代末的人，是听着迪伦的歌长大的，因此，他字里行间表现出极大的兴奋。他告诉我迪伦是个天才，那首《答案在风中飘》的歌，迪伦只用十分钟就写好了，如果惠特曼在世，一定也会像迪伦那样抱着吉他高歌的。他预言，迪伦还会被听一百五十年之久。

同为写小说的，他还告诉我迪伦也是一个会讲故事的人，这点倒是我以前未曾留意的。我这才意识到，其实我对鲍勃·迪伦的认识是有偏差的，我需要补课，走入那束强光照耀下的阴影之中，那儿隐藏着一个真实的鲍勃·迪伦。

目前国内尚没有他的诗集出版，他的自传和传记倒是有多种。我赶紧买来他的自传《像一块滚石》来读，对他的生平有了更多的了解。这个浑身贴满标签的人，民谣教父、民权代言人、反战歌手、抗议领袖、摇滚巨人……但没有一个标签可以涵盖他，过多的标签也迫使他追寻更多的自由，没有哪个艺术家愿意被标签所束缚。

他在书中写道："最大的麻烦是媒体总想把我当成话筒、发言人，甚至是一代人的良心。这太可笑了。我所做过的就是唱歌，这些歌直截了当，表现了巨大的崭新现实。据说我替整整一代人发出了声音，但我和这代人基本没什么相似之处，更谈不上了解他们……我的命运就是随遇而安，这与代表任何一种文明毫不相干。真实地面对自己，这是最重要的事。与其说我是一个仙笛神童，不如说我是一个放牛娃。"

这种说法很感人，我想到了村上春树在小说《世界尽头与冷酷仙境》里写到迪伦："鲍勃·迪伦开始唱《像一块滚石》，于是我不再考虑革命，随着鲍勃·迪伦哼唱起来。我们都将年老，这同下雨一样，都是明白无误的。"

不再考虑"革命"，这是个微妙的延伸，但我还是觉得，迪伦对外界标签的应激反应不免有些过度了，这也造成了他的局限性。他的传记不像米沃什的自传《米沃什词典》、萨义德的自传《格格不入》那样，对自我和时代有着多面的反思，他只是一个单纯的诗人、音乐人，他表达的更多是关于生命本身的感受。但无疑，生命的厚度与时代有着无法割裂的关系，就如迪伦自己，就算他不承认自己是一个时代的象征，但毫无疑问，他充当了这个象征。这是他无法否认的客观事实。进一步说，即便剔除了时代的元素，他一生的传奇与追求，也成了美国式自由意志的鲜明体现。

我不想苛求他，毕竟，音乐与歌词才是他艺术的核心。

在读他自传的过程中，我一直听他的歌，反反复复看着歌词听。他的歌词的确无与伦比，节奏与韵脚运用得天衣无缝，他的修辞技巧堪称绝妙，他的文学传统接续的是高度自律的古典形式。他的歌词犹如宋词一般，美在简单与形式的高度统一，因而这几乎是不可翻译的。我们在翻译中一定会损失掉大半个迪伦。

我也专门留意到了他的叙事，那些歌曲如短篇小说般精粹，满溢着他对他者的关怀。他在自传中有段创作谈："路对面有个穿皮夹克的家伙正在给一辆积满雪的黑色水星蒙克莱尔车铲去冰霜。他后面，一位身着紫色袍子的牧师穿过敞开的大门，快步走过教堂的院子，赶着去履行神职。不远处，一个穿着靴子的光头女子使劲背一个大洗衣袋往街上走着。每天纽约都发生着一百万个故事，只要你愿意把注意力集中在他们身上。这些故事一直都在你的眼前，混合在一起，但你得把它们分开，使其具有某种意义。"分开眼前的芜杂，这让写小说的我受益匪浅。

他喜欢旧新闻，不喜欢新新闻，他觉得一个二十四小时都是新闻的世界就是地狱。他初到纽约，专门在图书馆通过微缩胶卷大量阅读 1855 年到 1865 年间的报纸。由此，他写出一系列亡灵之歌。《爱蒙特·悌尔之死》，写了一位黑人，只因为站错了地方便被折磨致死；《唐纳德·怀特的歌谣》，则是写了一个死因因社会不公逼迫他走上犯罪的道路；《谁杀死了戴维·摩尔》，这个拼劲了全力而死的拳击手，究竟是为了什么耗尽了力气与生命？

这就是迪伦的叙事，带着音乐与嚎叫的叙事。还有许多柔美与决绝的爱情故事，代表了迪伦的另外一个侧面。都说他是"天才的词作者、二流的曲作者、三流的演唱者"，但我觉得这三者对于迪伦的艺术世界来说，绝对是缺一不可的。

不过，等到迪伦的形象在我心间逐渐清晰起来之后，两种极端的观点给我的思想带来了更大的难度。

在赞同的声音中，诗人于坚和叶匡政的说法获得最多认可。

于坚的说法本身就很有诗意："奖给了灵魂，没有奖给修辞或观念，将对世界产生巨大影响。世界厌倦了，它只是要生活，要爱，要唱歌，要忧伤。于是，鲍勃·迪伦来了。这是向垮掉的一代，向 60 年代，向浪漫主义，向波西米亚，向嬉皮士，向口语一一致敬。世界醒了。"

叶匡政的说法也让人难忘："这是诺奖委员会送给这个秋天的礼物。如今人们终于可以说：让我们一起来听听诺奖作品！诺奖终于想起了文学的另一个伟大传统——声音。"

灵魂与声音，语言之外的事物，当今文学体系中放逐掉的事物，如今以这样的意外方式，荣耀回归，令人深思。

在反对的行列中，德国作家彼得·汉德克的看法颇能说出一些人的心声："这是一个巨大的错误——把诺贝尔文学奖颁给鲍勃·迪伦。对我来说，文学是阅读的，而鲍勃·迪伦不能被阅读。诺贝尔文学奖评委会的这个决定，其实是在反对书，反对阅读。我不想让人误解，我还是会认为鲍勃·迪伦是 20 世纪最伟大的人物之一，他比丘吉尔、肯尼迪还要伟大。但诺贝尔文学奖颁给他，其实没有什么意义，甚至是对文学的侮辱。这个决定很显然是一些不读书的人做出的。鲍勃·迪伦的词，如果没有音乐，什么都不是。所以我们要坚持语言本身的东西，这是我的基本立场。"

这代表了当今文学主流的想法，文学是语言的艺术，语言是文学的核心和根本。

人文领域没有简单的黑白对错之分，所有的意义都来自于阐述者的立场与话语方式。因而，无论是支持迪伦的还是反对的，他们的观念都非常值得我们深思。这两种观念在我心中交织在一起，我无法倾向于认同其中一个而否定另一个。虽然这不是选择题，但在这种辩难当中，我逐渐感到了自己的犹疑与乏力。包括这篇文章在内，如果有人摘取本文的任何一段话，说这是我对迪伦获奖的观点，我都会表示否定。因为我心中尚未生成一个明晰的观点，我感到了某种思想的弥散状态。一个置身于文学场域里工作的人，应该在这种困境中找出林中之路。这也是我答应写这篇命题文章的根本原因：也许真是到了重新思考文学在今天的处境的时候了。

尽管各种文学史的时段显得特别漫长，从荷马或是屈原开始，都有数千年的时间，但是，这种文学史秩序的创立并不是从荷马或屈原开始，而是从近代才开始的。文学作为一种特殊的知识，逐渐被纳入到学科的建构当中，在人类的知识生产系统中获得了合法的身份。随着文学作品对社会影响力的变弱，这门学科诞生出了大量的理论话语，就意义生产的角度而言，这些理论话语要远胜一般的文学作品。这其中的许多理论话语，甚至还影响了相邻的诸多人文学科的学术研究。这样的结果自然有悖谬之处，因为文学的本质还是一门艺术，而理论无疑是艺术的对立面，艺术追求自由，而理论寻求的是普遍性，理论话语的过度发达，实则是在流放文学的精魂。因此，在这样的文学场中，一个作家的思想显得尤为重要。作家的思想不是为了去迎合那种本质化的理论话语，而是必须获得能够与之对话并发现自由的能力。是的，对立面并不是敌人，而是一种逼迫你逾越而后方能确证自身的事物。

正是在这个意义上，我也一直思考着作家北村的反应："颁给鲍勃·迪伦？瞎颁！鲍勃·迪伦获奖，意味着新世纪以来文学边界的消失得到了正统文学奖最高权威的认可。这是本体意义上的，也是现代性的终结。"

如果我们过滤掉他的愤怒，也不用"现代性"这样的学术名词，那么至少我是深有同感：某种终结的转折已经悄然开始了。人类的表达媒介正在发生着深刻的转换，不是从竹简到纸媒的实物转换，而是整个世界被凝缩成了一块屏幕的巨大转换。这块屏幕就像是女巫的水晶球，所有的艺术形式在其中都会不可避免地走向融合。这真的像梦中的一个莫比乌斯大回环，我们又站在了荷马的位置上。

我喜欢迪伦的一句歌词：当有人否决你的想象。当他沙哑的嗓音在我耳边回荡之际，我是觉得有种复杂未知的力量正在否决我们传统的想象，让我们置身于悬而未决的时刻。迪伦在那首歌中接着唱道：

> 因为这儿显然发生了一些事情，
> 但你对此一无所知，
> 是不是，琼斯先生？

　　的确，这个世界，以及与这个世界相平行的文学空间发生了一些事情，但我们对此一无所知，是不是，王先生？

《湖南文学》2017 年第 2 期

风吹落日

江少宾

失窃的村庄

那两瓶好酒，父亲在五斗橱里珍藏了十几年。那件五斗橱比我的年纪还大，老成古董了，外表黯淡无光，里里外外散发出深重的腐朽气息。父亲在五斗橱的几层抽屉里，横七竖八地塞满了一件件陈年的衣物，那两瓶好酒，藏在最上层抽屉的最里面。父亲原以为，即便是家里进了贼，也翻不到那一个隐秘的角落，那个隐秘的角落，应该是家里最安全的地方。谁知道，父亲的如意算盘还是落空了，贼不仅搬走了家里的电饭煲和煤气罐，拿走了一盒茶叶，掏走了十几枚硬币，还翻到了那个隐秘的角落！除了一台电视机，家里凡是能吃和能用的，贼都搬走了，包括一小袋父亲落在家里的花生米。后门的暗锁其实已经坏了，但还搭在门扉上，看上去仿佛还是好好的。太可恨了！父亲气得咬牙切齿，却又无计可施。荒凉的老屋已经成了蝙蝠、蛇、蜈蚣和壁虎的巢穴，但它们都伤害不了那个贼。在岁月一样荒凉的村子里，那个贼可以堂而皇之地点亮我家所有的灯。如果他愿意，他还可以烧一壶开水，泡一杯茶，然后喝两杯父亲的好酒，慢条斯理地品尝父亲落下的花生米。事实应该就是如此，餐桌上的灰尘里，还裹挟着几小片花生米憔悴的外衣。

那个夜晚的贼已经不是一个贼了，他是一个偶然路过的客人，沉寂的小村之夜因为他的光顾，反倒多了一些微妙的生气。小村只有唐皖江家养了一条大黄狗，大黄狗虽然终年卧在唐家的大门口，但事实上，它是全村十几位老人共同喂养的宠物。它也因此有了十几个名字，老人们各叫各亲，这个老人叫它"小二子"，它伸伸懒腰，眼睛眯开一道缝；那个老人叫它"大盆子"，它也会伸伸懒腰，眼睛眯开一道缝……在漫长的岁月里，正当盛年的大黄狗太孤寂了，它活成了一个懒得生蛆的"狗皇帝"，人来不叫，畜来无惊，光亮的毛发像一匹翻滚的缎子。唐家到我家只有五十米，但"狗皇帝"的嗅觉已经失灵了，也或许没有失灵，它只是不能分辨这个夜晚进村的，究竟是一个归来的乡亲，还是一个贼。"狗皇帝"只熟悉这十几个留守在家的老人的气味，其他的乡亲走了又来，来了又走。比如我的父亲，一年只回去两三趟，"狗皇帝"就辨不出父亲的气味。"狗皇帝"毕竟也是狗，一开始，看见生人进了村，"狗皇帝"还会声嘶力竭，准备冲上去撕咬，但很快就被老人们呵斥住了。老人们兴致勃勃地望着来人，眼巴巴的样子，欲言又止的样子，于是漫长的一个下午又有了新的谈资。村前的那条机耕路像一条冬眠的蛇，它几乎一动不动，偶尔会走来几个拾荒的外乡人。外乡人走到牌楼就不想再走了，看到牌楼，就看到了一座洞藏的金矿。这座洞藏的金矿毫不设防地敞开着大门，四处漏雨，四处漏风。外乡人会向老人们讨一碗水喝，讨一顿饭吃，吃吃喝喝之间，就摸清了牌楼的每一个角落。作为交换，外乡人也会给老人们讲一些外面的事情，添油加醋的，捕风捉影的，前言不搭后语的，但老人们听得津津有味，对外乡人的别有用心浑然不觉。老人们的耳朵已经被村子里那些陈年的琐事磨出了厚厚的老茧，忽然听到新鲜事，根本来不及过脑子，顾不上过脑子。这时候，老人们脸上的笑容又醒了过来，外面的世界还生机勃勃地活着，他们也还生机勃勃地活着。这时候，外乡人也就不是外乡人了，而是外面的世界派往小村牌楼的信使。慢慢地，"狗皇帝"也懒得再叫了，叫了也是白叫，"狗皇帝"清醒地意识到，自己寄生的这一块土地其实并不需要一条看家护院的狗，而是需要一个会喘气的活物。作为家禽的鸡、鸭、鹅，作为家畜的牛和猪，早就从牌楼消失了。老人们连一日三餐都懒得料理。"狗皇帝"的吃喝拉撒不需要料理，整个牌楼，都是它的"皇家庄园"；牌楼的所有厕所，都是它的"私有领地"。作为一条狗生活在牌楼，只能是"皇帝"，或者是"皇后"。

"狗皇帝"也幻想过三妻四妾的生活。但方圆数里，"狗皇帝"找不到一个自己的同类，它偷偷地跑出去巡视过五六次，最后都没精打采地独自走了回来。发情的"狗皇帝"懂得羞耻，它远远地蹲在地上，狂躁地吠叫，裸露着猩红的鞭子。寡居的桃花满面绯红，她一面偷偷地瞟着狗鞭，一面大声地呵斥。"叫你的魂啦，到别处叫去！"老人们虽然心知肚明，却都装着没有看见。忍忍也就过去了——守寡的女人得忍，发情的狗当然也得忍。有什么呢？

我们都主张报警。父亲在电话里笑了："报了也是白报。"辖区将近十万人口，但辖区派出所只有八名干警，许多年了，除了杀人放火之类的恶性案件，民警们从来没有进过村。就算立了案又能怎么样呢？在乡下，类似的偷盗案几乎每一天都在发生。那些以拾荒为名的外乡人白天踩点，晚上进村。大张旗鼓，旁若无人。去年正月，邻近的一个村子发生了一起"著名"的盗窃案。盗贼进村的时候还是上半夜，老人们正聚在一起打麻将，打着打着屋后就传来异样的声响。一名围观的老人拉开了后门，昏黄的灯光里，走着几个拎着大包小包的陌生人，其中一个人肩上扛着一只煤气罐，嘴里还叼着一根烟（他浑然不知烟火的危险）。老人立马明白了过来，他刚想喊人，就被扛煤气罐的威逼住了："再叫，再叫老子砍死你！"老人们闻声拥向后门，盗贼居然没有落荒而逃，他们依旧不紧不慢地扛着煤气罐，大摇大摆地拎着大包和小包。家里被洗劫的那位老人拿起了菜刀，老人们则齐心协力地拉住了他的胳膊。"不能出去啊！"老人们几乎异口同声，"千万不能出去啊！"势单力薄的老人自知不是盗贼的对手，他只能眼睁睁地看着盗窃者扬长而去，捶胸顿足，呼天抢地。

候鸟一样的儿女们已经远走高飞。正月里留下的钱物，勉强可以维持老人一年的生活。但现如今，老人的生活已经碎了，漫长的三百六十五天像枕边那一团漆黑的夜色。那天晚上，留守在家的老人都没有上床，他们陪着家里被洗劫的老人聊天，把陈芝麻烂谷子的事都聊尽了，一直聊到东方既白。天亮的时候，这一家给老人端来了一斗米，那一家给老人拎来了一瓶菜籽油，还有的给老人送来了一刀风干的咸肉……老人整天躺在床上，虽然没有像大家担心的那样寻了短见，但那种清汤寡水的日子，也让一个村子的老人都充满了自责。事实上，在那个劈面相遇的瞬间，没有人敢和盗贼短兵相接，自保成了老人们唯一的选择，或许也是最明智的选择。

老人们的担心并非多余。那个盛夏的正午，胡二娘和老伴像往常一样躺在床上，吹着电风扇，半梦半醒之间，胡二娘隐约看见一个"年轻人"站在自己的床边。她瞬间惊醒了过来，那个"年轻人"正在老伴的枕头下摸索，胡二娘刚刚喊了一声，就被"年轻人"掐住了脖子。等老伴被胡二娘的挣扎蹬醒的时候，胡二娘的脸已经失了色，等老伴彻底回过神来，"年轻人"已经消失了，同时消失的，还有老两口藏在枕头下面的八百块钱。这八百块，浓缩着老两口一年的心血。这个穷凶极恶的歹徒，不仅撕裂了一对古稀老人的念想，还制造了小村牌楼有史以来的第一宗悬案。惊吓过度加上对以后漫长岁月的忧心忡忡，使失窃之后的胡二娘最终撒手人寰。人命关天，事件的性质于是变了，频繁失窃的村庄终于诞生了第一宗案件。遗憾的是，老伴未能提供那个"年轻人"的具体线索，包括大致的身高、年龄和体貌特征。几名目击证人的描述又相差甚远，有的说嫌疑人瘦高瘦高的，也有的说嫌疑人既矮又胖，还有的说嫌疑人最多只有十四岁，罗圈腿……这些似是而非的信息让民警一头雾水，他们从村东转到了村西，又从村西转到了村东，结果一无所获。他们当然一无所获——第一现场已经被严重破坏，方圆几十里没有一个监控头，甚至没有一个确切的目击证人。胡二娘的死亡于是成了一宗无头案。

如今，五六年过去了，大家差不多已经忘记了胡二娘。在乡下，非正常死亡的老人不胜枚举，大家已经习以为常。

时间和声音

失窃之后，父亲索性不再添置家什，甚至没有置办日常生活必需的电饭煲和煤气罐。父亲一年只回去两三趟，每次回去，父亲都成了牌楼的客人，中午在这家吃一顿饭，晚上在另一家喝一杯。留守在家的老人当然也没什么好招待的，但对于父亲来说，能坐在一起说说话，就是最好的招待了。久居合肥的父亲念着那一份旧情，村里健在的老人已经越来越少了，还能坐在一起说几句话的老人更是越来越少了。在生活深重的折磨和年月长久的沉默里，一些老人仿佛已经失去了言语的能力，"啊""哦""嗯""哎"成了老人们的日常用语，久而久之，老人们就都不怎么健谈了，说了上一句，忘了下一句，于是大量地使用感叹词。在小村牌楼，"啊""哦""嗯"和"哎"有许多种意思，五花八门的，形形色色的，在某些特定的场合，又能表示同一个意思。比如某个老人夜里突然去世了，第一个传达消息的人总要缀上一个叹词"哎"；第二个听说的老人会惊得站起来，嘴巴已经关不住风，于是"啊"了一声；传到第三个老人的时候，老人其实已经在心里震惊过了，于是报以一个短促的"哦"；到了第四个第五个第六个……老人，老人们不仅已经震惊过了，还在一起感叹过了，于是默默地点了点头，"嗯"，看嘴巴像是说了，听声音又像什么也没有说。

好在父亲也是一个寡言的人，坐在老人们中间，父亲可以和老人们一样久久地沉默着。在时光一样盛大的沉默里，老人们和父亲的脑海里其实都在过电影，牌楼的人和事在老人们和父亲的脑海里轮番上映。父亲和老人们的回忆是往一处走的，老人们想到了村里的国书记，国书记当了半辈子的书记，半辈子都是笑眯眯的；父亲也就想到了国书记，晚年的国书记患上了肺癌，大口大口地吐血，吐了三个月，终于再也不吐了……老人们想到了东成大嫂，东成大嫂瘫痪在床两年多了，下身都生了蛆，白森森的，裸露着两根大骨头；父亲也就想到了回家那天，东成大嫂突然就走了……最后，父亲和老人们一起想到了二十里外的公墓，一想到今后大家都必须"过火烧"，都要躺在那个巴掌大的匣子里，父亲和老人们这才唏嘘了起来，脑海里的电影于是提前谢幕了。老人们以为，父亲常年生活在省城，应该有机会接触省长、书记或者是在政府机关里工作的人，于是便一起望着父亲。"就没有转圜的余地了？"这句话老人们谁都没有说出口，但老人们已经通过自己的唏嘘声，把这句话递给了父亲。父亲久久没有说话，只是叹了一口气。老人们都听懂了父亲的叹息，他们抬头看了看天，低头看了看地，接着就盯住了"狗皇帝"。"狗皇帝"卧在门槛石边上，巢山上的夕阳，镀亮了狗头上油腻腻的毛发。同样生活在牌楼，但"狗皇帝"的生和死，都比老人们幸福——生，它不愁吃不愁喝，也不曾有病痛的折磨；将来就是死了，也肯定会有人把它扛上巢山。上头明文规定巢山上不允许埋人，但谁也没有说不可以埋狗。

"狗皇帝"虽然生活在牌楼，但事实上，它是活在另一个世界。时间像一个长途跋涉的老人，奔到牌楼，它就奔不动了，它在牌楼停了下来——有时候停在巢山上，有时候停在树梢上，有时候停在门槛石上，有时候停在田埂上，有时候又停在某个老人的头上……巢山黄了又绿了，树梢黄了又绿了，田埂青了又黄了，门槛石上的灰尘又增加了一寸，老人的头发，终于白完了最后一根——时间是个神奇的魔法师，它既是冥想者也是创造者，它用自己的冥想一点一滴地、不动声色地修改着小村。属于牌楼的时间还是一个热爱画自画像的画师，老人们在它的绘画里成了另外一个人，牌楼在它的绘画里有了另一副面容。老人的面容和牌楼的面容，最后都成了时间的面容。只有"狗皇帝"除外。许多年了，"狗皇帝"并没有显出应有的老态，这条养尊处优的"狗老人"，仿佛生活在时间之外。或许，属于狗的是另一种时间，属于城市的也是另一种时间，它们都是年轻的时间。它们精力旺盛，像是喝了一海碗鸡血。属于牌楼的时间没有鸡血，它像牌楼的老人们一样，日薄西山，苟延残喘。

和老人们的"啊""哦""嗯""哎"一样，牌楼的时间也有自己的声音。清晨，时间的声音是"嘟—嘟—嘟"，每一声都是同样的分贝，每一声之间的间隔几乎一样长。这是早起的冬至大爷拄着拐杖，领着"狗皇帝"去破罡街上的老杜茶馆喝早茶。说是去喝早茶（老杜茶馆里常年免费提供一种野茶，梗粗，叶阔，味苦），其实是冲着春卷去的。老杜茶馆里的春卷闻名已久，面皮香而脆，内馅细而酥，牌楼的老人们都好这一口。但方圆数里，像冬至老人这样雷打不动、坚持去喝早茶的老人却极为罕见，一来固然是心疼钱，二来老人们已经慵懒惯了，实在不愿意早早地爬起来，呼哧呼哧地走两里多路。冬至老人倒不怕走路，他有拐杖呢。关键还不是拐杖，关键是拐杖上还雕了呼之欲出的龙头。这就稀罕了，方圆数里，找不到一根同样的拐杖，老人们的腰就算弯到了地上，也很少有人舍得花钱买一根拐杖。老人们大多拄着一根棍子，巢山上有的是松树，随便砍一根枝丫下来，剥皮去叶之后，就是一根舒适的拐杖。老人们活了一辈子，活到后来就活成精了。在老人们看来，冬至大爷虽然风风光光地活了七十多年，腰都快弯到了地上，但其实还是没有活明白——他对"活"的要求，还停留在雷打不动吃春卷、享受一根龙头拐杖的低级层面。冬至大爷倒不计较这些，隔三岔五地，他还会带两根春卷回来。第一个看见了谁，就从怀里摸出来："我一路捂着呢，趁热吃。"那个有口福的人于是就趁热吃了，一边吃一边还在心里疑惑："这个老头儿，怎么就有这么多闲钱呢！"

到了中午，时间的声音是"噼啪——噼啪——"，这是柴火在土灶里崩裂的声音。巢山上的灌木和野树已经长疯了，到了深秋，满山都是枯枝败叶，老人们一把把地拾了回来，晒干了就是上好的柴火。除了卧室，其他的房子都被老人们堆成了柴屋，晒干的柴火一摞一摞地码上去，码到老人们够不上为止，码到差不多就要塌下来为止。老人们已经砍不动柴火了，也懒得砍，做饭都是整根整根地烧，前半截已经烧成了灰，后半截还杵在灶外面。一顿饭，一根柴。烈焰的温度让烧柴的老人昏昏欲睡，烈焰在灶台里"噼啪噼啪"地舞蹈，舞着舞着，菜就焦了；蹈着蹈着，饭就煳了……刮西北风的时候，天寒地冻的时候，"狗皇帝"也喜欢卧在灶旁取暖。这个狗东西，竟会享福，猛然醒过来的老人，时常会忍不住踢它一脚。狗东西鸣咽一声，委屈地摇了摇耳朵。对于老人们突如其来的惩罚，"狗皇帝"从来没有计较过，它知道，老人们的心里窝着一团说不出的苦，有苦却没处说，只好踢它一脚。

黄昏的时候，时间的声音是倦鸟归巢的叽喳声。在小村牌楼，麻雀、乌鸦、灰喜鹊是最常见的三种留鸟，它们数量繁多，生殖力旺盛，几乎每一棵树上都有它们精心编织的窠。鸟雀们也不甘寂寞，天长日久地生活在牌楼，它们终于也厌倦了这种单调的日子，一早出门，直到夕阳西下，它们才心不甘情不愿地飞回来，飞回来也不急于进窠，还要站在树枝上，互相交流外出一天的收获。麻雀、乌鸦、灰喜鹊分别占据了三棵树。麻雀聊麻雀的，乌鸦聊乌鸦的，灰喜鹊聊灰喜鹊的。鸟类还没有推广"普通话"，有的只是"方言"，麻雀的方言乌鸦听不懂，乌鸦的方言灰喜鹊也听不懂，各说各的。如果仔细分辨，还会发现每一棵树上都有一只"头领"，相当于会议主持人，群鸟都听从它的号令，它们散布在它的周围，以它为中心，偶尔也有一两只不安分的雏鸟在枝丫间飞来飞去，"头领"便会高声示警。

在牌楼，灰喜鹊最受欢迎。在牌楼人的意识里，灰喜鹊总会给他们带来喜讯，是"喜鸟"；而麻雀是"四害"之一，它们喜欢在地上啄食，随地大小便，是"害鸟"；乌鸦最不受欢迎，是"丧鸟"，在牌楼人的传说里，只要乌鸦一聒噪，村子里肯定会死人。这种说法当然没有科学根据，奇怪的是，这种说法居然也能够得到部分印证。在旧作《倦鸟》里，我曾这样写过二爷的丧事：

我所见过的最为豪华的丧事发生在 1987 年，那是二爷的丧事。二爷活了一大把年纪，记忆里他是村子里最耐活的老人之一，有好几回剧烈的哮喘都差点儿让他断了气，但不久之后，二爷又神奇地活了过来，原本准备好的丧事变成了喜事。二爷的"复活"总有喜鹊的叫声为伴，以至于后来二爷一断气，二娘就满世界去找喜鹊，村里的媳妇们也帮着去找，但平素乐于叫唤的喜鹊们这一回却集体噤了声，大家就都于冥冥中得知，二爷这回怕是死定了。二娘也只好死了心，一门心思地准备起二爷的丧事。事实上，二爷那一回也确实没有再醒过来，虽然他的眼睛一直睁着，但却找不到一只喜鹊的影子。临走之前的二爷想来也是在呼唤着喜鹊，我不知道假如二娘真的找来了喜鹊，二爷还能不能醒过来，我相信二爷是能的，二爷最后的意念就系于一只叫唤的喜鹊。更多的生死也维系于一种意念，或者是鸟，也或者是别的。但在我的乡下，那只能是鸟，这民间的鸟们，竟于不倦的飞翔之间，行进着死亡的宏大叙事。

我其实还忘记了一个至关重要的细节。二爷临死前一天，乌黑的鸦群在小村的上空久久盘旋，一个村子的人都端着饭碗仰着头望天。

到了晚上，时间的声音要复杂一些，最主要的声音，来自于"狗皇帝"。"狗皇帝"的声音像一块块砖头，跌落在牌楼宁静的夜色里。不过"狗皇帝"发声也仅限于有月亮的晚上，当一轮圆月爬上巢山之巅，静谧的小村沐浴在一池浮动的牛奶里。这时候，不明所以的"狗皇帝"往往会跑得远远的，在小村的某一片开阔地上。有月亮的晚上，老人们其实都醒着，月圆月缺，是老人们心里的一本日历。过去，这本日历的注脚是农时，现在这本日历其实已经没有注脚了，但老人们还在心里牢牢地记着，每一次翻开，就会想起某一次春种和秋收，想起某一块曾经的良田，如今成了杂草丛生的荒地……想得迷迷糊糊的，老人们也就睡过去了，月华笼罩的村庄像一场大梦，只有"狗皇帝"醒着，虫子们醒着。"狗皇帝"依旧在吠月，虫子们间或也会鸣叫一两声，很快就安静了。

有月亮的晚上，我时常会想起"狗皇帝"，它不知疲倦的狂吠，成了它活在牌楼的唯一意义。但它究竟在叫些什么呢？我不知道。没有月亮的晚上，我也不知道"狗皇帝"都在干些什么，如果一直没有月亮，它又该如何打发那些漫无尽头的长夜呢？这些未解之谜太折磨人了。好在，现在的合肥，已经很少能见到月亮，我也很少再仰望星空，合肥的星空除了黑还是黑，那些偶尔滑过夜空的光亮，来自于一架架来历不明的飞机。

桃花痴

在小村牌楼，桃花是为数不多的留守在家的中年妇女之一。桃花的丈夫死得早，具体死在哪一年，老人们都记不得了。老人们还能记得的是那些年的桃花像一片单薄的影子，手里牵着一个大的，女孩，刚刚会走路；怀里还抱着一个小的，男孩，还不到一岁，无声无息地闪现在房前屋后。除了下地干活，那些年的桃花几乎不怎么出门，实在是躲不过去了，比如要借个针头线脑的，也大多支使那个刚会走路的小女孩去借，自己站得远远的。一开始，大家心里还有些不高兴，乡里乡亲地住着，就算丈夫不在了，两个孩子还在，打断骨头还连着筋。然而，几年下来，桃花竟是谁家的门也没有迈过，竟是不声不响地把丈夫丢下的一双儿女拉扯成了大人。大家这才理解了桃花的做法，"寡妇门前是非多"，桃花不想惹这个是非，她不上人家的门，人家也就不好上她家的门。桃花以这种方式守住了一个寡妇的贞洁。

桃花一直没有改嫁，似乎也没有这个打算。那些年，上门的媒婆几乎一直没有断过，那些年的桃花虽然生活清苦，但桃花的胚子还在，要山有山，要水有水，迷倒了方圆数里的一大批鳏夫。可任凭媒婆的三寸不烂之舌说得如何天花乱坠，桃花就是油盐不进，她只是低头默默地听着，偶尔也浅浅地抿一下嘴唇，瞟一眼佯装从门前路过的人。媒婆走马灯似的，兴高采烈地来，又走马灯似的，灰头土脸地走，连桃花家的水都没能喝一口。桃花的做法有些不近人情，但正是这种不近人情，让大家看到了一个弱女子决绝的内心。大家对桃花既敬且畏，没想到这个外表瘦削的弱女子，心性竟如此刚烈。

在一次又一次、一年又一年的决绝里，桃花的一双儿女都成了人。初中毕业的姐姐去了常州，高中毕业的弟弟去了广东。送走一双儿女的桃花尚在中年，但尚在中年的桃花突然就老了，头上的白发怎么也藏不住，前面藏住一束，后面又露出一丛。最触目的变化还是桃花的腰身，她突然就胖了起来，吹气似的，见风就长，很快就长成了水桶。徐娘半老的桃花自绝了所有的道路，当年华老去，桃花反倒大大方方地走出了家门。这个年纪的中年妇女历经了大风大浪，什么样的玩笑都能开得了，什么样的玩笑都能挡得住。

主动出击的桃花让大家有些不知所措。她像所有的牌楼人一样端着海碗，一边走一边扒一边和大家打着招呼。老人们聚在一起打麻将的时候，她居然也会挤进来，大大咧咧地替这一家惋惜，咋咋呼呼地感叹着另一家的好手气。渐渐地，桃花居然也坐上了牌桌。牌桌上的桃花是另一个桃花，她脸不红心不跳地爆出了牌楼人的粗口，和牌友们开一些不三不四的玩笑，以往牌楼爱打麻将的，只有几个眼不花耳不聋的老人，但自从桃花主动参与之后，打麻将，竟成了牌楼人谁也不想主动退席的娱乐盛事。以往，老人们至多打四圈，打完四圈，斤斤计较的老人们差不多也就累了，但自从桃花主动参与之后，四圈慢慢地打到了八圈，打到后来，已经没有一个定数了，想什么时候打就什么时候打，想什么时候歇就什么时候歇。麻将场也从国平家的院子，不知不觉地移进了桃花家的院子。国平多少有些失落，他一面在心里咒着那些老不正经的，一面又忍不住走进了桃花家的院子。

在桃花家的麻将场上，国平只是一个观战的角色，每一次桃花都拒绝国平上场，老人们也不愿意让国平上场。和老人们相比，国平到底要年轻许多，和国平打麻将，老人们几乎没有赢过。国平患有严重的类风湿病，一双关节粗大的手像一双钉耙，一条腿已经瘸了，却依旧不肯吃药。发病的时候国平就用稻糠摩挲自己的双手（牌楼人"发明"的偏方之一），摩挲完了关节还是锥心地痛。痛到无计可施的时候，国平就暴打自己的老婆，在田埂上打，在灶台边打，在被窝里打，终于把老婆打跑了。这一跑就是十年，再也没有回来过。

坐在麻将场上的桃花喜欢变着法子支使国平，一会儿让国平给自己换杯水，一会儿又让国平给灶里添一把柴火。老人们都不想散场的时候，桃花就让国平负责做饭，简单地填饱肚子后，晚上接着打。有时候，桃花也会让国平上场替自己换换手气，老人们一开始死活不答应，但终究拗不过桃花，愿赌服输，只好认账。账是认了，到底心有不甘，于是就在嘴上讨些便宜。大家就开桃花和国平的玩笑，猥琐的，狎昵的，赤裸裸的，国平只是骂，桃花倒大大方方地认了。认一次，国平心里满是狐疑。认两次，国平就不疑了。到了第三次，趁着月黑风高，国平熟门熟路地摸进了桃花家的院子。那一晚，小村突然电闪雷鸣，老人们全都坐了起来，耳朵里灌满了风声、雨声、"狗皇帝"张皇失措的吠叫声。第二天一大早，冬至大爷看见桃花门前的泥地里，留下了两行一边深一边浅的大脚印。

桃花家昨晚进贼了，冬至大爷说。"哦？"老人们都笑，都不吃惊。从来不打麻将的冬至大爷被老人们笑得一头雾水，他只好独自嘟囔着，独自挂着龙头拐杖，杵一下，挪一步，像一个大大的问号，慢慢地挪动在雨后的大地上。

事情发展到这一步，常去桃花家打牌的几个老人终于醒悟了过来。对于桃花，老人们其实并无想法，毕竟，老人们的年纪都大了，早就断了那份念想，他们之所以爱和桃花打牌，无非是桃花的放肆让他们的生活忽然闪进了一丝朦胧的光亮。老人们都不喜欢看电视，电视机也收不到几个频道，勉强能看的几个频道还经常闪屏，屏幕成了飓风中的露天电影。时间是老人们最富余的奢侈品，白天太长，黑夜太深，打牌成了老人们唯一的娱乐活动。但现如今，老人们忽然就明白了过来，他们都被桃花利用了，桃花以打牌为诱饵，以他们的玩笑为导火索，点燃了国平深埋在心里的那一团火。

无论是在城市还是在乡村，男女关系都是人们最热衷的谈资。不久之后，牌楼人就开始传起桃花的风流韵事，传得有鼻子有眼的，仿佛每一次，他们都恰好在现场。桃花家的牌场开始无人问津，也没有人愿意再踏进桃花家的院子。在桃花和国平这件事情上，牌楼人的道德和伦理观念第一次出现了微妙的变化——在旷日持久的留守里，几乎每一个留守妇女都曾主动或被动地、半推半就地、一半是惊喜一半是惊慌地和夜里摸进门的男人上过床，牌楼人没有亲眼看见但都亲耳听见了，大家都心知肚明，只要不东窗事发，也就睁一只眼闭一只眼。而桃花是个寡妇，国平的婚姻也已名存实亡，但桃花和国平的"相好"不仅没有得到大家的祝福，反倒招来一场持久的唾骂。

"头发都熬白了，到底还是熬不住……"

"都要带孙子了，还做这号丑事……"

桃花熬了二十年，她不想再熬了。熬或者不熬，原本都是桃花一个人的事，但老人们硬是把桃花一个人的事变成了一个村子的事。他们集体孤立桃花，冷落国平，极尽攻讦之能事。熬到当年年底的时候，桃花终于熬不住了，她开始给老人们做低服小，挨个上门向老人们赔不是。第一个老人始终一言不发，脸色比天气还冷；第二个老人笑眯眯的，一个劲地装糊涂，"啊""哦""嗯"再也没有了下文；第三个老人连这些叹词也没有了，他丢下桃花，捧着茶杯独自出了门……最后，桃花在老杜茶馆里找到了冬至大爷，她给冬至大爷买了五根春卷，她给村子里的每一位老人都买了五根春卷。当桃花把热乎乎的春卷挨个送上门的时候，老人们的态度终于有了变化，有了变化也并没有就此松口，最后还是冬至大爷站了出来，他给桃花递了一句话：如果孩子们不反对，他们谁也无权反对。冬至大爷这句话让桃花关门大哭了一场，她想过一千想过一万，就是没想过自己的孩子、国平的孩子，就算国平的孩子同意这门婚事，自己的两个孩子能同意吗？不能的！两个孩子，是那个"死鬼"留在牌楼的根，自己一旦改嫁给国平，死鬼的"根"也就断了，成了国平家的人。一想到这一层，桃花的心就慢慢地凉成了一块冰。

老人们都在观望着桃花，私下里议论，谁也不知道闭门不出的桃花将会做出什么样的举动。重新出门的桃花仿佛又换了另一个人，她蓬头垢面的，挪动着臃肿的腰身。遇见人，头低低的，痴痴地笑着。"你有没有看见国平？"

没有人看见国平。就在桃花给老人们做低服小、闭门不出之后，国平家的院门就悄悄地挂了一把锁，据说他又去了宁波。早些年，国平曾在宁波打过十几年的零工。

国平不辞而别之后，桃花时常会独自出几天远门，归来的桃花总是逢人就笑。"我找到国平了，真的！我找到国平了，真的！"老人们面面相觑，谁都不敢接话。这个半头白发的女人，陷在自己的情欲里无力自拔，她已经被自己的情欲逼疯了！

一直到现在，也没有人说桃花是疯子，大家都叫她"花痴"，想男人想到不知廉耻。"花痴"又来了，老人们乐呵呵地说。桃花冲老人们傻傻地笑着，裸露着臃肿的腰身、丰腴的双乳。

只有冬至大爷一手抹着眼泪，一手拄着龙头拐杖，慢慢地走出了小村。田野上，营养不良的油菜花一年接一年地自生自灭着，"狗皇帝"在其间跳跃，奔跑，像在追逐一个即将消逝的梦。

死于旷野

除了老杜茶馆，村外的田野，是冬至大爷另一个固定的去处。冬至大爷年轻的时候是个种田的好把式，老伴身体不好，冬至一个人经营着五亩良田。那是真正的良田，水稻是水稻，棉花是棉花，小麦是小麦。冬至起早贪黑地在田地里劳作，白天栽秧，晚上浇水，农忙的时候，几乎不曾有过一天停歇。他也歇不住，有月亮的晚上，冬至还要爬起来，蹲在田埂上仔仔细细地"听"。"听"，是冬至种田最大的秘诀。老人们都说，冬至能听到庄稼生长的声音、喝水的声音，连庄稼生了虫子都能听出来，生了虫子的庄稼地会将生虫的信息传递给田埂……一开始，老人们还有些将信将疑，但家家户户的庄稼总有歉收的，只有冬至种的田，年年五谷丰登。这就不能不信了。问冬至，冬至总是神神道道的，他死活不说自己是怎么听的，但他愿意帮人家去听。冬至听过的庄稼地，果然就有了丰收的迹象，果然就有了喜人的收成。奇怪了！于是，一个村子的庄稼都请冬至去听。农忙时节还没开始呢，冬至就早早地忙开了，冬至享受着这种忙，这种忙既是庄稼人的本分，也让冬至赢得了大家的一致尊敬。

余生也晚，冬至的这些经历都成了传奇。等我也能下地的时候，冬至大爷已经不怎么下地了，旷日持久的辛勤劳作让冬至大爷的腰早早地弯向了大地。那些早起割稻的清晨，冬至大爷总会踱到田埂上，问问这个，摸摸那个，然后将几粒湿漉漉的稻子，放到嘴里笑眯眯地嚼。冬至大爷爱吃这一口，几家嚼下来，冬至大爷心里就有数了——谁家的田已经瘦了，来年得追肥；谁家的田潮气太重，来年要重开一条沥水沟……在农事上面，大家都听冬至大爷的，来年都会按照冬至大爷的意思去做。冬至大爷在地里刨了一辈子的食,他刨过的地比许多人走过的路还要多。

冬至大爷的两个儿子都在常州置办了房产。刚刚洗脚上岸的时候,冬至大爷也曾被儿子接到常州一起"享福"过。冬至大爷住不惯高高在上的"鸽子笼",那漫长的三个月,冬至大爷住成了一个傻子——白天他几乎足不住户,出门一抹黑,他谁也不认识,又担心找不到回家的路。所有的路都是相似的,冬至大爷总是分不清东西南北,走着走着就犯了糊涂;晚上又睡不着,耳畔总是轰鸣着滚滚的车流,那是一种令冬至大爷发狂的噪音——每一次惊醒,冬至大爷都以为自己正躺在无遮无挡的大马路上,一辆车向自己的左边冲过来,一辆车从自己的右边碾过去……熬了两个月,冬至大爷实在熬不下去了,想回牌楼,但两个儿子都不答应,两个儿子轮流做父亲的思想工作:"适应了就好了,我们一开始也睡不着……现在有时也睡不着……"在两眼一抹黑的常州,冬至大爷只能听儿子的,于是接着熬。这时候的冬至大爷已经有些晨昏颠倒了,白天,儿子媳妇刚一出门,冬至大爷就卧在沙发上,开着电视机,迷迷糊糊地睡一觉;到了晚上,冬至大爷就躺在床上,醒着耳朵,听窗外滚滚的车流,听着听着就想起了牌楼的夜晚。牌楼的夜晚,能听见松针落地的声音,家蛇蹿过瓦楞的声音,"狗皇帝"闲极无聊,追咬耗子的声音……在牌楼,梦乡的另一头还连着土地。但在常州,冬至大爷的梦乡却悬了起来,他怎么也睡不安稳,怎么也不敢把自己的夜晚交给那一片陌生的水泥地。想着想着,悬着悬着,冬至大爷就病倒了。病中的冬至大爷终于找到了回家的借口,两个儿子坚持把父亲送进了医院,抽血、量血压、查心电图、做B超、拍胸片,该查的项目都查过了,似乎都不是什么要命的问题。但输过液、吃过药的冬至大爷依旧一病不起。主治医生最后也无计可施,只好吩咐家属尽快办理出院。"想吃啥就吃点啥,也没啥忌口的了……"这话里的意思严重了,医生也治不好要死的病,只能回家等死。两个儿子这才慌了神,他们一刻也不敢停留,连夜将"病危"的老父亲送回了牌楼。

老伙计们都来了,他们围坐在冬至大爷的床边,一边唏嘘着突如其来的生离死别,一边又让冬至大爷放宽心。冬至大爷的两个儿子已经忙得两脚不沾地了,请裁缝做"老衣",托风水先生寻找合适的墓地,冬至大爷的寿材倒是现成的,但要凑齐四个举重(抬寿材的人)却不是一件容易的事。村里的壮劳力都去了外地,冬至大爷的两个儿子访遍了方圆数里四五个村子,最后还是差一个人,只好打电话从外地请回了一个远房亲戚。老人们都热心地帮着各种忙,连做流水席的荤菜和素菜都备齐了,没承想,就在老人们张罗着搭灵堂的时候,冬至大爷突然悄悄地摸下了床,不声不响地出现在自己的灵堂里。老人们吓得停了下来,两个儿子吓得跳了起来，好半天之后，大儿子才慢慢朝父亲弯下了腰，试图看清老父亲的脸。"你、你……没事吧？"冬至大爷一言不发，他像陀螺一样转过了身体，又不声不响地走出了灵堂。"他这是回光返照吧？"小儿子说。老人们有的点了点头，有的则半信半疑……直到冬至大爷喝下两大碗西红柿鸡蛋汤、生龙活虎地扯掉灵堂上的经幡，两个儿子才如梦方醒，他们赶紧收起了父亲的"遗像"，藏起了刚刚备好的"老衣"。老人们有的哭，有的笑，有的干脆骂起了冬至："你个老不死的，想吓死人啦……"

只有冬至自己知道，自己没有开玩笑，也没有心思开这种玩笑。他的魂已经在这块土地上扎了根，自己离开得太久了，魂得不到安宁，肉身也就得不到安宁。当灵与肉终于又合一的时候，他也终于安宁了。

重新活过来的冬至大爷从此一直独居在牌楼，两个儿子也再没有让父亲去过常州一天。重新活过来的冬至大爷也发生了一些微妙的变化，他的话更少了，头发更白了，脸上的皱纹也更密了。最重要的变化还是他的腰，彻底直不起来，弯成了标准的九十度。冬至大爷从此拐杖不离手，他拄着拐杖走村过户，上老杜茶馆，拄着拐杖，慢慢地挪上村前的那条机耕路。过了这条机耕路就是空荡荡的田野，两三百亩地，稀稀拉拉地种着一小片棉花、小麦、油菜和荸荠。没有水稻。牌楼人早就不种水稻了，老人们有心播种却无力收割，棉花、小麦之类的农作物，大多也是"靠天收"，收或者不收，老人们其实也并不在意。老人们已经忙不动农活了，也不值得去忙，忙得越多，亏得越大。田地于是集体荒着，偶尔想起来，就去撒一些种子，撒下种子之后也很少去看，任其自生自灭。对于老人们来说，农事和农时，更多的只是一种念想——这是农人的根本，一个人什么都可以丢得，只有"根"丢不得。一个丢了"根"的人既脱不了胎，也换不了骨，一辈子都会水土不服。老人们都信这个理。儿女们都去了城里，有的打工，有的做生意，有的混成了"公家人"，到月就会领工资……但老人们就是不愿意离开这块土地，和冬至大爷一样，他们不敢把自己的梦乡交给无着无落的城市。一到了城市，他们的根就丢了，他们的魂就散了，就像一个被母亲遗弃的三岁的孩子。

老人们固守着自己的村庄和老屋，其实就是在守着自己的根和魂。他们虽然半饥半饱，终日也无所事事，但他们都把自己的根和魂守得紧紧的。冬天的午后，他们靠在墙根下晒太阳，翻炒着陈芝麻烂谷子。夏天的夜晚，他们就搬张竹床，袒胸露乳，大开着前门和后门，四仰八叉，一直到天亮。清心寡欲的老人们，在根和魂的陪伴下，消磨着最后的光阴。

只有冬至大爷，每天都会到田埂上去坐坐，一坐就是一两个小时。有月亮的晚上，冬至大爷睡不着，也会领着"狗皇帝"，到田埂上这里走走那里遛遛。"狗皇帝"在月亮地里撒着欢，冬至大爷安详地拄着拐杖，偶尔也会停下来掐一株野草，放在嘴里细细地嚼。冬至大爷认得地里长出的每一株野草，哪一种草味道涩，哪一种草味道甜，哪一种草会麻嘴，有毒但不致命，冬至大爷的心里一清二楚。和其他老人们相比，冬至大爷太丢不下田地，他也不愿意丢，一直到死。

老人们的根和魂，有的在村庄里，有的在老屋里，但冬至大爷的根和魂，却在他"听"过的那些田地里。那个寒露之夜，明月皎洁，冬至大爷又领着"狗皇帝"走进了村外的田地。下半夜的时候，"狗皇帝"忽然吠声大作，半梦半醒的老人们起先都没有在意，但"狗皇帝"挨家挨户地狂吠、拍门，老人们这才醒悟了过来。能起床的老人都起床了，"狗皇帝"在前面带路，大家深一脚浅一脚地走进了村外的田地。田地里月华如水，像秋天的池塘，水意氤氲里，连草叶的影子都是凉的。

大家都呆住了。冬至大爷侧卧在田埂上，蜷缩着手和脚，像一只僵硬的河虾。"狗皇帝"蹲在冬至大爷的身边，轮流舔着老人的两只手，咬着老人的衣袖往外扯。谁也没有喝止"狗皇帝"，"狗皇帝"终于放弃了所有的努力，它呜咽着，匍匐在老人的脚边。时光仿佛静止了下来。老人们默默地围坐成一圈，默默地守护着冬至大爷的遗体。

天亮的时候，老人们忽然看见了桃花。穿戴整齐的桃花远远地跪在老人们的外围，一边哭一边拍打着田埂。桃花撕心裂肺的哭声让老人们有些惊慌失措，他们吃力地站了起来，一边看着寿终正寝的冬至，一边看着如丧考妣的桃花，秋天的田埂上，慢慢地落下一行行老泪。

后记

2013 年秋天，国平突然回来了，一个人，拎着几件简单的行李。他的头发全白了，一脸的褶子，剧烈地咳嗽着，咳起来几乎走不了路。"狗皇帝"居然还认得他，今天叼走他的拖鞋，明天又叼走他的袜子——"狗皇帝"已经老得不成样子了，基本上失去了吠叫的力气。月圆之夜，"狗皇帝"偶尔还会喊几声，空洞，低沉，时光之手已经掐住了它的喉咙。

令老人们担心的是，"狗皇帝"已经很少进食，它几乎整天卧在地上，像老人们一样守着它的魂。"狗皇帝"有魂吗？老人们都说有，有生命的动物都有魂。我不太相信这种说法，但置身于牌楼，却又不能不相信。国平就不止一次地看见过冬至大爷拄着他的龙头拐杖在田野上四处张望。冬至大爷过世的时候，国平并不在场，但国平见到的冬至大爷，居然就穿着那一身逢年过节才会上身的衣裳。

桃花也说自己梦见过冬至大爷，冬至大爷在她的梦中喊冷，衣服和袜子全是潮的……

老人们都不相信桃花的梦，毕竟，她曾经是个"花痴"，脑子不好使的。只有国平相信了桃花。冬至的时候，国平给冬至大爷烧了几身衣服，冬至大爷的魂终于安息了，他再也没有给桃花托过一次梦。

国平给冬至大爷烧纸那天，带上了"狗皇帝"，但国平回村的时候，"狗皇帝"居然失踪了。国平沿路找了三四天，桃花也沿路找了三四天，但一直没有发现"狗皇帝"。那些常年坐在路边的老人，谁也没有看见过狗。"狗？哪里还有狗？"国平比画了半天，老人们笃定地摇了摇头。桃花比画了半天，老人们还是笃定地摇了摇头。几天之后，国平和桃花就放弃了继续寻找的打算，他们都怀疑，"狗皇帝"已经老死了。但父亲和我都相信，"狗皇帝"应该还活着，它在牌楼生活了一辈子，就算死，也会死在自己的"皇家庄园"里，不会选择死在外地。

据说，国平找过桃花几次，但桃花始终冷着脸，骂他是畜生，让他快点滚。"国平那么老了，"父亲说，"也真是的，怎么还不死心！""桃花就死心了吗？"我望着父亲，父亲沉默着，答不上来。

"桃花的病怎么就好了呢？"父亲愣了片刻，好半天才吐出一句话："鬼知道她到底有没有病呢？"

父亲的回答让我始料未及，我根本就没有想到这一层。我哑然失笑，眼前浮起桃花丰腴的双乳和臃肿的腰身。夕阳西下，风吹落日。小村牌楼像一幅尘封的油画——冬至大爷、国平、桃花、"狗皇帝"……他们在大地上匍匐、站立、行走与消隐，像旷野里无人问津的油菜花，寂寞盛开，寒凉凋败。

《西部》2017 年第 2 期

寂静的美神

王 韵

琉璃，一个安静清澈的字眼。长一张清新的美人脸，轻轻一念，吐气如兰，如光滑的绸缎，似香甜的奶糖。每念及此，如面对一位长身纤腰的女子，不由人心旌摇曳。

琉璃，古代写作"流离"，最早见于西汉桓宽的《盐铁论》，又称"璧琉璃"，见于东汉班固著《汉书·地理志》。琉璃是璧璃的简称，后来加上"王"旁，成为"琉璃"。我国古代自己制造琉璃的记载，在《穆天子传》中所说的天子登采石之山，取采石，使民铸以成器的故事。东汉王充的书中有道人消炼五彩石做五色之玉的记载。

我国古玻璃（琉璃）技术萌芽于西周，到战国时期已生产出真正的玻璃。最迟在三千一百多年前的西周时期，中国人的祖先就开始掌握了琉璃制造技术。在河南洛阳、陕西宝鸡等地的西周早期墓葬中，均发现了大量琉璃珠。战国时期，琉璃是王公贵族权力的象征。河南辉县出土的吴王夫差剑，剑上镶嵌三块蓝色琉璃，湖北江陵出土的越王勾践剑镶有两块蓝色琉璃，王者之剑的琉璃装饰足以说明琉璃在当时的尊贵性。博山地区的琉璃生产历史悠久，这里有全国最早也是唯一的炉神庙。早在元代时期，博山地区的琉璃产业已经具备了相当的规模。及至明清时期，博山地区的琉璃生产发展更为繁盛。

由于琉璃生产对原材料和技术的要求极高，自古至今仅博山和北京两处设有琉璃生产作坊，而博山特殊的山区地质条件造就了琉璃生产所必需的自然资源。又因博山琉璃科学运用了博山特产的鸡油黄、鸡肝石料、亮红料、洋青料、珐琅等名贵色料，进一步创新了生产工艺而在全国独树一帜。

一

走进博山陶瓷琉璃艺术中心，就是走进了陶瓷的心脏。在这里，看到一件件精美绝伦的琉璃艺术品，让人不禁感叹，真的是美轮美奂，巧夺天工。最令我陶醉的是人立墨彩。它将中国传统水墨文化与传统的琉璃艺术结合起来，色彩微妙，意境深远。琉璃不再只是一件精美的工艺品，而是被赋予了艺术品的意义和品位。

在那些气韵流动的水墨瓶前，我屏气凝神，驻足良久。不同的瓶型，不同的底色，在千度以上的高温下，手把铁线一气呵成这神奇的艺术之作，水墨淋漓，色彩斑斓，鬼斧神工。连那些瓶子的名字和注解都充满了禅意。桃花源记、驿寄梅花、被山带河、白日火焰……在一个题名"世外桃源"的水墨瓶前下方写着这样一段文字：褪去人世的繁华，来到这桃源仙境，顺着溪水行船，可以看到山间的桃花林，两岸花草鲜嫩美丽，远处田野交错相通，雾缠云绕，渺渺茫茫，仿佛与世隔绝。

它们全身都是晶莹的，干净圆润的，透出了美、欢愉和安静。这些琉璃作品兀自高贵地站在那里，把这一瞬间延长了，它延长了生命，超越了可以感觉的范围，定格了无法用语言描绘的现象。作家无法描摹的瞬间的美，却被琉璃艺术家永恒地定格了。同行的一位文友被这种美震撼了，她抱着手，一言不发，没有与同道窃窃讨论，也没有迫不及待按下相机快门，就这么安静地站着，站成了与眼前的艺术品一样的风景。一种让人平静地去享受这份销魂的美，并由此获得内心的欢悦和满足。当我们在观赏美的时候，心头会产生一种骚动感，这种骚动感是渴求净化自己内心的前奏，仿佛雨、风、繁花似锦的大地、午夜的天空和爱的泪水，把荡涤一切污垢的清新之气渗入了我们的灵魂，从此永不离去了。忽然觉得，艺术是无法用语言讲述的。所有与文学，尤其是与散文相邻的艺术领域，绘画、建筑、雕塑、音乐和琉璃制作，都能够丰富散文作家的心灵世界，并赋予他的散文以特殊的感染力，使之充满绘画的色彩，建筑的和谐，雕塑的线条，音乐的节奏以及琉璃艺术对具象的捕捉和意象的表达。

琉璃身，艺术心。从站在这里，用眼睛注视着它们的那一刻开始，你就跟你的心和解了，心底澄澈，安详宁静。此时，你只需怀着儿童般的纯朴和热心人的专注，听从一个更伟大的力量——自然的力量的调遣。你的心是平静的，同样也是充实的。你的眼和手，与头脑、四肢同时并用，急切地寻觅、开悟。一种无止境的美的享受与追求促使我们产生耐心，去细细揣摩。欣赏那两只天鹅脖颈的线条，荷花叶脉上的褶皱，体会行云的色彩，翠鸟的灵动，烈焰炙烤下沙漠里的点点绿洲。我们最为珍视的那些美的想象，此前一直在一种朦胧的抽象中保存着，在心灵深处保持着的纯洁完美，此刻瞬间被启发点燃了。

在展厅灯光的反射下，每件作品无不晶莹温润，光彩夺目。那些在我们想象中所描绘的、呼之欲出的物体获得了形态，形态的美又转变成实质的美，而世界的梦想和光荣也变得既可看见，又可感知了。在这里，可以看到戈壁滩上游走的生命，飞翔的精灵；夕阳西下，斑驳的石壁间的缝隙也被残光映照得气势恢宏；田野里蛰伏的小虫，或憨态可掬或桀骜不驯的十二属相，无不惟妙惟肖，姿态各异。从真正艺术的眼光看来，自然中并不存在平庸卑下的事物。艺术的精雕细琢和自然的精细微妙是没有止境的，精细作品随处都可以把美创造出来。

二

工坊里，工人们手持一杆长长的空心金属管，顶端放置材料，将其伸入1300℃的高温炉中烧热，迅速拖出，一手拿蘸料的铁吹筒，一手迅速拉出造型，反复锤炼——"火里来，火里去"。

工坊院子有些破旧，四周是一些古旧的房子，古朴，温暖。靠近北边车间的窗前有几棵树，五月的阳光直射下来，一束金黄色的光线透过树叶的缝隙，洒落在干燥的水泥地上。作坊里气温很高，一股热气扑面而来。一个穿灰色短袖 T恤衫的工人正在制作琉璃，他坐在马扎上，身体看上去很结实，湿透的衣服贴在后背上，明显有一片深深的汗渍，仿佛能拧出水来。那人没有看到我，他在一块长长的取料器上慢慢地、静静地摆动，身子几乎一动不动。我走了过去，向他打听琉璃的制作工艺，并认真地看他在那里塑型，时不时到高达1200℃的高温炉旁淬火加料。他说正要做一只白色的兔子，并说工匠想做成什么，想加多少料，什么颜色，全在于匠人自己心里的构思。他说话不多，脸上带着一丝腼腆又略带自信的微笑。时不时站起来，去高温炉里取火，淬型，雕琢。他说琉璃制作需要娴熟的吹制技术和造型技术。吹制技术是利用琉璃在一定的温度范围内具有可塑性的特点，使用中空的铁棍从炉中挑出琉璃料，在冷却过程中不停转动手中的铁棍，吹制琉璃的形状。琉璃造型则要求十分严格的工艺，工匠手持一根带有小钩的长铁杆，将材料钩住送进温度高达1200℃的火炉中，材料熔化后，迅速拖出放在铁墩上，一手用工具拉着高温材料，一手用钳子拉出造型。

天气晴朗，闪烁的阳光从大门和窗户照进来，把他宛如珍珠般明晰的血管色调摹写出来，把健康红润的脸色及其阴影一侧流动的血脉描绘出来。琉璃造型仿佛是魔术般转瞬间一挥而就的奇迹。要在1200℃的高温下快速定型，需要力气和速度。要在有足够体力的情况下精确精准，要处于全神贯注的紧张状态，要同时具备艺术的审美和强健的体力。他边干活儿边自言自语起来，笑容温和，我却听不懂他到底说了些什么。慢慢地，我感觉到，他是进入了一种状态，是将眼前手中的琉璃制品看作了鲜活可爱的生命体，它们能呼吸，会微笑，在它们的体内都藏着一颗玲珑心，懂得倾听他说话，默默地与他交流。在它们灵动的身躯以各种形态彻底成形之前，他的每一句话都能得到它们发自内心的回声，每一个动作都能赢得它们的响应。

正如作家用语言表现一样，琉璃师傅们用这些作品无声地表达着他们的生活和他们的生命世界，成了制作琉璃的艺术家。他们不会按照事物为我们所具有的意义，把它作为素材来感觉，而是把它对象化，化为一件血肉丰满的生命来感觉。这些艺术品，如此无意地从观察与劳动中产生。人有一种渴望，渴望以某种形式诉说和表达自己，恰如叙说某种同样真实的事物。人们通过空荡荡的大海，雨天的屋子，枯藤老树，西风瘦马，来表达这种寂寞。激情消失得越多，人类对这种语言理解得越透彻，越会以最朴素最天然的方式运用它。寻找让你心动的东西，在忘我中绽放。此刻，人不再是万物灵长，而是作为一个物安放在众物之间，平起平坐，共同交流和呼吸。在我们的感官吸收所有这些美的同时，我们的心也沿着智慧与愉悦之路，朝着朦胧模糊的情感隧道前进。这些情感，在心灵之隧分岔，调整，延伸得越来越远，搅起了我内心未曾想到过的其他存在的词汇，启示着一些我们未曾见到过的形式。

三

琉璃，以其温婉含蓄高贵的气质源远流长，历经千载，它一直是美的化身，与美相连。让人忍不住屏气凝神，似乎一声轻咳都会破坏这份静谧神秘的美。它战胜了人精神上的追求，让人体验和沉醉于一种难以言说的境界。琉璃工艺不仅是一门技术，更是一门艺术。当我们凝视着琉璃时，词语在非人类语言那苍白暗淡的边界地带抬起了它们纤弱的躯体，又在失望中陷落进去。他们必须通过把绿色渐渐变成蓝色和摆弄色块来叙述他们的故事、情感。神秘地、沉默地编织他们的语言，对于美的感受似乎不可思议地敏锐起来。水塘里闪烁着耀眼夺目的反光，光波在一层一层淡下去，表面和边缘那种镀金镶银般的光亮真是美不胜收；山峦那迷梦一样的紫色，冬天的枝干的绝妙的边线，以及遥远的地平线的暗白色的剪影，全都是你心里喜欢的样子。

美隐藏在每个人心中，每个人心中都有不同标准的美。艺术就在于能使它从人们心中苏醒过来，引起共识。精致的做工，新颖的创意，我们谓之"匠心独运"，匠人就是最好的艺术家。人类劳动无可辩驳地构成历史，劳动者就是历史的创造者，美的缔造者。当你真正拥有了工匠精神，你会很容易感知工作的乐趣，产生有诚意的劳动成果，人们也会从你的作品中，体会你的良苦用心，感受到每一个细节的美感或专业。无论这样的成果是什么，都已经被那些真正的艺术家，伟大的工匠们赋予了灵魂。

艺术是无声的，欣赏者也不忍心打破其缄默。艺术家无须说话，他竭尽全力去做的，就是为我们清晰地显示那一片绿色和银白色，那潺潺的溪流，那在风中摇曳的垂柳。他应该与我们走得非常之近，但又总该有某种东西把我们与他隔离开来。"存在两种形式的寂静：一种是语言的安静，另一种是声音的安静。而后者对我们的影响更加深远。"

我想到了有一类人和他们所代表的精神品格。像琉璃工匠这样的艺人一旦进入状态，马上会专注地干着各自的活儿，敬自己的业，努力将每一桩事、每一件东西都做得尽善尽美。他们有一个共同的名字：匠人。

《美文》2017 年 2 月上半月刊

大梁坡上的生活

帕蒂古丽

我们家在老沙湾大梁坡的屋子，盖在高高的土坡上。前些日子，白天装修，夜里，我和弟弟打了地铺，躺在埋着我们胎衣的地方，心里安宁得就像小时候躺在爹娘的怀里。小时候进进出出的庄稼地，长满芦苇的河坝上，那些记忆都回来，一片一片落满院子，栖息在苞米叶子上、棉花秆子上和葵花盘子上。

花了二十年时间书写，现在，我终于把自己写回大梁坡。这个村庄，对于别人可能只是一个村庄，对于我，却是一本打开的书。我回来，就是向故乡索要一份记忆，一份丢失的记忆。

坐在屋子的门槛上，用父亲的目光看那些荒草。我是在荒草中长大的，却从没有这么长久地凝视它们。孩童时代只顾着在一路奔跑中长大，似乎奔跑的方向，就是长大的方向，奔跑的速度，就是长大的速度，遥不可及的远方，充满了诱惑。成长中的奔跑，不会为谁停留，我甚至不会停下来，等一株荒草长大、追上来。童年的我，像一只惊慌失措的鸟，任何事物，都是匆匆地从眼角掠过。

现在，我用父亲的目光打量大梁坡，村里的房子沿着一个椭圆形的大坑排列着，似乎从来就是为了我从这一头打量起来一览无余。坑里一直种棉花，无论地分给了谁家，都种棉花。似乎这块地就属于棉花，从我穿开裆裤到现在，几十年来没有变过。

我大学毕业不久，就当了记者，离开大梁坡的第二年，父亲用我出嫁时婆家给的五百元彩礼钱，开垦了房子西南面靠着河坝的十几亩地，开垦这块地，用尽了他最后一点力气。等我抱着孩子，带着一台为他买的收录机回来时，只赶上为他送葬。

我的婚礼，父亲没有来，家里一个人也没有来，父亲本来可以用那五百元钱买车票，到塔城参加我的婚礼，可他把钱用在了开垦荒地上。他想着我还有三个弟弟、一个妹妹在读书，他雄心勃勃，准备把他们都培养成"国家的人"，结果他走了，把他们全部留给了我来负担。

我们这几个孩子个个都像父亲，都留恋大梁坡，都想在年纪大了以后回来。这里养了我们一大家子人。大梁坡有父亲打了一辈子交道的邻居，邻居呼唤孩子的声音，跟他们的父辈一样，邻居家的狗，似乎还是多少年前我们听着它的叫声入眠的那一只。

早上起来，看着葵花的脸盘渐渐亮起来，一点点仰起来，转向太阳。雪山在远远的地方，就像画在天幕上。站在房顶上，能看到海子湾水库的大坝。二十八年前，这条路扬起黄尘，运送父亲埋体的拖拉机"突突突"地驶过。埋葬了父亲后，就是那条路带着我们迁徙，让我们姐弟六人朝着六个方向走了几十年。现在，都该回来了。回到当初，回到没有离开过的大梁坡，回到另一个梦境，等父亲的声音，远远地叫醒我们。

三弟弟每天盘算着口袋里的钱还能做多少事情。他盘算着垒一个大炕，叫兄弟姐妹们都回来，像小时候一样，大家一起并排睡在大炕上，这是他一辈子的理想，现在快要变成现实了。

三弟弟现在盘算的事，父亲在他这个年纪也盘算过。大弟弟想的，跟父亲一模一样。一旦回到这里，日子似乎只有一种单纯的过法。这是真正的重来，地里种的，院子里养的，一样都不多，一样都不少。大地就这么古老，村庄也这么古老，日子还很悠长……还来得及，把过去的时光，再从头过上一遍。

最小的四弟，打算第一个回来。他是六个孩子中，最早离开这个家的。

冬天，我倚在门框上，看着大弟弟带着弟弟妹妹，在雪地里撒欢，我猛然想起，这个院子里从来没有过四弟弟童年的脚印，他刚出生六个月就送给了姨家，被姨夫裹在被子里抱走了。

这个夏天，四弟弟久久地钻进茂密的蒿草丛里，似乎在寻找什么，我看见淹没过我们童年的蒿草，幸福地淹没了他。

白天种菜拔草，晚上一起睡在大炕上，这些四弟弟没能经历的村庄岁月，我们要为他补回来。我们从小欠了他这样一份日子。谁也无法把过世的爹娘还给他，我们现在只想把大梁坡的生活，原原本本地还给他。

大梁坡的狗

回到大梁坡后我发现，要想在村里来去自由，得先跟村庄里的狗搞好关系。

回大梁坡村的家，路只有一条，必须从邻居家门口过，邻居家的大白狗从来不拴。大白狗刚产了崽子，凶得简直像一头母狼。我不认识大白狗，它也不认识我。于是，我只好来去坐车，根本不敢下地。进自己家的门，还要先被邻居家的狗认同，回乡真不容易。

怎么过大白狗这一关，四弟弟的说法是：把它喂熟。大白狗的窝，在我家和邻居家之间，临近我家的大门。所有来我家的客人，都要过它这道关。养熟了，等于我家养了狗。

要想喂熟，先得从生开始，这狗根本无法近身，每次狭路相逢，即便我是坐在"铁壳子"里，它也要来咬个不停，一直咬到大门口。我没法下车，只好对着邻居家大喊："图拉，挡狗！"

图拉用维吾尔语骂了一句，大白狗就撤退了。图拉大喊着："你骂它，用维吾尔语骂它，声音要大，骂得凶一点，它就会怕你。"

我一边发抖，一边用维吾尔语骂狗，狗果然低下头，不叫了，乖乖地进了狗窝。

后来我发现行走在大梁坡，你得不断变换语言方式，跟村庄里的狗对话：维吾尔族庄子里的狗，维吾尔语和哈萨克语通用；对回族庄子的狗，你可以说甘肃话、宁夏话、青海话，如果你说普通话，它立刻能辨别出你是个外来客，就不会那么客气了；汉族庄子的狗，即便不出狗窝，也可以从来人的武威口音、张掖口音、天水口音分辨得出是谁来了。汉族庄子的狗，对讲河南话、陕西话的人十分顺从，因为庄子里操这两种口音的人居多，当然它也不排斥山东话。狗的器官很灵敏，如果你明明满口的大葱味，却说一口河南话，它反而会起疑心。

到了大梁坡，你千万不要以为大梁坡人养狗是为了看家护院。过去大梁坡人养狗，多半是为了放羊、捕狐狸、追野兔、逮野鸡。现在，狗的作用类似于石狮子，是为了迎客和装点门面。

在家里坐着，只要院子里的狗叫了，就是在给主人报信："有客人来了，赶紧出来迎客。"

村庄各户人家的院子，根本用不着狗来看。

田晓武家的摩托车扔在地边上，从四月扔到了八月。直到忙完秋收，田晓武想起来摩托车还在地头。带了扳手、榔头和起子，敲打了一通，又把摩托车骑回来了。

阿布麦提去了县城，家里的母牛扔在河边五六天，等他回来去河边牵牛，母牛下的牛犊都在河边欢蹦乱跳了。

玉努斯家的车没油了，扔在村道边一个礼拜，钥匙插在锁孔里，也没人去动。

村里太太平平，谁也没空惦记别人家的东西。如果有外人打村庄里任何一户人家的主意，村庄里的狗都能闻得出来。村庄里的人听得出来，迎客的狗叫声和斥责的狗叫声是不一样的，现在，我不管去哪个庄子，都能变换着语言方式，跟狗准确地对话，进进出出再也不会有狗冲我狂吠。

邻居家的那条母狼一样的大白狗一见了我，就侧着身子温柔地躺下去，亮出两排大号黑纽扣一样的乳房。我一开始不明白大白狗何以跟以前"判若两狗"，四弟弟开玩笑说："狗的意思是你给了它许多好吃的东西，为了表示感恩，它也把身上最好吃的东西亮给你。"

说笑归说笑，狗把最柔软的地方亮给我，至少表示它认识我、信任我。如果村里的狗都不认你，那你就算不上大梁坡人。

爬犁

她从外婆家走了出来，矮矮的，像外婆家低矮的烟囱。她还穿着胖嘟嘟的棉衣，脖子缩得像只小狗熊。她呼着哈气，越走越近，朝着这边的沙枣林走来，她曾经看到给大舅舅送埋的亲人路过那片沙枣林，妈妈站在那里，用头巾捂着脸，肩膀不停地颤动。那是初夏，沙枣花的香味弥漫的初夏。现在是严冬，四处白茫茫一片，只有雪片寒冷的气味。

她拉着一架小爬犁，一直朝着沙枣林这边的小沙包走过来。雪在她的脚底下嘎吱嘎吱地响。她的嘴上不再有哈气，外面冰冷的空气吃掉了她嘴上的哈气。她拉着爬犁上了很高很高的雪坡，她认得那个大雪坡，夏天是一座沙包，大舅舅的双拐就被孩子们埋在沙包边缘的沙子里。那次大舅舅满脸眼泪还粘着沙子，眼睛上都是红血丝，嘴巴都哭得干裂出血了。

她希望在雪坡下面看到大舅舅在等着她。夏天大舅舅在这里陪她玩沙子，现在他躺在沙枣林后面的墓地里。

她眼睫毛和眉毛上结满了霜，雪娃娃一样，一次一次地把爬犁拉上雪坡顶峰，趴在爬犁上，呼啦一下子从坡顶俯冲下来。她爬上滑下，滑掉了整整一个上午。

太阳从坡顶滑向沙枣林的时候，她似乎看到大舅舅拄着双拐，立在沙枣林下看着她。除了他，似乎再也不会有人陪她在沙坡边玩了。

她那么熟悉大舅舅拄着双拐的站姿。她玩爬犁的时候，他却不能来陪她了。她这样想着的时候，觉得白色的大雪坡，像一座巨大的坟。

她从小被外婆娇惯，大舅舅也总是保护她，可小舅舅不怎么待见她，喜欢跟她抢东西。小舅舅跟她一起去沙包上滑爬犁，总是让她给他拉爬犁。坐在爬犁上的总是他，他一个人滋溜滋溜地滑下去，再让她帮他把爬犁拉上来，然后他坐在爬犁上，滋溜滋溜地滑下去。她站在寒风里，看着他一次次像飞一样滑下去，她看呆了，感觉雪中的爬犁像长了一对翅膀，载着小舅舅飞下雪坡。

　　小舅舅不在家的时候，总是把爬犁藏起来。这一天，外婆和小舅舅、外公都出门了，就她一个人在家里。她偷偷把爬犁从仓房里拉出来，拉到了雪坡上。

　　谁也没看到，她像一个长了翅膀的小雪人一样，从雪坡上飞下。雪在她四周飞溅，她闭上眼睛张大嘴巴，幻想着地上的雪都变成了甜甜的白砂糖，飞进她嘴巴里。

　　小舅舅滑爬犁时，嘴里总是含着从大队商店里买的橘子味水果糖，坐爬犁没有她的份，水果糖更没有她的份。她看着爬犁在雪里飞，水果糖的气息和雪的气息搅和在一起。

　　她期待小舅舅能跟她玩一次爬犁。但她期待的事情没有发生，雪地上的雪也没有变成白砂糖，要吃糖只有外婆大铁锅里的糖稀。用糖萝卜煮啊煮啊，从早上煮到晚上，糖萝卜就变成了糖稀。

　　熬过糖稀，一连几天，屋子里总是弥漫着一股焦煳气息，她的嘴巴里也是糖稀的焦煳气息。小舅舅不喜欢这种气息，只有小舅舅不在家的时候，外婆才会给她做糖稀。她一直盼着小舅舅出门，外婆好给她煮糖稀，吃了糖稀，再偷着玩小舅舅的小爬犁，让雪坡上散发出糖稀的味道。

　　现在，她虽然没有吃到糖稀，却拥有了一次滑爬犁的机会。整整一个上午，她很满足地从雪坡顶上，坐着爬犁一次次地往下滑，沙包是她的，爬犁是她的，雪中的整个世界都是她的。尽管那个爬犁，她只拥有那么一个上午。

　　事隔几十年后的冬天，走过外婆家原来的房子时，我又看到了那排沙枣林、那个大雪坡，看到了她在北风里，冻得像红萝卜一样的小脸蛋。她侧着小小的身体，用冻红的双手紧紧地拽着拴在爬犁上的麻绳，在雪地里吃力地往前走。

　　我看到了她的孤独，一个孩子童年的孤独。

　　我一下子认出了她，她就是五岁时候的我。

记忆的侵犯

　　他的目光那么专注而坚定地看着我，好像要拔出多年前在我身上撒下的一些钩。从他熟悉的问候语和看我时用力的表情，我能感受到，他和我在相逢的那一刻，我们一起紧紧拥抱了过去。那个被称为"记忆"的奇妙东西，骤然飞临我们头顶，栖息在我们紧挨在一起的肩头，然后从我们之间倏然滑落，化成深秋的雨水，洒落在我们的眼眶和脸颊。

　　无数死亡的记忆复活，掺杂着重逢的喜悦，就这样，他紧紧地拥抱了我这个少年时代的见证者，同时也深深地拥抱了他自己。

这个年龄的男人，拥抱我和拥抱自己同样需要勇气，少时那些记忆给了他这一刻的勇气。紧接着他颓然地放开了我，似乎那股勇气一下子抽离了他的身体，像被什么东西抛下一般，他愣在院子里不知所措，有些惊异地看着我，似乎在惊异我是如何从天而降的，惊异刚才的那股突如其来、冲破世俗的力量。

我明白他坚定的目光，是因为只有这样的目光，才能集聚足够的力量，穿透那些深沉的岁月，调动那些久远的记忆。

我眼前闪过一个镜头：在他家的羊圈里，他让五岁的萨吾列和七岁的我，还有六岁的古丽尼沙为他挠脊背。那时，他的身体已经发育得很强壮，肩膀宽阔，膀大腰圆。

童年的我，连同那个羊圈里的气味，还有他油腻的脊背上的体味，一下子紧逼过来，白花花的脊背在昏暗的羊圈里让人眼花缭乱。

我没想到，自己还保存着这样一个镜头，也没想到这个镜头，会在几十年后再见到他时显影，我有点慌乱地看向他。

我有点晕眩，羊圈里的那个镜头，恍然是梦。

他有点奇怪地对我点头说："铁辽喀孜就是我，我就是铁辽喀孜。"

从我有点疑惑的目光中，他似乎看出了一种怀疑，像是在对自己做一个自我肯定。我不知道，那一刻，他是不是把过去那个青春年少的铁辽喀孜，和现在站在我面前的苍老的铁辽喀孜连接在了一起，他的话像是为了让我和他一起，认领几十年前那个镜头。

铁辽喀孜的语气，让我确认羊圈里的那一幕真的发生过。一个小伙子，把三个年龄加起来跟他一样大的女孩关进羊圈里，逼着女孩们为他挠痒痒，他背对着我们，两条胳膊搭在羊圈凸凹不平的墙壁上，很享受地轻轻呻吟。

他只是发出低微的呻吟，他用声音侵犯了我们的耳朵，除此以外，他对我们没有做任何侵犯的动作，那时他可能还没有学会该如何侵犯。

他不会知道，此刻，这件往事突如其来，侵犯了我的记忆。那声音和镜头，竟然储存在我的记忆里那么久，只是为了在再次遇见他时显现出来。

铁辽喀孜穿着短袖衬衫和棉马甲，站在无遮挡的院子里，他的衣服和暴露在冰雨里的胳膊被淋湿了，他浑然不觉地说："没错，你就是大梁坡的那个小小的古丽，你没有变。"

尽管我已经年过半百，可在他面前，我确认似的点了点头。

他被无边无际的冰雨包围着，我想把他拉回来躲避一下，让墙壁为他阻挡一下冰雨。我知道，我们无法阻挡记忆的侵犯，就像无法阻挡漫天的冰雨无边无际地降落下来，我和他花白的头发，都被记忆的冰雨淋湿了。

修改

有时候，我怀疑自己回到大梁坡，似乎是为了把过去的生活，用我现在的生活修改掉，涂抹掉。

吃的，喝的，穿的，用的，都不可能是过去的。那个我，偶尔回来，在夜色中小解的当儿挨着我，看着曾经熟悉的夜空，远远的一点零星的光点，这时，我很真实地是我。

冬夜，看着一轮冰月挂在天际，地上无垠的白雪呼应着银白的月色，那个时候，我有一瞬间像是回到了儿时。这样的时候已经不多了。

现在的我时常看着过去的我，或者过去的我时常看着现在的我。来来去去地奔走在大梁坡，她们互相熟悉着，有时候彼此靠近，有时候截然分开。有时候故人和回忆使她们黏合在一起，相互拥抱，合二为一。

我在试图一点一点，用现在心满意足的生活，抹去过去的苦难，而苦难不会真的消失。

那一次，我长久地回头，看我曾经上学的小学校路口，一个戴着白头巾、背有些佝偻的老年女人，站在路边茫然张望。

弟弟问我眼睛向后在追着看啥，我说："那个老年女人会不会是我们走失的母亲？"他惘然地说："不会吧，是个捡棉花的。"

我看着那个女人，直到她消失不见，大片的棉花地里，棉花已经摘尽。我的心里空落落的，像是一个棉花桃子炸裂后，被掏走了棉花，我的心在刺眼的阳光下变得干硬瘪塌。

我的心就这样被掏空过一千次一万次，母亲还是没有回来的迹象。

我只想在大梁坡盖好房子，等母亲回来，只要房子还在原来的老地方不变，母亲的魂若回来，就必定能找到我们。

不管我们的生命经历过什么沧海桑田，母亲都会认出我们。只有在母亲眼里，我们还是昨天的那个孩子，也只有母亲的存在，才能证明我们还是过去的我们，母亲能帮助我们完全回到过去。

也许我的回来，并不完全是为了更改过去不堪的生活，而是为了把现在的生活和过去的生活连接起来，还原一个完整的大梁坡。

我期待送给自己和母亲一个完整的家园。

回家路上的谜

从沙湾县城到大梁坡有三十公里路，路两边的棉花，显出一副大雪普降后样子，似乎在提醒着，天冷了，该摘了棉花做冬衣了。

棉花，以云的轻，围裹出最深重的暖意。高出来的棉花秆子，像从雪地里戳出来的枝丫，给人一种春天化雪的假象，秋阳悬在半空，懒洋洋的，有种倦意。

摘了棉花后的棉田，像融雪后的大地，露出大面积的棕红，这就像一个反季节的预示，冬天很快就要赶来了。

路边的玉米，像是我长在地里的幼年记忆那么茂盛葱绿。玉米结实的样子，像母亲怀抱着婴儿。童心未泯的秋玉米，像是故意长出那么长的胡须，假扮成老头儿跟人逗乐。

红旗农场的酒葡萄也开始采摘了，搭了架子的葡萄地里，葡萄藤缠绵在架子上，像是一个穿着翠裙的女子，拥吻着挺立在地上的葡萄架，看着就让人有一丝醉意。

每次去大梁坡，看到通往海子湾村的那条岔路，我就想象着在路的尽头，那个可以看见绿树土房的那个村庄海子湾。我是不是有什么东西，遗落在那个与大梁坡毗邻的村庄，那一丛丛树，总是那么充满诱惑地朝我招手。

我曾坐在父亲赶的毛驴车上，从那个黑黢黢的树丛旁路过，父亲大概累了，一路上一言不发，只有他甩开的鞭子，在我头顶盘旋，那些树像我的头发一样在风里竖着。毛驴车上拉的是父亲砍来的柴火，我坐在高高的柴火垛子上，心绷得紧紧的。风从柴火垛子上刮过，星星在天幕上一跳一跳的，惊魂不定。

我很想一个人下车，沿着那条土路，进入那个过去经常出没的村子，又担心村里已经没有人认识我了，会奇怪我从哪里来，来村里干什么。

小时候去那个村子，似乎回回都是有理由的，打醋、买盐、买茶叶，我买过的第一块巧克力，就是在那个村里的商店。我第一次看戏，也是在那村里，看蒋凤珍在戏台子下，粉白着脸，跟那台上甩着水袖的花旦学唱戏。

穿过那个村子，就是海子湾水库大坝，上了水库大坝，就可以去很远的地方。对了，那个村子，是一个出口，是通往远方的必经之地，而往老沙湾镇的方向走，似乎是往后退，因为过了镇子，就离古尔班通古特沙漠的边缘不远了，就再也没有什么地方可以去了。

有一年冬天，我趁晚上父亲睡了，偷了他口袋里的两块钱，第二天，村里的孩子去海子湾村买东西，路过我家门口，我跟了去，结果到了商店才发现，两块钱不见了，我空手而回。

回来父亲没有问起我去商店干什么，这倒让我很惊奇，平时我做了错事他就会呵斥我，这次却任由我去，让我很奇怪。我怀疑父亲发现我偷了他的钱，趁我熟睡着的时候，悄悄又把钱重新偷了回去。

我那种说不出来的失落情绪，持续了半个冬天，起初我很懊悔偷了钱，以为是自己在路上把钱弄丢了，替辛辛苦苦挣钱的爹爹心疼，后来，我看爹爹从未提起自己丢钱的事，就判定钱一定是被爹爹拿回去了，又不戳穿我，让我自己领悟一个人平白无故丢了钱的感觉。

父亲去世后，这件事成了一个小小的谜，再也找不到答案了。我总是想去海子湾村走一走，大概就是想要寻找丢失在那段路上的谜底吧。

语言的弹坑

我喜欢村庄里的宁静，你可以像一个哑巴一样生活，来保持一颗心的敏感。

当语言的区域太宽广的时候，我会追逐语言追逐得很疲累，为省下一点体力，我喜欢保持静默。追逐那些虚无缥缈的声音、漫无边际的话语，太耗费体能，就像挖土和填埋一样，铲平那些语言的土丘，填平语言制造的沟壑会让人筋疲力尽。大片的语言和声音轰炸过后留下的空洞，让我感觉到世界的虚空和不真实。

不要用语言和声音填平我们之间的空隙，不要用嘈杂填埋我的空间。当语言抽离，声音消失，那种感觉像是要忍受一切被你抽离后整个世界的坍塌，让人恐惧。

带着杂音的语言像是一阵急雨，在地面留下小小的浅坑，像天空下了一阵石子，粗鲁地打在我铺开的思绪上，思绪从一块完整平滑的丝绸，变成千疮百孔的破网，兜不住任何细密的思想颗粒，那种华丽被撕开肢解，变得支离破碎。

心蜷缩成一团，像被用力揉皱的草纸。你的话说完了，我该把自己扔进垃圾桶里了，因为我有价值的部分已经被喧嚣和嘈杂损耗殆尽。

语言的矿坑，显出过度开采后被废弃的荒凉，残留着无用的残渣、脏污的废水，处处是被肆意践踏过的印记，所有的根系被革除，大地的营养被抽离，一切生命都无从生长。

我不是怕语言和声音，我是怕语言和声音过后，就像弹雨和炮火过后留下满目疮痍一样，语言的弹孔和声音的坑洞，遍布我的全身。

我的世界遍体鳞伤，无法收拾。

光线的重量

我真不希望村庄里有灯。在大梁坡，当我潜入黑暗，就是潜入记忆深处。

我说过无数次，当你看到我独自坐在大梁坡的一间黑房子里，千万不要开灯。你的手按下开关，就像扣动了扳机，我会送命的。

你走进我的房间，替我打开灯的那一瞬间，我的大脑里的电源就像被切断了，思维完全短路，我只看见你的嘴不停地在我面前张合，手不住地比画，我却全然听不到你在说些什么。

我满脑子只有世界上最后一件我没来得及做完的事情，那就是把灯关上。我失魂落魄地扑向电灯开关，就像濒死的人奔向一线生机。

光线重新变暗，一个死而复生的我，又回到了这个世界。我的记忆恢复，视力恢复，听觉恢复，我又变成了之前黑暗里的那个我。

中间被光线切断的那段记忆被删除了，再也无法恢复，我左思右想，不知道你向我叮嘱和解释过一些什么，或者吩咐了一些什么事情。我努力回想，只记得你的表情和在眼前比画的手势，我无法恢复你说话的内容。

有的时候，你把手伸向开关的瞬间，我的心就提到了嗓子眼上，我感觉自己的魂飞了出去，好不容易在黑暗里聚拢的自己，又在光线中散开，追不回来的那些思维碎片，已经分崩离析。

我的重心顿时脱离了既定的轨道，像失重的陨石一样从宇宙跌落，我无法收集那些飘散在心际的物质，我的世界轰然离开我，抛下我，我感觉自己在往下坠，我的星球在向着茫茫天际坠落，没有人能够救我。

我起身去追，我想把光线堵住，那样我的魂就会回到我的身体里。我关掉了电灯，手按在开关上的那一瞬，我突然感到悲伤，我发现，我追不到它了，我看到了那些被满屋子亮堂堂的光线赶跑的东西，看到它们离我而去的背影，那是我刚才在黑暗里养出的一截思绪，像一匹被撕裂的锦缎，悲切地飘扬着飞远。

我看见了我的灵魂被光线撕开的样子。

光线是有重量的，一个人怎么能背着一屋子沉重的光线而浑然不觉呢？光线有锋芒一样的质感，它一根根扎在我的眼球上，一线窗帘缝隙漏进来的光，都会像匕首一样刺进我的眼球和身体里。

坐在光线里，我万箭穿心。我脆薄的身体承载着一立方一立方光的重量，我变得越来越重，重到能被我看见的东西都被光线挤压在我的身体上。

我只有闭上眼睛躲避光线，躲进想象的黑暗里，以减轻这光亮的无限重量。

　　我用我的灵召集的阴魂，黑暗里它们聚集在我周围，我像一个被催眠的人，与我前世的记忆相遇，与另一个世界的幽灵对话，恰好在这个时刻那盏万恶的灯被点亮了。

　　我好不容易汇聚的记忆，以及我脑海里没有见过光的事物全都死了，光线像刀一样切断了我与另一个世界的连接，我用意念的魔法打开的与另一个宇宙的通道，通通被关闭，灯光一下子把我切换到了这个世界，那个世界瞬间消失了，我猝不及防跌落到了现实。梦境失落，想象幻灭的感觉恍如一梦，我无所适从。

　　上一世，我一定是一个穴居者。我喜欢独坐在黑暗里，感谢上天给我这样一方安全的黑暗，那是我最自如的时候。

　　我眼睛里的记忆之光，足够照亮我。

《大家》2017 年第 2 期

仰望高处，低身而思

凸 凹

一

海涅曾很心碎地说过一句话："夜间，想到德国，睡眠便离我而去，我再也无法合眼，泪流满面。"

这句话，也令我失眠，辗转榻上，久久沉吟。后来，我终于得出一种破解：心碎的深处，与日耳曼民族跌宕的历史有关。

这个民族，既有爱因斯坦伟大的相对论，尼采、黑格尔、马克思伟大的哲学，贝多芬、瓦格纳伟大的音乐和歌德的伟大诗篇，也频生恶魔，包括希特勒、纳粹和法西斯主义。民族的样相，伟大与丑陋、辉煌与陷落，高贵与卑劣，都呈现在一张脸上。之于人类，一边是圣子、一边是撒旦，隆恩与浩劫、救生与索命是并存的。

两极之极，便有跌宕之势，大起伏、大腾挪，既让人震撼，也让人深思，心绪不平，故无眠。

海涅的情感是面对跌宕历史的悲悼，可以看出内心深处，对自己的民族，他是有大爱的。他很让人感动。

细一思量，跌宕的历史才是大历史，才让人注目，频生深刻的联想，就敬重。一如人们对待风景和情感——日上中天，燃烧得绚烂，让人遮眉；夜黑如沉，寂灭得厚重，让人惊悚，记忆便深刻——大爱的背离，是刻毒的怨恨；大恨的转身，是刻骨的恩爱，感受都是强烈的。不冷不热的天气，不明不暗的风景，是没有吸引力的；温温吞吞的情感，安安妥妥的亲热，是不值得献身的。

其实跌宕，正是平庸的反面。一个平庸的民族，没有大的动荡，自然能安睡。但也殊少华彩，令人兴奋之处，是不多的。所以，这里的无眠，也正是不幸之幸。

人的历史也是这样的。

人们总是说：锋锐之才，天必钝之；木秀于林，风必摧之……如此之类，不一而足。

从海涅那个悲悼的视角看，这不过是平庸者的立身屏障和最节省的遁词而已。

因为，钝之，必先是锋锐之才；摧之，必先是秀林之木。钝摧之间，正凸显了卓越的品质，系价值所在。不锋不秀，虽安稳舒适，却是庸碌之态，即便是福如东海、寿比南山，亦殊可悲的。

从历史与人，想到我们的文学艺术，相通处，也是多的。

长期以来，艺术一直被约束在对现实的贴近和对生活的忠实上，且用现实的法则和公众的趣味衡量作品。这种取向，自然能"鲜活地"阐释生活，但同时也塑就了艺术的匍匐之态，艺术家也因此矮化为弄臣。艺术一"匍匐"，就与现实和解，呈现的是"无差异"的反映，作品就平庸了。而艺术之所以是艺术，就在于它比生活"高"，做生活之上的反映——贡奉新的价值、新的经验，并探索精神高度、思想深度、情感广度，起到不言而喻的引领和提升作用。从这个意义上说，艺术家应是"独步"，而非顺从。正如苏珊·桑塔格所说："伟大的艺术，是一种英雄主义，一种突破，一种超越。现代主义杰出作家对杰作提出的要求是，每一部作品都必须是一个极端的例子——极限的，寓言式的，或两者兼而有之。"瓦尔特·本雅明也说："所有伟大的文学作品，均是这么一种状态：要么是确定一种文类，要么是终结一种文类。"这就是说，不管前面有多少好的先例，伟大作品一经出现，都表现出与旧秩序的彻底决裂。其极大的破坏性，既是它们的特征，也是它们的意义——它们拓展了艺术的疆域，以崭新的、自觉的标准使得艺术行当变得复杂化并加重了自身的负担。它们既激发想象，又使想象陷于瘫痪。

基于这样的认识，伟大的作品，都不是对现实机械的反映，而是超现实主义的主观表达。现实的最根本的特征，是不可重复性。不可重复的现实，难以捕捉、难以模拟，一切几乎都是过去时态。生活提供给艺术家的，只不过是一种叙事材料、认知方式、世象启示——现实只能被间接地把握。艺术家要想有所作为，就必须采取一种自省的转向。也就是说，我们不能借助生活来阐释作品，只能通过作品来阐释生活——作品所反映的生活，是对现实的"分割"与"重组"，所做的表达，都已经过大脑的思考。

可以说，一切成功的作品，或伟大的作品，几乎都隶属于表现主义（现代主义）和象征主义。

苏珊·桑塔格的重要文论《在土星的标志下》，以瓦尔特·本雅明为例，论述了卓越作家的精神谱系，得出结论，伟大作品的写作者，差不多都是忧郁症患者。他们总体上都认为，生活所能呈现出的，都是表象的、肤浅的，深刻的、本质的东西，都在生活的背后。因此，他们对身外的世界，不轻信、不盲从，只相信自己的眼睛。他们与现实之间存在的是一种紧张关系，或者说与生活保持着应有的距离，即观察生活，认识生活，阐释生活，均采取怀疑和审视的态度。一句话，他们先拷问，然后去描述，去表达。

于是，他们拨云见日地"积累事物"（桑塔格语），磨炼超现实主义的感受力。他们喜欢另辟蹊径，在无人注视处寻寻觅觅。他们不放弃现实中被漠视的部分，从"不重要"中抽绎出意义——因为他们确信，在被世俗标准舍弃和遮蔽的地方，往往与真相最为接近。他们固执地认为，艺术是一种理想的、英雄主义的精神行为，既是感官的，更是思考的，不能只满足于对现实的演绎和阐释，它应该从现实止步处起步，通过主观途径和"过度表现"的方式，完成"现实的继续"。

这种艺术姿态，即使他们不能接受平庸的作品，也使他们不能忍受自己的平庸。因此，他们从来不满足于已完成的作品——提到旧作，满面忧戚；已有的辉煌，恰是心中的阴霾。因为追求卓越的本性，使他们的生命状态陷入难以摆脱的阴影：新的作品一旦推出，原有的作品立刻就"灰飞烟灭"。他们不能回望，只能前行；每一次艺术创作，都是重新开始——且因时时感到"语言的无能"，每次开始都是悲壮的启程。一如西西弗斯与巨石，众神的惩戒慨当以慷，不堪的是自身的使命与担当。

所以，伟大的艺术家，绝少有志得意满、洋洋得意的神色。他们忧郁，失眠，心事浩茫，永无宁日。因而他们的人生有大起伏、大跌宕，崛起和陷落，辉煌与幻灭往往是并行的。

然而，他们却像巨株，虽孤独，却超然秀出，高拔无类，直逼人眼，过目不忘。也像苍鹰，总是翔于云天，呈惊心动魄之势；即便被迫盘旋低回，也比鸡雀飞得高。

艾利亚斯·卡内蒂也说：

> 我心里有太多的东西在燃烧。旧的解决问题的办法不再管用，而新的方法尚未找到；因此，我开始同时四面出击，好像自己还能活上一百年似的。

他说得真好！人生的风流（价值）、生命的强大、精神的意义都在其中了。

二

一直以为，阅读是为了获取经历之外的经历、经验之外的经验，因而拓展生命的维度，让人生超越局限，更广阔地伸展。但阅读带来的实际感受、特别是"过量阅读"之后，会发现在超出我们自己人生体验的经验面前，我们常常不敢确认，久久不能融入我们自身的情感世界，而是一直停留在"知道"的界面，难以化成"我"。

譬如，我父亲身材挺拔，而且是个猎人，枪法很准，猎物在他面前，很难逃过。但他在人面前却没有与之匹配的刚烈性格，邻人欺负他，在门外叫骂、扔石块，明明枪就挂在墙上，他也不摘下来，伸展出去以振声威，而只是低头蹲在屋里傻笑。所以，他虽然是一个货真价实的枪客，却一辈子活得低声下气。最初的阅读中，我很喜欢海明威和杰克·伦敦的作品，那些硬汉形象能让我摆脱父亲的阴影，感到扬眉吐气。但一接触到沈从文、孙犁、汪曾祺，立刻就陷入一种爱情一般的痴迷，再读海明威的时候，我居然感到他很做作，很不真实，甚至有些隔膜，便兴味大减。为什么？还是父亲在起作用。父亲身上那种温厚、隐忍的东西，经常出现在后几位的文字里，让我回到生活的原点与来路，感受着遗传性情的种种，因而大感亲切，本能地与之亲和。

再譬如，我四十岁以前最爱读的文学品种是小说，特别是长篇小说。那种天马行空式的想象，让我在生活的苍白和单调之外，感到一种悠远和宏富的东西而激动不已。过了四十岁，因为经历足量的沧桑与变幻，知道了平凡的生活才是硬道理，美梦十有八九不会成真，便羞于在想象中迷醉，耻于一大把年纪还春梦不醒。一如喧哗之后必定是平静，绚烂之后必定是质朴一样，我突然喜欢阅读一些朴素的东西，即散文与随笔。蒙田说，人在二十岁就到了生命的顶峰，以后就是走下坡路。四十岁已进入老年，应该过退隐的生活了。三十八岁那年，他称自己已到了暮年，辞去波尔多法院推事的职务，躲进蒙田城堡的一座塔楼，不问世事，也不问家事，一心读书、思考、写作，一"隐"就是十年，写出了著名的《蒙田随笔》第一、第二卷。就是说，人一过四十岁，即进入随笔年华，写随笔、读随笔，才是自知知人的状态。

多年的随笔阅读，让我不平的心渐渐地平静下来，甚至进入一种不以物喜不以己悲的从容之境。因为随笔文字所记述的都是一些朴实的人类经验，属于"实"生活和常态生活，能给阅读者的人生感受予以切实的验证，让人感到，天地空蒙，岁月不经，然而"我"（基本人性）还是在的。

譬如读富兰克林的《致富之道》，就让人联想到中国的《增广贤文》，感到古今与东西在人生的基本经验上是一致的。他说：

> 啃啮久了，老鼠也能咬断粗缆；斧斤不停，力小也能伐倒巨木。

这不禁让人想到中国的"水滴穿石"和"积跬步以至千里"。

富兰克林是美国的大政治家，但在随笔中所阐发的却是平民哲学。小民无帝力可依，所依靠的无非是时光中的坚忍。所以，他的文字见人见性，读着舒服，让人感到，生活中的人无贵贱之分，在本质上是一样的。

还有华盛顿的《谕侄书》。其中"真正的友谊乃是迟开之花迟发之树，只有经受得住风雨洗礼才无愧于这一美誉"一句，也是草根精神的底色。只让人感到，随笔面前人人平等，尺牍虽小，不让《独立宣言》之大。

其实，人一过了四十岁，世界观、人生观和价值观就基本定型了，具有了旁观者的心态，有定见地看待周围的一切。所以，他人的议论，无论多么精彩，也很难让人乱性乱魂，做盲目的遵从。阅读的时候，也往往不是为了获取"新知"，而是捕捉适合自己的口味。换言之，不是为了增益，而是为了验证。这样的阅读基本上是一个寻找"同路者"的过程——趣味稍合，见解略同，就心中大悦，感到那人的著作写得真是好，是可做枕边书的。

再譬如威廉·库伦·布赖安特在美国作家中并没有杰出的地位，其文字基本不被人关注，然而读了他的《论诗歌和时代与国家的关系》，就突然觉得他要比海明威高明得多，因为至今还没有一个人像他那么认为，民俗、神话、传说、谣曲乃是诗歌（文学）之源，"隐秘难明的事物当中往往具有某种激越神思与慑服心灵的强大力量"，而理性、科学，乃至现代化、信息化过于发达的社会，往往缺少有质地的文学。他的观点正吻合了我的创作经历和创作理念，让我兴奋不已，他自然就比海明威更令我敬重——我的创作植根于京西的民俗、风情、传奇和物事，没有地域文化的底蕴，我的文学气象肯定就被湮没了。而且我一直认为，没有陕西的偏僻、原始、神秘、厚朴，就不会有陈忠实的《白鹿原》、贾平凹的《秦腔》。

这种情状，爱默生有透辟的说法：一切思想与行动的是非评断，都是以个人的认识为依归的。在《谈美》一文中，他认为，所谓美，首先是那个自然的存在给了我们直觉上的愉悦；其次是引起了心灵的冲动，即人的个人意志以主动的姿态介入其中；最后是客观事物被人视为智力对象，做主观的考量。通俗地说，美是一种精神现象，它源于自然，但它的充分发展则有赖于人的意志的干预和参加，即必须与真密切地结合起来，从而由原来的自然美上升为人类的艺术美，这样才完成了审美的全部历程。窃以为，这个"真"字，就是源于个人经历的切身体验，经验被验证之后，美才有了情感温度，才作用于心，让人弘毅而安妥。

最后我要说的是，常年的阅读，"我"被反复验证之后，就会生出一种心灵豪迈和人生自信——

已是骏马，何必再肥？即便不被倚重，也能心安。

既然河山广阔，大地无垠，这个世界一定会有我的一个位置，便不必用他人的价值尺度衡量自己的存在。

再傲岸的山峰，也无非是大地的皱褶。即便身份低微，也能承重，自足于隐忍之中。就理解了父亲——外在的懦弱，恰恰证明了他内心的强健，他心中的猎枪一直是在的，以悲悯为准星，以本分为依托，始终瞄准着最值得猎取的"猎物"。

三

奈保尔出生在特立尼达的一个小镇上。这是一块主要从事农业的小小的殖民地，人口稀少，文化稀薄——殖民地文化、亚洲移民文化及衍生的次文化，似有似无，还彼此隔绝，用奈保尔的话说，就像是一个"被移植来的非洲"。这里的人只有一小部分受过教育，而且是以有限的本地方式。

然而就这么一块不毛之地，居然有一个写诗的人，而且当他薄薄的一本诗集出版之后，还有几个人聚集在一起，认认真真评价一番。荒蛮之处，居然有"思想生活的守护者"，这让奈保尔惊异不已，一如沙海里见到了一小块绿洲，即便小到近乎无有，也给了他"向死而生"的希望。他觉得，文学是无路之处的路，与渺远的远方连着。

帕斯捷尔纳克也出生在一个小地方——莫斯科郊区一个叫别列捷尔金诺的小村庄。黄土漫漫，枯枝层层，林间空地上，马车好像自己在走，那是因为刻板而恒定的生活，让马车夫选择了昏睡——闭塞与小，剥夺了歧途。帕斯捷尔纳克捡来枯枝，面无表情地扔进壁炉。烧熟了的马铃薯起了皱褶，他知道已到了剥食的时分，便把它从烟灰里"掏"出来。一如乡下的工匠，不紧不慢地干活，安安静静，没有累的样子一样，他吃得也是那么安静、从容，似乎不是为了吃，而是咀嚼着一份安于现状、终老于斯的心情。

然而他的父亲在打理好庄园之后，还钟情于画画，后来居然还有机会为托尔斯泰的《战争与和平》画插图，也因为这层关系，还结识了德国现代派诗人里尔克，以至于有了携帕斯捷尔纳克到火车站为其送行的场景。这个场景改变了帕斯捷尔纳克的人生轨迹——他知道医治生命慵懒的方剂中，有一剂最让人心旌摇荡的良药：诗。诗能给枯槁之树萌发新芽的冲动，不仅"向死而生"，而且不再忍受生活的平庸。

我的出生地更是狭仄，四面大山顽强地纠结在一起，抻出了巴掌大的一小块平地，赶羊的人在这里歇歇脚，把一根枣木拐杖插在这里，走时遗忘了。第二年他又走到这里，发现拐杖居然发出新芽，便把一家老小带过来，安了家，便衍生出一个小小的村落。这就是我文字里经常出现的那个"小垭"。垭，这个字，比喻大山匝着的一小块平地，与贾平凹的"鸡窝洼人家"相仿。小垭真是咫尺之地，村东有一爿石碾，村西有口山井，村里人在二者之间循环往复，从不知山外事，也不想知山外事，就这样自生自灭。

当支书的父亲有一次到山外开会，带回两本《房山文艺》，一切就不同了。后来，父亲告诉我，那是县文化馆的一个人到会场上散发的，不少人都扔了，父亲出于怜惜，随手装进他的干粮袋里。书册里的风光开了我的蒙昧，才知道山外的世界五彩缤纷、无奇不有。心中便生出大忧伤，感到如果一辈子活在小垭里，还不如不活。从那时起，我生出一个向外飞翔的欲望，隐忍贫寒，潜心苦读，缓慢而真切。后来我去拜访那个当年散发刊物的人，看到他戴一顶米黄色的鸭舌帽，面目黧黑，并无灵光样相，但正是他在别人的心中播撒了灵光。文学真是一种类似羽翼的东西，轻，却可以致远。

奈保尔幸运的是，特立尼达那个地方不仅有写诗的，而且他父亲居然就写小说，努力把身边的事情都装进他所认为的"短篇小说"中。但他父亲的文学一辈子都在低地徘徊，影响从来没有跨过本地那排由庄稼编成的栅栏。日子凡常，生活资源稀薄，笔底生出波澜是很难的，他父亲便刻意地设置"巧妙的结尾"，终至让人感到虚假、可笑。但是，在奈保尔眼里，这是一种"伟大的悲壮"——因为父亲的努力，让他懂得了"何为文学"以及文学背后的艰辛，给了他足够的心理准备。更重要的是，即便是他到"别处"去寻找生活，文学坐标也对应着特立尼达的生活，避免了"轻浮"与"精神的漂泊"。

后来的奈保尔有了一重真实的感受——走出生地，云游四方，这对于一个从事写作的人是必需的，因为只有那样，才会有眼界、才会有心胸、才会有联想的能力。但是，在广阔的世界里游弋不止的人，也往往会迷失自我，走上一条不归路。他曾痴迷于毛姆和亨利·詹姆斯文字，并试图用他们的方式写，但是，却总也找不到写作的自信和"如释重负"的感觉，写出的作品，也缺乏独特气韵，给人的印象似是而非、似曾相识、似有实无，终不可取。他最后的成功，是因为找到了自己处理素材的方法——用他的特立尼达生活经验，比照他的英国生活经验、融汇他的印度生活经验——抬头看路，回到"原点"写。所以他说，"我"的素材与他人的素材之间差别太大，只能走自己的路，让自我"在场"——"这里根本就没有文学共和国"！

帕斯捷尔纳克也有自己的幸运。他籍籍无名时，正巧遇到了鼎鼎大名的马雅可夫斯基。后者的意气风发、激情四射以及《列宁》《穿裤子的云》发表后，莫斯科街头争相传颂、群情激奋的情景，让他感受到了文学的崇高及伟大——"文学几乎可以在一夜之间改变人们的思想和生活，甚至是社会生活"。所以他坚定了"为文学而活"的信念。马雅可夫斯基的高蹈与躁厉，导致了他最终的毁灭，让帕斯捷尔纳克感到，文学人生其实是很脆弱的。但是，在刺痛和阴影中，帕斯捷尔纳克获得了从来没有过的文学理性：文学是"冷的"，是"向下"的，莫斯科只能制造"传声筒"，而不会创造出纯粹的文学。

他又回到了那个叫别列捷尔金诺的小村庄，在燕麦田埂上，在瑟瑟的桦木林中，在深陷而坚硬的车辙里寻找"实生活"的意象，忠实地运用现实主义的写作手法，潜心于他的"最高准确性"的文学追求。到了后来，苦难与岁月终于兑现了对他长期的忍耐理所当然的奖励。他给人的启示与奈保尔是一样的，在列捷尔金诺的小村庄的价值实现，离不开他的莫斯科"出走"。一如陀思妥耶夫斯基、屠格涅夫、果戈理，虽然"只有在俄罗斯的大地上才能写得好"，但一个最重要的前提，是他们都拥有"俄罗斯本土以外的生活"。面粉自身本无酶，酶是人加进去的——"别处的生活"是酶，拿到本土来发酵，才有独异的思想植株借势而长。这或许就是评论家笔下的所谓"二律背反"。

最后，自然要谈谈我的幸运。

我的幸运在于，在我本能地亲和文学的时候，我身边的那几位一直被城里人小觑的农民出身的作者，在发表单篇作品都很艰难的情形下，居然出版了短篇小说集和长篇小说！这提升了我的信念，甚至诱发了我的野心，所以，我能走到今天，文学的动力是家乡人所予。但是他们的步伐虽然一刻也没有停顿，至今只有半只脚迈进了京城。因为他们虽然拥有沃土，但都不去主动接触外界的世界，他们信奉的是，自己的世界就已经足够了。因此缺失了联想和想象的能力，同时也没有建立主观批判的立场——有魅力的事物，未必合乎道德；文明的存在，常常缺乏趣味。他们总是非白即黑，非彼即此，不敢想象，事物的真相，往往在不黑不白、不此不彼之间。乡党所失，正是我之所得，他们给了我不早不迟的警醒，使我以"急迫的姿态"向自己世界之外的世界进身。

不仅是更广阔的社会生活让我胸廓大开，有机会接触到的一些作家、评论家和学者也让我感到己身甚小。为了阔与大，甚至一度还想"连根拔起"去到城里工作、学习、生活。之所以还生活在本土，是因为：一、自己所珍视的那些人一旦走近了，会有许多负面发现，不仅是做人，更包括作文。一如奈保尔所说，"友谊之所以保持得久，也许就是因为我不曾细读过他的作品"。文坛的许多同志，远看是花，近看是绢。二、外界世界存有成见，并不真心接纳你。那些尊重你学识和写作的人，往往并不会读或认真地读你的作品，在他们眼里，尊重就够了。这种尊重近乎漠视、蔑视，让你无法承受。三、便是奈保尔和帕斯捷尔纳克式的启示，雄踞之处，未必是巅，大作家，往往都是在小地方写作的。

但是，要想突破局限，必须要有超越本土的眼界，要有"别处生活"的经验。如何获得？唯有读书一途。

古人云，秀才不出门，便知天下事。如何知道？读来的。

从蒙田那里也得到了一个会心的意象，即坐行者。读书人，也是行者。以"坐"的姿态，纵览历史，游历天下，阅尽万物，饱识人生况味，就是拥有了大生活了。

原本是心虚的，还标榜"在乡土上嫁接文化"以雅身份，读过了能够读到的古今中外的世界名著之后，气运丹田，胸装万象，便不再以农民的出身为鄙，也不再以用这种方式接触外界为非，且心中有了一种满盈的自信与豪迈——峰巅如何？不过是大地的皱褶而已。

四

夜色黑沉，万籁寂灭，案头的一盏灯，独自熹微，发出似有似无的嘶音，一如浅吻。

此境之下，一卷枯涩之书——苏珊·桑塔格的《反对阐释》——虽幽玄得近乎天书，竟也像读小说，读散文，字字晓得，句句会心，便五内俱热，了无倦意。

原来沉潜之态，与智慧迫近，无趣味处得真趣味——遥远的旨意，其实就在近处。

天下，是没有读不进去的书的。

这时我才觉得，人未必生来就是俗的，那些精神的峰峦，也并非高不可攀——总能达到崇高处，达到能读得进那些"读不进"的典籍的时候。

这时我不禁生出意外的联想：如果靠读书和写作获取名利，那真是谬取了途径。在不懂处求懂，在不可攀处上攀，须皓首穷经，须呕心沥血，是苦的。其成本，是生命在时光中的耗损。如果没有经年的阅读积累，即便是能够潜下心来，也是不会从"死"书中，读出"生"的趣味的。通俗地说，在湮没之境，求显达，近乎幻梦，再一意孤行，就可笑了。而那些世俗的途径就不同，譬如经商与做官。

这样的途径，未必需要过人的资质，只要肯于世俗，效益总是有的。而且，名利的大小，往往与世俗化的程度成正比。

而读懂一本难读的书有什么效益？

不过是读破之后的一点欣喜，一点感动，一点满足，且更多的时候，还不能与人言说。

所以，读书与写作不是营生，只是能感受到人性的深度、精神的高度而已。根本上，它不是名利之态，而是生命的自足。海德格尔的"贫穷而能听到风声也是好的"、苏珊·桑塔格的"贫穷正是作家尊严之象征"，乃通透之说。正因为他们甘于"自足"，不为名利而丢乖露丑、自讨其辱，专心于精神的跋涉，遂"高峰"自立，成为"社会的良心"。

苏珊·桑塔格十三岁时因为读了居里夫人的传记，就特别厌恶周围的人对名利的追逐。她发现，一个素日里很可爱的人，一涉及名利，性情就大变，以至于姣好的面目也一下子变得丑陋不堪了。为了躲避客厅里大人们世俗的争辩，她甚至在后院里挖了一个地穴钻了进去。她向往"别处的世界"，内心激荡着一种强烈的欲望，即"要去爱某种极其崇高、极其伟大的东西"。这种东西，她后来从文学的书籍中找到了。她在文学中感受到一种内在的快乐，意识到文学是驶向"别处"的交通工具，而且——甚至更好——文学本身即可为目的地。从此，她只依赖自己的感受力，在文学中沉迷，把遇到的所有非文学环境统统排斥在外。

大量的阅读使她感受到，"艺术世界是超越时空、给心境以安宁的世界"，是让她"像男人一样独立的世界"，而且是一个"思想占据首位的世界"。她觉得文学很性感，说"思想就是激情，而且是持久的激情"。

于是，对文学，她坚定地选择了，她爱了！

后来她发现她爱对了。作家生涯使她享受到一种凡常人生所没有的"生命特权"，即好奇心的无尽满足，思想感情的自由表达，生命激情的纵情释放。由此带来的是人格的独立，生命的拓展，精神的富足。

桑塔格身材高挑、臀部饱满、额面俊朗、长发披肩，可谓玉树临风，粲若明星，正有招摇资质，但她却喜"自己待着，无人来烦"。

为什么能够这样从容地待着？因为文学是无形的通道，即便房间紧闭，却总像开着一扇门，通向世界的每一个角落。这正是《旧约》里所说的"喜乐"之境，肉身拘，而心悠远；四处黑茫，而心中有光。

如此便风流有自。

卡尔·罗利森夫妇在《铸就偶像——苏珊·桑塔格传》中写道：

> 桑塔格从衬衫到裙子一身黑，行军般大踏步前行，走在探索的道路上。方向明确，脚步坚定，仿佛她对自己需要什么早已心知肚明，一定会得到她之所需一样。

是文学使桑塔格美得自信，也美得自立、自尊，有了别样的力量，那就是对身外世界的蔑视。

而对名利的追逐，本质上是对生存世界的匍匐；人一直立，名利便顿然失重了。

纽约的名利场于是震惊：桑塔格居然是个美人儿，居然还是个有头脑的美人儿！为了给名利场挽回面子，首先是男性团体接纳她，后来是整体地接纳她，而且是以急迫的姿态。

文学的桑塔格像一仞临海悬崖，陡峭处，是诱惑，是风光。

尽管她因此暴得大名，但名利在此时，不过是她生命的余影。

桑塔格一生都没有医疗保险，却欢悦地活到了 72 岁。她的作品和思想，是她最可靠的生命保险。思想使她跨越了雅俗和功力界限，写作姿态纵横捭阖，摇曳生姿。她既可以在娱乐的《时尚》杂志上指点潮流，也可以在严肃的《党派评论》和《纽约书评》上大显身手；她"用右手获得文艺界当权机构颁发的奖项，然后用左手抨击这个机构"。所以评论界说，桑塔格献给美国文化的一大礼物是告诉人们可以在任何地方找到思想界。

以此推之，她在女权主义上的最大贡献，不在于她是一个坚定的同性恋的支持者和践行者，竖起了爱无禁区的人性旗帜，而在于她揭示出女性如果不能"像男性一样思考"，总是第一批变成物的人，其身体总是首当其冲地被殖民。她的贡献不在于她为女性争得了尊严，而在于给了以男权为主宰的人类世界一个无须阐释的启示：如果没有思想，男人也会首当其冲地成为物的殖民。

由此说来，名利只会造就显贵，助长虚荣，掀动浮华，激荡欲望，把树影当树，把人当物。统观人类历史，对于那些名利的赢家，人们在形而下的艳羡之后，往往并不庄严地把他们当成偶像，甚至反而施以口唾，至少存内心之鄙。因为名利与偶像虽有相类的皮相，但撕开之后，却有不同的筋脉。名利虽有种种说法，本质上还是寄情于现实利益的获取。获取，抑或是攫取，再或是捞取，均是下垂的姿态，诱使人向低处伸手。偶像则不同，她是人性标杆、思想底色、精神品质，与立人有关，与向上的进取有关。桑塔格之所以被人崇拜，还有一层原因，每个人心中都有一个桑塔格式的情结，即"要去爱某种极其崇高、极其伟大的东西"。

夜色黑沉，万籁寂灭，案头的一盏灯，发出似有似无的嘶音，一如浅吻。

吻是心灵之吻，不必张扬，也不必羞惭，更不必"阐释"，手不释卷，安心承领就是了。

五

1848 年 1 月 10 日，因《死魂灵》而功成名就的果戈理在给友人瓦·安·茹科夫斯基的信中说：

> 对不起，亲爱的！每天我都准备写——但都被不可思议的<u>不愿意</u>写制止住了。

真是不可思议，一个被视为文字天才的大作家，居然"不愿意写"！

为此，我对"不愿意"三个字做了变体处理并加了下划线，为的是引起阅读者的特别注意。

好像是 2003 年的 9 月，在北京作家协会的代表大会上，我对止庵先生的创作多产表示敬意，我说：只要打开读书类的报刊，包括著名的《博览群书》《中华读书报》《文汇读书周刊》，等等，几乎准有你止庵先生的文章，你的创造力何等的强劲啊！

止庵摇摇头，面色阴郁地说："你这样说，我一点也不会得意，因为文章背后所经受的煎熬，时时让我想到放弃——跟你说实话，我居室里的床，离电脑仅有一米多的距离，但是，要想从床上爬起来坐到电脑跟前去，开始一天的写作，要跟自己的惰性较很长时间的劲儿——我真的不情愿写，甚至时时问自己：我为什么要写？我情愿摊散在床上，慵懒地阅读，或者在影碟机里放一张碟片，轻松地观赏——所以，咫尺之间，要花费万里长征的心力——写作的勾当，真不是人干的活儿。"

从果戈理联想到止庵，我不禁想到，作家笔下的文字并不像一般人所理解的那样——像泉水一般喷涌，而是心血缓慢聚结的产物——这个过程，包括对灵感的耐心等待，对生活的痛苦思考，对思想的痛苦提炼，也包括对准确字词的艰难捕捉。所以，一个严肃的写作者，从床头走到案头——从生物状态步入灵魂境界——不仅仅是个才智的调动和运用的问题，更关键的是有没有足够的毅力支撑的问题。正如从黑暗和苦难中走出的人，反而有恬淡的心态和灿烂的笑容一样，作家的那些浪漫和雅驯的文字，其实是经受了精神的苦役之后才有的一种书面状态。

我之所以有这样的联想，缘于我本身就是一个在文字之途上已跋涉了二十年的写作者。

我常常经历这样的情况：一个新颖的观点突然出现在脑海里，使我兴奋不已。我急切地走到书桌前，想把它生动或完整地表达出来。但写下几行文字之后，却不得不停下来——因为要想把那抽象而又缥缈的思绪固定住，需要准确的叙述（词句）和与之相对应的意象；但是，这个意象我总是捕捉不到，写下的字句总是似是而非、词不达意。心情便被败坏了，头脑变得混乱，甚至出现空白。这次的写作，便宣告失败。

搁置一段时间之后，又有了跃跃欲试的冲动，情不自禁地又拿起笔来。然而期待中的意象和字句还是没有如约而至，思绪再次陷入困顿，不禁对自己产生了怀疑：莫非你本来就不具有写作之才？于是，即便心存不甘，也不敢再贸然动笔了，对失败的担心，使我望而却步。

所以，对果戈理和止庵所说的"不愿意"或"不情愿"，我是能够理解的。

还有一重理解，就在于他们（包括我本人在内）与一般的写作者不同，他们是"成熟的写作者"。旷日持久的写作生活，使他们对文字质量有了自觉的追求：他们加高了写作的标杆——既不想重复自己，更不想重复他人——写作的出发点不再是能不能写出文章，能不能发表文章，而是能不能写出独特和"原创"性的东西。包括独特的思想、独特的意象、独特的情感、独特的人物和独特的文体、独特的语言等等。这种书写状态，便是文坛里常说的——难度写作。

所谓难度写作，就是写作者不安于已有的成就，不安于驾轻就熟，不向已有的情感向度、思想深度和写作规则妥协，而是不断地向卓越的境地冲刺，试图创作精品、成就经典，因而进入不朽的写作追求。

这岂止是不降格以求！实际上是个向自我局限不断挑战的过程，颇有些堂吉诃德的味道。

之所以有这样的说法，系写作者的自我局限实在是一个巨大的客观存在——局促的生命空间，有限的生活阅历，狭窄的情感体验……从根本上制约着写作者的思维方式、心灵境界（眼界）、思想深度……生得局限，身陷凡常，却要追索超越和独特，那个境界，真是个令人生畏的地方！这就注定了"成熟的写作者"的痛苦生涯。

杰出的诗人海子，虽然有着"在最远处，我最虔诚"的豪迈，但他的神经最后还是崩溃了，到死亡的黑甜之乡，去寻求解脱了。

果戈理为什么发出"不愿意"写的哀叹？因为他太追求不朽了，所以，《死魂灵》

的伟大对他来说，既是光环，也是阴影，他日后的写作便成了一种艰难的跋涉。他用了整整五年的时间，苦心孤诣，写完了《死魂灵》的第二部，但是因为不满意，竟一把火把它烧掉了。从此以后，他心灰意懒，一蹶不振，不久就病死了。

为了超拔文字，他们承担了过重的生命压力。

索尔·贝娄在《洪堡的礼物》中，借书中人物萨克斯特的嘴说过这样一段话：

> 有的人带着感激知足的心情接受了自己的天赋；有的人却对自己的天赋不领情不满意，所想到的只是自身的缺陷（局限），甚至放大了这种缺陷，变得难以忍受——因此，为了心安，他们只对克服缺陷挑战局限感兴趣。

这段话给了我们一个新的认知角度：像海子和果戈理这样的写作者，是有着极高天赋的；凭着这种天赋，他们完全能够写出非常出色的作品，也完全可以坐享到一般作家所享受不到的写作快乐。然而他们放弃了，朝着天赋之外的精神苦旅进发。于是，这种执意于卓越的写作者就具有了苦行者的成色——不仅远离了物质上的享受，也远离了世俗意义上的精神享受。

在东西方的生命哲学中，都有这样一种思想：适当的享受，是才智的食物。这一点，我相信，他们是明白的；之所以决绝地放弃，是他们更明白，享受往往会引发怠惰。这不禁让我想到日前看过的一张影碟——《耶稣受难记》。《耶稣受难记》虽然是一部好莱坞版的传记片，但是却给人一种"颠覆性"的震撼。因为它对耶稣的受难过程进行了全新的诠释。

在影片里，犹大对耶稣的出卖，并不是在危急关头的变节，而是他接受了耶稣本人的秘密指令，指使他在关键的时刻履行一个对上帝的使命——把耶稣的形迹主动供给罗马人。因为此时的耶稣，人间的快乐、现世的温情已经使他为上帝献身的意志不像原来那样坚定了，产生了一种"不情愿"的情绪，多次自问，那个救赎人类罪恶的人为什么必须是我？上帝为什么偏偏选择了我？于是，为了最终履行"人之子"的使命，他必须要借助一个外力，切断自己最后的退路。

这也许是一个被还原了人性面目的耶稣，使他更加伟大，更加深入人心，同时也更强化了芸芸众生对"信仰"的敬畏！

由此看来，果戈理们的"不愿意"与耶稣的"不情愿"具有相同的性质，是信仰者和圣徒的心路历程；他们的远离"享受"，就是为了远离"动摇"，毫不怠惰地步入精神的"耶路撒冷"。

所以，从床头移位于案头，小小的一个空间距离，却是写作者从肉体状态进入灵魂状态的一个转化界面。这是一个神圣的精神指标——完成这最后一步的跨越，灵魂便从肉体的羁绊中涅槃而出！于是，写作者所经受的咫尺之艰，便具有了极为庄严的生命意义——他们痛苦的写作生涯，所承受的苦难，不再是作为个体生命的人生苦难，而是整个人类的精神苦难——有了他们，人类的精神才有了那样的深度和那样的高度；他们为整个人类赢得了生存的尊严和价值。

这就是人类敬惜字纸、敬畏精神的理由。

咫尺之艰同时恰恰也是人性的证明：杰出者，不是没有弱点，而是他们有战胜弱点的意志和勇气。

六

在现实中，作家的额面上并没有特别的标签——趋暖避寒，喜乐悲苦，与常人是一样的。一如香樟与臭椿，即便暗里的气味有些不同，但在大地之上，不过都是树而已。

既为常人，就意味着腋下流的绝非是香汗，谈咳之间也多俗语方言，且逢名利也生攫取之心，遇美色也会动枕席之念，行止之间都是凡夫俗子的做派。形状之种种，从作家们的传记里，是不难找到例证的。

梭罗的《瓦尔登湖》可谓高品，但现实中他却是个穷人，偶有收益，舍不得上税，为了逃避惩罚，躲进爱默生的庄园里，筑木屋而居，大唱"生活简单，精神富足"的圣明之歌。细细想来，这不过是末路穷途之后的孤芳自赏，因为没有"物质"，索性就"反物质"，多少有些表演的性质。《瓦尔登湖》在当时是冷的，现在的热，是因为这个世界欲望膨胀，人有"物化"征象，他的"精神原则"正可用来反拨。他的名誉是后世所赐，意外所得。

俄罗斯人有"重理性"的整体特征，但马雅可夫斯基却是个躁动不安的人，时而激烈，时而抑郁，时而坚定，时而犹疑。在一般人眼里，他是个"心智不全"的人。这样的一个人之所以成了神坛之上的人物，理性反思之后，不难发现，那个时代也是患了"多动症"的，他是被社会赋予了与之相适应的一个角色——在这个角色上，他要完成一系列规定动作，要不停地"摆姿态"。彼时的艺术，它关心的不是人，而是人的形象，人的形象（社会形象）要比人本身高大。

如果只读卢梭的自传《忏悔录》，感觉他温柔善良、纯洁优雅，几近于完人。但读了他同时代人的记述和后人的研究，便不得不很遗憾地发现，他原来也是个善"摆姿态"的人。他不尽父责，把亲生儿女全送进公益机构，却以《爱弥儿》那样的鸿篇巨制大谈特谈对青少年的教育；他对感情不忠，对华伦夫人始乱终弃，却在《新爱洛伊丝》中为妇德编制近乎苛刻的道义原则；既然以思想启蒙为重，主张自由、平等、博爱，却与同是启蒙家的伏尔泰、狄德罗毫不见容，誓死为敌。16世纪最有影响的思想家蒙田，是卢梭的思想之源，其自传体《散文集》有不可泯灭的智慧光芒，但卢梭在提到本师之时，口气却大为不敬："我把蒙田看作是伪诚实的领头人物，他的讲真话也为的是骗人。他虽暴露自己的缺点，但是只暴露一些可爱的缺点。蒙田把自己画得酷似本人，但是只画了个侧面。"然而在我们看来，卢梭和蒙田在精神上的亲缘关系，使蒙田在《散文集》中得出的结论，如"懂得光明正大地去享受自己的存在，这是绝对的，甚至可说是神圣的完美"，正暗合了卢梭自己在《忏悔录》中的叙事底色。卢梭说到蒙田时的气势汹汹，或许更说明他恨自己没能完全摆脱蒙田著作的影响。事实上，卢梭的高明之处就在于，他把自己摆在受奴役、被迫害的位置上，因而建立了一种进入人心的道德优势，一如帕斯捷尔纳克在《安全保护证》中所说："艺术为奴役者兴建宫殿时，人们是信任它的。人们以为它在分担共同的见解，而日后又会分担共同的命运。"卢梭的力量，是他懂得如何不露声色地利用人间的悲悯与同情。

不摆姿态的人是有的，譬如帕斯捷尔纳克。他的《安全保护证》和《人与事》两部自传写得那么平实、质朴，从他身上看到的是一种属于"众"的凡常人生。他出生在莫斯科郊区的一个叫别列捷尔金诺的小村庄，七月暑天，他光着脊背埋头侍弄马铃薯，入冬以后，他到树林里去捡枯枝，取暖、煮食小牛肉。他的吃相与辛劳之后迫切需要食物的农民一样，顾不得雅驯而只是为了饱肚。他远离文坛，经历大自然的自然变化——朝曦、夕阳、雨润、霜寒，并为此欣喜若狂——

> 大自然，世界、宇宙的秘密，
> 我全身带着玄奥的战栗激情，
> 流着幸福的热泪，
> 守护你那永恒的使命。

在他歌颂大自然的诗中，出现得最多的一个词是感恩。"感恩吧，你的赐予比索求多！"这样的感情基础，使他心中有敬重，对托尔斯泰那样的从时间深处走来的人，衷心景仰，"以至于我们全家上下都渗透了他的精神"。所以，对待创作，他取持重的态度，对一切匠气的、而不是出自真心的创作，都加以鄙视。他面向大地的本真与人类质朴的感情进行创作——楚科夫斯基记述道，"帕斯捷尔纳克把描写眼前的细节看成是艺术家对待自己的素材应有的认真态度。他认为背叛准确性就是背叛艺术"。帕斯捷尔纳克自己说，现实主义几乎是艺术家唯一的创作原则，能对生活的瞬间做准确的描述，艺术家才能登上现实主义的高峰。在生活面前，不能有丝毫的放纵，不能有任何的妄想，否则，就是"演戏般的高调""造作的激情""虚伪的玄奥"和"矫饰的谄媚"。

他干脆说，现实主义不是什么文学流派，而是提示写作的最高准确性。他认为要实现这种准确性，对现实做认真的观察是基本的态度，但在忠于现实的同时，要有自己的主观思考，"成为自己的而不是别人的现实主义"，最终揭示本质，给客观事物赋予"喻示"意义。所以，艺术作为活动是现实的，作为事实是象征的——准确的描绘，就是从大自然那里得到"借喻"，以鲜活生动、撼人魂魄的形象说话。

> 生活啊，我的姊妹，你今天还在蔓延，
> 你像春雨，撞在哪儿就在哪儿碎身，
> 可是人们佩戴垂饰，高傲而不逊，
> 像燕麦田中的毒蛇，谦恭地整人。

这是帕斯捷尔纳克抒情长诗《生活啊，我的姊妹》中的一节，"燕麦田中的毒蛇"，绝对是现实的，而"谦恭地整人"，就是文字之外的象征意义了。

所以，准确地描写，鲜活的形象自己就会站出来说话。品藻之余，直让人感到，所谓象征主义、意象主义、浪漫主义、现代主义等等主义的文学流派和样式，都是现实主义文学的衍生。作家的伟大，也好像并不取决于他自身所散发出的光芒，不过是生活的浩瀚之光，从他狭小的指缝之间，折射到苍白的纸面上的一两缕而已。

所以，谦卑地垂首，反而是一种荣誉的风范，因为身姿一旦放低，反而更能进入生活的内部，更能得到"核心的核心"，呈现出更为本质、更为独特的意义，艺术的不朽或许就这样渐渐地近了。事实也正是这样。在当时独领风骚、遮天蔽日的马雅可夫斯基，到了今天，人们干脆就忘记了。而帕斯捷尔纳克却从历史的覆盖中闪身而出，呈现出经久不衰的魅力。且不说那一部具有金子一般质地的《日瓦戈医生》，即便是他早期的诗歌，也摇曳生姿，让人百读不厌，与伟大的里尔克、茨维塔耶娃一道，让人景仰，就像他们之间"纯粹的爱"一样，我们同样也对他爱得甘心情愿。

他伟大在自己的"准确性"之中。

忧郁而美丽的土地

林纾英

胶东民间有谚语："朝报喜，夜报财，午时前后报客来。"说的是喜鹊叫。

天刚擦亮，我就被喜鹊们的大呼小叫给吵醒了。

喜鹊在楼外已经叫过了很多个时日，它们或许是在我楼前某棵树上做了窝，每天一早睁开眼我就会听到它们叽叽喳喳吵闹的声音。

这时，除了喜鹊，"咖啡"也在客厅隔着门向我发出哼哼唧唧催促的声音，我赶紧收拾下带它出了门。一路遛着"咖啡"，一路揣摩着喜鹊的叫声，明知道报喜报财那些说法有些虚妄，却还是存着好的心愿，希望真的会有什么喜事发生，这时便见到了路边菜农菜摊上的一扎苦菜。

他想给我送什么，却又不知道我爱吃什么，就问我："你最喜欢吃的是什么？"我一点都没有犹豫，直接告诉他："我最喜欢吃苦菜。"

他很犯愁："你想吃燕窝鱼翅都可以，就是弄不到苦菜。"

因为他问的季节不对，那个时候当然是不会有苦菜的。

冰箱里的苦菜吃完了，妈家里储存的也被我断断续续吃光了，算起来快有两个月没有苦菜了，每当想起来心里就会有一些刺痒。

不知道在我之前他带了多少来，菜摊上仅有的这一扎苦菜根有很多条不完整，或许是人刨苦菜时用力浅了些，菜根就从半腰给掐了去。指甲大小的苦菜叶子也蔫蔫的，而且很多棵根窝处黏糊糊地沾着些东西，心里就有些空落，对那些黏糊糊的东西也有些怀疑，有些恶心，就没有买。

忽然想起喜鹊一大早的叫声，久不食苦菜如同"三月不知肉味"，我忽然见着苦菜算不算是一天的喜事？它们是不是要告诉我这个时候可以有苦菜吃了呢？

心里一旦有了事，遛"咖啡"就变得草草和敷衍起来，牵上楼给它洗完吹干，赶紧掏出电话要打给妈，就见群里有人在说话。

锡波发了湛蓝湖水与杨柳绽出新芽的照片，说他正沿着湖岸骑他的小黑妹。

小黑妹是他对新买的黑色自行车的昵称。锡波毕业后去了东营，在油田任重要技术职务，拿着很高的薪水，他一个人的薪水能顶我们这些人七八倍，人就手脚大方起来，每日会发几个红包，每个红包十块二十块的，他图的是群里同学的热闹乐呵。

爱琴也发了图片，巧的是她正在挖苦菜，她发了苦菜的照片。刚在楼下看完苦菜回来，这时见到爱琴半篮子的苦菜就有些眼馋。

我问她："山里苦菜多吗？"她回答苦菜不少，只是叶子不够大，菜根倒是肥壮的，随即便找了一棵苦菜给我，果然是叶小根肥。

这个季节正是吃苦菜的时候，不知道其他地方的人认不认得苦菜，我们这里的人是喜欢吃苦菜的。入冬后尽管苦菜叶子变黄脱落了，但苦菜的根是不会死的，它们不停地吸收着土壤里的水分与养分，到春天时就蓄养得肥肥大大，苦味十足。

说起来，吃苦菜也就是吃它的根，有没有叶子倒不是很重要。我很喜欢吃苦菜，我曾跟人学会了一样特别的吃法，就是做苦菜脑。我将洗好的苦菜拌上生豆面，肉丁下锅爆炒，加水烧开，下入沾了豆面的苦菜烧熟就成了一锅苦菜脑。我常拿苦菜脑当饭吃。

妈知道我爱吃这口，每到春天就让爸进山挖很多苦菜，她将苦菜料理干净，用水焯过，用一个个塑料袋分装好放入她的卧式大冰柜里冷冻起来。我每次回家时她都要给我带几袋，还有豆面，也是妈用自己种的豆子磨好的。

爸年前做了心脏支架手术，手术后他一直很不舒服，身体一直没有恢复过来，想来这个季节他是不能再进山挖苦菜给我了。想了想，就给妈打电话，跟她说我要回家挖苦菜，让她不要出门，在家等我回去，妈说好。

我吃了点东西，再给"咖啡"添了水加了狗粮，磨磨蹭蹭，与"咖啡"到妈家时就过了九点，妈的大门上刺眼地挂着一把明晃晃的大铜锁。

我往东西两侧看了看，没有见爸与妈的影子，倒是见着了进京家的。进京家的挎着篓子从西面走过来，她手里拽着一个三四岁的孩子，见我被锁在了门外，就停下来与我说话："早晨还见二婆和二爷了，应该不会走多远，大姑你要不嫌弃就先到我家坐着等一会儿。"

我说不用，告诉她我一会儿会给妈打电话。然后她就反反复复地上下端详起我来，看得我有些不自在。

她眼里透出些羡慕，说："咱俩年龄差不了几岁，你看大姑你多嫩俏，看我老成什么样了。"说着她就撩起额角被汗浸湿的头发给我看她眼角的皱纹。不知道在看见我之前她紧赶着做什么了，在凉飕飕的天气里，她额头和眼角那些深而粗硬的皱纹里满是汗水，在太阳的照射下闪着清亮亮的光。

瞅着她黑红的满是皱纹的脸，我就看见了她内眼角两坨芝麻粒大小白花花的眼屎，她手里牵的那个孩子脸上有一抹一画的鼻涕痕迹，衣服也油渍麻花的，袖口和胸前襟脏得油光发亮，像铁打的一样。见我注意到这个孩子，她就把怯生生的孩子往我面前扯了扯，说是她的二小子。

这不修边幅邋遢的娘俩令我一时间有些反胃，她的眼屎和小孩子腮上的鼻涕痕让我想起了路边见到的那把根部黏糊糊的苦菜。不敢再去瞅，我赶紧把目光从他们身上移开，对她说就不去了，我在门口等我妈。

我拿出给妈带的天津大麻花给小孩子几袋，她过意不去，就拉起我的手硬拽着要我去她家坐等我妈回来。

她与我妈做邻居二十几年，虽然中间只隔一户人家，我却从来都没有登过她的门，不知她家里会是怎样一番情景，光凭外表我就可以想到她的家肯定不会干净整洁。我有些洁癖，除非自己的家，到哪里都放不开手脚，就执意不肯去。

她拉我的手干燥发硬，有些刺拉拉的，让我感到很不舒服，又想到了她的眼屎，心里犯疑，就赶紧把手给抽了出来。她似乎看出了什么，就说："大姑，你是不是嫌俺脏？"我不好明说嫌她脏，但一时又想不出什么理由来搪塞，只好一再地对她说不是不是。

见我执意不肯去她的家，她嘴里就念叨着"农村人跟城里人就是不一样"，领着她的儿子一扭一歪地向前走去。

我想了想她的话，想不出她说的"农村人跟城里人就是不一样"具体指的是什么，是说我不肯去她家里坐，以为我"各色"，还是说身份与身相的差别？

进京家的是妈对进京媳妇的称呼。进京年龄比我大几岁，论辈分却比我小，两口子每次见到我都很自然又很热情地叫大姑。林进京是我不出五服的一个本家侄子。

少顷，我听见不远处有门哐当响了一声，知道是进京家的带孩子回家了，就不再去掂量她的话。回过头，我又看见了妈大门上那把铜锁，就有些失神。我已经打电话给她要她等我回来，怎么就会锁了门呢？

我想不起妈在这个时候会到哪里去，就掏出手机给她打电话。妈平时出门是极少带手机的，没想到这时她竟很快地接了，说因为我慢性子，能磨蹭，爸等不及就拉着她先进了山。

妈说钥匙还在老地方，要我进家去等她回来接我。我没有进去，与"咖啡"坐车里等她。大约半小时后，我看见村西路上一摇一晃地走来一个胖胖的身影，知道那是妈。

妈半年前做膝关节置换手术，还没有养好，走路照旧是一瘸一拐，我看了心里就有些发紧，有些疼，我迎上去对她说："你就把我领到山里就行了，你和爸回家，苦菜我自己去挖。"妈说："你不知道哪里苦菜长得多，你爸知道，他年年都去那里挖。"我又问她干吗不等我回来一起去，她说："你爸一辈子性子急，到老也改不了。他一听说你要回来挖苦菜，早饭都没正儿八经吃，就急匆匆地把我拉上了山。"

妈做了膝关节置换手术半年后，爸做了心血管支架手术，前不久又因脑血栓住了一周的医院，算起来出院还不满十天。我担心他自己一个人在山里，就埋怨妈不该扔下他回来接我。妈嘴上说没事，眼神却恍惚着，我看出了她心神的不宁。

妈虽然担心爸自己在山里，却还是开门进家拿了一块包头巾，一件毛衣外套，一副腈纶手套给我，说山里有风怕吹得我头疼，又说怕挖菜时风吹皴了我的手，又说天冷，硬要逼我穿上了她的那件厚毛衣。

然后她说："你开车吧，山里有路的。"

妈上了车，我把"咖啡"牵上车，就向山里开去。山里的路不是很好走，越往前开越窄，不一会儿就别别扭扭地难进了，而且纪和嫂的树枝占了半边路，剩下半边路根本就开不过去车。

纪和嫂身后是她家的苹果园，她身侧那一堆手腕粗的树枝大概是她冬天里从果树上修剪下来的。

从果树上刚修剪下来的树枝一定要放在果园里晾一段时日，因为苹果树的木质较硬，那些硬实的枝干要经过一个冬天、一个春天的雨雪的浸泡，再经过反复地风吹日晒，枝干糠一些才好烧火。纪和嫂这时就坐在路边拿一把斧头剁木质有些糠的树枝，她已经剁了一大堆。

我不好意思要她搬开剁好的树枝让路，而且也不知道过了这段，前方的路还会不会变宽。

路太窄了，见了纪和嫂，我也没有下车，只是按下车窗玻璃，探出头同她打了招呼。纪和嫂说："你不要往前开了，前面的路更窄。"

听了她的话，我想把车掉头开回去，却发现前后都没有可以掉头的地方，我让妈下车帮我看路，她看着路却又不会指挥倒车，我心中忽然一火，就提高了声音对妈说："这都是什么破路，这样的路你叫我开什么车？你看看这路，我怎么把车开回去？"

我的声音一高，妈的声音就低了下来，而且当着纪和嫂的面，她很难为情，脸就红了。她像一个犯了错的孩子一样，嘴里嗫嚅着说："我不是懒得走这段路，我只是不放心丢你爸一个人在山里，他的病还是不好，动不动就犯头晕。"

她的语气神态让我心里一下子不忍起来，想起她做了手术还没有恢复的腿，再想想一直病歪歪、面黄肌瘦的父亲，心中倏地一疼，泪就涌了上来。妈没有注意到车里的我几乎就要流下泪来，看着我进退不得的车，她挓挲着两手，呆呆地站在车头前，嘴里念叨着："这怎么好？这怎么好？"

看着茫然无措的她，我更后悔刚才对她说出的重话。

纪和嫂站起身来，她和妈一左一右帮我看着路，我慢慢把车倒回一条岔路上，赶紧熄了火，不再去管车的事，挽着妈的胳膊，带着"咖啡"向父亲挖菜的地方走去。

山里的气温尽管还是有些低，却已不见了隆冬的萧瑟，农田里返青的麦子齐刷刷地长着，泛出油绿的光。路边的刺槐也绽出了寸许长紫红色的叶芽，想来过不久便会开出槐花了。

想着槐花时就看见了父亲。

看见父亲时，他正弓腰刨一棵挺大的苦菜，看见我来他的眉眼就挤到了一起，脸上露出了很舒心的笑。

父亲挖苦菜的地方在后山，离村子比较远，高效率快节奏的土地与山林开发还没有延伸过来，周围山势地貌与十几年前没有多大变化。我依稀记起这里曾经是一块洋姜地。

地里长洋姜已是十几年前的事了，那时村子的山峦与土地还没有被开发征用，这一大片位于后山半山腰的洋姜地由于离村子较远一直就被撂在那里，地里的洋姜完全是自生自长的，从来没有人追肥浇水，却在每个秋天里长出满地拳头大小一串串的洋姜，一些不嫌费事的人家就挎着篓子或背着麻袋进山挖洋姜回去腌咸菜吃。

后来，位于城乡接合部的这个村子被开发了，大半的土地被征用了，成片的山林被砍尽伐光，自然生态平衡被打破了，化肥农药食品添加剂的大量使用，使人越来越多地对吃到嘴里的东西不信任起来，洋姜的食用价值、医用价值才被人们所认识和发现，山里这一大片洋姜因此很快就遭受了灭顶之灾。不几年时间，这里大大小小的洋姜就被人们采挖一净，地里再也长不出一棵像样的洋姜。后来有人试图在这块土地上种粮食，却光长秸秆不结果实，后来地就被撂在了那里，荒了，地里就只剩下了野草与苦菜。

妈说爸年年都要来这片地里挖苦菜。自从洋姜绝种，地里也不能够生长粮食后，村子里几乎就没人注意这片荒芜的土地了，也只是因为我爱吃苦菜，爸才会跑很远寻到这块地，年年来这里挖苦菜，这块地几乎就成了父亲的自留地。

父亲手里拿着一把镢头，发现一棵菜，他就弓下腰撅起屁股，将四五斤重的镢头高高挥起，然后重重落下，也只有这样才可以将苦菜扎得很深的根给完整地刨出来。今年春天的雨水很少，在这样干旱的季节里刨地挖苦菜是一份很费力的活。

山里的气候是不比城里的，在城里一丝风都感觉不到，到了山里却冷飕飕的。幸好妈给我准备了头巾，捂住了我大半边的脸与嘴巴，只是她给我的那副手套戴起来很不得劲，三下两下之后就被我褪了下来。这样，只一会儿工夫，山土与山风就将我的手皴裂了，苦菜根冒出的那些白色汤汁就顺着皴裂出的细小缝隙将我的手给染黑染黄，擦不去也洗不掉。镢头落在干硬的泥土上，也将我的手震得生疼，指关节也变得酸麻起来。

爸见我很吃力的样子，就带我另寻土质松软的地方。

已经很长时间没有雨水了，山里的气温也低，苦菜的叶子长得不起眼，在乱草中寻起来就费神。爸提着一只塑料桶爬到堰坡一个苦菜多的地方。他斜着身子将两脚高低分开站在堰坡上刨苦菜，见他摇摇晃晃的样子，我有些紧张。

爸病后的身子是那么的瘦弱，我有些担心他，我生怕一阵风就会将他吹下来，也怕他踩不实松软的泥土而滑倒。

爸的耳朵有些背，我大声地喊他，要他下来，他不肯。我只好也上坡去离他近些以便守着他。见我要上去，他就伸出手来要拉我，却还阻止我："你不要上来，这里不好站，别摔着。"

……

二十多年前，父亲就是这样说的。那一次，我跟他去村西一条沟边捋槐花，槐树长在沟坡上，父亲站在树下用铁钩子去钩槐树枝，他要把树枝钩下来去捋枝上的槐花。我想上去帮他，他就这样对我说："你不要上来，这里不好站，别摔着。"

时光荏苒，二十年一个轮回，二十年转眼就过去了，二十年后的父亲再一次这样说，让我仿佛又回到了过去的时光，过去的那情景，那时的父亲……

"玉在山而草木润，渊生珠而崖不枯。"我多么希望他依然是二十多年前我的父亲，多么希望他伸出手来，能像多年前一样，一把就把我拽上了高高的堰坡。

可是他再不能了，因为时光已回不到二十多年前了。

望着寒风下秋叶一样单薄的他，我泪流满面……

《金瓶梅》札记

刘诚龙

"告密事件"

西门庆商而优（准确说来，是坏而尤）则仕，当上了清河县提刑官（先副后转正），不免人模狗样起来，时不时公门归来，会把机关人事，拿回家跟妻妾们说笑一回，一让妻妾们长长见识，二呢显示西门他有些能耐。

《金瓶梅》第七十六回，西门庆家中叫了四个唱的，正搞家庭文艺活动，"忽见西门庆从衙门中来家"，众人停乐，向西门老爹请安，西门庆也没答礼，凑过脸去，专与潘金莲说衙门："昨日王妈妈来说何九那兄弟，今日我已开除来放了。那两名强盗还攀扯他，教我每人打了二十，夹了一夹。"徇私枉法，颠倒黑白，刑讯逼供，滥施刑罚，我们听来纵不毛骨悚然，至少也是头皮发紧，西门庆却是轻松说来，无半点心理障碍——他每天都这么干的，习以为常，无足为怪了。

这案子没啥稀奇，撩不起阁下兴趣是吧。西门庆接下来说的案子，估计阁下脸色潮红，兴致勃勃了："又有一起奸情事，是丈母养女婿的。那女婿不上二十多岁，名唤宋得，原与这家是养老不归家女婿，落后亲丈母死了，娶了个后丈母周氏；不上一年，把丈人死了，这周氏年小，守不得，就与这女婿暗暗通奸，后因为责使女，被使女传于两邻，才首告官，今日取了供招，都一日送去了。"

生活作风案，由西门庆来审，已是人间一奇。西门乃天下第一淫棍，世界浪子班头，其夺人妻，谋人财（如李瓶儿）；其夺人妻，杀人夫（如潘金莲）；其淫人妻，使唤人老公当其伙计（如王六儿），还有如出入有夫之妇家，还有出入秦楼楚馆（嫖娼于商人，法未禁，政府可收税；而公门法规，官人是不许的），"强奸了嫦娥，和奸了织女，拐了许飞琼，盗了西王母的女儿……"色事上，西门庆哪样坏事没干？

张竹坡评《金瓶梅》人物，谓"西门是混账恶人"，胡作非为，无恶不作。不过细读来，西门貌似没干过"丈母养女婿"事。在《金瓶梅》里，西门庆好像是"石头缝里蹦出来的人"，他有爹叫西门达，在小说里有个名，不曾露脸；其娘呢，貌似无一句话涉及，亲娘未见，后娘也无。他娶了五六房妻妾，也没见有甚外戚（出场的单有吴月娘兄弟吴大舅），潘金莲、李瓶儿、孟玉楼、孙雪娥、李娇儿，等等，都没见其娘来西门家走动，亲娘没见，后娘也没见。西门庆乱浪之事，多不可数；乱伦之事，貌似真无（喊他"爹"的女下人，不能算）。

物伤其类，人怜其情。照理，宋得与丈母勾当事，西门庆当网开一面才对，宋得之丈母，非亲丈母，说来不过是名义上的，年纪相仿，还是丈人已死去，其两相合，不碍外人。尤其是，西门庆是色上人，对此当生同情（还有同情节噢）之理解，可他这回却在审案中，摆出了一副公事公办的模样（宋得上面没人吧，也没送钱哪），将两人捆将起来，整理材料，往上面送案卷了（今日取了供招，都一日送去了）。这案情报上去，会是什么结果？"这一送到东平府，奸妻之母，系缌麻之亲，两个都是绞罪。"

不说西门庆说稀奇，单说潘金莲听了这个案情通报，潘氏反应相当激烈，她没追问案情细节：怎么勾搭上的，有如何风情，宋得甚人才，丈母甚姿色，这些涉及风月的撩人秘事，潘金莲一句话都没问，她突然激愤起来，对这事发表评论："要着我，把学舌的奴才打得乱糟糟的，问他个死罪也差不多。你穿青衣抱黑柱，一句话就把主子弄了。"

今人视潘金莲，多有高赞者，夸其是思想解放"先驱"，为女权运动"先驱"，此或是谬托知己，潘金莲除了搞身体开放，还有甚思想解放？好像是没有的。要说呢，潘金莲最具有现代观的，便是这一段话。潘氏其论，目前虽没怎么与农民接轨，没怎么与小市民接轨，也或没怎么与工人与官人接轨，却是与士人声气相通的。

这案子里，有三个人物，其中一对奸者，一位使女。奸者是违法者，使女是告密人。潘金莲对作奸犯科者，无甚评论；对告密者却是十分激愤，"要着我，把学舌的奴才打得乱糟糟的，问他个死罪也差不多"。在潘金莲眼里，犯法的犯罪的，不是事，她最讨厌最痛恨最想食其肉寝其皮的，是那些告密者。

这里还要说开一句，通奸于现代，归属道德了，而往事越百年（不用越百年，越几十年），却是刑法管辖，罪刑是蛮重的——"两个都是绞罪"，并非西门庆滥法，而是宋元至明清，刑法都是这么入罪的。西门庆将这案子如实上报，非其枉法，是其执法——虽然现在看来，将通奸入罪，更入死罪，是恶法。

这里便牵涉一个问题，通奸是违法的，告密是缺德的。违法与缺德，在人类价值表上，如何排表？若都是缺德，都归属道德范畴，那么定告密为大，或无异议。比如甲乙两人在扯白话，扯了头儿一些事，转过身，甲便把乙说的领导坏话告与领导，此甲真让人拍案，"要着我，把这学舌的奴才打得乱糟糟的"；而设若甲与乙一起，乙在干违法事，如贩毒、密谋杀人放火，那么甲将其告发，这事又如何排价值表？是违法事大，缺德事小，还是缺德事大，违法事小？在潘金莲眼里，丈母与女婿通奸事，是小于奴才告密主子的，违法者不算事，当放过；对那些告密人当打得他皮开肉绽，乱糟糟的，问他个死罪。

具体到这个案件，潘金莲或认为，这个使女破坏了人与人之间的基本信任，把人心搞坏了。在潘金莲看来，世界最大的问题，不是法规败了，而是人心坏了——潘金莲陈此高义，说来也是挟了些私的。这案里，谁告密谁？是奴才告发主子，这还了得？若说人心坏了，怕是主子坏在前，宋得与丈母对待奴才，或是不当人的，不曾顾及使女尊严，使女告密官家，源自"后因责使女"，使女才把那些勾当悄悄附耳邻居。邻居非士人，乃市民，没把告密摆在犯法前头，单把违法置于缺德之上，乃将两人捆将来，送了官府。

没有犯法，哪来告密？犯法与告密孰大？在官家层面，西门庆执法，这回是将法置德之上的，而其私心里，却如潘金莲，对告密者痛恨如仇敌，一边将丈母与女婿案呈报东平府去，一边厢喝了公堂两边哼哈，将告密者暴打一顿，"也吃我把那奴才拶了几拶子好的。为你这奴才，一时小节不完，丧了两个人性命"。拶，大概是夹手指吧，西门庆对此使用恶刑酷刑，也足见其对告密者之咬牙切齿——虽然，这里未必出于道德义愤，也未必是出于生命至上，或是出于维护主奴伦理。

潘金莲对犯法的丈母养女婿，放置一边，不予一评；却对缺德的奴才告主子，拿来说事，怒气冲冲。这其中还有关窍否？"借何十事，即插一宋得原奸丈母事，早为下文金莲售色，以后至出门等情，总提一线也。"潘金莲对告密反应那么大，未必是她具有多强的现代人文理念，更多地是对自己预先构筑理论吧。潘金莲比宋得丈母说来更坏些，她在西门庆尚没暴亡之前，便与女婿陈敬济暗度陈仓，有过偷鸡摸狗之事。潘亦非陈之亲丈母，也是后母与姨娘角色，两人先是勾勾搭搭，后来更是明铺暗盖，翻版一曲宋得与丈母故事；而犹如复印者，潘陈事发，也是其使女秋菊告的密。秋菊何以要告密？潘金莲有两奴仆，一为春梅，一为秋菊。潘氏待春梅如姊妹，好得不行；待秋菊如猫狗，时打时罚，没把秋菊当过人，秋菊发现其与女婿奸情，便告发月娘。潘金莲虽没死于官府之"两个都是绞罪"，却死于月娘将她赶出家门后，武松拿其祭兄。

潘金莲是死于他人告密，还是死于自个儿不法？

时代的"普法运动"

王六儿堪比潘金莲，贞操观是蛮稀薄的。众人以为西门庆死于潘金莲，说来不确，应该说是死于王六儿与潘金莲两人。王六儿床头放荡无忌，甚或比潘金莲还放得开，让西门庆着迷，西门庆与潘金莲纵欲暴亡那夜之前，与王六儿已来过，把身子掏空了。潘王两人合伙取西门精神，也便合伙取西门性命了。

王六儿在男女关系上，算是无底线的。她与其小叔子"二捣鬼"常自乱捣一气。第三十六回里，王六儿与二捣鬼扰乱伦理，华灯初上未儿，便乱开了。邻居们先打发一个小把戏藏在其家捉飞蛾玩，待叔嫂干得正在兴头，小把戏忽地把院门打开，邻居们汹涌而进，把叔嫂吓得不轻。王六儿想找裤子捂住尊严，早被邻居里的"牛鬼蛇神"把裤子给没收了。

接着下来的事，更是触目景观：街坊将二捣鬼与王六儿两人捆将起来，牵往街头，游行示众，万人空巷，织者忘其织，牌者忘其牌，争相来窥视这对"狗男女"。这些邻居是不是太过分了？说来也不是。在邻居那里，自然是难得的"光明正大"的偷窥，这是正义无比的"道德捉奸"，还是代官家履职的"群众执法"。明朝法律对通奸罪，有律条曰："无夫奸杖八十，有夫奸杖九十。"除这一条外，还有一条羞辱女性的"特别法"，通奸中的女主角须"去衣受杖"。邻居将王六儿游街，是变通之"受杖"，官法是支持的，至少是默许的，而街坊将王六儿裤子脱掉，却是"合法"的。

在王六儿与二捣鬼游街中，有一位姓陶的老汉，兴致勃勃，满脸泛红，红成猪肝色，追过一条又一条街，当一名"忠实看客"。陶老汉不仅是一位看客，还是一名法律评论员（看客）："可伤。原来小叔子要嫂子的，到官，叔嫂通奸，两个都是绞罪。"陶老汉是引车贩浆者流，大字墨墨黑，小字不认得，说来还算是文盲，然则，他对法律条文的熟悉，让人吃惊。

有人说，《金瓶梅》里呈现出一种法律信仰之态。西门庆与人做生意，第一想到的是要签个合同，"借款有借票，雇佣有契据，合伙有合同，盐引有堪合，买丫头有文契，就连投靠亲友居然也要有'投靠文书'"。（格非《雪隐》）"秋菊"遭遇不平，第一反应是要去告官；造反头领武松，哥哥被嫂子潘金莲及其奸夫西门庆毒杀，武松先前想到的，也是"法庭见"。

《金瓶梅》作者狡猾，小说呈现的是明朝社会，而其所假托的是宋朝世界。这就是说，小说展现的情景，得眼放明朝，才算得路。若说宋朝是，凡有井水饮处，便能歌柳词，那么到了明朝则是，凡有井水饮处，都能知法律。西门庆做生意，固然要钻营律条；陶老汉那般市井小民，法律于我何有哉，却也是很懂法的，"叔嫂通奸，两个都是绞罪"。王六儿与二捣鬼那档子事，陶老汉不仅懂得其犯法性质是通奸，更重要的是，他知道其罪与罚是死刑。

陶老汉其知法，所来何自？这便是朱元璋"普法运动"之效了。老朱当皇帝后，热衷于立法，更痴心于普法。《大明律》里，专设立了"讲读律令"，还颁行了《大诰》和《教民榜文》等。老朱对普法几乎是全方位的，读书人不仅要读《大明律》《大诰》以及《教民榜文》等，而且科举考试也会考到相关法律；在井水饮处的乡间与街头饭店人情酒礼上，都先要宣读一段"元璋圣谕"与"大明条律"，才准"举杯"；老朱定期举办法律宣讲团，每到一处，叫里甲长吹哨子打铜锣，把村民市民喊拢，宣讲皇帝的"六条"圣谕和相关法律。

朱元璋普法效果如何？市民普法考试能打多少分？老朱普法，大概是没搞考试的。一，村民市民，文化底子差，估计认得字的，不多，考不了；二，帝国官僚文化水平高，能考，只是这些人去考法律，放肆抄袭，甚或是先有人做好了答案，监考人员将答案宣读，这般考试，都打一百分有甚用？朱元璋除组织群众来听法规宣讲外，还规定一条，犯罪嫌疑人若能背出一条、几条律文，或家里能找出一本《大明律》来，罪减一等。故而，群众学法积极性应还可以。从《金瓶梅》里的陶老汉来看，效果还不差。

有明一朝，普法是蛮不错的，然则其能算法治社会么？差得远哪。陶老汉，甚或王六儿，他与她或许都知法，但都守法吗？这位精通律条的陶老汉，他高调当看客，高调当法律评论员，对王六儿与二捣鬼通奸发表了相当到位的评论："到官，叔嫂通奸，两个都是绞罪。"话刚落腔，便有人笑问他一句："叔嫂通奸是绞罪，您老爬了三个媳妇的灰，又当何罪？"还好，还好，陶老汉还是蛮羞愧的，没我们评论家声调高、腔儿大，揎拳捋袖要约架。陶老汉"低着头，一声儿没言语，走了"。

王六儿或不知道"叔嫂通奸是绞罪"，二捣鬼当是晓得的；陶老汉知道"爬灰"是"凌迟"，他却知法犯法，与三个媳妇都有一腿；西门庆当企业家与商业家，一房又一房妓女娶进房来，政策或宽松，而其商而优则仕后，一次又一次出入红灯区，按《大明律》，该当何罪？西门庆一次又一次与人家有夫之妇通奸不少，"有夫奸杖九十"，他被杖一次没？

有明一代，从上到下，从朝到野，从庙堂之高到江湖之远，从朝廷命官到贩夫走卒，或皆知法，有几个守法？知法不守法，源自不执法。被执法了的呢？有好事者数了数，《金瓶梅》多起官司，却无一件是公正执法的。医生蒋竹山（李瓶儿第 × 任老公）被西门庆唆人告官，他本有理，结果人财两空。武松告西门庆毒杀大哥,法律给了甚说法?他最后是私了了事,以江湖手段代替官家执法,居然显得更公正。《金瓶梅》里有很多告官,讨不到公正,当事人不得已启动"私法"程序,才得以稍张正义。

普法或是基础,执法才是关键。有普法而无执法,有执法而无公正,谁守法?可怜朱元璋,举全国之力,花老大力气,来搞普法运动,却因无公正执法,算是白费力气了。

《金瓶梅》里寻情记

张竹坡是"金学家"(叫"梅学家",是否更有辨识度)。张老先生带着老花镜,手上拿着一把放大镜,桌上还摆着一具望远镜,于百万言中,苦寻一个字:好;苦寻两个字:好人。寻到了吗?"西门庆是混账恶人,吴月娘是奸险好人,玉楼是乖人,金莲不是人,瓶儿是痴人,春梅是狂人,敬济是浮浪小人,娇儿是死人,雪娥是蠢人,宋蕙莲是不识高低的人,如意儿是顶缺之人。若王六儿与林太太等,直与李桂姐辈一流,总是不得叫作人。而伯爵、希大辈,皆是没良心的人。兼之蔡太师、蔡状元、宋御史,皆是枉为人也。"

《金瓶梅》人物众多,朝野、男女、老少、士僧及工农兵学商,觅尽天下诸色,张老先生寻到一位好人没?老先生众里寻他千百度,寻了一位,此人即孟玉楼。小说第二十九回,作者借吴神仙之口,高置孟玉楼曰:"三停平等,一生衣禄无亏;六府丰隆,晚岁荣华定取;平生少疾,皆因月孛光辉;到老无灾,大抵年宫润秀。"因玉楼"无奔无竞",与人为善,故其结局是最好的。张老先生猛赞:"固知玉楼,作者之喻也。"以之为作家本人现身小说中。

张老先生称孟玉楼是"乖人",是吗?另一位"金学家"文龙则以为张老先生眼花了,玉楼是"乖人"?她是"险人"。孟玉楼常与潘金莲一唱一和,不是攻击吴月娘,便是算计李瓶儿;她常在背后怂恿潘金莲行恶,让潘当她打手,文龙说:"玉楼岂是安分妇人?其不满月娘处,随便带出,其意总以不做老大为恨也。又不自己出头,却来调唆金莲,险人哉。"《金瓶梅》对世界是非常悲观的,悲观得近乎绝望,作者眼里,这社会已是全方位溃败,没给世界留一寸净土,腐烂已然全覆盖了。你,你,你,还有你,你们去里面戴眼镜找,看能否找一个好人来。

张老先生在找一个字,找"好"字,在找一个人,找"好人"。鄙人无事,也在《金瓶梅》里找一个字,找"情"字,也在找一个人,找"情人"。寻寻觅觅,冷冷清清,凄凄惨惨,百度,千百度,谁能从《金瓶梅》里检索出一个"情"

字来？小说里写了很多关系，父子、夫妻、兄弟、姐妹、邻里、上下级、老板与伙计……却是，"情"字比"好"字难找，情人比好人难觅。西门庆与其妻妾，有甚情？与《红楼梦》比，《金瓶梅》里有"热结十兄弟"，西门庆与应伯爵之流，歃血为誓，义结金兰，却是狐朋狗友，酒肉之徒。算情的，是武大与武松的兄弟情，稍稍暖人心，只是武大与武松相处不多，深情貌似也不足吧。若说《红楼梦》里，有"木石前盟"，有"金玉良缘"，其所写的是"情满楼"，是情世界，那么《金瓶梅》里，多的是"热结兄弟"，多的是"买欢通房"，其所写的是"欲满瓶"，是欲社会。

寻不到一处真情，一份深情？也是有的，那就是韩爱姐。第九十八回，回目是《陈敬济临清逢旧识，韩爱姐翠馆遇情郎》，这爱情来得甚突兀。韩爱姐是《金瓶梅》里"淫二号"王六儿之女，长得韶华俊秀，曾嫁京都高官翟谦为妾，好日子没过几年，翟谦倒台，韩爱姐生活无着，逃回老家，逃到临清一家"河下酒楼"里，遇了陈敬济，两人没多话，一个报了官人青春二十六，一个也报了美女年华"也是二十六"，便郎情妾意了。见其谈得入港，韩爱姐之爹之娘"看见关目，推个故事，也走出去了"，爱姐便将陈敬济引入楼上，"奴与你是前世的姻缘，仿朝相遇，愿谐枕席之欢，共效于飞之乐"。

你可说这是一夕之欢，你也可说这是一见钟情，韩爱姐却蛮当回事了。后来情节，有传书，有上坟，有守贞，有遁庙，一节比一节写之"加倍"，一情比一情叙事"添重"。陈敬济与庞春梅偷情，被张胜杀死，韩爱姐新坟祭奠，在坟前哭倒，"两人救了半日，这爱姐吐了口粘痰，方才苏醒，尚哽咽哭不出声来，痛哭了一场起来"。

这"两人"便是庞春梅与葛翠屏，三人都与陈氏有勾搭，而葛是陈之老婆。知了这层关系，韩爱姐又做非常举动，要死要活跟葛氏回家，去替陈敬济守贞，她娘生拉死扯，都扯不动，非得去陈家。"在府中与葛翠屏两个持贞守节，姊妹称呼。"其情比原配尤深，多年后，"葛翠屏心还坦然，这韩爱姐，一心只想念陈敬济，凡事无情无绪，睹物伤悲"。

世事如棋，人间生变，"金人抢了东京卞梁"，战乱延及，韩爱姐在陈家待不下去了，往湖州老家逃难。到家才晓得，其娘嫁了二叔二捣鬼，韩二一心想把爱姐嫁出去，"那湖州有富家子弟，见韩爱姐生得聪明标致，都来请亲"。为让媒婆不登门，男人不谋算，"爱姐割发毁目，出家为尼姑，誓不再配他人"。至三十一岁，"无疾而终"，至死在敲木鱼念贞经——用情深深，谁深如许？

韩爱姐或是《金瓶梅》里决然异数，梅杏桃李，荷莲苹梨，无论是水做的女人，还是泥糊的男人，《金瓶梅》里的人，都在欲望的下水道与下水沟里翻腾打滚，哪个一身干净？《金瓶梅》里的溃败是全方位的溃败，《金瓶梅》里的腐烂是全覆盖的腐烂，所有人都跳进了欲望之粪坑。而小说结尾，却出现了一个暖色调的纯情人。是不是作者觉得整部小说过于灰暗，而特地设置"阳光结局"，振起读者对世界的信心与希望？

不晓得作家有无"大团圆"的"结局之好"。只是读到爱姐之贞洁情节，无法让人起敬，也无法让人感觉"阳光"。韩爱姐所爱是甚人？乃刁徒恶少，属浮浪子弟，其人其事，难堪无比。陈敬济这厮，在小说里算坏人，很坏很坏的人，论其滥欲，甚比其丈西门庆，或更无底线。他勾搭"岳母"潘金莲，他与庞春梅乱作一团；西门一死，他生生逼西门大姐上吊自尽；其他种种都不太算人类的。韩爱姐生生死死爱的是这个混账东西，不值哪。

是爱姐谬托知己，还是作家所托非人？想来作者想找个好结尾，他没找到，他是找不到。

逸笔

薛嫂是与王婆一样角色，干的也是贪贿说风情那般茧子事，职业归属于三姑六婆类；她与王婆自也有区别，王婆开了一家茶馆，算是建立地下情交通站，是坐商；薛嫂做的是行商，走村入户卖翠花，推想来，薛嫂这职业恐是掩护，她实际干的估计是拉皮条：进了这家，进了那家，这家娘子色态如何，那家娘子心态如何，一一掌握在心，转身便替浪荡汉子说风情去了，从中赚些信息费与媒婆钱。

西门庆在世，潘金莲便与陈敬济勾搭上了，两人偷偷摸摸来过几回。在道德观上，潘金莲与西门庆再如何乱来，那也是人家夫妻间隐私，旁人说不得，诸位旁人不也有那些有甚于画眉者？潘与陈，却可有让我们嚼舌的，从辈分来说，陈敬济是西门庆女婿，潘金莲便是陈氏丈母娘，他俩滚作一块，违反道德，情节是蛮严重的。

西门庆贪欲身亡，想来两人之间没隔着另一位男人，行事起来更方便了吧。错了。西门过后，其家皆是女流之辈，陈敬济进岳家难度更大。潘金莲是一日没过被窝生活，便一日过不了的。西门庆一过，陈敬济进不了，潘金莲坐想行思，相思得茶饭不思，病态恹恹，星眸失神，长发凌乱，如何来向陈敬济传达此中意？

一处闲情，两处相思，陈敬济曾食髓知味，一下子人罕见，情干旱，他也老过不得，欲火中烧。陈女婿便去找薛嫂帮忙，替他鸿雁传书，传情达意。这茧子事如何开得了口？一者，陈敬济实在耐不住了——本来他也是没廉耻之人；二者，薛嫂这般人物，啥事没见过？除非是付足快递费。还好，与王婆比，薛嫂也干拐卖妇女勾当，不过呢，她身上好像没命案，不比王婆，为赚皮条费，三人合伙毒杀武大郎。

陈敬济来薛嫂家，也不拐弯抹角，吞吞吐吐——他真耐不住了，直截了当，向薛嫂叙述他与潘金莲那些事，央求薛嫂帮忙。不知薛嫂是见怪还怪，还是要趁机要价，眼睛睁得老大，一脸夸张惊讶色："谁家女婿戏岳母，世间哪有这等事？"满脸貌似都是道德义愤——薛嫂这类人物，道德感是十分稀薄的，更浓的是小市井趣味："姑夫，你实对我说，端的你怎么得手来？"探人隐私，获取人家色情故事，那兴趣浓得化不开。

格非先生论《金瓶梅》，说这部小说是去道德化的，作家对道德审判蛮厌恶，凡是牵涉估衡道德价值的，作家一概不理，其语其句一概删除，因为不以道德作指导思想，所以《金瓶梅》的写作便呈现生活原生态，机趣活泼，一派天然。薛嫂逗出陈敬济裤裆里那些事后，收了一两银子，便莲花碎步，赶往西门府去。

薛嫂是走江湖之人，她进西门府，目的性是非常强的，但她并不直往潘金莲房间跑，而是先去与月娘拉呱一晌，"坐了一回，又到玉楼房中"，礼数多周到？避开强烈功利性嘛，礼数做足，再拐进潘氏房间，喝些酒来，把信送达，说几句闲话，便告辞。这些情节之前，还有个插曲，薛嫂进门，但见台阶上，两条狗剪不断理还乱，棒子打不散鸳鸯，按我老家说法是，狗公狗妇在亲甜。

薛嫂把信已然交给了"加西亚"，俩狗那事与主体故事情节有甚相干？作家引读者目光转到俩狗这儿来，按作文法，当算是闲笔了，笔锋旁逸斜出。闲笔者，好比是连续剧里广告时间，让读者闭目一下，或厕所一下的。薛嫂快递送达之后，如何见了俩狗这勾当？此处写作，是自然主义呈现，还是现实主义表现？自然主义是纯写实的，现实主义是带有批判任务的。这情节，到底可归哪儿呢？

薛嫂见了这俩狗，见潘金莲与春梅站在那里，先是"与潘金莲道了万福，又与春梅拜了拜"，望着那一对快乐无伦之狗，忽然蹦出一句妙话来："你们家好祥瑞。"潘金莲与春梅听了，不作声，只是干笑——好尴尬吧？贾家大府，还有两只石狮子是干净的，西门府上，你说还有什么是干净的？薛嫂这话，话里含话，舌头底下夹草。你说，薛嫂这话是漫评西门府呢，还是有具体讽评对象呢？是虚指，还是实指？想呢，兼而有之吧；实指色彩尤浓，薛嫂不刚刚从陈敬济那里听了岳母娘与女婿那些勾当事嘛。

"祥瑞"俩字，下语妙极。好一个堂皇大词，用在此处，呈现出极强的语言张力，这词是在叙事，还是在评论？语句如芒，直戳在潘金莲背上。这里看来，薛嫂者流，不也是基本是非观与道德感吗？其对不齿于人类那些事，好坏也是有些与众同的（最少心底里是存在的）。然则，薛嫂这类人，若是有太强的道德义愤，那她不是自砸饭碗，她哪里弄饭谋食去？"祥瑞"俩字，既是打趣，更含机锋，机锋太过，是要掉饭碗的，紧接一句，薛嫂降低批判调子："你娘儿看着怎不解闷？"把机锋语瞬间转为打趣话——吃这碗饭的人，口齿厉害死了。

薛嫂这类角色，见人说人话，见鬼说鬼话，伶牙俐嘴，非靠心灵吃饭的，是靠嘴灵谋食的。她与潘金莲拉呱一阵后，又给金莲与春梅说风情了，叫她俩放开胆子，加快步子，怕甚怕？"左右爹也是没了，爽利放倒身，大做一做，怕怎的？点根香怕出烟儿，放把火，倒也罢了。"这话从薛嫂嘴里说出，把她那句"祥瑞"讽评冲刷得一干二净——嗯，这才是薛嫂。

闲笔不闲，逸笔寄意，闲笔与逸笔处，犹见作家功底。有些情节或语句，看上去，像枝枝叶叶，貌似游离主题外者，读者别轻易放过，编者莫轻易删除，那是作家用心良苦之得意处。

《湖南文学》2017 年第 3 期

优雅的本质即无情

苏兰朵

　　故事不怕老套，关键在于怎么讲。艺术家的高下，往往因为故事的讲法得以区分。

　　一个男人因为对曾经的情人念念不忘，重返故地，想寻回昔日的恋情。这样一个再寻常不过的素材，在小林正树的手里，可以变成唯美惊悚的《黑发》，令人过目不忘，在洪尚秀的手里，则被结构成一个颇值得玩味的小品，充满了优雅的思考性和趣味性。

　　日本男子森曾经在韩国的一所学校工作，与学校的一位女同事相恋，像很多的萍水相逢一样，他们毫无顾忌地肌肤相亲，亦无负担地分手。短暂欢爱之后，从此相忘于江湖。几年之后，森忽然很想重拾旧情，于是带着结婚的期待，重新来到韩国。他并没有提前打招呼，而是直接找到了旧爱的住处。很不巧，女主人不在。于是他给女主人留了一个便条，告诉她自己就住在她家附近的旅馆，希望她回来后去找他。电影就这样开始了。

　　像洪尚秀的其他电影一样，这部叫《自由之丘》的电影同样也是小制作，人物少，情节简单，对白简单，场景简单，几乎没有配乐，摄影也是简单的固定机位加推拉镜头。总之，是剔除了一切商业电影的元素，因此也一并剔除了商业电影的观众。还好这部电影是彩色的。他有很多片子是黑白片。脱去了那些取悦人诱惑人的外衣，洪尚秀的电影基本变成赤裸的了。即便这赤裸的身体，也不是多么与众不同的丰乳肥臀或排列着八块腹肌的身体，而只是一具再普通不过甚至有点丑陋的身体。按照中国人的惯常思维，可能会这样推测：他是不是拉不到钱啊？诚然，韩国是个小国，地方小，人口少，没有那么多用来圈钱的热钱投在电影里，也没那么多等着花钱吃爆米花，吃完了再去网上吐槽的观众，但韩国也有很多赚钱的商业电影，而且洪尚秀不是个无名小辈，他在整个亚洲也是个一流的大导演，百度一下你就知道这是个如果在中国可以拿到很多代言的拥有品牌价值的名字，但他就喜欢这么玩。犹如一个剑术高手，徒手，还要让你十招，来跟你切磋武艺。从出道至今，他一直是这个姿态。在韩国，有很多这样的艺术电影导演。当我一部一部看下来，心里便生出了暗暗的尊敬。尤其是想到陈凯歌拍的《无极》和张艺谋拍的《英雄》时，这种尊敬就更加强烈。

如此，这部《自由之丘》，洪尚秀打算怎么玩呢？就好像看了卡尔维诺的小说开头所产生的疑问一样，他把别人的结尾拿来当作开头，他还怎么写呢？

森等不来要等的人，百无聊赖，于是就经常去旅馆附近的一家小咖啡馆坐着。这是一家名为"自由之丘"的咖啡馆。自由之丘是日本东京的一条街的名字，真实存在，那条街有很多咖啡馆和甜品店。身在异乡的森看到这个名字，选择到这里坐坐在情理之中。但咖啡馆很小，也没什么人，仍然很无聊，他于是认识了咖啡馆的老板娘，文素利扮演的女主角登场了。森的扮演者是日本演员加濑亮。一个日本人在韩国，选择说英语，也在情理之中。所以，这部影片的绝大多数对白都是英语。这是影片的一个趣味点——一部韩国人和日本人演的英语片。必须要赞一下，加濑亮的英语口语相当不错。接下来，我们会看到下面这些无聊而顺序错乱的镜头：森坐在咖啡馆里看一本书；森时不时去旧爱的家门口看她回来没有；森坐在咖啡馆用活页纸记录下这一天发生的事；森回到旅馆和开旅馆的老板娘简单交谈；咖啡馆老板娘跟森搭话，你看的什么书，森告诉她，这本书的名字叫《时间》；咖啡馆老板娘抱着自己的小狗兴奋异常，频频感谢森帮她找回了小狗；咖啡馆老板娘请森吃饭，感谢他帮她找回了狗；咖啡馆老板娘的狗丢了，她很着急；咖啡馆老板娘和森上了床……当训练有素的艺术片观众也感到有点坚持不住的时候，洪尚秀才缓缓丢下这条线索，捡起了另一条线。另一条线在开头的时候出现过短暂的镜头：一个女人去学校取了一封信，拆开后，坐在椅子上读，信是森写来的，告诉她自己已经在来韩国的飞机上。随着森和咖啡馆老板娘故事的深入，你几乎把这个铺垫给忘了。现在洪尚秀不慌不忙地替你捡起来，这个女人离开椅子，走出了取信的房间，边下楼边继续看信，结果不小心摔倒了，信散落了一地，她重新把这些活页纸捡起来，接着看。但是有一张纸掉在了远处，丢失了。现在这个女人也来到了"自由之丘"咖啡馆，坐在那里看信剩下的部分。看一张，放下一张，接着看下一张。当然，她和森从来没有在这里遇见过。这组镜头过后，接着还是关于森每日无聊生活的镜头。无非还是旅馆、咖啡馆。两条线互相切换几次，观众渐渐明白了镜头之间的关系，也咂摸出了电影的味道，直到此刻，我们对洪尚秀的期待终于有了回报——这是一部意在玩味结构的电影。

于是观影的乐趣产生了。你的思维在此刻分了叉，一条线跟着洪尚秀去探究结尾，另一条则暗自回到了影片的最初，去将一将整个故事正常的顺序。你明白了，漫长的枯燥等待都是值得的，你一如既往地，被洪尚秀当成了一个有智力、有耐心、有品位的艺术片观众。

这部影片的顺序，其实是森的旧爱看信的顺序。因为在楼梯上摔了一跤，信被打乱了。

这封信就是森在飞机上以及后来在"自由之丘"咖啡馆那些无聊的日子里写的一页一页的日记。他等了很久，期待的人也没有回来，于是把这封信送到了曾经工作过的学校，委托别人交给她，顺便打听一下她去了哪里，什么时候回来。校方的人告诉他，她生病了，去了另一个城市疗养，不知道什么时候回来。电影看到这里，我长长舒了口气，最重要的谜团已经解开，剩下的悬念就是猜测结尾的走向了。

说实话，能够创作出这样一个结构，我对洪尚秀已经非常满意了，但洪尚秀的高明之处在于他的绝招不只有这一套"乾坤大挪移"，在结尾的设置上，他又创作了一套"降龙十八掌"，后一招更加致命。

在结尾处，我们先是看到了这样的内容——旧情人终于看完了森的信（她在影片中没有台词，出现的画面都是在看信），她起身去旅馆找森，碰到了打点好行装正准备离开的森。两人相视而笑。她和他一起回了日本，结婚，并且生了两个孩子。

至此，两条线终于交汇了，男主的寻找有了一个完满的结局。从观影的感受来讲，符合观众的期待，也符合一部爱情电影的正常规律。同时，因为男主很诚实，把他和咖啡馆老板娘节外生枝的风流邂逅也都告诉了她，但她没有因此伤心并怀疑他爱情的不纯洁，而是理性地接受了他，更看重他从日本来到韩国找她的初心，相信他们曾经爱的基础，使故事得以回到主线上去，所以，即便这样的结尾有点俗套，我们还是能接受的。两个知识分子的爱情，这样的过程和结局，也算真实。而且人生不就是这样吗？人性是脆弱的，爱是充满了瑕疵的。有了这样的横生枝节，这个俗套的结尾还是有了不同的韵味。于是，我已经做好出完结字幕的准备，然后在豆瓣上打四颗星了。

但是，紧接着又出现了以下的画面。

森趴在旅馆院子里的桌子上醒来，他刚刚睡着了。然后他房间的门被打开，里面露出来的是咖啡馆老板娘的脸。

完结字幕就在这时候出现了。

我的思维瞬间又被洪尚秀调动起来了。安静地看字幕？别说是韩文根本看不懂，就是中文，你也没心思看了。

洪尚秀在提醒你，还有丢掉的那一页纸。那页纸，对森的旧情人来说是丢了，但对观众来说，它还存在。怎么能不存在呢？那里面藏着洪大师最后的包袱。

关于这两个接踵出现的结尾，可以有两种解释。

第一，最后一个画面表现的可能正是丢掉的那页纸写的内容。而倒数第二个画面是真正的结尾。在结尾之后，把丢的那页内容补充出来，从逻辑上说得通，从结构上也更加完整。很多人希望是这样，特别是内心还残存着浪漫情怀的人。

第二，倒数第二个画面不过是森做的一个梦，是他内心期待的。而最后一个画面不仅是丢掉的那页纸，而且是真正的结尾。或者说，是他在韩国停留期间的真正的结尾。他等待的人最终没有出现，他寻找旧爱的韩国之旅，从一开始就走上了岔路，最终不了了之了。

作为一部电影，在故事层面该讲的到现在就都已经讲完了。开放式结局，观众各取所需。但作为洪尚秀的电影，它还没完。如果你是洪尚秀的粉丝，看过他的大部分影片，你会很清楚地知道，后一种解释更接近他一贯的风格和观念。明白了这一点，你对影片的解读就不会仅仅停留在结构上。

有一种说法，看洪尚秀的电影，让女人更了解男人，让男人更了解自己。这种了解是残酷的。他电影中的男人从来不是女人理想中的那种，很多角色当你看完了静下心来一回味，都是标准的渣男。这些男人一般都从事着和艺术相关的职业，特别容易和女人产生恋情，在一起时真心真意，转过头就忘得干干净净。他们通常只在乎自己的感受，从不对自己的所作所为反省，亦从不感到羞耻。他的片子因为缺少诸多人为的渲染因素，看起来都相当朴素干净，像纪录片。他对此亦无态度，只冷静地呈现。比如在《猪堕井的那天》中，他呈现了一个不得志的作家的生活，这位作家一方面和一个在电影院卖票的女孩子交往着，一方面又迷恋着一个有夫之妇。卖票的女孩很崇拜他，约会的时候从不让他花钱，他总是跟女孩要钱，女孩为此出去兼职为色情动画片配音。但他心里的愿望是有一天和那个有夫之妇结婚。他过生日的那天，女孩买了蛋糕去他家给他过生日，而他却在家里和那个女人约会。被女孩发现后，他粗暴地把女孩赶走了，还羞辱了她。在同事和朋友的眼中，他也是个令人讨厌的人，说些不合时宜的话，还总是情绪失控动手打架，以至于大家聚会都会刻意瞒着他。在《北村方向》中，洪尚秀的男主角换成了一个电影导演，他四处留情，每次都告诉有过肌肤之亲的女人等着他，为他写日记，然后就消失不见了，弄得女人们都很痛苦。在朋友眼里，他则很抠门，在乎钱。有个男演员因为他承诺让对方演他的下一部戏，为了等他，一年的时间什么都没做，结果他为了票房，用了另一个名气更大的演员，放了这个男演员的鸽子。洪尚秀通常只冷静地展现他们的生活，真实得令人沮丧。他把你的一切美好想象都打破，用枯燥琐碎的日常细节缝制出一个又一个看似光鲜雅皮，实则龌龊自私的灵魂。他的电影就是一记又一记扇在傻白甜脸上的大耳光。当然，你会说，太片面了吧？好男人总是有的。当然，好男人总是有的，但洪尚秀不负责表现这一部分。他就固执地表达他眼中的男人，那些他熟悉的男人。在导演这一行里，他本就是一个任性的存在。

看多了韩国电影，你会明白主题灰暗是韩国影片共有的特色，但洪尚秀的电影依然像浮在水面上的一滴汽油，个人特色浓郁。大多数韩国影片把灰暗的人性指向了社会和他者，你会觉得是社会和他者共同参与了主人公的悲剧，而洪尚秀影片的主人公的灰暗是他自己的灰暗，他就像一滴汽油，把他人的一杯水也染灰了，但也仅此而已，他们与社会毫无关系。扯上社会有点大了，洪尚秀不想扯。因此，他所指向的人性更纯粹，不因社会、时代、他者而改变。为什么我又说他优雅呢？因为作为导演和编剧，他没有态度。不伪装悲悯，也不渲染冷酷。看他的电影，你会觉得就是在经历生活本身，那些平常的生活，那些平常的人，在不同的人面前展现着他不同的侧面，你想给他的品性做个总结是很艰难的，因为那些人你太熟悉了。他从容舒缓地把枯燥无聊的情节不停地复制粘贴，无视观众的感受。优雅的本质是什么？我觉得优雅的本质就是无情。这就是洪尚秀的电影所表现出来的姿态，他从不在电影中设计残忍的情节，但在展现男人的本质方面，他比谁都冷酷、残忍。作为一个在美国受过高等艺术教育的导演，洪尚秀的艺术家姿态始终非常鲜明，实验性、反商业性，甚至反电影性的特征都十分醒目。

作为一个资深的艺术片观众和作家，我其实并不很喜欢看洪尚秀的电影，单纯从观影体验来讲，我更愿意看在画面感和象征性上有探索的金基德，甚至和洪尚秀同样被称为作家导演的李沧东，在审美价值取向上也比他更主流。但正因为洪尚秀走得远，他被解读的空间可能就更大。所以我还是更愿意谈谈他。作为艺术的受众，每个人都有自己的趣味。有那么一些人，就是喜欢被虐着才舒服。接收起来太舒服的话，反而觉得无趣。我可能就是这样的一种电影观众。

《自由之丘》不是洪尚秀最出色的电影，但它可玩味之处颇多。咖啡馆老板娘的狗有个非常奇特的名字，叫梦。在影片里，它丢了，是被森找回来的。两人因狗结缘，后来搞在了一起。咖啡馆老板娘有男朋友，他偶尔也出现在咖啡馆，还时不时和森聊两句，但是这个男人表现得很没有教养。对于咖啡馆老板娘来说，森就是她的一场春梦。她是个一直把梦带在身边的女人，偶尔情不自禁就放纵一下，但醒来之后，还是个梦。她不是她自己，她代表了女人这一物种。但梦对她来说，还是代表着生活的希望。对森来说呢，重拾旧爱，长相守，到白头，不过是个梦而已，永远都不可能实现。他在追寻的途中，就自己把这个梦扼杀了。他的追寻不过是自欺欺人做做样子而已。在美丽的梦面前，他其实无能为力，因为他克服不了自身的本能和弱点。如果他不是他，而代表男人这个物种，那么爱情这个瑰丽的梦根本就不属于他，他总是南辕北辙地在追寻它的途中，把它践踏得肮脏不堪。这就是洪尚秀想要说的。男人和女人，谁更可悲？在洪尚秀的答案里，是不是想想都令人心寒？

为什么森和他想要找的女人在咖啡馆里总是碰不到？看电影的时候，我始终在想这个问题，总期待着下一秒钟他们就能遇到。直到影片结束，才知道不可能。

为什么不可能？如果你接受了前面我提到的第二个结尾，就可以在时间上找到答案。他们根本就不在一个时间里。女人在咖啡馆里读信的时候，男人已经离开韩国了。在岔路上走了一遭之后，男人又回到了日本，回到了他原来的生活轨道，把一段不堪的回忆留给了女人。究其实质，这部玩结构的电影讲的是个时间问题，无论从形式上，还是从内容上。时间的错位不只是为了使故事讲得更富有悬念，也是故事和主题本身所需要的。当初他该珍惜的时候没有珍惜，现在回来寻找无异于刻舟求剑。时间已改变了一切。我觉得电影剪辑技术的出现是魔术性的，它最大的贡献就是改变了恒定不变的时间，像叙述对于小说的意义一样，它们让作家和导演可以凭借此技术把时间这根历史的实线剪碎了重新组合，变得虚实相间，摇曳多姿，从而把电影和小说玩出更多的花样来。森在咖啡馆里一直在看的书，名字叫《时间》。其实从一开始，洪尚秀就告诉我们了：时间和梦，是解读这部影片的两个关键词。

说到这，我们就能很自然地理解，洪尚秀也是个元叙述的热衷者，他的优雅也许正来源于此。他所创作出来的电影，想表达的观念和道理虽然都是真的，但故事其实都是假的、虚构的。假的东西，还动什么感情呢？那不是很傻很可笑吗？

最后我还想八卦一下，洪导演在拍摄最近一部电影《此时对那时错》期间，与女主角的扮演者金敏喜传出婚外恋绯闻，几个月后他正式向妻子提出离婚。他用实际行动呼应了自己影片中的那些男主角——男人，无论戏里还是戏外，都是他所认为的那种东西。

与此同时，他的这部新电影在北美公映，好评一片。

《鸭绿江》2017 年第 3 期

"竹林七贤"的背影

王祥夫

　　对"竹林七贤"的喜欢还是要从画像砖说起。古代的画像砖最早应该是有颜色的，衣服啊，人的面部啊，照例都会有颜色，但经过漫长的岁月，那些颜色全部褪掉了。颜色褪掉后，让人想不到的效果发生了，画像砖上，只有线条的人和景物竟然会更好看。好多年前，看"竹林七贤"画像砖的拓片，真是喜欢他们的衣饰和发型，还有他们手里所持的物品和他们的身影坐姿。之后，读《中国文学史》，才真正知道"竹林七贤"是怎么回事。关于"竹林七贤"的七位先贤怎样排名，一直是有争执的，争执的焦点就是阮籍和嵇康就文学成就而言谁应该是七子里边的老大，这让我觉得好笑。就我个人而言，我更喜欢阮籍，阮籍诗歌里流露出来的那种惆怅和伤感，无疑是一种美，伤感和惆怅的美。虽然嵇康没事喜欢"砰砰嘭嘭"地去打铁，至于他为什么喜欢打铁，不管后人有多少揣测和解释，对我而言那只是一个画面，也真不知道嵇康打铁的时候，穿着什么样的衣服。一手持钳一手持锤，满脸是汗，火星四溅。问题是他在打什么？农具？比如是一片犁铧，还是一把剑？关于这一点，我想了许多，打剑的可能性不大，如果嵇康在那里打剑，便会让人有政治的附会与揣测。总之，当我和我的油画家朋友马上到半山腰的嵇山亭，我靠在那块很古老的石碑上让马上给我拍照留念时，心里却想着嵇康打铁的地方究竟在何处。嵇康为人很有趣，他在树荫下"砰砰嘭嘭"火花四溅地打铁，钟会去看他，嵇康却对钟会不理不睬，一句话也没有。钟会立候很久，准备离开时，嵇康才终于开口问钟会："何所闻而来，何所见而去？"钟会回答："闻所闻而来，见所见而去。"一问一答，亦算是云台山百家岩当年的佳话。嵇山亭是为纪念嵇康建的一个亭子，实际上只是一个碑亭，为清代的一个老和尚所修。亭子里的那块石碑正面只有两个行书大字"嵇山"，而碑阴的碑文因为时代久远早已看不清是些什么字，虽然马上蹲在那里看了又看，最终也看不出是些什么字。

从河南境内进入云台山百家岩，自然能看到竹丛。但河南这边的竹子多是细竹，是郑板桥笔下的那种，细而颇见风致，一丛丛让人不由得怀古。人们来到这种地方其实就是要怀古，怀想那七个脾气古怪，行径亦是古怪的古人。我来云台山，已不是第一次，上次来是从山西那边过来的，关于"竹林七贤"的云台山百家岩，山西和河南一直在争执，争执的焦点不外是"竹林七贤"的百家岩是山西的还是河南的。上云台山有两条路，一条从山西那边上，一条从河南这边上，但你如果从河南这边上，云台山到底归属哪个省份就不再是个问题。就以"竹林七贤"活动的那个时期为历史背景，再从进山的路线和从历史上政治中心所能辐射到的区域分析，还有汉献帝的那个陵墓，都不难让人明白"竹林七贤"当年活动的主要区域只能是在河南境内。

说到"竹林七贤"，不得不说这个"七"字。七这个数字在中国是个很特殊的数字，天上有北斗七星，文学史上有"建安七子"，紧跟着，又来个"竹林七贤"，都是七。"建安七子"指东汉末建安时期曹氏父子之外的七位著名诗人：孔融、陈琳、王粲、徐干、阮瑀、应玚、刘桢。"七子"之称，不是后人的总结，而是始于曹丕所著《典论·论文》。而魏末的这七位，比"建安七子"要晚一些。他们是嵇康、阮籍、山涛、向秀、刘伶、王戎及阮咸。这七位与竹子有密切关系的人物都不是等闲之辈。他们在一起弹琴、赋诗、著文，搞出的动静惊动了整个中国文学史。"建安七子"在"竹林七贤"之前，似乎是"竹林七贤"的样板，前边有七，后边再跟个七。所以，不能不先说一下"建安七子"。"建安七子"里的第一个人物孔融，是孔子的二十世孙，曲阜人。他年少时曾让大梨给兄弟，自己取小梨，因此传为千古佳话。这个故事也就是小时候父母常常拿来跟我们小孩儿讲的那个"孔融让梨"的故事。孔融早年曾经参与讨伐董卓，后来为曹操办事，但因劝阻曹操攻打刘备而被处死，想必当时言辞相当激烈，一时惹怒了曹操。孔融一生所著文章甚丰，其文章的风格华丽如织锦，令人目迷五色，但我最喜欢他的文章还是《与曹操论禁酒书》。在中国的历史上，因为种种原因而屡屡禁酒，但却总是屡屡禁不了，酒的魅力实在是太强大了。真希望有专门谈中国历史上禁酒的专著出版，想来应该是一本十分有趣的读物。在湖边的那所学校里教书的时候，鄙人读古典文学多一些，那时候很想把"建安七子"中的孔融、陈琳、王粲、徐干、阮瑀、应玚、刘桢和"竹林七贤"中的嵇康、阮籍、山涛、向秀、刘伶、王戎及阮咸放在一起写一篇对比文章，若此想法成真，当是一件十分有趣的事。这次从河南焦作人云台山登百家岩时，这种念头忽然又从心中升腾起来。既登云台山，于竹丛边仰望百家岩危岩之上的那座古塔，《中国文学史》突然在心里又像是活了过来，那七个人宽衣博带、嘻嘻哈哈依次从竹丛那边走了出来，而走在最前边的，我想应该是嵇康，大个子，美容仪，而且手劲十足。我对马上开玩笑说："小心，要是嵇康过来和你握手，千万小心。"

河南焦作，自古就是个出大人物的地方，只这"竹林七贤"就让魏晋之后的文人雅士们，当然也包括了我们现在的这些作家，一旦想起他们，便如高山仰止。"竹林七贤"中的七个人，论诗文，不少人都喜欢阮籍，但若论行为举止，许多人却又喜欢嵇康。嵇康，字叔夜，本姓奚，祖籍会稽，学者们认为就当时的社会地位和影响而言，嵇康应该是"竹林七贤"的领袖人物。嵇的先人，因避仇迁家谯国铚县，改姓嵇。嵇康是曹操的曾孙女婿，官至中散大夫，故又称嵇中散，著有著名的《养生论》，他的养生观有很强的政治色彩，是"越名教而任自然"，就是一旦说到养生，名教都可以放在一边。嵇康与王戎、刘伶、向秀、山涛、阮咸、阮籍等人当年在云台山的百家岩一带诗酒唱和，流连泉石风月之间，一时被称为"竹林七贤"。这样的人物，远离城市，待在山里，是否容易被人们当作坏人？想想便忍不住笑了起来，可能正是因为这样，人们才特意给他们七个人冠以一个"贤"字。嵇康弹得一手好琴，古人把弹琴叫作"鼓琴"，其善弹的名曲便是有名的《广陵散》，《广陵散》是大曲，在弹奏上有相当大的难度，其情绪变化极其激烈悲伤。嵇康著有《嵇中散集》，传世的各种版本里要数鲁迅辑校的《嵇康集》最为精善。而我最喜欢读的他的文章依次是《声无哀乐论》《与山巨源绝交书》《琴赋》《养生论》。在中国，如果说现当代文学时期最缺少的是贵族作家的话，而在魏晋时期，却不乏贵族作家，他们写作不为衣食，不为谋职改变身份，他们的为文，只为自己心情的安妥，直接与天地对话。

"竹林七贤"中的阮籍是个在民间传说颇多的人物。关于喝酒，他几近疯狂而又可爱，他喝酒的传说要比刘伶的一醉三年才又活过来的故事有趣得多。阮籍是陈留尉氏人，他的父亲就是"建安七子"之一的阮瑀，不用细参，便可见他的家学如何。也许是目睹了太多的人生无常，阮籍在政治上采取了谨慎避祸的态度。阮籍是"正始之音"的代表，其中以《咏怀八十二首》最为著名。每次读阮籍的诗，读几首便不敢再读，其悲愤哀怨每每会让人好几天都从中走不出来。阮籍还长于散文和辞赋。存世散文九篇，其中最长、最有代表性也最好看的当数《大人先生传》。明代张溥辑《阮步兵集》，近人黄节有《阮步兵咏怀诗注》，都是研究阮籍的必备读物。阮籍曾登广武城，观楚汉古战场，慨叹"时无英雄，使竖子成名！"当时明帝曹叡已亡，由曹爽、司马懿夹辅曹芳，二人明争暗斗，政局十分险恶。曹爽曾召阮籍为参军，他托病辞官归田。正始十年，曹爽被司马懿所杀，之后司马氏独专朝政。司马氏杀戮异己，被株连者很多。阮籍本来在政治上倾向于曹魏皇室，对司马氏集团怀有不满，但同时又感到世事已不可为，于是闭门读书，不涉世事，或登山临水，或酣醉不醒，或缄口不言。但迫于司马氏的权势，阮籍到后来还是接受了司马氏授予的官职，先后做过司马氏父子三人的从事中郎，当过散骑常侍、步兵校尉等，因此后人称之为"阮步兵"。他还被迫为司马昭自封晋公、备九锡写过"劝进文"。因此，司马氏对他采取容忍态度，对他放浪佯狂、违背礼法的各种行为不加追究，唯其如此，最后才得以善终。晋文帝司马昭欲为其子求婚于阮籍之女，阮籍的反应是，连连大醉数月，让人无法开口，司马昭遂不得不打消这个念头。"竹林七贤"中的七个人物，以民间传说而言，对后世影响最大的应当非阮籍莫属。

至河南境，入焦作地面，再登云台山访百家岩，不少人都会想到诗文和七贤的那些风流的故事，而我却忽然想到了酒。上山之前，原想带一壶酒在竹林边与马上左一杯右一杯地对饮。如果，我们二人果真坐在竹林边对饮起来，想象之中，那一千五百年前的七贤会不会一时闻讯俱来？说到喝酒，"竹林七贤"都是个中好汉。我小的时候，父亲曾给我讲过刘伶喝酒的故事，当然就是那个"杜康造酒刘伶尝，一醉三年才还阳"的故事。在百家岩，有关"竹林七贤"的遗迹其实并不多，只两处，一处是嵇山亭，一处就是刘伶躺过的石台。从嵇山亭往高处走，再往西，走过那狭长的莲池，再迤逦往上，上到一个狭长的台子上然后往下看，便可以看到那据说是刘伶醉酒后躺在上边一睡三年的石台。三载的春夏秋冬，花开花谢，人却在梦里颓然不知，那可真是好酒！登云台山，真是不能不让人想到酒，以饮酒而避世，又着实让人伤感。

"竹林七贤"，除嵇康、阮籍之外，山涛、向秀、刘伶、王戎及阮咸也都不是等闲人物。山涛，字巨源，西晋河内怀县人，官至吏部尚书。西晋河内怀县就是今天的河南武陟。山涛虽居高官，却审慎节约，俸禄薪水，散于邻里，时人谓为"璞玉浑金"。武帝时任尚书之职，凡甄拔人物，各有题目，称"山公启事"。山涛好老庄学说，好与嵇康、阮籍等交游。为人小心谨慎，山涛在"竹林七贤"中年龄最大，仕途平步青云。山涛后来推荐好朋友嵇康来洛阳做官，没料到嵇康不但不领情，还写了一篇《与山巨源绝交书》的奇文，一时成为文学史上的佳话。然而，嵇康在刑场临死前还是将自己的儿女托付给了山涛，留言道："巨源在，汝不孤矣。"在嵇康被杀后二十年，山涛荐举嵇康的儿子嵇绍为秘书丞。年四十，始为郡主簿，一个小小的官。

云台山百家岩之"竹林七贤"当年优游处，既然只存有两处与七贤有关的遗迹，一是"嵇山亭"，再就是刘伶酒后睡觉的那块石头，所以不得不说一下刘伶。刘伶是"竹林七贤"中最擅长喝酒和品酒之人。为避免政治迫害，他为人任性放浪。一次有客来访，他赤身裸体不穿衣服。客人责问他，他说："我以天地为宅舍，以屋室为衣裤，你们为何入我裤中？"但他的酒并不白喝，有《酒德颂》一篇传世。《晋书·列传第十九·刘伶传》记载：

> （刘伶）身长六尺，容貌甚陋。放情肆志，常以细宇宙齐万物为心。澹默少言，不妄交游，与阮籍、嵇康相遇，欣然神解，携手入林。初不以家产有无介意。常乘鹿车，携一壶酒，使人荷锸而随之，谓曰："死便埋我。"其遗形骸如此。尝渴甚，求酒于其妻。妻捐酒毁器，涕泣谏曰："君酒太过，非摄生之道，必宜断之。"伶曰："善！吾不能自禁，惟当祝鬼神自誓耳。便可具酒肉。"妻从之。伶跪祝曰："天生刘伶，以酒为名。一饮一斛，五斗解酲。妇人之言，慎不可听。"仍引酒御肉，隗然复醉。尝醉与俗人相忤，其人攘袂奋拳而往。伶徐曰："鸡肋不足以安尊拳。"其人笑而止。

细读此文，刘伶之可爱跃然纸上。

说到"竹林七贤"，非只饮酒狂放，诗酒之外的音乐亦非历朝历代的文学社团可比，如果古时的那些以文相聚的文人们可以叫社团的话。

嵇康的古琴之外，还有阮咸的善弹直颈琵琶，直颈琵琶后来改称阮，分大阮和小阮，直颈琵琶改之为阮即从阮咸始。阮咸不仅擅长演奏，也精于作曲，唐代流行的琴曲《三峡流泉》据说就是他所作。1950 年，南京西善桥南朝墓出土持阮弹奏的阮咸画像，神情专注，似乎沉浸在音乐之中。

说到"竹林七贤"，还不得不提一下的是被阮籍最看不起的王戎，王戎是"竹林七贤"年龄最小也是其中最庸俗的一位。晋武帝时，历任吏部黄门郎、散骑常侍、河东太守、荆州刺史，晋爵安丰县侯。后迁光禄勋、吏部尚书等职。惠帝时，官至司徒。《世说新语》载，王戎家有好李，常卖之，但恐别人得种，故常钻其核而后出售。关于这一点，让人不大敢相信，将要出售的李子都一一钻孔，怎么钻？用什么钻？让人难以相信。

来河南，登云台山，看百家岩，下山的时候须再次经过嵇山亭，不由得让人再次想到弹得一手好琴的嵇康。嵇康被处死，行刑当日，三千名太学生集体请愿，请求赦免嵇康，并要求让嵇康来太学做老师。但最终司马昭还是判其死刑。临刑之前，嵇康神色不变，竟如同平常一般。他看了看日影，尚不到行刑时候，便向兄长要来他的古琴，端坐刑场抚一曲《广陵散》。这就是打铁和抚琴的嵇康。后来听当代琴家管平湖的《广陵散》，心里却总想着一个人，端坐那里，长发披散，那就是千古绝响的嵇康。那是一个想保全性命而又无法保全的时代。可以想象，"竹林七贤"在河南焦作的云台山百家岩度过的时日是愉快的，鼓琴弹阮、唱歌饮酒的日子自有快活在里边。和嵇康相比，阮籍的保全性命得益于他的悟感。有趣的是阮籍居然向司马昭要官，明确要担任北军的步兵校尉。其唯一理由，是他打听到兵营的厨师特别善于酿酒，而且还打听到有三百斛酒存在仓库里。到任后，除了喝酒，他一件事也没有管过。在古代，官员贪杯的多得很，贪杯误事的也多得很，但像他这样堂而皇之纯粹是为仓库里的那几斛酒来做官的，实在绝无仅有，这就是"竹林七贤"的旷达与风流，是从痛苦的狭缝里开出的一朵惨白惨白的花朵。

对我个人而言，河南云台山真是一个令人向往的地方，这次来云台山真是后悔没把那张膝琴带来。试想想，坐在嵇山亭或刘伶醉酒的那块巨石上弹一曲是什么感受？虽然我不大会弹《广陵散》，但随便弹一首什么曲子，想想曾在此山打铁弹琴的大个子嵇康，想想阮籍和山涛，再想想其他那几位，一千多年的光阴瞬间都在眼前。

八月之魅

于 兰

庄姜之美

宋人朱熹认为庄姜是中国历史上第一位女诗人。曾有一首诗写庄姜作为齐国公主嫁给卫庄公的情景，形容她"手如柔荑，肤如凝脂，领如蝤蛴，齿如瓠犀，螓首蛾眉，巧笑倩兮，美目盼兮"。后曹植的《洛神赋》中就引用了"巧笑倩兮，美目盼兮"。而形容她出嫁时场面的浩大之词——"河水洋洋，北流活活"，就是说浩浩荡荡的黄河水见证了她出嫁时的盛大场面。

庄姜的弟弟就是春秋五霸之一的齐桓公小白，论身世家世都了不起的庄姜却得不到丈夫的喜爱。因为卫庄公早有心仪的女子，因此，悲情的庄姜成了中国历史上第一位女诗人。

而令人扼腕不止的是，这么一位美人为什么没有得到幸福美满的生活呢？看后人对她美貌的描述，"领如蝤蛴"，她的脖子像天牛的幼虫般娇嫩柔软；"螓首蛾眉"——"螓"是蝉的一种，"螓首"是指她的额广而方，蛾眉，蚕蛾触须细长而弯曲，以此来形容庄姜弯弯的眉毛。

所有昆虫的幼虫都是洁白细腻的，而蚕蛾的触须细长而弯曲。所以，在这个八月，我穿越千年，到达离我所住之地不远，春秋齐国国都营丘，也就是现在的临淄。我"见到了"尚未出嫁的庄姜，希望这位集结了所有昆虫之美的庄姜不要出嫁，告诉她将嫁的夫君另有所爱，而她的未来会有多么的不幸和悲惨。

她却说："我心匪石，不可转也。"

我曾在傍晚，穿过一片花椒树林和那片芦苇荡，在那里遥望远古的庄姜，其遭际，我不解。她的命运又何由我这一个渺小之人来解答呢？

生活和生命是一场浩劫，也是一种成就。

乡村晚风：蟋蟀的音籁

八月，立秋后，风雨交加之日，天气一下子凉爽起来。

每至八月，我的卧室总会出现一个"不速之客"——一只蟋蟀。我不知它以何种方式潜入了我的房间，我的私密之所。它在夜间的灯光下毫不畏惧地跳跃、舞蹈，甚至旁若无人地鸣唱。这让我想起《森林狂想曲》，我不懂音乐，但能听出其中实录的大自然的音律。比如鸟儿的叫声、蛙的叫声，还有各种昆虫的叫声，这里面就有蟋蟀那堪比天籁的叫声，它们的叫声可以独自成为一首乐曲。果然，发行于1999年的台湾制作人吴金黛的《森林狂想曲》这一组轻音乐作品，第一首就收录了各种鸟儿的鸣叫、蛙声、蟋蟀的叫声等。我不懂乐器，她又加入了什么大提琴之类的声音配合这些大自然最美妙的声音。而在《眉纹蟋蟀》里，她专门为蟋蟀的叫声录了音。

还有一首不知是谁创作的轻音乐与《森林狂想曲》极为相近，背景还是鸟儿、蛙和各种昆虫的叫声，但却用了另一种很低沉的曲调，取名为《乡间晚风》。

乡村的晚风，是啊，在立秋后，特别是一场雨水过后，清凉的乡村晚风吹来，在乡村能听到各种叫声此起彼伏。比如，我称之为"野画眉"、芦苇雀等鸟儿的叫声，以及水湾里雨水充足之后的蛙鸣。风吹过已经结穗的玉米地、已经火红的高粱地，还有那边已经摘掉果子的桃林的那种呼啸之声，风吹过芦苇荡之后，那种千军万马的声音，还有各种水禽，鹭鸶、野鸭的叫声等，它们在乡村的晚风当中唱起专属于它们的歌声。还有入夜后总是在人们的梦中也唱着优美旋律的蟋蟀，它们的音籁如同催眠曲，你听着它们会进入一个又一个的梦境。那梦境每次都不同，阐释着不同的人不同或相同的命运。这或许是乡村解梦师最为头痛的命题，这相似的声音预示了多少不同的命运呢？这或许是把一个释梦师都要逼疯的季节，他只能胡乱说一些让人似懂非懂的禅语，用连他自己也不相信的这些东西，给那些前来求释梦的人以不同的解答，甚或因此改变他人此生的命运，但这瞎眼的释梦师又能怎样呢？禅语是一部分，个人的命运是一部分，个人的努力又是一部分。

我们这些侥幸获得好一点命运的人，与那些卑微之人有何不同呢？每个人都有属于自己的幸运与不幸，只是其分量多寡不同。这就如同天空之下、大地之上的蟋蟀，它们发出了共同的天籁之音，在音调之间的叹息声中共同寻找所爱惜的过往，还有它们共同的期待，告诉我们不要忘记那一节节音符上飘荡着的乡愁。

乡村释梦师

年轻——十八岁的我如同一朵白莲花——的时候做过一个噩梦，然后我去找了乡村里的释梦师。

我梦见自己黑夜在一座坟墓旁，看到一块坚硬的骨头。我拿起砖头朝它砸去，只是为了试一下它的硬度。然而，此举震痛了我的手臂，它却毫无损伤。我惊慌逃走，后面的骨头却变成一条吐着信子的眼镜蛇，醒后我汗流浃背。

释梦师翻了翻瞎了的眼睛淡然地说，那是另一个你。虽然你现在无辜、善良、纯洁、美丽，但另一个你却恶毒、忌妒、仇恨、狭隘。

我感到被释梦师的话冒犯了，当时太年轻了还不会反击。但不知为何，我心中还对他略有敬畏。在那个阳光灿烂的上午（虽然他看不到阳光，但我想他同我一样能感受到阳光的温暖和空气里飘动的带有春天味道的风），我跟他聊了很久，想知道另一个我的更多信息，仿佛他真的知晓。

多年后，我做了一个近乎相同的梦，只不过梦里多了乡村释梦师。我隔着他同另一个我交流，我问他为何我做了同样的梦呢，二十年前我不是已经问过他了吗？

我在自己所有的梦里搜寻，哪个梦中有过这个乡村释梦师，为何现在他不期而入。时光在我的梦中像一块钟表，它的齿轮不停地转动，风雨在空中变幻，那里有受挫的我、委屈的我、茫然无措的我，还有快乐的我，但这个可疑人物并未闪现。

搜寻进入到现实生活，我不断地想到他，思索他的变幻和言语。有很多时刻，我不相信自己的生活会被乡村释梦师所控制，进入他所设计的迷阵。

我一度怀疑乡村释梦师并不在我们这个维度，也许在其他次元，是我们无法探究其行踪的地方。他只是很巧合地在那个时段来到我们的星球，说着我们的语言，但看不见我们的世界。那么他用什么来判断我们的世界，甚至对我的噩梦做出定论？

他存在的那个时段，应该是跟我故乡的人同呼吸共命运的。别人去田里耕种、割草时，他依靠盲杖的引领去预测别人的吉凶和命运。仿佛他掌握着很多东西，连同村人都对他敬畏有加。当杨柳拂岸时他去了东明，当麦穗熟时他回来了，干点力所能及的活儿，等秋天的野菊花开放时他又去了五台山，他说那里有助于他的修行。冬天里他蜷缩在他的小窝里无法动弹，邻居或其他人过来给他生火做饭他才得以维持生命。他曾告诫小九子不要出远门，果然那次小九子再也没有回来，回来时是被装在骨灰盒里运回来的。从那时起人们对他更加敬畏，很多人都去找他预测吉凶。所以，那次做噩梦我才去找他，他说了很多禅语，年轻的我似懂非懂，疑心他的高深莫测是不是故弄玄虚。

有一次，我看到他在闻地上刚冒芽的小草的味道，有一次看到他用手接从房檐滴滴答答落下来的雨水。他仰着头听着，看着，仿佛能听到和看到雨水在小院子里形成的水汽，莫非雾蒙蒙的世界他反而能看到？我看到一只蟋蟀在他的手上和身上跳跃，他能听到它那节奏感非常强的旋律吗？总之，他会解梦成了我关注他的理由。我在想，他何时会离开我们的星球去另一个空间生活呢？在那里他的眼睛就不瞎了吧？也许呢，也许正是瞎了眼睛他才能看到二次元的世界，并能预测未来，包括我的未来。

我离开村庄后，乡村释梦师再也没有进入我的视野，只有这次他的入梦，我才惊觉，我的生活中还有这么一个角色：乡村释梦师。

我试着回忆时，他的影子或明或暗地闪现在脑海里，还有他的样子，我曾关注的他所有的样子。

忽然，乡村释梦师那模糊而诡异的脸让我悚然，时光啊，你会何时让我、另一个我和释梦师成为一体？在这个暑气未散、夜晚清风凉爽的时候，我想在时光的河流里逆流而上，那些美丽的鹅卵石不要迷惑我，那些游动的鱼虾不要扰乱我，除掉另一个我身上的"戾气"，像十八岁如莲花一般的年纪第一次见到释梦师，我们一同听一曲乡村里的莲花落，我与另一个我在这星光满天里达成和解，一颗诗意的露珠紧连夜鸟的叹息。

20 世纪的乌鸦

20 世纪 80 年代末期，我从中专学校放暑假回家，那时候已喜欢写作，不经意地到小时候经常去的地方转一转。有一天傍晚，大概是在八月吧，已快接近假期的尾声，我骑自行车到了一座沙丘的南面。这个沙丘下有一块花生地是我们家的，儿时我经常来这割草。再往西就有点荒凉了，是村里开荒出来的苹果园，那些苹果的品种不太好，结的果子也不大，但每年八月十五中秋节都会发一些给每户人家。

就在那个傍晚，夕阳西下，果树园南边荒地上落下了一大群乌鸦。它们是全黑的颜色，有的落在地上，有的低空飞行，都嘎嘎地叫着，那场面看起来很残忍。我想乌鸦为何这么一大群地聚集在此呢？难道是为了吃苹果园里的果子？它们不是以腐肉为食吗？

我远远地望着，不敢靠近。小时候大人总是跟小孩子讲乌鸦晦气。还有一种鸟叫猫头鹰，小时候我们家大院子后面是荒草、灌木和大树。夜里经常听到猫头鹰的叫声，姥娘就捂住我的耳朵让我不要听，说着："睡吧，睡着了就听不见了。"姥娘说猫头鹰也是晦气的鸟儿。那时天一黑就不敢去后院，主要是怕那里的猫头鹰。

现在知道很多画家都喜欢画猫头鹰，它就像是夜间神秘的精灵守护着这个沉睡着的世界。而乌鸦也不只以腐肉为食，更多是以谷类、杂粮和昆虫为食，所以那一年看到的大群的乌鸦，它们是聚在一起寻食的吧。第二天去看时它们都已飞走。据说乌鸦是非常聪明的鸟类，记忆力和智力超过很多同类鸟儿。比如学舌的八哥，各方面都跟乌鸦相似，只是有黄色的嘴才得以区分，从而得到人们的喜爱。上小学时读到"乌鸦喝水"的故事，曾想，为什么故事里那聪明的鸟儿是乌鸦而不是别的鸟儿，村里老人们讲得不对吗？后来读卡夫卡的小说，"卡夫卡"在捷克语中是"寒鸦"的意思，卡夫卡父亲的铺子即以寒鸦来做店徽。寒鸦就是我们见到的普通的乌鸦。

在高山和森林等地更多的是一种叫渡鸦的鸟儿，它们只是比普通乌鸦体型大点，喜欢独栖。其叫声特别，高亢有力，音乐性强，能发出各种不同的声音，也是智力很高的鸟儿。

无论科学怎样证明，乡村文化的土壤里还是有一些无法祛魅的东西。比如，把不好事情的发生归咎于本不应承担责任的东西上。我原来住的小区与一个村庄只隔着一条大马路，村子里有很多树木，小区最南面又有一排梧桐树，都长得很高大茂盛。有一天晚上散步，我听到了很耳熟的叫声，循声而去，一只鸟儿从树上飞到前面两层小楼的楼顶上。我看着它，但看得很不真切，只是一只略大一点的鸟儿罢了。我一直站在那条小路上，它从一个楼顶飞到另一个楼顶，偶尔叫上一两声，跟我小时候听到的叫声一样，只是现在我不怕了。可是第二年毫无缘由地，那排树全被砍掉了，没有去问物业具体原因，只凭猜测吧，也许不是我所想的。但有一次散步，那只鸟儿依然在那里停着，叫着，我不禁笑了，它仍是在附近找到了栖身之所。

哦，忽然想到我有那么多年没有看到过一只乌鸦了。

20世纪80年代的鸦群，它们是从卡夫卡的城堡里飞来的吗？不然，怎么第二天竟一只也看不见了？秋季粮食成熟的季节无论人们怎么赶，我想它们依然会很顽强地生存下来，凭着它们的智慧和我们不明白的鸟语。它们当时在说些什么？嘈杂的嘎嘎的哈哈的笑声，笑世间一切该笑之物，明了世间一切的好与坏，你们在说这些吗？回眸之间它们又都乌泱泱地在那里欢笑了。

老姜

还记得那一年看到的鸦群，以及在树林里打猎的看林人老姜，我想他错过了鸦群，那些乌鸦没有被他的土枪打中。但他的林子里有很多不知名的鸟儿，还有一个大水坑，是他在围林时挖的，里面长了野生的芦苇和蒲草，还有秋天开着黄色花朵的植物。老姜一瘸一拐的怪样子，就像只乌鸦，但却是一只心地很善良的乌鸦。

第二天，离开果园时我看到了一只乌鸦，我想它是那次鸦群来访后留下的。就像现在的乡村里，年轻人出门打工，那些老乌鸦啊，老麻雀啊，都在园子里到处晃荡，一副魂不守舍的样子。

城市里见不到乌鸦了，若是看见一只倒觉得稀罕，在各个小公园里能看到的也大多是喜鹊与麻雀。城市里的老麻雀跟乡村里的老麻雀一样魂不守舍。

老姜年轻时做过屠夫，宰杀猪羊。据说那时候很多动物见到他都要发抖，因为他身上充满了杀气和血腥味吗？

不知哪一天，他"放下屠刀，立地成佛"，改做了看林人。其原因有很多版本，其中之一是，有一年他救了一位落难的姑娘并爱上了她。有一天，他想杀鸡给她补一补，从来手脚利落的他却让那只鸡流着血满院子狂奔，那情景吓坏了那位历经风霜和磨难的姑娘。有一天，她悄无声息地走了。那一晚，老姜喝着烈烈的高粱酒，吃着他宰杀并炖好的鸡肉，深夜人们听到一种乡村失传多年的歌谣，那沙哑的嗓音穿透了乡村的每一个角落——啊，生活再也不要被偶然所迷惑，我的心，我的心，永远是风雨中的小船，等待你的回归——可是，那位姑娘并未回归，大家也不知她其后的命运，只是老姜再也不做屠夫，他跟村主任说他要开垦荒田，种树成林。于是，他成了看林人。我相信他背着的猎枪，没有射杀过一只小兔或者小鸟，哪怕是偶然路过的鸦群。他终身未娶，独来独往，成就了看林人老姜的传奇，他智慧而善良的一生，是很多人并不曾理解与悟到的那一境界的人生。

他后来曾经参与将一个腐败的村主任赶下台的事，之后，很多人效仿他，他却像一位独行侠再也不问世事。他只一个人喝着烈酒，在鸟雀齐鸣的树林和苇塘里唱着歌谣，把星星落下的尘埃都装进自己的口袋。那些见识过他善良的动物都成了他的好朋友，他再也没有离开过看林人的小屋，像修行的瘸腿仙人般谱写着看林人老姜的传奇。

看着城市里老麻雀那魂不守舍的样子，我就想给这些老麻雀们讲一讲看林人老姜的故事，讲一讲星光如何在一个夜晚照亮了整个树林和苇塘，所有的鸟兽都给老姜唱着那首优美的歌谣，仿佛美丽的姑娘回到了他的身边，他们像王子与公主一样无忧无虑地过着童话般的生活，这个梦照亮了他卑微的一生，在尘埃里散发芳香的一生，他成了苇塘里那株秋之魅的黄色小花朵，平凡、朴素、顽强而快乐！

另一个梦

八月，在各种昆虫的鸣叫声中，我的梦也格外繁多起来。

在一个梦中，在顶端只有一线光孔的木质建筑里，那儿像是一个大型的图书馆，我在那里协助博尔赫斯（会有这么幸运？）将书籍用小推车推到一排排书架旁，将它们分类码好，那些金光闪闪的字亮得我睁不开眼睛，将来我会在这里读到里尔克、卡夫卡，会在马尔克斯《霍乱时期的爱情》中无法自拔，会在……但是，我会在某场不可避免的战争中听从命令把某些书扔进火炉吗？

不会。但是，最怕我记忆中美丽难忘的语句会想不起来，我认为在我的脑海的某个区域，有些不该忘记的书正被我用小推车推到火炉前，然后一本本将它们扔进火焰中，而我的心会跟那些纸张一样痛，那些纸上的文字像某些符号在空中四散飘动起来，像女巫洒下的咒语。

人生的恐惧与希望相同又相异，如同四世同堂的老妪，注视着每一个后代的脸庞，生怕自己有一天不记得他们。我则怕那些陪伴我的书籍，在我的生活中消失，怕它们变成微信公众号里的内容，再一次进入我的脑海时却没有以前的感动。

记得那一年四婶得了出血热，后院田里的田鼠咬了她。不久，她的女儿也得了出血热，被送到镇医院，再转县医院，大夫们束手无策。那是爆发这种病的初期，医生也不知怎么治。四叔亲手埋葬了四婶和他的女儿。在一个又一个夜里，田叔喝着劣质的白酒，在梦里构筑了一座建筑，那里有四婶和女儿一起生活的样子。四叔自言自语：她们是天上偶然落下来的星星，想来就来了，想走就走了。直到有一天，还是满天星光的夜晚，夜魅这个小妖精看着睡着的四叔，偷走了他的梦，因为他太孤独太痛苦了。四婶和他的女儿像烟花一样消失了。夜晚，四叔再也梦不到四婶和女儿，他的灵魂飘荡着，穿过城市的高楼大厦，穿过镇里空荡荡的街道，穿过身边沉寂的乡村，没有任何东西可以让他的灵魂落下来依靠了。

所以我把我的梦建造得很牢固。每天踩着吱嘎响着的木板，它们对我说尽管踩，它们结实着呢，筋骨响一响有助于它们运动。我把成排的书每日擦干净排好，随意抽出一本就读上半天。看到卡夫卡和乔伊斯，我就邀请他们一起吃早餐。

虽然醒来后他们没有跟我一起吃早餐，但我也知道，必须把我的建筑藏好，不停地变换位置，有时惊险地挂在星星的一个角上，或是月牙的边上，或是放在高山的最高处，或是密林里充满鸟儿叫声的树屋旁边。

我想音响师的梦是什么？高山上的鹰翅膀扇动的声音，密林里鸟儿与昆虫的鸣叫声，河湾里青蛙的叫声，蝴蝶和蜻蜓落在叶子上的声音，花朵开放的声音，海浪声，人群里众人的嬉笑声，情侣携手跑步踏在青石板上的声音……他在他的梦里存储着它们以备不时之需。

有一天半夜，我突然醒来，空气中仿佛还残留一丝丝木质地板的吱嘎声。秋天了，我向黑暗的夜回眸一笑，仿佛锦衣夜行的人只为感动夜魅，而不是去捕捉我们的梦。这时，我仿佛听到一片树叶从树上落下来，它在那一瞬间飘然而落，我却听到空气中铮然一声，美的落幕像钢琴师只默然一弹，就缤纷得如烟花一般灿烂，角落的知音却黯然心伤。这是否是因为我年龄越来越大，潜意识里恐惧记忆的衰退，所以要在大脑中建一个史无前例的图书馆，把过去与未来叠加成一本本书，寄到我的图书馆呢？我要把它排在书架的哪边最合适呢？

《南方文学》2017 年第 4 期

郑伯克段

李敬泽

公元前 722 年。《春秋》纪事首年。

这一年，鲁国的国君惠公薨逝。嫡子姬允已被立为太子，但是，姬允此时大概只有两三岁，于是由他的庶兄、已经成年的息姑摄政。按照周朝的传统，摄政者在摄政期间享有君王的称号，所以，息姑就此成为一代鲁公。鲁国的始祖，那位神秘的周公，也曾是摄政者，他是华夏文明历史上关键的人物，作为最初的"总舵主"，制礼作乐，规划了这伟大文明的基本架构。在他的兄长、开国的武王崩逝后，周公扶立年幼的成王并临朝摄政，后来，成王长大了，周公把一个秩序井然的天下交还他的侄子。

——天下事，竟可如此完美。这是政治，也是伦理和亲情，是历史，也是律法，周公所做的一切将被持久地追慕和模仿。

当息姑登上君位时，他并不知道他恰好站在了一个凶险、壮阔的大时代的门前，他并不知道，一切坚固的事物即将烟消云散，他确信，他将像伟大的周公那样善尽职责，然后，把一个好的鲁国交还给他的弟弟。

于是，这一年便是隐公元年。一元复始，岁月清寂，在欧亚大陆的东端，大地正从漫长的严寒中复苏过来，气温升高，气候变暖，黄河流域水草丰茂，恍如江南。但夏虫不可语冰，彼时的史官无法越过个体生命的尺度观察人类生活的变化，两千七百年前，天下本来事少，他把自己等成了一棵树，终于，到了这年五月，风骤起，传来大事一件，史官端坐，在竹简上写下六个字：

"郑伯克段于鄢。"

是的，就这六个字，禁欲、淡漠。文字神圣，史官如同祭司，在他看来，繁复嘈杂的记述会扰乱在文字中、在人世间暗自运行的天道。

郑国的国君在鄢地击败了一个名叫段的人。

为什么称"郑伯"、为什么用"克"字、为什么叫"段"？后世的解经者们推敲每一个字，在每一个字中领悟微言大义。

左丘明则在这个标题下讲述了一个故事。这是春秋的第一个故事，左氏的讲述后来被收入《古文观止》开卷第一篇。在现代，世事翻覆无常，但《郑伯克段于鄢》一直在，照例被收入各种教科书。后世的中国人，只要是读过书的，大概都记得这个故事。

现在，让我们重读这个故事：

"初，郑武公娶于申，曰武姜，生庄公及共叔段。"

——郑国国君武公从申国迎娶了一位夫人。申国与郑相邻，在河南南阳，后来被楚文王所灭。申国国君姓姜，这位姓姜的武公夫人后来就被称为武姜。武姜生了两个男孩，哥哥就是后来的郑庄公，弟弟名段。至于他为什么又叫共叔段，后边会说到。

"庄公寤生，惊姜氏，故名曰寤生，遂恶之。"

——何为"寤生"？后世的儒生各执己见，说法不下七八种。一说是生于白昼，白天生孩子很好啊，怎么会惊到妈妈？另有一说是，这孩子一生下来就二目圆睁，这确实有点吓人。吵来吵去，占上风的说法是，所谓"寤"乃"牾"之借字，逆也，足先出，这在春秋时代的医疗条件下，很可能会要了妈妈的命。

于是，给孩子起名就叫寤生。这名字起得真是不好，它时时召唤着母亲的伤痛记忆，它将时时提醒这个孩子，他是多么艰难地来到世上，他是不顺的，孝者顺也，难产的寤生从一开始就违逆着母亲。

然后，妈妈的心就偏了，都快偏到右边去了："爱共叔段，欲立之。请于武公，公弗许。"

老公老公，把家业传给小段吧。

武公当然不答应。心偏也偏不过天理去，周公礼法固然摇摇欲坠，但其中包含的制度理性，任何头脑不糊涂的人都能看得明白。在君位传承中，必须坚持嫡长子继承制，首先是嫡子，比如鲁国的姬允，如果不止有一个嫡子，那必须是嫡长子。别跟我说小儿子或者小老婆所生的大儿子更聪明、更贤能，问题是，如果没有金石一般清晰不移的规则，没有政治共同体无可争议的预期，仅仅凭着高度主观的贤能原则，每一次君位的更替都可能酿成可怕的分裂和混战，其代价远远高于君位上坐着一个废物或疯子。

更何况，寤生显然是一个聪明的孩子。

寤生终于成了郑公。妈妈很郁闷很委屈，妈妈要为她所爱的小儿子争利益。

——"为之请制。"寤生啊，把制这个地方封给段吧。那是今日的河南荥阳市汜水镇，后来是三英战吕布的虎牢关。寤生沉吟，细细想了想小段站在虎牢关上的场面，终于说，不行啊，"制，严邑也"，地势险要，不能让小段闪了腰，"它邑唯命"。别的地方随你们挑。

母子俩对着地图看啊看，最后说，我们要京。

好，给你京。

于是，段成了京地的主人，从此江湖上人称"京城太叔"。

京还是在今之荥阳，虽说不像制那样地当要冲，却是莽苍苍一座大城。大夫祭仲连忙来劝：使不得呀，京城太大，"君将不堪"，那太叔迟早作乱！

庄公叹口气：我有什么办法，我娘非要给他。

祭仲急了："姜氏何厌之有！"她恨不得把整个郑国都给了小儿子！"无使滋蔓，蔓，难图也！蔓草犹不可图，况君之宠弟乎？"防微杜渐啊，不要让事情发展到不可收拾的地步！

庄公沉默，然后一张嘴就说出了流传千古的名言："多行不义必自毙，子姑待之。"

好吧，这句话我们记住了。面对着世间的不公和不义，我们说服自己，上天自有盘算，即使是恶，也如生命一般，会自然地走向衰败和朽坏。

多行不义必自毙，请相信，请等待。

"京城太叔"，这是多么炫目的名号。叔是弟弟，丈夫的弟弟是小叔，而太叔乃是大叔，是尊贵的，是国君的第一个弟弟。那些年里，太叔段是郑国最耀眼的明星。《诗经·郑风》中，《叔于田》《大叔于田》歌唱的都是这位小段。在《叔于田》中，两千七百年前的一个女子以粉丝般的狂热追捧着她的偶像：

> 叔于田，巷无居人。岂无居人？不如叔也，洵美且仁。
> 叔于狩，巷无饮酒。岂无饮酒？不如叔也，洵美且好！
> 叔适野，巷无服马。岂无服马？不如叔也，洵美且武。

——她站在村头，遥望着纵马行猎的小段，那人，那么美，那么好，那么英武，当他出现时，当他在原野上奔驰，巷子里就再也没有男人，世间再也没有男人，因为他们"不如叔也"，因为，在这痴狂、沉醉的眼中，只有这天上的、云端的男人。

好吧。如此的太叔段，他如同神，万众仰望，他如神一般浩荡、华美、纵情：

> 叔于田，乘乘马。执辔如组，两骖如舞。叔在薮，火烈具举。襢裼暴虎，献于公所。将叔无狃，戒其伤汝。（《大叔于田》）

——"看名王宵猎，骑火一川明！"（张孝祥《六州歌头》）这位太叔，他驾着四马的战车，马缰如丝带飘拂，左右两边的马如飞如舞，太叔飞身下车，扑向林莽，火把遍地高烧，太叔赤裸着身体，胸大肌、肱二头肌、背肌和八块腹肌在熊熊火光中闪亮，他是一匹猛兽，他赤手搏虎，他竟制服了猛虎！

太叔啊，求你不要这样，小心它会伤害你！

——这是一个春秋巨人。在这两首诗里我们看见了与《郑伯克段于鄢》里完全不同的段。在《左传》的叙述中，这个段面目模糊，他甚至是软弱的，他只是母亲的宠儿，在野心和贪欲的支配下妄动。而在《叔于田》和《大叔于田》中，你看到这个与猛虎相搏的人，这个在人们眼里具备一切男性美德的人，他的身体如此强大，他的气概震慑群伦，他的问题不是贪婪，而是无节制，他不知何为危险，热血翻腾，他会轻率跨越人类生活的一切界限，以至于即使是倾倒于他的人也不禁担心："将叔无狃，戒其伤汝！"

显然，太叔段不会听见这微弱的声音。此时，春秋的大时代刚刚开始，这个大地上即将出现无数这样的巨人，他们在一个崩坏的世界上、在原野和丛林中闯荡，他们将擒杀猛虎，或者自己成为猛虎。

太叔行猎的队伍必定不止于京，京太小，一只虎的领地应在一百到四百平方公里。太叔逐猛虎而行，他到了郑国的西边和北边，他直接向西边和北边的官吏下达命令，完全不顾那里是不是他的封地。

大夫公子吕跑去向寤生抱怨："这个国家到底谁说了算？您到底是怎么想的？要是想让位给他，那您早说，我赶紧去伺候新主子。否则就赶紧动手，再拖下去，人心就乱了。"

庄公不动，回答道："无庸，将自及。"

事态继续发展，太叔段公然宣布，西边和北边那些地方从此便是我的地盘。公子吕又急了："可矣，厚将得众。"

庄公还是不动："不义，不暱，厚将崩。"

终于，公元前 722 年周历五月，消息传来，太叔段已经做好了一切准备，将要偷袭国都，他们的母亲武姜将作为内应，打开城门。

是的，不能等了，庄公寤生说："可矣"，命公子吕率战车二百乘直扑京城。

令人意外的是，万众景仰的太叔段，他所得到的支持竟如此脆弱，也许是"不如叔也"，所以"巷无居人"，当国君的大军杀来，他的军队和国人竟立时土崩瓦解。段仓皇逃往鄢陵，那是如今的河南鄢陵县，郑兵追杀而来，"克段于鄢"。周历五月二十三日，段逃往共国——位于河南辉县的一个小国。从此，他不再是太叔段，他成了共叔段。

春秋史上，"郑伯克段于鄢"其实并非大事。但是，它位居《春秋》开端的醒目位置，成为大时代的先声：维系宗法制家庭、社会和国家的礼制和伦理正在崩坏，君不君、臣不臣、父不父、子不子，春秋二百四十二年，相斫相杀，正始于寤生与段这君臣兄弟之间。

春秋公案第一桩，大家都来评评理。庄公的君位无可置疑，段的反叛铁板钉钉。后人对此插不进嘴去，大家重点讨论的是庄公寤生的动机问题。

的确，在左氏的叙述中，寤生像一个处心积虑、阴鸷冷酷的猎人。他耐心地等待着，等待着他的猎物和对手犯错误、犯更大的错误。他本来可以尽快行动，制止段的悖逆行为，这样至少可以避免最后的悲剧，但是他不，他甚至是在期待着，端坐于此看着段走向他预设的陷阱。

《左传》中，在讲完这段故事后，对于《春秋》经文何以称"郑伯"做出了解说："称郑伯，讥失教也；谓之郑志。"这是对庄公寤生的道义谴责：你是郑伯呀，你是国君，你是兄长，你本来有义务，也有机会教导你的臣子和弟弟，但是你就这么心怀叵测地等着。杜预《左传》注更直截了当地断言："明郑伯志在于杀。"孔颖达《左传正义》引服虔的话进一步提出指控："公本欲养成其恶以加诛，使不得生出，此郑伯之志意也。"

所谓"志"、所谓"志意"，说的是人心中无法言喻的隐秘动机，所以，无论《左传》还是后来的论者都是作诛心之论，他们指着庄公寤生的鼻子喝道：你是不是这么想的？你从一开始就存心除掉你的兄弟！

《郑伯克段于鄢》，好文章也。结构如此严密，逻辑如此清晰，起承转合，间不容发，层层推进，一气呵成。但问题是，它太好了，它让我们忘了，左丘明在此叙述的事件，时间跨度长达三十几年，如果从寤生即位算起，也长达二十二年。如果把这文章还原到三十年、二十年的岁月里，还原到一天又一天树叶般数不清的日子，你难道不觉得，它过于严密、过于清晰？

寤生即位时年仅十三岁，段只有十岁。现在，母亲姜氏为十岁的弟弟要求封地，十三岁的寤生怎么办？我很怀疑他会说出"多行不义必自毙"这样的话来，即使说了，这句话也可能已经是当时成语，他只不过是随口说出，然后幸运地被载入《左传》，从此获得"著作权"。相比之下，"姜氏欲之，焉避害"？这倒很像他自己的话。他面对着偏心的妈妈、娇纵的弟弟，他是长子，现在是这个国这个家的主人，他能怎么办呢？好吧，给他们，让妈妈高兴。

然后是二十二年的漫长时间，无论段的行为还是寤生的反应，必定不会像《左传》所述那样具有严密的戏剧性，那不是一场戏，没有人用二十二年演一场戏。在春秋时代，二十二年已经长过了大部分人的寿命，庄公寤生，他要用二十二年等待他的弟弟犯下不可饶恕的大罪，他真是太有耐心了。况且，现有的叙述中，包含着后设的、马后炮式的视角，庄公寤生是胜利者，由此倒推，人们揣度他的志意，使他的言谈和行为导向最终的结局。但是，让我们回到那漫长的二十二年，庄公何以就那么有把握他一定会在最后摊牌时获胜？无论当时还是后世，国君面对一个心怀叵测的反叛者，常常不堪一击，他怎么能够断定日益强大的段不会是最终获胜的一方？不要告诉我"不义，不暱，厚将崩"，如果庄公真的这么想，他就太天真了。

郑庄公，这个名叫寤生的孩子，他一直在逃避，在拖延，这个拖延症患者，他不是在等待时机，等待果子熟了，从枝头落下，他只是不愿做出那个困难的决断，他一直期望着的是，最终的结局、摊牌的时刻永远不要到来。

因为到了那个时刻，他不能想象将如何面对母亲。这个女人，他活在她所赐之名里，就像在"寤生"这个题目下做一篇文章，母亲是出题者，寤生是作文者，他多么希望让母亲满意，虽然他知道母亲永远不会满意。他是寤生者，他的两只脚先来到这世上，从此逆水行舟，世道艰难。他是逆的，他是命里注定的忤逆者，他伤害了母亲，他和世界将互相伤害。他多么希望一切都是顺的，天地有恩，人世有情，可是，人世的恩情纷乱难治，他拒绝把制交给段，因为他不能负了、逆了，把社稷、把郑国交给他的父亲。但在他拒绝母亲的同时，他就退却了，他让母亲失望了，他将不断妥协和退却来弥补这亏欠，补救这不顺。他嫉妒他的弟弟，他千百次地想过，如果段在这世上消失，那就是海晏河清、天下太平，但是，那同时也是天塌地陷，他将失去他的母亲。他无数次深怀恐惧和负罪感地想象自己降生时的情景，喷溅的血，绝望的嘶喊，他是未遂的凶手，他差一点就杀了他的母亲，现在，如果他把段从母亲的怀里夺走，他就把母亲又杀了一次。

由此，我们才能理解庄公寤生的狂怒。他粉碎了段的叛乱，立即派人把母亲武姜押往城颍囚禁起来，他嘶喊着，发出决绝的誓言：

"不及黄泉，无相见也！"

除非到了地下，否则绝不相见！

这是极不理智的行为。无论当时还是后世，如此囚禁亲生母亲都是绝对的人伦悲剧和舆论灾难，即使秦始皇这样心如铁石的人也不能承担。

此前的一切绝非庄公寤生处心积虑的结果，如果是那样，他一定会想好怎么处置母亲。但是，他显然没有想好，他不敢想，他只是忍耐、拖延，他拖了二十二年，他以为终究会拖过去，谁想到，他还是不得不面对结局。

那一日，黄昏日落，忽然，庄公寤生登上了城墙，众人愕然，他们不知道他来干什么，没有人敢上前说话。寤生独自走到城墙的垛口，他望着渐行渐远的囚车。

他忽然想哭，想像一个孩子一样放声大哭。

然后，有一天，驻守颖谷地方也就是如今登封一带的将军颖考叔拜见庄公。君臣宴饮，颖考叔把大块的肉拨到一边。庄公寤生看在眼里，问道：怎么不吃肉啊？颖考叔回话："小人有母，皆尝小人之食矣，未尝君之羹，请以遗之。"国君家的炖肉我娘没吃过，留着带回去，给老娘尝尝。

一席话锥心刺骨，庄公寤生怆然泪下："尔有母遗，繄我独无！"

即使是古文，即使隔了两千七百年，你也能听出其中的委屈、伤痛：你是有娘的，天下人都有个娘，只有我呀，我是个没娘的！

然后，庄公寤生，这孤独的君王，把他最脆弱、最纠结的深处敞给了颖考叔，"公语之故，且告之悔"，这里边是多少年的郁结啊。是的，他爱他的母亲，比段更爱母亲，从他生下来，到现在，三十五年了，这三十五年他要做的只是一件事，让母亲欢喜，让母亲知道，他是多么爱她。但是，母亲决心夺去他的君位，她是在告诉他，他不是她的孩子。

现在，段跑了，他回不来了。我的母亲，她在城颖，我已立下誓言，再见除非是在地下、在黄泉！

颖考叔注视着他的君王，他正是为此而来，他必须给出一个主意，一个戏剧性的、极具心理治疗效果的解决方案——好吧，那就挖一条深深的隧道，让你和你的母亲在地下相见。

隧道幽深、黑暗、潮湿，无穷无尽，如同一个巨大的动物的腹腔。任何人在这黑暗的地下都会感到恐惧，那是身陷幽冥，如同死亡。在春秋人的想象中，这就是死亡，是永恒的黑暗。庄公寤生擎着火炬，在大隧中独自走去，他拒绝随从，他要一个人走进去，火光在隧壁跳跃，他惊叹地注视着隧壁上用铜锸铲出的泥土的纹路。他从未如此宁静，他慢慢地走着，他感到自己正越走越小，小如婴儿，小如浮游生物，直到在前方，无尽的黑暗中一点火渐渐地亮了，渐渐近了。

"大隧之中，其乐也融融。"

这是庄公的咏唱。

"大隧之外，其乐也泄泄。"

一个女人的声音迎合着。火光照亮了这个女人，她站在那儿，她是那么美，那么慈爱，她是母亲，爱他的母亲。

寤生重新生了一次。

公元前 722 年的事件，决定性地锻造了郑庄公寤生。此后，我们看到了一个精力旺盛、果敢强悍的君王。历史猝然加速，在这混沌的、昏昏欲睡的春秋早期，一切都被寤生唤醒。

但庄公寤生不仅难产，而且生错了地方。那是郑国，其国都在如今的河南新郑。比起其他诸侯国，郑国只是后起小国，庄公的祖父桓公是周宣王的少弟，始封在陕西。从祖辈起这个家族就显示出了在乱世中非凡的生存能力，桓公预见到大厦将倾，君子不立危墙之下，早早在东部安排了退身之地。然后，庄公的父亲武公在西周覆灭、东周初定的大乱中，灭掉了若干小国，生生挤出了一片天地，把郑国搬到河南。因为辅助平王东迁，他还获得了周王朝执政的卿士地位。

郑国生于乱世，危如累卵。打开地图，你会发现新郑居天下之中，四通八达，在现代此为大幸，在古代这叫作四战之地，八面来风，四面受敌，没有任何战略上的回旋余地。后来的春秋史上，郑国所能做的就是在虎狼环伺中机敏地生存下去。此时还是春秋早期，虎狼还没有充分醒来，庄公寤生得时代之先机，他清晰地看到："王室而既卑矣，周之子孙日失其序"，人心散了，天下乱了，生何难，死何易，郑国随时都会烟消云散。终其一生，寤生反复谈及他自己的死和郑国的亡，这个人身上有深刻的悲凉，这个难产而生的人，他过的是借来的日子，生活对他来说就是一场必会散去的筵席。

——如此悲凉才能如此炽热。庄公寤生成为了一个重要的战略原则的发明者和实践者：劣势之下，最有效的防守就是进攻，不能停，停下就要挨打，要动起来，抢在挨打之前打人。

风乍起，庄公寤生搅乱了春秋早期的格局，使得中原和东部各诸侯国陷入混战。在与宋国、卫国、陈国、蔡国的频繁战争中，他建立并主导了与齐国、鲁国的联盟。庄公寤生在一个较小的规模上预演了、启示了后来齐、晋、楚的霸业。

公元前 712 年，隐公十一年，以郑国为首的齐、鲁、郑联军攻伐许国。这是一个与郑国毗邻的诸侯国，其地在今许昌一带。夏历五月二十四日，庄公寤生在太庙举行授兵大典。春秋的战争是贵族战争，打仗是高贵的事，是精英的专有权力。按照传统，开战之前要举行庄严的仪式，把平日储存于太庙的战车和兵器授予高贵的武士。

但这一次，就在授兵大典上，武士们先打了起来。那位颍考叔，按说是位深谋远虑的君子，但春秋时甚少有没脾气的君子，君子大多是身体壮敢打架，他和另一个将军子都为争一辆战车起了冲突，颍考叔拉起车辕就跑，子都拔戟便追，跑了十几里，二人累得瘫倒，只好作罢。

这件事若到此为止也上不了《左传》，问题是还有下文：战场上，颍考叔果然骁勇，一手擎着大旗，头一个登上了敌方城头——就在此时，城下纷纷乱军之中，只见箭似流星，一箭正中，可怜那颍考叔栽下了城头！

这是战场打黑枪啊，从古至今都该杀无赦。庄公寤生很生气，城是攻下来了，但这事不能算完，传令三军，站好队，端着猪、狗、鸡，一起诅咒那打黑枪的孙子：谁干的谁干的，让丫不得好死！

谁干的？大家都知道，子都干的。

寤生是在装糊涂。领导真糊涂时，你可以劝，比如颍考叔就出来劝了；但领导装糊涂时，你不能劝，比如此时，全军念念有词，没一个人出来指证子都。

为什么呢？因为子都是世上最美的男人，有郑国小曲为证："山有扶苏，隰有荷华，不见子都，乃见狂且。"（《诗经·郑风》《山有扶苏》）那意思是，只要心里想起子都，这世上就"巷无居人"了，别的男人就都没法看了。

大家你看我一眼，我看你一眼：谁干的谁干的？让丫不得好死！

就寤生的成长经历而论，他和子都的特殊关系也在情理之中。问题是，寤生和子都在这件事上败坏了贵族共同体的公义，他们所得的报应便是持久地成了八卦对象，京剧里有一出《伐子都》，就是人家编来出气的。那戏里子都被颍考叔的鬼魂附体报仇，武生子都，俊美如妖如神。

当然，装糊涂，说明寤生是个明白人。此一战，郑国占领了许国，若放到现在，嗓门很大身体很差的好汉们必是"灭了它灭了它"喊成一片，但寤生不，他善待许国的公族，特别交代占领军头领：

　　寡人有弟，不能和协，而使糊其口于四方，其况能久有许乎？吾子其奉许叔以抚柔此民也，若寡人得没于地，无宁兹许公复奉其社稷，唯我郑国之有请谒焉，如旧婚媾，其能降以相从也。无滋他族实偪处此，以与我郑国争此土也。吾子孙其覆亡之不暇，而况能禋祀许乎？寡人之使吾子处此，不唯许国之为，亦聊以固吾圉也。

　　凡而器用财贿，勿寘于许，我死，乃亟去之！

这一年，寤生四十五岁，在位三十二年，在春秋，已是垂垂老矣。他这一番话是春秋史上最动人的政治言说，句句出自本心，有大政治家的明智、远见，有饱经世事的通透、苍凉。是的，我亲弟弟跟我都不是一条心，许国人怎么可能跟我一条心？争这一块许地，不过是为了战略上的缓冲。这块地好比是借来的，迟早得还回去。我死之后你马上收拾行李撤军，许国还是许国人的许国。

庄公寤生，他知道他所做的一切，终究是经不住风霜雨雪，经不住生老病死。

也是在这一年，公元前712年，鲁隐公迎来了悲惨的结局。他已经摄政十一年了，他一直谨遵礼法，他眼看着他的弟弟姬允渐渐长大，他已经盘算着在泰安附近另建宫苑，归政于弟弟，然后，优游山林，颐养天年。

但是，这一年某个寒冷的冬日，大夫羽父向他提出了另一种选择：我替您杀掉姬允，这样您就是名正言顺的国君，您不必承担篡逆的恶名，然后您将一直坐在这里，而我，将成为执掌国政的太宰。

隐公惊骇地注视着这个人。他一直信任羽父，在他统治期间的史册上，羽父是最常出现的名字，他一直是一个忠诚、明智的臣子。但是现在，他站在这里，竟说出了如此残忍卑鄙的提议。

隐公并未愤怒，他只是感到蚀骨的疲惫。靡不有初，鲜克有终。他想，如果我是这样的人，这件事十一年前我就做了，何必等到今日。

他闭上眼，用微弱的声音说：

"借来的东西，我终归要还给人家。"

寂静。他知道，羽父默然地退出去了。

隐公真是累了，他竟不曾想到，此等弑君大事是不能说也不能听的，说出去就必须做，就必须成功。现在，对羽父来说，真正的灾难是隐公会把他的提议告诉将要亲政的姬允。

说的人是白说了，听者却不能白听，这年十一月，羽父指使人刺杀隐公。然后拥立姬允亲政，是为桓公。

隐公，他的谥号为"隐"，这不是一个美谥，这是隐晦、隐没。这个一生遵从周公之礼的人，被他的时代灭了口，被摒弃和遗忘了。

然后，鲁桓公五年，公元前707年，春秋史上一次标志性的战争开始了。这一年，庄公寤生五十岁，五十而知天命，他的天命就在于撕下温情脉脉的面纱，断然宣布一个全新时代的到来，那是最坏和最好的时代，是王纲解纽、礼崩乐坏的时代，是天高地阔、龙腾虎跃的时代，是毁灭的时代，是创造的时代，是华夏文明的轴心时代，是这个文明永恒守望的血气方刚的少年时代。

在此之前，公元前720年的周历二月初一，日全食。三月二十四日，周平王驾崩。五十一年前，父亲周幽王被犬戎所杀，他在天崩地裂中匆忙即位，立即面临着根本抉择，他可以横下一条心，留在镐京，那伟大的城，那制作了周礼、君临天下的地方，但是这就意味着他必须面对戎狄的巨大压力，他身上流着文王武王的血，但这血已如此淡薄，无法承受危险而只能选择安逸。他把这片祖宗的地赏给了小小的秦国，然后逃往成周，那是周公在东部建立的陪都。他所放弃的正是席卷天下的起点，从咸阳、长安到延安，通向天下的路均起于那片平川和高原。从此，西周成了东周，周朝不再伟大。

继位的周桓王显然不知天下大势。平王身上尚且残存着西周的余晖，而他必定承受东周的衰微和屈辱。继位之初，这位傲慢的天子就和庄公寤生翻了脸，这无疑是鲁莽的。当初平王东迁，郑国是主要的支持者，从武公到庄公，郑国的国君一直是秉持东周国政的卿士。为了维持这种关系，周平王甚至低声下气地与郑国交换质子，把当时还是太子的桓王送往郑国为质。这段屈辱的经历显然影响了桓王的判断，周郑关系迅速恶化，在经历了一系列冲突之后，公元前 707 年，桓王宣布，剥夺郑庄公的卿士之位，双方彻底决裂。

这年秋天，桓王率领蔡、卫、陈联军征讨郑国。周王征讨诸侯在西周是常事，在春秋却是首次。古老的传统和记忆被唤醒，郑国和郑庄公面临着生死存亡的考验。

只有战！庄公寤生起倾国之兵在郑国境内的繻葛迎战王师。天下屏息，这不仅关系到一战成败、一国安危，还关系到东周王室是否还有能力行使天子之权。

王师大败。混战中，郑将祝聃一箭射中桓王左肩。

那一刻，乱军之中，庄公寤生眼看着那支箭向着战车上、大旗下的周王而去，他觉得他要窒息了，他觉得这支箭竟如此之慢。

然后，他看见那箭射入周王的肩头，发金石之声。这是天地为之惊、鬼神为之泣的一箭。庄公寤生，他觉得在那一刻，整个礼乐天下都被这支箭射中了。

祝聃纵马欲追，寤生止住他：让他去吧。"君子不敢多上人，况敢陵天子乎？苟自救也，社稷无陨，多矣。"

此夜，寤生无眠。披衣观天，感慨万端。命祭足携酒食前往周营，探视天子，抚慰群臣。

他不是为了祈求宽恕。他只是为了此心稍安。在这世上，庄公寤生即使在最放纵的时刻也持着一份分寸和克制。生下来是难的，活着也是难的，人终有一死，世上山高水远。

六年后，公元前 701 年夏天，庄公薨。他的身后，遍野巨人猛兽。

劳动者不知所终

草　白

一

秋风轻轻摇晃着坡地上的柿子树，那些高高在上的柿子似乎感到了危险。摘柿子的人马上就要来了。我三十八岁的父亲也将加入这支浩大的队伍，他刚长了智齿，半边脸都是肿着的，就像一个虚假的胖子。

屋子里，母亲嘀咕着，说搞不明白为什么一个大人还要长牙齿，这些牙齿有什么用呢，长的时候还那么痛。连一向沉默不语的祖母也发出了压抑许久的哼哼声，像是对母亲质疑的回应。我更弄不明白长牙齿怎么会疼，拔牙的时候才疼呢。

尽管牙疼了一夜，出门前，父亲还是穿上他的白色假领子，藏蓝色卡其布上衣，灰色的确良裤子，如果不看他脚下的鞋，还以为他要去赶集或者修族谱呢。

"你也拎只篮子跟着去吧，"母亲像是放心不下，派我做她的使者。之前，每有她不能及的地方，都让我跟去。

柿子树太高，它的果实在离我们头顶很远的地方，常被比喻为红灯笼什么的。在我看来，它可不是什么灯笼，它就是柿子，可以吃的柿子。

柿子是甜的，制成柿饼更甜，这些甜美的东西总是让我们感到慌乱，如果我想要得到它们——谁不想得到它们呢——那就会成为一名小偷。其实，当我拎着篮子跟在父亲身后的时候，就准备做一名小偷了。

山坡上，柿子树远远地等在那里了。那些红透了的柿子，有些已经等不及，提前坠落在树下草丛里了。经过草丛的时候，我看到虫蚁们正在享用那些破碎的果实。它们总是等待着，等待着，就等到了一切。

三三两两的采摘者站在坡地上，吸着烟，一副悠然自得又心事重重的样子。许多人陆续赶来，他们扛着梯子，担着箩筐。孩童们则跟随左右，彼此躲藏着，不说话。

我知道他们心里在想什么。

终于，我瘦弱的父亲也龇牙咧嘴地爬到树杈上。我简直不敢抬头看他，更不敢看那些柿子。我看着对面的水渠、寺庙和远山，我看到秋天的世界里万物支离破碎的样子。树叶掉了，田地荒了，草丛随之矮伏下去，飞鸟的身影显得孤单。

在这样的世界里，什么都看得见，什么都掩藏不住。

而那些柿子，挂在只余几片树叶的枝条上，父亲把它们取下，放进箩筐里。有些则放在我的篮子里，让我带回家。其实，那些柿子并不属于我们，它们不属于任何一个具体的人。那些树上长的柿子，更不属于那些树。

每年，我都不知道是谁吃掉了它们。一想到这个，我就难受，并不是我想吃那些柿子，有时候我只想看看它们。特别是当冬天到了，下雪了，如果一个屋子里放着一些柿子，一些被冻出柿霜来的柿饼，好像有什么不一样了，连空气都变得无比甜美。

父亲挑了几个最好的给我。它们柔软，光洁。他还要往我的篮子里放。我很怕回去的路上被他们发现，哪怕我在上面盖上青草，表面上什么也看不出来，但我知道他们还是会发现的。

几乎所有的柿子都被摘下了，除了树顶上那少数的几枚，不是遗忘，而是够不着。它们太高了，高到好似要触到天际了。

回去了。我拎着篮子，父亲担着箩筐，我们像陌生人那样往不同的方向走去。我是来割草的，我的篮子里堆着草，兔子们需要它们，我需要它们。我给人看我的篮子，看我割的草，他们看不到柿子。

我不给他们看我的柿子。

从山坡到家是一段漫长的路程，到处都是人。随时随地会有一些人出来挡住我的去路。远远地，我看见一个人站在水渠边，他好像是在等我走近，以盘查我的行踪，检查我的篮子。我挪动步子，迟疑地往那里靠近，待我走近，看见的是一棵树；天黑了，树影挡住了我的去路。

父亲已在灯下等我了。他的箩筐清空了，他交出柿子，拿到一些钱，这一天的工作就算结束了。他蹙着眉，半张脸还肿胀着，直愣愣地看着我。全家人都在看着我，他们看着我的篮子，等着我变戏法似的把那些柿子掏出来，一一放到桌子上。

好像，这是全家人这一天来，真正期待的时刻。

我哆嗦着，有种不好的预感，那些看不见的柿子，藏匿在青草底下的柿子，在回家的路上已经逃出我的篮子，消失不见了。

二

父亲没有钱买真正的有领子的白衬衣，但他拥有许多假领子。每当出门，就穿上它，把洁白的领子翻出来，裹衬着细瘦的脖颈，显得干净、利落，像个国家工作人员。

他去给我舅舅办事时戴着假领子，去外村修族谱时戴着假领子，下雪天出门打牌也戴着假领子。那雪白的领子衬得他的脸格外英俊，成了村里最与众不同的男人。有一段时间，父亲热衷牌戏，因此引发家庭矛盾。有一次深夜归来将家里的木门踢破；还有一次，他与母亲起口角，不吃晚饭就甩门出去了。

不过，这些事情，很快都被我们原谅了。母亲不仅不反对他打牌，一旦他打牌错过吃饭时间，就焦虑得不行，非要我七请八请，请他回来先吃了饭再打不迟。可我一站到那牌桌前，除了干杵着，什么话也说不出。父亲叫我先回去，我走掉不是，站着又怕遭嫌弃，对请一个迷上牌戏的人回家吃饭实在厌倦透了。

在村子里，父亲有一个绰号：囡囡。一个成年男性拥有这样一个绰号实在匪夷所思。大概因为他是独子，祖母除了他之外再无别的生养，于是，在兄弟姐妹一大堆的乡亲们眼里，他就显得孤单，缺少庇护，因此受到额外的关注。

他在外面那么受欢迎，谁都说他好话，可在家里，他总是那么不靠谱，自迷上武侠小说后，上茅厕的时间格外长。家人说什么，他不是听不见，就是转眼忘了。母亲只默默地干活，任他出去玩牌，只要不被抓，派出所的人不让我们去交罚款赎人，就谢天谢地了。

每次打牌回来，赢钱自然皆大欢喜，就算输了钱，他也不说输，只说赢得不多，一脸无所谓的样子。总之，在他嘴里，打牌是没有不赢的。要是被揭穿了，他也是一副恍然大悟的样子，好像自己根本不知道有这回事。

村里一个男人输了牌，回家将老婆纺织的棕榈线，点火烧着了。至于因为输了钱受不了女人嘀咕而大打出手的人则更多。最严重的一次，父亲他们在打牌的时候，有个牌友的老婆喝农药死了。

这一回，母亲终于说："你不能再打下去了。"

父亲在床上躺了三天，决定去厂里上班。从此，他开始了昼夜颠倒的生活。人们早起的时候看见他刚回来，天黑了，人们要上床睡觉了，他却出门了。

那个工厂有什么好呢，除了每个月可以领到固定的工资，到了生日，还发一个奶油蛋糕。

父亲一天天地走在上班路上，轮到换班日还要上二十四个小时。他的脸变黑了，厂服脏兮兮的，眼睛里布满血丝，看人的时候也没有从前那么兴致勃勃了。隔壁女人生了小孩，婴孩的哭声吵得他睡不好，要开着电视机才能入睡。可他仍没有逃过一天班。

连母亲也说："你父亲变勤快了。"

母亲说这话的时候没有一点兴奋之色。从前的父亲是一个多么懒散的人啊，从前的父亲还会给我们讲一些笑话和报纸上看来的新旧见闻。我记得最牢的是，他告诉我很多年后，这天上会有一枚人造月亮，"到那时候，就算晚上，你也可以在屋檐下写作业了"。

父亲的工资卡一直放在母亲那里，母亲问他需要什么，他都说不要。自从不再打牌后，他好像真的不需要钱了，什么都不要了。

可是，他总睡不够。从前，他可以睡上一天一夜，如遇下雪天，可以连续好几天不出门，昏昏沉沉，享受人生。

生活对于一个三十八岁才长智齿的男人来说，实在太艰难了。

那年夏天，天气燥热，大地干涸，已经一个多月没有下雨。父亲的工厂因限电放假。他躺在床上，在电风扇送来的热风中，辗转难眠。

彼时，村里一位男人从城市的脚手架上摔下来，死了，赔了一笔钱。丧礼过后，他的妻子来到我们家，她与我母亲绘声绘色地说着镇上纺织厂里一名女工的长发被卷入机器里，那个场面实在吓人，很多人当场晕死过去，反正她不打算去任何厂里上班了。

年轻女人的脸充满滋润，一点也没有被丈夫死亡的阴影所笼罩。关于年轻女人的谣言可能是真的：她爱上丈夫之外的男人，便假装腹疼差遣丈夫去邻村诊所买药，自己却跑到那个男人家里帮忙做家务。她的丈夫买了药回来，发现家里无人，便跑去向女人的兄弟告状。她丈夫喝了点酒，哭哭啼啼。这事，一时被引为笑谈。

母亲对父亲的工作忽然感到不安，好像那里面隐藏的危险正一点点向我们走来。之前，村里的窑工得肺癌死了，死前咳出的痰像是瓦窑洞里充溢的火光。还有一个壮年男人，被采石场的石头砸死了。莫名其妙的死亡事件频繁发生。

就在全家踌躇忧愁之际，舅舅托人传话来叫父亲去替他办事。那个地方在外省，来回需要十几天。那是夏天，男人们都穿汗衫，脖子上光光的，没有领子，父亲却准备戴上假领子，套上黑皮鞋。

几天之后，他像是度假似的去了远方，把那双唯一的皮鞋穿破后，又回到家里。他送给我一条项链，说是从一座寺院门口的小贩那里买的。很多年后，我也去了那座寺院，只想看看父亲所说的那个寺院的名字以何种形式被刻在一堵黄色山墙上，可那里除了闹哄哄的香客，我什么也没有看见。

三

在去工厂上班之前，父亲贩卖过水果。他像个真正的小贩那样从别处运来廉价的水果，准备拉到集市上去赚个盆满钵溢。

出发之前，他对此信心满满，认为所有的买卖不过是一手交钱一手交货那么简单。再说，那些来自异域的水果都是本地的土壤所不能生长的，人们只需看上一眼，就会生出无穷的购买欲。

父亲甚至夸下海口，等这次买卖成功了，他要给自己买一辆三轮摩托车，给母亲买一条金链子，带我奶奶去普陀山烧香，给我和妹妹买娃哈哈口服液——当广告上那个小女孩说"妈妈，我要喝"时，我和父亲都在电视机前看着。

我对父亲的话半信半疑。

娃哈哈口服液我没有喝过，电视上出现的很多东西我都没有见过，每当我看得入了神，父亲就在我边上哈哈大笑。我觉得他的笑声里既有一种故作的镇定，也含着某种不便说出口的允诺。

水果贩来后，他马上后悔了。

许多年后，人们还嬉笑着向母亲复述当年父亲在集市上，在自己的水果摊前，那一脸局促、低头乱翻书的场景。

谁会在做买卖的时候翻书呢？他根本就不会叫卖，一到人多的地方，就成了哑巴，什么话也讲不出来；如遇熟人购买，恨不得倾囊相赠。

父亲卖的是苹果。街市上有很多卖苹果的，那些女人，是天生的卖家，很会和顾客拉关系，而父亲沉默得像杆秤上的秤砣。他觉得和一大堆女人争抢生意丢脸，而那些女人们还对他很客气。

那些苹果不知道是怎么卖掉的，或许大都是烂掉的。那段时间，我经常在家里吃烂苹果，我感到自己嘴里都散发出腐烂苹果的气息了。

有一天，我放学回家发现父亲在房间里睡着了。大白天的，他居然丢下货摊安心睡觉，那条旧红色的毛毯一直被拉到下巴底下，他像个婴儿似的蜷缩着，显得疲惫不堪。

不用说，金链子、摩托车、普陀山都化为一阵青烟飘走了，只有娃哈哈口服液从电视机上走下来，一盒里面装有十瓶，我和妹妹一人五瓶。

父亲问我娃哈哈口服液什么味道。

我想以自己吃过的某样食物来打比方，可想了半天，觉得那种味道什么也不像，什么也不是。

四

在我们家，父亲是不重要的。借债还钱是母亲的事，造房起屋是母亲在张罗，家中一应大小事情，都是母亲拿主意。

特别是当贩卖水果失败后，父亲对自己的能力有了近乎消极的估量。后来，当母亲实在走投无路时，父亲才把自己贡献出去，他的姿态是无奈的，也是决绝的。从此，他成了一名昼伏夜出的人，是蝙蝠或猫头鹰。那个生产橡胶制品的车间，一天二十四个小时，机器轰鸣，空气里有一股模糊的难闻的气味，是大热天里马路上奔跑的汽车轮胎所散发出的气味。父亲则成了一架勤勉的、作息规律的机器，为了保持这架机器良好的运作状态，他必须睡觉，可总是睡不够，眼睛布满血丝，身体里全是孔洞，走起路来摇摇晃晃的。

父亲成了一名工人，这是一个尴尬的身份，既是对原有身份和习性的背叛，更是对原有劳动方式的一种颠覆。他的劳动不再受季节气候的影响，白昼黑夜不分，时刻处于劳动状态中，或者随时准备投入其中。

他的生活节奏被彻底打乱，眼睛里密布的红血丝再也没有消散过。他开始睁着一双红眼睛看人，用沙哑的嗓音与人说话，或者不再说话。有一次，我由于吃饭时坐姿不雅，被他狠狠地训斥了一顿，训得我直想哭。以前他从不这样。这一切，全是因为他的劳作方式发生了根本性的变化。他不用去山坡上砍柴，不用去田间劳动，不必去沟渠里弄水；而且还拥有了工作服，那件散发出黑色橡胶气味的蓝颜色的制服，受到汗水和黑夜的滋养，看上去充满诡异之气。他虽然不在太阳底下劳动，可那个车间里却有无数个"太阳"在炙烤，炎夏闷如蒸笼，劳作之人如屉笼上的包子。

父亲的力气开始像干涸大地上的水，被一点点蒸发殆尽。后来，他只是凭着惯性，按照作息表去上班，不迟到，不请假。

那个轮班日，他终于拥有完整的二十四个小时的休息时间，却不准备躺在床上睡觉。他要上山，不是去田地上劳作，而是去打野栗子。从前，那些无主的栗子树即使长在深阔茂密的林子里，也总能被人找到；而这几年，它们开始无人问津。那天，父亲忽然想到它们，或许他只是想起了从前的劳动方式，那种在野地里进行的，自由忙乱、带着惊险刺激的，不是事先被安排好的劳作方式。

栗子树长得高，栗子果干脆躲藏在一团绿刺里，想要得到它们并不容易。可父亲那天"战果"累累，装了整整一麻袋，拿到市场上去卖，赚了很多钱，好像那些钱是香的，是他最愿意赚到的——此事一度成为他最愿意谈论并炫耀的话题。

五

在我还小的时候，那些真正的劳动者——他们是走村串户的货郎、爆爆米花的外省男人、弹棉花的驼背，以及做衣服的、收长头发的、阉猪的——过着动荡或半动荡的生活，在大地上奔走，以不同的方式养活自己及家人，艰辛却充满尊严。

那些人出现的日子，天是蓝的，流水澄澈，夏日赤焰燃烧，冬天经常下雪。如今，这些古老的职业彻底消失了，曾经的从业者被塞进黑乎乎的机械轰鸣的车间里，成为一种连自己都感到陌生的物种。

当父亲穿着蓝制服走进那个地方，又从那个地方出来后，也成了一个彻底的陌生人。他不仅成了让自己感到陌生的人，他沉默寡言的形象也让我们全家感到陌生。

他是谁？从哪里来？他与那些奔跑的轮胎之间存在什么关系？他制造了它们，然后再由它们来改变这个世界的速度。

那些夜晚，窗外公路上的汽车声变得繁密而紧张，常有刺耳的喇叭声将我从梦中惊醒。

那样的时刻，父亲通常不在房间里，他成了家里的缺席者；这个缺席者出现在灯火通明的车间里。由此，父亲拥有了另一种形象与身份，这是被生活所虚构的身份。为了迎合那个身份，他变得勤勉而专注，一反之前的懒散与漫不经心。

他从不迟到，总是在被闹钟叫醒之前醒来。他需要的不是闹钟，而是一面镜子。事实上，这面镜子自进入车间后，就被他握在手里。镜子的存在时刻提醒着他，让他成为镜中之人。于是，他不再是那个流连于牌桌的自己，他牺牲了全部的自己，迫切想要成为那个镜中人、一个付出了一切的人。

他从来没有赚过那么多钱，可这些钱都是以数字的形式存在于一张长方形的卡片上，这让他的成就感大打折扣。它们是看不见的、虚幻的，不像以前替公家摘柿子时那样，一手交货、一手收钱。

由于不再打牌，父亲对钱毫无兴趣，他的工资卡干脆交予母亲保管，任其使用；他只有在领回那个生日蛋糕时，才流露出类似欢欣的表情。每年，那个蛋糕都是被邻居的孩童们一起分食掉的。或许，这个奶油蛋糕是个安慰，支撑着父亲一次次走进那个车间里。当然，这只是我一厢情愿的猜测。

小时候，父亲给我做过风筝，因为骨杆太粗飞不起来；父亲瘦削的身体一穿上那件蓝色制服后，就被它紧紧裹挟着，也飞不起来了。

彼时，我们家开始养狗。当父亲下了夜班回来，这只狗早早地等在桥边，望着父亲的自行车靠近，摇摇尾巴，将父亲迎回家。

这只来历不明的流浪狗，不会说话的动物，好似来自远古的亲人，在我们家进进出出，与父亲建立了某种隐秘的、窸窸窣窣的关系。每当他们静坐门口沉默无言，却向着同一个方向眺望时，好像那狗也拥有一颗同样躁动不安的灵魂。

六

这么多年，像父亲这样过着非生活的生活者，实在太多了。有些人熬下来，面黑肌瘦；而父亲病了，最终被淘汰出局。从此，一个劳动者不仅被取消劳动的权利，还无法成为若干年后奥运会体育节目的观众、新房的主人、婚礼的证婚人，以及送葬队伍中的一员。

这种劈面而来的结局是父亲所无法预料的，像是另一种被虚构的命运，是镜中之人的变异与分身。后来，这个躺在床上丧失劳动能力、随时有性命之忧的人，忽然成了这个家庭的陌生人。全家及父亲本人都在试图说服自己，去认领这具病入膏肓的身体，去接受它。

CT 片被病榻上的父亲长时间地举在手中，他试图透过那些明暗与阴影去认清自己的现状，看那被关在身体内部的恶疾，毁坏他的身体至何种程度。可他什么也看不出。那些灰色的、黑色的、半透明的阴影，像无意义事物的排列，是迷宫。

为了印证自己身上依然有那种叫作"气力"的东西，父亲起身，抓取书桌上的狼毫，试图练字。多年来，那只笔毛稀疏的狼毫只在旧历新年时才派上用场，父亲没想到自己的力气连一支狼毫都无法对付，他握笔的手在发抖，勉强成形的黑字好似在打摆子，一副迎风逃离状。

向壁而卧的父亲发出一声哀号。他寻找、反思致病原因，到底是哪里出了问题。他想起家里的储水容器，他吩咐母亲以水缸取代塑料桶，他认为是过去十几年来喝的水害了他。过一会儿，又怀疑是那些治疗慢性胃病的药，转而荼毒了他的胃。

一个老太婆被领到父亲的房间，对着父亲的病体施法。她燃香点烟，口含清水，嘀嘀咕咕，一张青色皱缩的脸埋在烟雾之中。

老太婆走后，父亲连黄绿色的胆汁都呕了出来。

从此，父亲成了一个彻头彻尾的病人、一个失意者、一个身体与精神的双重挫败者、一个惨遭出局的人，连巫术也不能拯救他。那些如马蹄一般纷至沓来的疼痛，耗尽了他的所有耐性。他要转移它、分散它、驱除它，最终他所能做的只是消极地等待它过去。他对纷至沓来的来访者、各路亲友、自身惨状的围观者，表现出了基于本能的冷漠。或许，他是看不见了，什么都看不见了。

他们在他房间里进进出出，温言软语，言辞凿凿，却与他无关。

还能起床的时候，他也去牌桌前观战，可无法久站，只呆坐一旁，听听声响、牌起牌落、"吃碰听扛和"，一脸木然，有时熬不住在软榻上昏睡过去。他们看他的眼神明显有了异样。

他不必再劳动，任何形式的劳动早已从他身上抽离，他甚至不能照顾自己。他对自己的存在感到了厌烦，他迫切想要结束这种状态，不是以死亡，而是以另一种形式。他还没有想出那是什么。

而当剧痛来临的时候，他什么也想不了。房间里，电视机彻夜开着，申奥刚刚成功，举国欢庆，人群传来的笑声好似来自遥远山谷的回音。所有这些，已经与他无关了。父亲闭上眼睛，脑海里浮现出那个著名的乒乓球运动员，那个小个子女人好像一头敏捷的豹子，浑身充满着爆发力。

在两次疼痛之间，父亲颤抖着拿起遥控器，在各个频道之间切换，试图寻找那个女人的身影，可已经没有任何一个节目能够将他留在这个世上了。

七

父亲的肉体没有等到那场奥运会的召开，在两次疼痛的间歇中永久地昏睡过去；而无数个被虚构的父亲，在我的意念中长久地活着，被不同时期的我不断赋予新的内涵。

我想让父亲过上想象中的生活，这种生活是这片土地上的人们所没有过过的。它不是有钱人过的生活，也不是穷人过的生活，这种生活和财富的多少没有必然关系。我不知道这是一种怎样的生活。

在这种生活里，它要解决一个最重要的问题，那就是劳动、我们该如何劳动。我们对待劳动的态度，决定了一切。

在此期间，我不断地纠正母亲的劳动方式。我劝她以逸待劳，保持身体上的安逸比过分地使用它，更接近劳动的本质。可母亲有自己的节奏，这种节奏被保存在她体内多年，已经成为她生命意志的一部分，无可更改。

这些年来，我越来越渴望一种单调的劳动，在自然环境下的劳作，不必你追我赶的劳作。这种劳作既能给人带来身体上的疲倦感，也能让人迅速恢复。它是一种克制、一种试探，而不是穷尽。

多年来，我帮助父亲寻找着可能的劳作方式。他可以做一个无所事事的守门人、丰收季节的拾漏者、研究彩票的人，或当一个游手好闲者。

而随着世态发展的不可控制，这些可能性都变得渺茫。

这个世上无数个活下来的我的父亲，正在逐一死去。他们死在毫无尊严的劳作现场，死在冰冷的黎明，当太阳升起之前被埋到荒凉的山岗上。

"人居然必须要通过一份工作才能活下去，这个事情包含了人生绝大部分的荒谬。"

有一天，当看到这句话，我有种要大声悲哭的冲动。

父亲辞世后多年，母亲以各种方式去打探父亲所去的那个世界。通过梦境、关魂婆的转述以及祭祀日的仪式，她试图获知父亲死亡的真相以及如何避免这类悲剧的再次发生——不是避免死亡的发生，而是一个人该如何清楚、明白地死去，接受一份完全属于自己的、独一无二的死亡，好似基督徒从上帝手里领取圣餐。

母亲的努力是徒劳的，她自己就是一个面目模糊的劳动者。在父亲去世后，她更没有让自己闲着。有那么多时间需要填充，那是一个无底洞，她不知道该拿它怎么办。除了昏天黑地的劳作，累了躺倒在床上，第二天从那床上爬起来，继续昨天的生活，她没有别的生活。

她好似被什么东西控制住了，在熟悉的泥淖里越滑越深，根本无法开启另一种生活，那是不可能，也是不存在的。

如果活着的人换作父亲，一切都是可能的。我固执地相信父亲比母亲更加懂得如何保存自己，他的遽然离世是个意外。死去的不是他，而是那个被虚构的人。

多年前，那个被虚构者抛弃了假领子、柿子树、麻将牌，两手空空，惨然赴死；从通过请客送礼走进工厂的那一天起，那个人就已经提前死去。

飞鸟去了别处，而劳动者不知所终。

《广西文学》2017 第 4 期

瑞香花与东坡

张宗子

　　瑞香现今是很普通的花卉了，但在三十多年前我的老家，很有些传奇的色彩。我上大学前后那些年，家里一直种着瑞香，很大一盆，搁在院子里的砖地上，有时也搬到窗台上。我的印象中，瑞香相当珍贵，不易得，种好须费功夫。

　　传说它的枝子一年往前长一节，分杈为两枝。逐年成长，几何级数一样越分越多，植株慢慢繁茂起来，开花自然也越来越多。一盆瑞香，数一数茎的枝节，就知道养了多少年。这说法我没考证过，也可能张冠李戴，和别的木本花弄混了，但觉有趣，所以经年不忘。

　　瑞香的年头决定其价值，父亲种的一盆，颇有形态，长势也好。县城种花的圈子不大，谁家有什么花，大家都知道。有一年放假回去，听妈讲，县里某机关想要这盆瑞香，出价八百元，我爸不舍得。父母的工资每月只有几十元，我在学校，一月的零用钱是十元，八百是一个很大的数字。

　　瑞香是常绿小灌木，枝叶委婉精致，枝丫有形，不会恣意疯长，像夹竹桃那样乱抽长条，特别适合盆栽。

　　瑞香开花，香气浓烈。这个科属的花，似乎都是这样，香味也差不多。书上说，瑞香花有黄、白、紫三种颜色，我家种花很多，记不清那盆瑞香是什么颜色了。

　　我常年东坡诗文不离案头，但得到冯应榴辑注的《苏轼诗集合注》很晚。之后又蒙朋友寄赠孔凡礼先生的《苏轼年谱》，于是每有闲暇，便读上几页或几十页苏诗，以年谱为参照，看他与作诗有关的事迹，诸多生活细节一一浮出。夜深人静，东坡便宛如在身边，音容笑貌，无不毕现。如无这两种书，很多作品一晃而过，比如这首《次韵刁景纯赏瑞香花忆先朝侍宴》，也就不会勾起我的回忆和联想了：

　　　　上苑夭桃自作行，刘郎去后几回芳。
　　　　厌从年少追新赏，闲对官花识旧香。

欲赠佳人非泛洧，好纫幽佩吊沉湘。

鹤林神女无消息，为问何年返帝乡。

编选东坡七律时，这首诗反复读过，当时还想，他写瑞香花，为何一上来就用刘禹锡玄都观桃花的典故？

刘禹锡性格倔强，因政治斗争被贬谪，十年后重返京城，朝中尽是新贵，他不改直言的旧习，作诗讽刺："玄都观里桃千树，尽是刘郎去后栽。"之后再遭外放，又过十多年，重游玄都观，先前盛极一时的桃花，已经"荡然无复一树"。

刘禹锡作《再游玄都观》诗，调侃说："种桃道士归何处？前度刘郎今又来。"东坡一生几起几伏，与刘禹锡遭际有几分相似，读刘诗，他是心有戚戚的。

冯应榴书注释详赡，适合细读。细读书的好处，就是能学到很多额外的知识。关于瑞香花，其提到的典故非常有意思。五代宋初陶穀的《清异录》，在"花事门"记载："庐山瑞香花，始缘一比丘昼寝磐石上，梦中闻花香酷烈不可名，既觉，寻香求之，因名睡香。四方奇之，谓乃花中祥瑞，遂以瑞易睡。"

《庐山记》补充说："瑞香花紫而香烈，非群芳之比，其始盖出此山。"点明和尚所得的是紫色瑞香。

读到瑞香原名叫睡香，真是忍不住要笑起来。我家乡的口音，"瑞""睡"同音，都念做"sèi"，第四声，所以瑞香理所当然就是睡香。按照《庐山记》等书的说法，瑞香原产于庐山，别的地方没有。

这位大和尚白天在石头上睡觉，睡梦中闻到浓烈的花香，居然被惊醒。他循着香气找到花，给它命名为睡香。睡香开在冬春之间，大约和梅花同时。季节寒冷，开放的花不多，见到瑞香的人都觉得惊奇，认为是一种祥瑞，后来觉得睡字不太文雅，就按谐音改名为瑞香。北宋的达官贵人多在汴梁和洛阳，汴洛二地，难道说话也是"睡""瑞"不分？

《清异录》没有说故事发生在什么年代，依理推测，应在五代晚唐或之前，很可能是南唐时候的事。乔桑《庐山纪事》说：瑞香产山中，南唐中主李璟喜欢，移植到宫里，种在含风殿，命名为紫蓬莱。

吴曾《能改斋漫录》则说，瑞香南唐时被移植入宫，种在蓬莱殿，所以叫紫蓬莱。吴曾的说法更近情理，但他没说具体是哪位君主的韵事。

南唐三帝三十九年，开国之主李昪大概没闲心莳花弄草，剩下的，不是中主李璟，就是后主李煜。这两人都是风花雪月的文艺才子，庐山也在南唐版图之内，瑞香初得意于南唐小朝廷，是很有可能的。

宋人笔记异口同声，都说瑞香广为人知是宋朝以来的事。

　　王十朋《瑞香花》曰："真是花中瑞，本朝名始闻。"言简意赅。《能改斋漫录》则讲得比较详细："庐山瑞香花，古所未有，亦不产他处。天圣中，人始称传。东坡诸公，继有诗咏。岂灵草异芳，俟时乃出？故记序篇什，悉作瑞字。《庐山记》中亦载《瑞香花记》。讷禅师云：'山中瑞采一朝出，天下名香独见知。'张祠部强名佳客，以瑞为睡焉。其诗曰：'曾向庐山睡里闻，香风占断世间春。窃花莫扑枝头蝶，惊觉南窗午梦人。'"

　　吴曾说，庐山瑞香花过去不曾听说，别处也不产，到北宋天圣年间才为人盛传，苏东坡等人都有诗吟咏。吴曾感叹：奇异的花草，一定要等到恰当的时候才肯出世，大家都觉得这花算得上祥瑞，叫它瑞香。只有张祠部坚持用"睡"字。

　　吴曾提到的张耒的诗，题为《睡香花》，正是根据庐山和尚的传说而作的。

　　瑞香出庐山，似无疑问，查慎行注释，引惠洪和尚的《冷斋夜话》，说瑞香有黄色和紫色两种，还有一种紫瓣金边的，最初出产于庐山，现在到处都有。（冯应榴说，《冷斋夜话》中没有这一条，查慎行可能引错了。）而《咸淳临安志》记载：瑞香有一种大的，叫锦熏笼。

　　天圣是宋仁宗赵祯的年号，此时距东坡出生还有好几年，按吴曾的说法，瑞香是这时才流传开来的。详细情形，他没有说。根据苏轼的诗来推测，可能也和南唐一样，是皇家引进宫中，近臣纷纷作诗赞颂，于是声名鹊起，渐入民间。

　　刁约（字景纯）赏瑞香花而回忆前朝的宫中宴会，可见他曾在宫中观赏过瑞香。苏东坡的诗中更明确地说："厌从年少追新赏，闲对宫花识旧香。"把瑞香称为宫花，是多年前的旧相识，看到瑞香，怀念在朝廷的日子，希望早日回到京城。

　　在《次韵刁景纯赏瑞香花忆先朝侍宴》之前，元祐六年的二月九日，苏轼在杭州，还写了另一首著名的瑞香诗，《次韵曹子方龙山真觉院瑞香花》：

> 幽香结浅紫，来自孤云岑。
> 骨香不自知，色浅意殊深。
> 移栽青莲宇，遂冠薝卜林。
> 纫为楚臣佩，散落天女襟。
> 君持风霜节，耳冷歌笑音。
> 一逢兰蕙质，稍回铁石心。
> 置酒要妍暖，养花须晏阴。
> 及此阴晴间，恐致愠音霖。
> 彩云知易散，鹈𫛜忧先吟。
> 明朝便陈迹，试著丹青临。

曹辅字子方，是东坡的晚辈，他父亲曾经跟随东坡学习文章。曹辅从福建到杭州，作为东道主的苏轼极为热情，陪他游览西湖等名胜，多有诗歌唱和，而到真觉院赏瑞香，宾主兴致尤高，东坡除了这首五言诗，还作了三首西江月词。第一首题作《宝云真觉院赏瑞香》：

> 公子眼花乱发，老夫鼻观先通。领巾飘下瑞香风，惊起谪仙春梦。
> 后土祠中玉蕊，蓬莱殿后鞓红。此花清绝更纤秾，把酒何人心动。

客人中有人唱和，东坡就再次韵一首：

> 小院朱阑几曲，重城画鼓三通。更看微月转光风，归去香云入梦。
> 翠袖争浮大白，皂罗半插斜红。灯花零落酒花秾，妙语一时飞动。

瑞香和紫丁香相似，因此，有人质疑说，他们在真觉院观赏的恐怕不是瑞香，而是紫丁香。东坡为此作了第三首《西江月》（再用前韵戏曹子方。坐客云瑞香为紫丁香，遂以此曲辩证之）：

> 怪此花枝怨泣，托君诗句名通。凭将草木记吴风，继取相如云梦。
> 点笔袖沾醉墨，谤花面有惭红。知君却是为情秾，怕见此花撩动。

前面的五言诗中，东坡说曹子方"君持风霜节，耳冷歌笑音。一逢兰蕙质，稍回铁石心"。意思是曹子方这个人，为人刚直，不苟言笑，但一旦见到瑞香这样奇异美丽的花，铁石心肠也变软了。这是和朋友开玩笑。

词中再次拿曹子方打趣："知君却是为情秾，怕见此花撩动"，怕被好花打动，不能自已，才故意错认吧。词前自注说"坐客"错认，细玩词意，坐客不是别人，就是曹子方。

瑞香花的形色与紫丁香并不十分相似，但不知古人为何屡屡弄混，宋人吕大防的《瑞香图序》里就说了："瑞香，芳草也，其木高才数尺，生山坡间，花如丁香，而有黄、紫二种，冬春之交其花始发，植之庭槛，则芳馨出于户外，野人不以为贵，宋景文亦阙而不载。予今春城后二十年守成都，公庭、僧圃靡不有也。"

《广群芳谱》介绍详细，也提到这一点："瑞香，一名露甲，一名蓬莱紫，一名风流树。高者三四尺许，枝干婆娑，柔条厚叶，四时长青，叶深绿色，有杨梅叶、枇杷叶、荷叶、挛枝。冬春之交开花成簇，长三四分，如丁香状，共数种，有黄花、紫花、白花、粉红花、二色花、梅子花、串子花，皆有香，惟挛枝花紫者更香烈。枇杷叶者结子，其始出于庐山，宋时人家种之，始著名。挛枝者其节挛曲，如断折之状。其根绵软而香，叶光润似橘叶，边有黄色者，名金边瑞香，枝头甚繁，体榦柔韧，性畏寒，冬月须收暖室或窖内，夏月置之阴处勿见日，此花名麝囊，能损花，宜另种。"

这里说瑞香"名麝囊，能损花"，后来李渔在《闲情偶寄》里加以发挥，把瑞香称为花之小人："取而嗅之，果带麝味，麝则未有不损群花者也。同列众芳之中，即有明侪之义，不能相资相益，而反崇之，非小人而何？"他又说，幸好瑞香开在冬春之际，除了梅花和水仙，其他花都已凋落，所以危害不大。

"麝囊，能损花"，这个我不懂。惠洪和尚的《次韵真觉大师瑞香花》："浅色映华堂，清寒熏夜香，应持燕尾翦，破此麝脐囊，有恨成春睡，无人见洗妆，故山烟雨里，寂寞为谁芳。"杨万里的《咏瑞香》："外着明霞绮，中裁淡玉纱，森森千万笋，旋旋两三花，小霁迎风喜，轻寒索幕遮，香中真上瑞，兰麝敢名家。"都以麝香比瑞香，看来瑞香的香气确实近似麝香。也许只是因为瑞香香味太浓烈。但瑞香仅仅因为香味如麝香，就和麝一样，会损害其他的花？

瑞香的香味浓烈到什么程度呢？它能把昼寝的和尚从梦中惊醒。还有记载说，把瑞香整棵砍下，和其他草木一起烧，满屋子都香气弥漫。紫色的最香，与其他花混在一起，其他花都失去香味，只剩下瑞香的香。所以民间说，这是瑞香把其他花的味道都夺走了，故瑞香又叫夺香花。

东坡次韵刁景纯诗，作于熙宁七年，即公元 1074 年，那年他三十七岁。游真觉院赏瑞香诗，作于元祐六年，即公元 1091 年，他五十四岁。相隔十七年，两首诗不约而同，都提到屈原："纫为楚臣佩"，"好纫幽佩吊沉湘"。香草象征高洁。虽远谪蛮荒之地，爱国济世之心不变。

除了个人遭际，苏轼想到屈原，还有一个原因，就是明朝杨慎在《升庵诗话》中指出的："瑞香花，即《楚辞》所谓露甲也。"露甲，一般作露申，见屈原《涉江》："露申辛夷，死林薄兮。"露申指申椒，也有说法是指瑞香。东坡可能也想到了后一种说法。

瑞香和辛夷，两种香草，都枯萎在林中。"香草美人本离骚"，奇怪的是，屈原之后，诗文中提到瑞香，并不多见，倒是《楚辞》中的其他香草，如兰、芷、蕙、茝之类，逐渐成为习用的典故。屈原香草不离身，纫以为佩的众芳之中，也许就有瑞香。

杨慎自己也写了瑞香诗："小屏残梦暖香中，花气撩人怯晓风。绣被堆春蝴蝶散，开帘忽见锦薰笼。"锦薰笼得名于陈子高的《九日瑞香盛开有诗》："宣和殿里春风早，红锦薰笼二月时。"

说到这个别名，东坡元丰元年作《浣溪沙·徐州藏春阁园中》词中有两句："化工余力染夭红"，"甚时名作锦薰笼"，不知与瑞香有关系没有。

瑞香"默默无闻"，到北宋中期才为士大夫所赏识，这和蜡梅的经历几乎一样。宋朝是中国文化最发达的朝代，仅就文人雅趣而言，确实有不少野生花草是在宋朝才从深山大泽走入千家万户，进入诗词歌赋里的，比如黄庭坚提到的山矾："江湖南野中，有一小白花，木高数尺，春开极香，野人号为郑花。王荆公尝欲求此花栽，欲作诗而漏其名，予请名山矾。野人采郑花以染黄，不借矾而成色，故名山矾。"

瑞香在唐朝，钱起有诗："得地移根远，交柯绕指柔。露香浓结桂，池影斗蟠虬。黛叶轻筠绿，金花笑菊秋。何如南海外，雨露隔炎洲。"但这首诗有说是写瑞香的，也有说是写丁香的。二花的叶和花如此相似，钱起到底写的是什么，还真说不清。

今人以金边瑞香为贵，古人独尊挛枝紫花一种。《广群芳谱》说，瑞香"挛枝花紫者更香烈"。所以，杨万里写瑞香最好的一首诗，也是宋人写瑞香最好的一首诗，就特地点明挛枝：

买断春光与晓晴，幽香逸艳独婷婷。
齐开忽作挛枝锦，未坼犹疑紫素馨。
绝爱小花和月露，折将一朵簇银瓶。
今年偶忆年时句，倦倚雕栏酒半醒。

腾讯网"大家"专栏 2017 年 4 月 8 日

学书六十年，而今才知砚

曹乃谦

首先是这个书名就引起了我的兴趣——《砚的魅惑》，砚，会有什么魅惑呢？

再一个是，我喜欢写毛笔字，文房四宝纸、笔、墨、砚，而这就是本说"砚"的书，我自然也是想看看。

没文化人的特点，有图片总是先看图片。

隔个一两页，就有一幅图片，都是砚台，各种各样。

原来中国的砚台竟有一百多个种类，这可是我在以前万万也没想到的。

作者最先提的是"淄砚"。

他说的淄砚就是淄博产的砚台。他有点后悔地说，到了山东没去淄博。我心想我去过，去"觐见过"文学大师蒲松龄。我去是去过，可当时我不知道那里生产名砚。作者还说，山东的临朐，有江北最大的砚台市场。临朐我也知道，我还知道"朐"的读音，不念"句"，念"渠"。临朐检察院还有我一个朋友，叫王乐成。乐成也没跟我说过他们那里有砚台市场的事。想想，我从来没问过人家这事，人家咋能想起跟我说这些呢？

他说淄砚"且不输任何名砚，比如端、歙、洮、澄"。

这"端、歙、洮、澄"里面，"歙、洮"两个字认不得，查过字典，知道啥读音。

要这么说，这"端、歙、洮、澄"都该是名砚了？

索性放下手中的书，打开电脑上网查查，一查，查出来了。几种说法，排行不一，但总是这四家。称作"四大名砚"。

再多看看，网上还有"十大名砚"的说法。贺兰呀，松花呀，红丝呀，易水呀，苴却呀，嗨呀呀，写了几十年毛笔字的我，居然连这也不知道。

我得承认，我这是白白儿地喜欢写毛笔字了。

从四五岁时起，我就开始写毛笔字了。

上小学前，我一直是住在应县钗锂村姥姥家。比我大三岁的表哥在村里的大庙书房读书，他不好写仿，说一拿毛笔手就颤。他让我看，果然拿笔的手在颤抖。他说你看看你颤不，说完把笔给了我，还教给我咋捉笔。我把笔捉住，不颤。他说，表弟你不颤，那你替哥写哇。

那以后我就替他写仿。先是描红模，后来拓仿影，再后来是写大楷，最后还要在大楷的竖行之间吊小楷。

后来想起，表哥吃饭拿筷子手不颤，单单是捉笔手颤。他是哄了我了。哄就哄吧，写字挺好玩儿的。

替表哥写了几年仿，等到我上学写仿时，那仿写得比语文老师写的都好。

七岁那年秋天，从村里来大同，我要上学了。我妈领我在西柴市小学报了名。可我玩耍的时候从院里往街上跑，让自行车给撞了，右嘴角里外透了亮，到医院缝了好几针。伤好些才去学校，可学校说开学二十多天了，以为你们不来了，名额给占了，学校没座位了。后来又联系到大十字小学，说那里还有个座位。报到时，把我领到了一个办公室，有个女老师问我叫啥。我说了我的名字，可因为我说着应县话，她没听清。我又说，"曹"是"曹操"的"曹"，"乃"是"奶奶"的"奶"去了"女"字旁儿，"谦"是"谦虚"的"谦"。她说呀呀呀，这么说你会写？说着把教案本翻扣在桌子上，找笔让我写。她正找笔时，我已经用她判仿用的红毛笔，把我的名字写在了本子上。她冲着别的老师说，呀呀呀，你们大家快看，这毛笔字写得，真好，比咱们的字都好。

初中时，我的毛笔字不敢说比老师写得好，但也是班里的头一名。

高中时闹"文革"，我是学校资料组的，我的任务是替"红卫兵"干将们抄写大字报。没完没了没明没黑地抄。我抄出的大字报贴出去，人们都夸说这字好。

上班当了警察后，我喜欢用小楷抄写刑事侦破案例，抄了十多本稿纸。

再后来，单位让学政治理论，还要求做笔记，我又是用小楷毛笔来做。现在家里还幸存下一本，是1984年时学习马列主义哲学的小楷笔记。

除此之外，我还不间断地给人写条幅，横的竖的，大的小的。最大的写过六尺宣纸对开的。这大的小的加起来，少说有百十幅吧。

虽说我写了几十年毛笔字了，可从来没有认真地想过文房四宝里面的砚，更没有想到书里提到"砚文化"这样的事。

我意识到了自己的浅薄与无知。

看书，又有好多的名词术语，"砚体""砚堂""墨池"，等等，都一一查过，长了不少知识。

思砚也是十大名砚的一种，又称金星石砚。这让我想起，我家有一块不小的砚。这里，不该叫"一块"。看了《砚的魅惑》，我应该称它"一方"才对。

我的这方有金星的砚，是有人让我写毛笔字后，送我的。当时他也没说是什么砚，大概是他也不懂，可我更不懂这是什么砚。但我记得这方砚上有金星，当时我心想，这金星一定很坚硬，如果磨墨的话，那一定是很让人感到牙碜的了。我也没用它，就放起来了。看了这一段，我专门又把这方砚拿出来，看看，有十多处金星亮点。这一定就是思砚了。我赶快又上网查，想查查思砚多少钱。一查，五百到一万元不等。这么说，我这方砚至少是值五百元了，我很高兴。

紫袍玉带，这我可真的知道。也是有人让写字后，给我的一方砚。这方砚还有四条小短腿儿。这次人家明说是"紫袍玉带"，我就记住了。磨墨的地方叫砚堂。砚堂是淡绿色的，像玉。我也没用过它，放起来了。

据说，紫袍玉带早已经在"去砚之用"的道路上越行越远了，都被打造成了摆件。

我这不是摆，我这是藏。

除了小楷，写大一些的字的时候，我使用的所谓的"砚"，那就不叫砚，是个水果罐头缸。里面倒了半缸墨汁，拿起毛笔，伸进缸里，蘸了墨汁，在缸里面边的沿上把笔膏好后，写就行了。哪用得着正经的砚。

不过，要是写小楷字，我也是用砚的。写小楷字，也必须是得有砚。要不然，没法子把笔膏得尖尖的。

石末砚也就是种澄泥砚。书里说："澄泥砚，始创于唐，曾列贡砚，至清代工艺失传。1980 年版画家蔺永茂成功复活了绛州澄泥砚。"

我家有方澄泥砚，是妻子到晋南出差时给我买的，说是绛州澄泥砚。她说，你老是用个罐头缸，给你买个正经砚瓦。

除了石头砚，还有瓷砚、砂砚、陶砚、瓦砚。

我们雁北地区的人叫砚台不叫砚台，都叫砚瓦。原来这"瓦"的称呼，也是有出处的。

我妻子给我买的这方砚瓦，本属四大名砚，但当时我有眼不识金镶玉，不知道它的名贵。它的砚堂不大，虽也有盖儿，但盖不严实，头天倒上墨汁，第二天就干了。不如我的罐头缸用得省事又方便，我就把名砚放一边，还继续用我的罐头缸。

我回想妻子给我买这方砚的时间，是一九八几年。反正是在 1980 年之后，这得感谢版画家蔺永茂，让我们山西的澄泥砚能够继续名贵下去。同时，也感谢

"右文堂石民"。复兴也好，借尸还魂也好，是他复活了青州石末砚。

作者说，有些砚，看了不顺眼，于是，购来凿、锉、铲、锥、磨、尺等制砚工具，闲暇时动手改制、修正自家藏砚，并且还上了瘾，称作是"对'砚以用为上'这一宗旨的身体力行"。

作为一个喜好书写毛笔字的人，我同意他的这个说法吗？想想，不仅同意，而且要举双手赞成。

作者对砚的修正，让我想起了我的一方砚。

我说过，我写小楷是要用砚的。

我这方写小楷的砚很好看，也就是我的巴掌大小，只是比巴掌略微窄点，形状是条卧着的牛，牛身上还有个牧童。牧童是趴着的，两只手里还牵着从牛耳后拖出的缰绳。那是"文革"时在北京的天桥旧货市场里买的。

我属牛，又喜欢写毛笔字，一看，好玩儿，就买了。才花了五块钱，现在我五千块也不卖。

这方牛砚，整体颜色是黑的，但牧童的头顶和牛角的突出部分，有点发暗红。不过，这得注意观看才能看出，不细看，一眼是看不出来的。

买的时候，它的外面就是光光溜溜的，现在用了五十多年了，更光溜了。后来我才知道，这种光溜，是该称作"包浆"才对。可惜我不懂得这是哪种砚石。这要是叫专家看了，或许知道。

我这里要说的是，我的这方砚，让我给破坏过。那是因为倒的墨汁干了，我用小刀清理干墨，干墨被刮起了，可我发现，本来是平平的砚堂留下了一道道的沟痕。

好不心疼！好不后悔！

我决定学习色砚楼主，去买砂纸，慢慢地把这沟痕磨平。

书里也提到了墨，说好的砚台下墨快。开始我不知道"下墨快"是什么意思，后来懂了。

其实，他说的下墨快主要是说砚，而不是说墨。可这让我又想起小时候。

小时候，磨墨那是表哥的事。他求我给他写仿，他还不给磨磨墨？小时候的墨，都是到乡里的供销社买的，牌子就一种，叫"金不换"。叫的是金不换，可我们都是拿鸡蛋去换。小的一颗鸡蛋换一块，大的五颗鸡蛋换一块。

不管是小的大的，磨出的墨汁那才叫香。墨香。

大庙书房的陈先生骂我表哥和一个叫张灵世的表弟说，看看你们两个，一写仿，手和脸上弄得都是墨汁。还说他们两个人，都是肚里没有墨水的笨柴头。

他们两个后来为了不当笨柴头，每人大大地喝了一口现磨出来的浓浓的墨汁。巧的是，喝了墨汁的第二天，表哥答对了一道题，他高兴地说，到底管用。于是又大大喝了一口，可这回好像不灵验，没见什么效果。

《砚的魅惑》作者说他过目的砚台，有数十万方，藏砚上百。但说这还称不上是藏家。可我，算了算，统共只有六方。这里面有四方还是别人让写毛笔字送给我的。

这时，我倒想起个好主意，以后谁要是想叫我写毛笔字，那好，给我买砚瓦去，而且建议他要到网上去买。网上的砚台各种各样，不至于买重复了。

至于贵贱好赖，我不管，你们自己看着办。

我觉得这也公道。

《上海文学》2017 年第 5 期

松浦居随笔

张　炜

葡萄园

我不知还有什么比一座葡萄园更好。拥有这样一片园子将是幸福的。它是生机盎然和甜美的代名词，是和平与安怡、勤奋与劳动的代名词。如果这片葡萄园在半岛地区，享受了湿润的海风和明丽的阳光，那么简直就是无与伦比的美好了。

什么人拥有这样的一片园子更好？首先是种植葡萄的行家。半岛上有许多这样的人，他们劳作一辈子就为了北风吹出的葡萄香气，为了人们口中的甜汁和酒厂的佳酿。他们因为日日操劳而变得肤色黢黑，脸上闪着光亮。

如果一个读书人拥有了葡萄园，那可能也是上上之选。为了不致太孟浪，这样一个人最好和老葡萄把式合伙干，这样才稳妥一些。这种工作不像想象般的浪漫，它甚至一点都不浪漫。这是一种辛苦的农活，也是技术含量很高的园艺。如果只看到一片茂盛的葡萄树而忽略了其中的奥秘，那就太天真了。以为施了充足的肥就可以享用适时而至的收获，那也太过奢望了。这是古老而神秘的种植，从地球的另一面算起，关于它的记载汗牛充栋。典籍上的记载尤其要注意，那些神圣的记录不可不牢记在心。

葡萄园会被学贯中西的人士看成某种象征。这个意思自然是存在的。这不是书生意气，更不是偏见。有葡萄园的地方该有完全不同的气氛，似乎属于另一种生活。这种生活质地甚至在现代工业化浪潮中也无法改变。

大量收获物都运到了酒厂，这是葡萄的合理归宿。也有一部分运到了鲜果市场上，由包着头巾的妇人看护和照料，她们向客人时不时地夸耀。葡萄产自哪片园子是重要的，葡萄摊前的人从不忘申明这一点。

有一些很大的园子工业化的痕迹很重。这除了它与酒厂有一种联合的关系，再就是整齐划一的机械化操作、一望无际的矮架，一切都给人这样的感觉。现代化的工业生产形式将古老的葡萄园的诗意冲洗殆尽，这里就像大农场上等待大型收割机的麦田。

开进畦垄里的小型施肥机、一架架自动喷雾器，都向人展示了规模生产的最新方式。这样的葡萄园告别了古老的诗句，也从圣典记录中剥离了。

我们在心底奢求的那种葡萄园还有吗？它在何方？

在半岛地区的确还有一些小型的葡萄园，它们安安静静地待在一些角落，同样茂盛或更加茂盛。由于拥有园子的人往往把这里当成了自己的家，所以总有一幢不大的屋子，有水井，有堆房，有看护园子的狗和无所事事的猫。这儿鸟雀比较多，它们好像更喜欢这里的烟火气、这里的错落有致。它们或许在这里看到了古老记忆中的园子。

小型的葡萄园一般并不使用中大型机械，所以并没有统一的矮架，而是矮架与高大的棚架兼备。比如那些园中的宽道就由高高的棚架罩起来，这样既可通行车辆又可收获果实。这样的棚架使园子看上去更加神秘庄重，增加了层次感和立体感，绝不像一片矮架那样单调、一览无余。

一座园中小屋就紧依在一道道棚架旁，和童话中的情形差不多。绿色随枝条渐长、攀爬到高处，人们可以更好地享受它的荫护。夏天和秋天都是这里的好季节，园子凉爽、繁茂、朴素而静谧。每一座这样的园子都有花椒之类的矮树围成的栅栏，上面还有密密的蔷薇或凌霄。这是一道厚实的彩色镶边，加强和美化了一座葡萄园的概念。

侍弄这样一片园子，因为更多地依靠传统的手工，所以会更加辛苦。这辛苦本身也透露出一点古典气息。辛苦是愉快的组成部分，就像劳动是幸福的组成部分一样。

夜晚，点亮一盏桅灯，在小屋的白木桌前记下一些文字。粗手捏住小小的笔杆有些吃力，但显然更加有力了。一笔一笔划在厚厚的笔记本上，像是用刀子刻字一样。许多事情需要写下来：园子里的事、往事回忆、某本书、对朋友的思念、愤愤不平的心绪，很多很多。

只有葡萄园而没有记述，这对于某些种植者来说是极大的缺失。除了夜晚还有雨天，只要是不适宜在园里劳作的时刻，种植者都要在屋子里书写。

消逝的灯火

现在的灯比过去更亮也更多了。城街的灯璀璨逼人，形状各异，是现代城市最得意的装饰，已经超出了实际照明的需要。这是一种浪费，还是适得其所的艺术，还得好好讨论一下才好。

增多的灯饰使一切场所变得更亮，在给人方便和享受的同时也似乎有了另一种不适。白天无阴之日就已经很亮了，夜晚如果太亮，就使日与夜的区别减少了。我们还会想念朦胧的灯火，想念街巷里的阴郁感。大树滴着夜露，月亮爬上来，地上的一层荧光，这一切都会被强大的现代照明破坏。

另有一些灯火消失了。它们曾经也是先进和文明的象征，不久又成为落后的代表。煤油灯、罩灯、桅灯、油气灯，它们当年使人产生了多少惊喜，连关于它们的回忆都是温暖和亲切的。

在野外，那些远远闪亮的灯火可能是看林人的煤油灯，也可能是鱼铺老人的桅灯。在瓜田里，看瓜老汉的灯也是桅灯，它就挂在草铺的柱子上。神秘诱人的夜之原野，有多少美好的感觉是源自这些闪烁的、若有若无的灯火？如果没有它们，那么原野就是空洞的、没有眼睛的、没有召唤的、没有希望的。

夜晚的点点灯火从遥远处透出来，那是多么好的安慰和期许。只要走近它就有故事、有水，甚至有吃的东西、有未知的一切。孩子们像天上的星星一样单纯，他们不会过多地想到其他危险，而只会热情地、兴冲冲地走过去。如豆的光明也有更大的感召力，他们只需迎向它。

鱼铺里的老人是最有意思的，他们让童年百读不厌。老人日夜伴着海浪，听着噗噗的声音，孤独了只会抽烟喝酒。他们太孤独了，所以酒喝得太多，烟也抽得太多。他们的酒气直顶人的鼻子，见了小孩子两眼发亮，像打鱼的人发现了大鱼。他们捉住小孩，想让他哭。小孩不哭，他们就掀开羊皮大衣，把他收到衣襟内，然后往他头上喷出浓浓的烟。一番捉弄之后，小孩就哭了。为了哄小孩止住哭声，他们就拿出鱼干和地瓜糖之类，小孩就笑了。之后就是讲故事，讲有头无尾的妖怪的故事，小孩又吓哭了。

看林人的铺子比鱼铺高爽，主人个个有枪。他们的故事总是与枪有关。这些人的枪筒子上堵了一撮棉花，这个印象让人永远不忘。看林子的人身体比鱼铺老人强壮，因为他们常常要离开铺子去林中追赶什么。这些人到了夜晚就把大狗唤进铺子里，让它挨紧他睡觉。大狗偶尔抬头谛听，嘴里发出一声："嗯——"大人就丢下一句："毛病！"大狗于是又垂头睡了。主人讲故事时，大狗又抬起了头，听着，头再抬高一点，叫："汪汪！"主人于是说："又来人了。"他迎出一看，又来了几个少年。

瓜铺里的老人很烦，把一切夜间来玩的人都当成了不怀好意的人。他们吝啬之极，这是职业的特征。来的人逗他说："口渴了，给咱点水喝吧！"他说："喝水水不开。""那就给咱个瓜吃吧！"他恶声恶气地回："吃瓜，瓜不熟！"不过他偶尔也有高兴的时候，那会儿整个人就像全变了似的，轻手轻脚出去一趟，回来时就抱着一个又大又亮的瓜。在灯光下，这个瓜真好看，还散发出浓浓的香味。他不是用刀，而是用拳，嘭一声将瓜击碎。不规则的瓜片格外甜。看瓜老头说："知道吗？瓜一沾了刀，就有一股馊味儿。什么都不能沾铁器。"

桅灯是野外才有的，它不怕风。它挂在木柱上，提在手上，无论怎样都让人喜欢。

我有三十多年没有见过桅灯了。

一些美好的树

相信人人都有关于树木的记忆，或一片，或一棵，或几株，是它们的故事和印象，甚至是一份情感。它们大半在远处，在依稀可辨的遥远之地，或早已经模糊了，消逝了。

一些美好的树留在了昨天，在原地，而我们自己移动了。有时候正好相反，是我们自己留在了原地，而树木离开了，不见了。

总之，我们与它们的故事，是分别离散的故事，是伤感的故事。这种分离往往是人间最不幸的，它或许根本就不该发生。想想看，当我们离开一片土地很久之后，归来时一眼又看到了它们待在原地，那是怎样的欣喜。这时会有一句滚烫的话在胸间泛动：又回来了。它像昨天一样沉默、含蓄、深情，也像昨天一样细语和注视。你想听清它的每一句话，你抚摸它，亲近它。它从不主动对你说些什么，现在仍旧如此。但是它镇定自若地站在那儿，满怀期待或一无所求。

我还记得少年时代的那片白杨。它们高大，洁净，挺立在白色的沙滩上。每一株都英姿勃发，树干粗粗的，泛着鸭蛋青色，叶片油亮。它们并不密集，而是恰到好处地疏离，相距有五六米或十几米不等。它们组成了一片不大的疏林，自成一个世界。这是我度过了许多美好时光的地方，我迷恋关于它们的一切。春夏秋冬，它们都有自己的故事、自己的表情和模样。洁净的沙地上偶尔爬过一只小虫，它在树下徘徊一会儿，然后就沿树干爬向高处。蝴蝶飞来了，从这一棵飞向那一棵，亲近过一株白杨才离开。有五个大喜鹊窝建在了树顶，这些一尘不染的大鸟与这些白杨是最好的朋友。牵牛花开了，一朵朵仰向天空，似乎要与高大的白杨对视。

如果穿过这片白杨树往西北方向走，大约是二三公里的地方，还会遇到七棵高大的橡树。人们都说这七棵树是年纪最大的了，但到底多大年纪谁也不知道。

它们是兄弟七人，从很远的地方走啊走啊，一直走了几千里，直至看到了这片沙滩。它们大吸一口清新甘甜的空气，看看脚下和四周，决定就生活在这里了。它们驻足不前，从一棵棵不到碗口粗的小树，长成了如今这样的苍劲大树。它们不像白杨那样笔直，而是略带弯曲，看上去就像探身说话一般。它们相距也有五六米的样子，每到了大风刮起时，就要大声地费力地说话。它们是兄弟，它们总是有说不完的话。

在我的心目中，没有什么树比橡树更严肃的了。它们黑黑的、粗粗的皮肤，说明这是一种在风霜里毫不畏惧的生命。它们一律都是男子汉，刚直、坚定、目光沉重。树木像人一样，有目光。我试着感受过不同的目光。柳树的眼神是顽皮的，白杨的神色是温暖的，槐树的眼睛是闪烁的。橡树有时严厉地看着我，让我小心翼翼地靠近它，或退开一点。但我喜欢它们，有些离不开它们。我每隔几天一定要来看望这七棵橡树。

我们居所的正北方是园艺场。在场部的边缘那儿有东西一排大银杏树。它们奇异而旺盛，漂亮极了，那么神奇的叶子，简直像画出来的一样。我看过了许多树木的叶子，可从来没见过一种叶子像银杏的一样美丽。每一片叶子就像一面小小的扇子，又像一个小小的巴掌。它有均匀的掌纹，有涩涩的手感。银杏的表情就来自叶子，这叶子是娟秀而羞涩的。

银杏树从第一眼看到就是那么高大。它们一定是先于我很多年来到这片沙滩上的，那时这里可能是清静的，没有多少人烟的。它们见证了这里的一切，将所有的故事都记在心里。我不知道它们与那片白杨和橡树是否互通消息，只知道不同的树林是难以相见的，因为它们无法像人一样移动，只要生在了那里，差不多就要待在那里一辈子，直到生命结束。

我认为银杏树全都是女性。它们温柔细腻，有和善的面容。它们的身材高爽而美丽，几乎比人世间一切的生灵都要好看。是的，植物和植物、植物和动物，所有的都可以比较，比性格，比容貌和身材，比力气和品德。当然这种比较是十分困难的，有时真的难以判断。比如一只洁白的小羊和白杨之间，它们谁更洁净和可爱？再比如一头青牛和一棵橡树，它们谁更有力和顽强倔强？还有，我们班新来的女老师，不知为什么，她越看越像一棵银杏树。

在离我们家不远处有一棵紫叶李。它长得有屋檐那么高的时候，简直茂盛到了极点。叶子浓浓的，枝条疏密有致。我几乎每天都要从它身边走过，除了高兴也没有什么其他的感觉。可是这一年夏末的一天，大约是黄昏时分，我正从它的西面走来，当走到它的旁边时，突然就将脚步放慢了。我在看它，渐渐一动不动了，我觉得它太美了，太可爱了。我这时才意识到：我爱上了这棵紫叶李。

一连许多天，我都要远远近近地望向这棵紫色的树。我甚至觉得我们之间彼此拥有。我有许多话要向它倾诉，而它也不停地向我诉说。我在依偎着它的时候，感受到了来自它的痒痒的抚摸。那时我已经清晰无误地明白了，这是发生在人与树之间的一场爱恋。这也算初恋。

时光飞逝，转眼十年、二十年过去了，三十年、四十年过去了。我走向远方，树木们留在原地。我向它们告别，然后一步步远去。我在几年后也曾回过那片沙滩，那时就有一次难忘的相逢。后来我越走越远，返回的次数越来越少。我在异地他乡想念着那些树。

我特别想念那棵紫叶李。

我想念我的白杨林、七棵橡树和一排高大的银杏。我想念所有的树。

直到有一天，我又一次归来了。这是可怕的遭遇，因为那无边的沙滩上所有的一切都在改变，时代之劫终于开始了。我看到了塔吊、围墙、人流，唯独没有了树木。荒原被剖开，一条条壕沟里是铁锈色的水，让人想起了血汁。那棵紫叶李早就没有了，我甚至无处指认它原来具体的生长之地。七棵橡树没了，一排银杏没了，一小片白杨没了，一切都没了。

那些可爱的树都没有了，它们因为完美和正直，所以难以存活人间。人世间的杀伐是如此惨烈，以至于没有留下什么。当几十年过去之后，谁能在故地找到记忆中的大树？一片，一株，一丛，都没有了。

管理一片林子

看来我这一生是没有这样的幸运了。人生来可以做许多工作，它们对于一个人的意义是多么不同。比如说如果有这样的机缘，我能否拥有和管理这样一大片树林？拥有是一种自由，是为了更好地管理；不拥有而管理，那也不错，但会发生与管理者的意志相去很远的事情。那将十分痛苦。

这片林子很大很大。多么大？开车或骑马走上一会儿才行。树木很高大，树种很杂，有的地方稀疏，有的地方密集，密集处看上去黑乌乌的吓人。有林中空地，那是到了冬天泛出的金色的草地。

所有的植物都长得健硕生旺，因为这片土地太肥沃了。剖开泥土就是油黑发亮的所谓膏壤，有一种沃土才有的美感逼近。林中气息厚重而沉郁，是大林子、大树木、大沃土才能滋生孕育出的，走贫瘠之地是绝不会有这种嗅觉感受的。

柳树林有一种闲适感，让人想起春天，想起朴素的民居和不远处的庄稼。松树沉穆踏实，冷，和冬天的意象混在一起。多么好的威严的大橡树，至少有五十年的树龄，苍黑的枝干给人无以匹敌的力量感。没有大橡树就让人想不起北方，想不起严肃的、辽阔的北方。最美的树木大概是白杨，它的挺拔和树干的颜色，都像英气勃发的青年。白杨既不过分严厉，又没一丝嬉闹，温煦而庄重，是最舒展、最优雅的树木了。

这是一片北方的树林，大部分树木冬天都要落叶。在秋天的苍凉里，如果没有风，就会感到一种异样的肃穆。即便是夏天，浓重的荫色深处也不会有令人烦恼的湿热。林子里时常看到深棕色的兔子，还有在枝叶下闪烁一双美目的狐狸。黄鼬胆子很大，许多时候并不怕人，在离人十几米远处提起一对前爪观望。野鸽子在远处鸣叫，这使林子变得更加幽深。

有一条浅渠从林子里流过，清澈见底，渠边长满了长胡须般的草叶，那里藏了各种鱼。一些大一点的鱼如河鳗在渠底无声滑过，水面的小蜻蜓循着鱼迹飞过。渠水在最茂密的杂树林那儿拐弯，旋出小小的半月形的沙地。这片沙地一尘不染，是最适合驻扎帐篷的地方了。

在不冷不热的中秋，一顶小帐篷坐落在渠边。帐篷里有折叠床，有一些日用杂物，有老茶和烈酒，还有一只装满了书籍的木箱。在帐篷外边一点，离开渠水三五米的地方有一只炉灶，它用来兴炊。老茶煮得发黑了，浓浓的香气一直飘进帐篷。

帐篷离林中小屋有三公里。那座小屋才是主要居所。小屋由老树桩做墙，内壁涂抹了厚厚的草泥；屋顶是苦草做成的，风雨把它洗成了苍黑色。院墙由碗口粗的木桩和砖块一样厚的木板围起来，将小屋和一旁的堆房绕在一起。鸡舍也离得不远，它们需要依傍着主人。鸡舍旁的一条小路连接起一片空地，那里是一个打理得很好的菜园，里面的豆角和韭菜长得油旺旺的。

在这片树林的东南部，有一块更大些的空地，那里经过了几年的操劳，已经成为一个人人羡慕的葡萄园、一个小果园了。这是林子里的大芳香和大甘甜之处，是让林子主人最骄傲的地方。主人有几个帮手，这些人和他的家里人是同样亲密无间的。从形貌上看不出哪个才是主人，因为林中生活让这些人变得皮肤一样，黑中透红。他们常常打赤膊，绑裹腿，手粗，眼亮，口角常常被野果染上颜色。

在靠近葡萄园处有另一处稍大些的屋子，它也是草顶，只不过泥墙是用粗石做基的，窗户开得也大。原来这个屋子除了住人，还包括一个小小的葡萄酒作坊、一个豆腐房。一条和善的大狗在屋子近旁走来走去。

因为要在这片大林子里做没完没了的工作，所以每个人都很忙碌。这种忙碌也使他们心情愉快，只偶尔有些小厌烦，比如不小心被马蜂蜇了、一些有害的杂草疯长之类。常常有一些外面的人走入林子，他们一般都是采药人、养蜂人和猎人。猎人是不受欢迎的，他们总是被严厉地劝走。还有采蘑菇的，这些人都受到了和气对待。其实在林子里常年劳作的人最擅长采药之类，他们知道怎样医治自己的病，很少到林子外边求医。

在外来养蜂人的帮助下，林子主人也有了几箱蜜蜂，于是也就有了吃不完的甜蜜了。

他们还尝试过做个很大的暖窖，这样就能在冬天栽种嫩绿的蔬菜了。除此以外还试种过茶树，结果失败了。

说不定什么时候会有一两个有趣的客人。这些人来自天南海北，大致是主人的朋友。他们需要和林子里的主人席地而坐说说话，或者在木桌旁喝茶聊天。最受欢迎的礼物是客人的新茶和书，主人回报的大致是蘑菇和草药之类。

那条日夜不息的水渠在林子北部积起了一个大水潭，经过林中人几个季节的挖掘修整，已经成为一个水面开阔的小湖。湖边林木葱郁，湖心水波微微，时不时还有鱼儿跳出湖面。夏天的小湖是大家的最爱，几乎每个人都能横渡湖水，顺便逮一两条鱼回家。小湖中有蛤蜊和毛蟹，有细细长长的银鱼。

林子主人有忠诚的大狗，还有顽皮的猫儿。猫儿分别在主居所、葡萄园屋安家，还随主人蜷在帐篷里呼呼大睡。这是林子里最幸福的生灵，它一天到晚工作清闲，尽情玩耍，爬树或钻灌木丛，有吃不完的东西。所有的猫儿都洁净、聪慧，有一张俊俏的脸。

春天繁花，夏天浓绿，秋天果实，冬天冰雪。比起前三个忙碌异常的季节，冬天的林子要悠闲多了。不过在北方的冬天，的确需要好好对付这些极严肃的日子。大风吹拂几天之后，严寒就凝结在白杨树梢了。大橡树愈加沉默，它们脸色如铁。柳树、白蜡树、火炬松、苦楝、洋槐，都抱紧了自己的衣服。

渠水结冰，一路结到那个小湖。小湖亮闪闪的，真的成了一面镜子。林子里的人有一两个会滑冰的，他们试着滑到湖心，听到嘎吱一声响，又赶紧滑向岸边。

小屋是不怕严寒的，因为里面有一个泥坯垒成的大炕，它连了灶口，并且有长长的烟道通着墙壁的空腔。灶火燃起来时，半个墙壁都是热的。灶口上滚动着沸水，煮了糯香的食物。白天在暖融融的屋子里喝茶，讲前三个季节积累的故事，真是惬意之极。冬天的夜晚太长了，这样的时光被一盏桅灯照亮，让人尽情享受。该把自酿的米酒和葡萄酒端出来了，还有自制的鱼冻和香肠。

身上的热力

从心上漫开来，继而涌遍全身的一股热力，会让人坚持和不倦地去做一件事，做成一件事。这种热力是由生命力的强弱来决定的，拥有强大的生命力，能涌遍全身的灼热感就会频频出现。这也可以看成是生命的冲动。但冲动的性质和结果是不同的，强有力的冲动会把一个人的行动推向很远。

随着年龄的增长，人会变得沉稳和迟缓。一般来说年轻人是更长于行动而少些顾虑的。从生理上讲，年轻的心脏推动血流更有力，生命还是簇新的，外部的世界也是簇新的。一个人在渐渐走向衰老之后，会涌起多少年轻的记忆，总是回忆翻过的一座座山岭、跋涉的一条条长路。

为什么要动身？就因为心头一热，再也不能停息，于是就行动起来。去结识、去倾诉、去辩论、去劳作、去寻找、去歌唱。汗水浸湿了浓密乌黑的头发，迎着冰凉的北风毫不畏惧。这就是青春的优势，青春很少叹息。

还记得那些黑漆漆的夜晚，因为月光还没有升起，所以丛林和沙地显得神秘吓人。听多了鬼怪故事，认定所有的鬼怪都在这样的夜晚。可是心口发热，这热力一点点散到全身，当从胸部扩展到双腿双脚的时候，也就再也按捺不住了。

不管随时从黑暗里溜出的鬼魅，也不在乎荆棘刺破双腿，翻过一座座山岭，穿过一片片丛林，还要过一条河，去对岸找一个能够聆听的人。这个人是少年伙伴，他能够欣赏我刚刚写出的这篇文字。

一路上想象着灯下诵读和倾听的情景，那是多么有趣又多么幸福啊。不记得还有什么比这样的经历更诱人，它可以深深地吸引我，并让我久久地记在心底。

因为走得急促，我的衣服很快汗湿了，头发粘在前额上。月亮刚刚升起，黑影处有什么沙哑地叫了一声。不知是否看花了眼，好像有一只大鸟掉到了旁边的灌木中。天上的星光渐渐稀了，这个夜晚清明极了。

终于踏上了窄窄的独木桥。这小桥滑滑的，走到中间就颤颤悠悠的。因为心急和兴奋，我几乎是跳着跑着过河的。

小村紧紧伏在河岸不远处，差不多没有什么灯火。我多么喜欢这样的小村和夜晚，甚至喜欢它的气味：有一股白杨花的气息从小巷里飘出，一直钻到鼻子深处。鸡鸭入窝了，它们为了缓解一天的辛劳而不断发出哼哼声。狗打哈欠的声音尽管不大，但十分清晰。猫在院墙上守候了一会儿，开始扭动着走路，偶尔止步，自信地望着远方。

敲开了朋友的门。啊，不吭一声，一只手搭到肩上，就接通了最隐秘的暗号。我们急急地奔到小屋的东半间里，脱鞋上炕，炕上有一张小木桌，桌上是如豆的油灯，我们盘腿相对坐下。

我读起来，声音不高，就像深夜里的溪水在流淌。他垂睫倾听，一会儿发出轻得不能再轻的一声："啊！"他的嘴巴微微张开，露出稍大一点的门牙。我只停了一秒，然后又让溪水流动起来。

当诵读完毕的那一刻，我已经知道了他将说出的一切。他的话在腹中跃动时，我就能一字不差地捕捉到它们。这事多么奇怪，可差不多是真的。他赞叹，重复我说过的一些句子，找出我自己最得意的字句和段落。我知道，任何有趣的字眼儿和意思，都别想逃过他的耳朵。有时我想把最好的东西藏在文字的丛林里，再盖上一层茅草，可是一切都没用，他全能翻找出来。

这是少年的至宝，彼此都将对方作为至宝，珍惜，庆幸，依赖，羡慕。真不知道人世间还有什么能够抵得上这种相知和友谊和这一切的价值。一人因为感激和幸福，鼻尖上生出了汗粒；另一个在特别的冲动中，使劲搓动着双手。

夜深了。但是必须离去，因为第二天还要早起上学。再说家里大人一旦发现孩子彻夜不归，一定会分外焦急。

就像去的时候一样，回程再次经过那条河、那些起伏的山岭，还有丛林。不过最大的不同是月亮更高了，整个大地都笼罩在晶莹的光色里，而且四野愈加安静了。

我心上充满了异样的感觉，这是语言难以表述的压抑了的冲动，一种表面上的满足和平静。我正为自己的创造而自豪和得意，并像一个领取了最大奖赏的人那样，用自信和欣喜的目光打量周围的一切。

《十月》2017 年第 5 期

枕边书《枕草子》

李 娟

严冬里，读清少纳言的《枕草子》，清少纳言是日本平安朝时期的女作家。清，是姓氏，少纳言是作者仕宫女官时的官衔。

这本《枕草子》一直是我的枕边书。在春雨滴答声里，在寒风呼啸的夜里，听她絮絮叨叨温柔地诉说，几分闲适，几分俏皮，几分才情，充满了生活的优雅和情趣。

《枕草子》仿佛一幅浮世绘，清少纳言逸笔草草，写那些尘世流光里的草木花虫、男女之情、赏心悦目之事。她写四季情趣，春天的阳光、夏天的夜晚、秋天的黄昏、冬天的清晨。有对天地万物的相知和相惜。这些文字，隔着漫漫岁月来看，似乎闻得见淡淡的芬芳。

清少纳言在宫中侍奉皇后定子，她们虽然是主仆，却是一对难得的知己。分别数日，她接到定子的来信。打开信封不见有信，只见信封里飘出一片花瓣，在"山吹"花瓣上写着一行字：不言说，但相思。可见她们之间深厚的情谊。清少纳言侍奉定子多年，直到定子去世，清少纳言年事已高，以后离开宫廷，孤独终老。

《枕草子》行文简洁明朗，似仲夏夜落在草地上的月光。三言两语，时而跳跃，时而静寂，时而欢快，时而深邃。她仿佛一位穿着和服的姑娘，漫步在春天的原野上，左摘一朵，右摘一朵，读者只有跟着她的脚步，欣赏着，欢喜着，留恋着，舍不得放手。

她一会儿画白胖胖的婴儿，一会儿画一个与情人幽会时惊慌失措的男子。一双清亮的眼睛，在彼岸观烟火，生动描绘出宫中人物的素描，才情和学识流露在字里行间。

写小孩及婴儿："小孩及婴儿，要白胖胖的才好。地方官等长者，也宜肥胖。过分瘦小的人，常令人觉得紧张兮兮的。"令人忍不住笑出声来。听她谈笑处，字字落珠玑。

清少纳言笔下有情调，那么可亲可怀。"笛，以横笛为佳，听那声音渐次由远而近，最是有情味。有原在近处之声音，渐形远去，依稀可闻，亦饶富情趣"；读到此处，令人想起张潮在《幽梦影》中说："凡声皆宜远听，唯听琴远近皆宜。"

无从比拟者。事之无从比拟者，如夏和冬，夜与昼。虽是同一个人，一旦变了心以后，与当初相爱之时，真令人感觉判若两人！

她写月色明朗的夜，五月的菖蒲，盛开的胡枝子，皆信手拈来，描写真实敏锐，纯净天真，对于万物的深情都在笔端。对于一位书写者来说，天真是多么难得的品质。

一个人文学的气象来自什么？无非是才华、见识、阅历、眼界。天下好文章，皆是妙手偶得之。妙手者就像是春风，万物都被她的笔唤醒了，万物也在她的掌控之中。

我手边的《枕草子》，是台湾作家林文月翻译的。周作人先生的译本也有，但是注释过多。文学作品的翻译很有意思，翻译作品如同一位女子，美丽的不忠，忠实的不美。这两个版本，我更喜欢林文月的，有女性的娴静、从容、优雅的书卷气。隔着时光无涯的荒野，林文月与清少纳言，两位才情非凡的女性，成为惺惺相惜的知音。

一部《枕草子》如一幅日本平安朝时期的风情画。它雅致而从容，犀利而幽默，含沙射影，生动纯粹，写尽一些生命幽微处的感悟和美好，因此被日本学界视为随笔之典范。

寒冬去花店买花，见一株开绿色花瓣的植物。花店的主人说，这株是宋梅，是春兰中的珍品。它香气清雅，挥之不去。清幽的寒香，令人念念不忘。

令人念念不忘的，还有这本枕边书——《枕草子》。

《扬子晚报》2017 年 5 月 8 日

微尘众

陆 梅

惊蛰日，即兴起意出游。去哪儿呢？城市的周边大抵是新起的水泥楼盘，挤挤挨挨铺排成一片片；高速公路上放眼望去，这里那里，遮天蔽日，简直密集到恐惧。久居城市的人终被城市所困。然而终是要努力，不放弃微小的找寻。

手机信手一点，导航到了金山亭林镇。好吧，记得友人说："亭林有个松隐禅寺，寺前有条小河，很是安静。"那就去松隐禅寺吧。松下风，林中隐。"松隐"两字，真真不负一座寺庙的名。向来有一个偏执，以为寺庵庙宇的理想之地该在僻静处、山野里，惜乎红尘更爱抱佛脚，城市内外哪还有清修小庙？

上午十点出发，驱车七十公里，一个半小时的路，刚好适合临时起意。高速路到金山界，眼前突然敞亮起来，大片农田袒露，收割过的稻茬儿还留在田地里，也有才刚翻耕过的，黑土醒目；闪过杉树林、香樟林、棕榈树和各种苗木的树林子，疏疏朗朗，深浓新绿；远近粉墙黛瓦的农舍陡然间一亮，那黑线条勾勒的悦目的白，放在这旷野里，竟似一个梦——好像哪里见过？噢，吴冠中的画！这倒给了我一个意外，"原来上海还有这么美的村庄啊"！话一出口，不禁哑然。有道是久在樊笼里，无意返自然，竟有些不知今夕何夕了。

车过亭林镇，以为松隐寺就在左近不远，却是越开离镇子越远，复又敞亮——又见大片农田、林子和村庄。只是这村庄小楼不复是簇新的粉墙黛瓦，而是新旧不一的农家院落，驳杂，却也更见朴素。

松隐禅寺隐在这乡间。一条华严塔路指向明黄的院墙。这里定是了。真有一条洁净小河自寺门前流过，河上居然跨了两座桥，一新一旧，皆名华严塔桥。旧桥建于清朝，和六百六十多年前（元至正年间）松隐庵内的华严古塔相辉映。脑海里翻出一句话："我们过桥，是为了从此岸到彼岸。"

彼岸正佛号一声，钟磬一声，法音潺潺。正待敛声谛听，突然又消隐了。边门进去，但见几个工人正忙着切割钢筋，地基已挖得丈把深，原来松隐禅寺正兴土木。迎面走来一位僧人，一袭袈裟，眉清目秀，微微颔首。以为是礼节性招呼，没承想师父却道："吃过饭了吗？"本能摇头。"现在还是饭点，快去吧！"说着指点："这条路走到底右转即是，现在应该还有。"遂恭敬从命，感恩称谢。今天的第二个意外。

斋堂里一桌僧人，一桌工地工人，各自吃得安静，小声言语几句，陆续吃完离座。就近择了一张空桌子坐下，桌上有四个菜：芹菜素百叶丝、清炒菠菜、香菇苋菜、红烧萝卜。清疏简淡。菜已微凉，米饭打来尚有余温，斋堂阿姨端来一碗豆腐蛋花热汤。竟然就安之若素地吃起来了，仿佛回到小时候的自家客堂。菠菜清甜，苋菜青嫩，米饭也是软糯可口。阿姨过来说："好吃多吃点。"三个人真就把桌上菜吃个干净了。放下碗筷，见阿姨正双手合十，恭立在弥勒前。心下忖度，这阿姨是居士吧？吃斋念佛，斋堂忙碌，不披袈裟，也一样修行。想起我在小说里写到的一句话："庙外俗事，庙内佛事，心静时，庙里庙外都是佛事。"也是，一切众生本来都是佛。

饭后在寺里踱步。不闻人声，不照人影。僧人大概都打坐去了，连工地上的工人也都停了工，不知在哪个角落打盹儿。如此静寂，步进殿堂内更不敢轻慢。藏经楼一楼的法堂内，两边桌案上置有一叠金黄色封皮《地藏菩萨本愿经》。信手翻开，小声诵念："慈因积善。誓救众生。手中金锡。振开地狱之门。掌上明珠。光摄大千世界。智慧音里。吉祥云中。为阎浮提苦众生。作大证明功德主。大悲大愿。大圣大慈。……"殿内阒静无声，桌案上的引磬、木鱼、云板、铙钹，以及佛前的净瓶、香花、紫金钵盂、花幔、香炉统统静谧得不由你心一颤。它们都在谛听，牵引着你摄受身心。你立定在那里，无有杂念，心怀踊跃。此种奇异清明的感觉是今天的第三个意外。

手机录下了寺内石柱上的两首七律，皆为吟咏松隐禅寺的古诗。其中一首，元朝王逢的《题松隐庵》："一片流泉泻玉虹，九峰分绕梵王宫。雨余清气来天上，风定鸟声落座中。松叶昼昏云欲合，藤花雪白径微通。老僧异我君亲念，一卷琅函答太空。"大抵可以遥想昔日松隐庵的蓊郁扶疏，老僧黄卷经书，"扑面临头，受用一绿，幽窗开卷，字俱碧鲜。"（张岱《天境园》）

《金刚经》里说"微尘众"，多到像沙尘微粒一样的众生，在六道中流转。果真如此，一切的起点都将是终点。时间无限循环。世间万物重重无尽，小到极微之微，念念成形，形皆有识。这是佛法世界里的修行。读书人的修行呢？明心见性此其一，倘能寂然光动大千，以美的心唤醒人的心，进而真正地完成人们的生活，真就是一个民族的生生之力。

出得庙门，想起今日惊蛰，下过雨，空气里荡漾着濡湿的清和新。跨过旧桥，复归此岸。桥岸边一畦青菜是明翠的绿，萌着一层白，像是少女的脸，一脸明媚的天真气。叶片上聚落着一颗颗的雨点子，水钻般发亮。忍不住去逗弄水珠子，亮闪闪的珠子一下滚落，一下碎裂，忽地不见。

　　春天正在缓慢生发。二十四节气里，立春和雨水之后，就是春意萌发的惊蛰。小时候的课本里说："万物复苏，春回大地。"昏睡了一个冬天的虫子们醒了，从黑夜里爬出来，脱胎换骨，向死而生，唤醒村庄、田野、花树和整个的春天。想起彼岸的诵念，仿佛一个清明的梦。

《中国文化报》2017 年 5 月 23 日

执子之手

梁鸿鹰

> 收回我的手，倘若你们伸手相握；如瀑布的迟疑，在倾下时犹迟疑的——我这么饥饿地需要恶。
>
> ——（德）尼采：《苏鲁支语录》

手与人有很强的行为构成关系。手作为一个器官，人的任何行为它都难辞其咎，都要负有一些责任。所谓"一手造成"，想必有很深的原因。执行、放弃以及犹疑，手要么难辞其咎，要么首当其冲。不仅如此，手引起的情感连锁反应，往往最强烈。

很久以前，他读过蒋子龙的一篇散文——题目是不是《执子之手》，给忘记了。在这位作家看来，夫妻能够十指相扣，便是最大的幸福。在一个阳光灿烂的周末上午，我们的主人公把车停在北三环一段辅路的人行道旁，坐在车里，调整好观察角度，发现接连有好几对男女十指相扣地迎面走来。那怀着身孕的未来母亲的陶醉，那个与男友低声细语的小女生的羞怯，那位穿着整洁入时的长发姑娘的由衷自豪，点亮了人行道，让人感到人世间的美好。活在这个世界上，人会有多少不顺遂、不如意啊，但无论作为一种表达，还是一种冲动，无论出于习惯，还是出于偶然，"执子之手"，或者有机会能与心爱的人十指相扣地携手，算是修来的福祉与缘分，算得上是一个人在世上最感人的经历之一。

"执子之手"固然是一个举动，更是中国人独有的言说方式，在汉语所有的表达中，"执子之手"这四个字是最有份量的。即使找遍全世界所有语汇，难道还有别的音节、词语的组合，能够换得比这四个汉字更撼动人心的效果吗？这四个字有种潜在魔力，可以触动感官，令人怦然心动，猝不及防地心有戚戚；这四个字仿佛有本事把依恋、不舍、忘我之意浇注在一起，给人一种混成的、走心刻脑的感动。这四个字的音节、字形、笔画不出众，简简单单、素面朝天，可一旦并置与组合在一起，便会产生难被忽略的意韵。

"执子之手"，这让人无法躲藏的"表达"，时时令他的灵魂返回过往的岁月，思绪飞升于躯体之外，唤回"山河故人"的幽深之感。人的肉身行走于世间，原本赤手空拳，若能"执子之手"，则足够骄傲与自豪，是对抗孤独的获得、安顿与自足。

<h2 style="text-align:center">一</h2>

事物的文学背景愈丰富，愈足以温暖陶泽人的心情，对某事物如毫不知道其往昔，则会兴味索然。中外文学中关于手的表达，恰恰构成了手的异常多彩的认知背景。李渔在其《闲情偶寄·声容部》里说："选人选足，每多窄窄金莲；观手观人，绝少纤纤玉指。"这位内心丰富的家伙强调，手之于女性，紧要在"或嫩或柔""或尖或细"。翻检古今中外遗留于世的浩如烟海的文字，你会发现，以写手之特色而令人满意、足以流芳百世的，其实凤毛麟角，好在还有《古诗十九首·青青河畔草》，是这样写手的：

> 青青河畔草，郁郁园中柳。
> 盈盈楼上女，皎皎当窗牖。
> 娥娥红粉妆，纤纤出素手。

是的，"纤纤出素手"，五个字里仅仅"纤""素""出"，道尽了诗人对美好女性的想象与赞赏，又是"河畔草"，又是"园中柳"，又是"盈盈""皎皎""娥娥"，通通是这三个字的陪衬，着一"手"字风流尽现。

时间一下子回到现代，在小说这个园地里，你再度发现，把手作为题材，写得精彩、流芳于世的，原来也是那样的少。

汪曾祺有个短篇小说名字叫作《陈小手》，如今已成为"小小说"的典范。作品写旧时代有个在乡间专门给人接生的产科男医生，"他的手特别小，比女人的手还小，比一般女人的手还更柔软细嫩。"这医生骑一匹当地并不多见的白马，人称"白马陈小手"。他有一次被叫到庙里，给新近来到当地的一个军阀手下团长难产的姨太太接生。"这太太杀猪也似的乱叫，几个女接生婆都弄不下来。因为这女人身上的脂油太多。"陈小手费了九牛二虎之力，总算把孩子"掏出来"了。团长好好招待一顿，给了二十块大洋，但待陈小手上马之后，团长掏出枪来从后面一枪把他打了下来，并且恶狠狠地说："我的女人，怎么能让他摸来摸去！她身上，除了我，任何男人都不许碰！"这只灵巧的"手"，最终引来的是杀身之祸。

对女性的手，茅盾先生在其小说《过年》里有这样的描写：

> 两三只白嫩的手抢着一束其黄如蜜的腊梅花。老赵的眼光暂时被这两三只手吸住：涂得猩红的指甲像是些红梅，而凸起在水葱般的纤指上的宝石戒指，绿得就跟老赵去年咯血后吐出来的臭痰仿佛，晶光闪灿的又和今天早上老赵的孩子饿慌了挂在眼边的泪珠相似。

著名女作家萧红有个短篇小说叫《手》，这样写手：

> 在我们的同学中，从来没有见过这样的手：蓝的，黑的，又好像紫的；从指甲一直变色到手腕以上。她初来的几天，我们叫她"怪物"。下课以后大家在地板上跑着也总是绕着她。关于她的手，但也没有一个人去问过。

还有：

> 我们从来没有看到她哭过，大风往窗外倒拔着杨树的那天，她背向着教室，也背向着我们，对着窗外的大风哭了。那是那些参观的人走了以后的事情，她用那已经开始在褪着色的青手捧着眼泪。

作品写的是 20 世纪 30 年代初北方一个染衣匠女儿王亚明的遭际。她憧憬、渴望知识，来到城里读书，是为了学好了可以回去教妹妹。可由于劳作而染成的一双黑手，成为她洗刷不掉的耻辱，使她始终未能融入学校的生活和学习中去，受尽各种歧视创伤之后，连考试资格都没得到，就被校长无情地赶出了校门。据说这些描写，来自萧红个人的亲身经历。

山西作家赵树理有篇朴实的小说叫《套不住的手》，则透过一个学生的眼睛写手：

> 那个学生，一边揉着自己的中指，一边看着陈老人的手，只见那两只手确实和一般人的手不同：手掌好像四方的，指头粗而短，而且每一根指头都展不直，里外都是茧皮，圆圆的指头肚儿都像半个蚕茧上安了个指甲，整个看来真像用树枝做成的小耙子。不过他对这一双手，

并不是欣赏而是有点鄙视，好像说"那怎么能算'手'哩"。

奥地利作家茨威格《一个女人一生中的二十四小时》，写了一个四十二岁的寡居贵妇，她在蒙特卡洛赌场里看到赌徒千变万化的手，手反映着他们的不同情绪：

> 贪婪者的手抓搔不已，挥霍者的手肌肉松弛，老谋深算的人两手安静，思前虑后的人关节跳弹；百般性格都在抓钱的手式里表露无遗，这一位把钞票揉成一团，那一位神经过敏竟要把它们搓成碎纸；也有人筋疲力尽，双手摊放，一局赌中动静全无。我知道有一句老话：赌博见人品；可是我要说：赌博者的手更能流露心性。因为所有的赌徒，或者说差不多所有的赌徒，很快就能学到一种本领，会驾驭自己的面部表情——他们都会在衬衣硬领以上挂起一副冷漠的假面，装出一派无动于衷的神色——他们能抑制住嘴角的纹缕，咬紧牙关压下心头的慌乱，镇定眼神不露显著的急迫，他们能把自己脸上棱棱突暴的筋肉拉平下来，扮成满不在乎的模样，真不愧技术高妙。然而，恰恰因为他们痉挛不已地全力控制面部，不使心意暴露，却正好忘了两只手，更忘了会有人只是观察他们的手；他们强带欢笑的嘴唇和故作镇静的目光所想掩盖的本性，早被别人从手式里全部猜透了。而且，在泄露隐秘上，手的表现最无顾忌。

而她深深着迷的，是一位二十四岁年轻人的双手：

> 这两只手像被浪潮掀上海滩的水母似的，在绿呢台面上死寂地平躺了一会儿。然后，其中的一只，右边那一只，从指尖开始又慢慢倦乏无力地抬起来了，它颤抖着，闪缩了一下，转动了一下，颤颤悠悠，摸索回旋，最后神经震栗地抓起一个筹码，用拇指和食指捏着，迟疑不决地捻着，像是玩弄一个小轮子。忽然，这只手猛一下拱起背部，活像一头野豹，接着飞快地一弹，仿佛啐了一口唾沫，把那个一百法郎筹码掷到下注的黑圈里面。那只静卧不动的左手这时如闻警声，马上也惊惶不宁了，它直竖起来，慢慢滑动，真像是在偷偷爬行，挨拢那只瑟瑟发抖、仿佛已被刚才的一掷耗尽了精力的右手。于是，两只手惶惶悚悚地靠在一处，两只肘腕在台面上无声地连连碰击，恰像上

下牙打寒战一样——我没有、从来还没有见到过一双能这样传达表情的手，能用这么一种痉挛的方式表露激动与紧张。

在这双手的牵引诱惑之下，女主人公与这个浪荡子度过了一生中充满激情、悲伤与挣扎的二十四小时，蕴含的社会生活内容非常丰沛。

法国有部电影叫《雷诺阿》，已到垂暮之年的老画家雷诺阿新聘了一个年轻美貌的模特儿，他见到这个女孩，第一个要求就是让对方把两只手伸出来给他看。

二

我们主人公的双手大小适中，除了手背覆盖着浓重的汗毛，比例、肤色、形状等看上去完全算得上匀称了。在他早年留下的印象中，妈妈的双手比一般女性的较大——修长而骨感。他的这双手与母亲的手很相像，不像父亲的手那样白嫩而短窄。特别是掌纹，左中右三条清晰而富于美感，蜿蜒而不失中规中矩。遇到过那么几回，不同年龄的女性争着翻看他的左右手，过分急切、过分地认真与投入，让他颇感窘迫。她们说话啰里啰唆，除了废话还是废话，用了类似算命行话的词汇，却还是属于聊天，她们把事业、爱情和金钱的运气一股脑儿搬出来，与他手心上的纹路联系起来，但不同的人有不同的版本。他生平最怕算命，因为他不自信、太当真，太把什么话都留在心里，不管是大同小异的话，还是随口而出的话，别人后来记不得的具体内容，他往往会惦记很久。

他的手很容易脏，这经常令他恼火。他老觉得自己的手很难洗干净，洗干净也很容易脏，特别是指甲长得快，指甲缝爱塞东西、容易变黑。泥垢、脏土是指甲的密友，变着法儿躲到指甲缝里，让指甲缝黑得见不得人。他向来勤快，干活不惜力，手脏得快，洗干净了也不管用；指甲长得也特别快，而且越剪长得越疯狂，剪了没几天，指甲里便又容留了许多深色污垢。有个名人说过，一个人的传记要由他诚实的敌人来写，只有敌人才了解对方的优势和短处，但这个敌人必须诚实，必须能够诉说真相。他指甲缝容易脏，这个真相倒没有谁比他自己知道得更清楚。

女性一旦手美，必定使她的美增加几倍。他不敢肯定，手丑是否一定导致自卑，但手美必会长精神、长志气，从而步伐轻盈、姿态优美、自信心变强。

头一次阅读曹禺先生的剧本《雷雨》时，别的印象都没了，记得最牢的是四凤的手，剧本这样描写四凤：

　　四凤约有十七八岁，脸上红润，是个健康的少女，她整个的身体都很发育，手很白很大。

　　四凤的"手"，很白很大，"白"，或因青春期的到来，脂肪开始多起来，性征蓬勃而至；"大"则是体力劳动的结果。恩格斯有句名言："手不仅是劳动器官，它还是劳动的产物。"手作为仆人的安身立命的工具，劳作必使之壮硕与过分发达，家仆主要从事室内劳动，因此依然可以不断地白下去。

　　握女性的手，对心理冲击大，他握过不少女性的手，但握的最让他难忘的手，是摄影展酒会上一位天津旅德女摄影家的手——柔若无骨、冰滑细腻，让人想入非非。但这同样是只最无情无义、最急于疏离他人的手，其主人漂亮超群，身材傲然，只需站在那里，就凹凸有致、摇曳生姿。她性格怎样？有什么喜好？是否已经结婚？这些都不重要。你立马会断定她知道自己的美所携带的分量与威力，长相、身段、肤色，令她自以为在任何时候都凛然、傲然、岸然。她脸蛋的完美和身材的出色，使她的手有足够的理由吝啬于男性的触碰。她的摄影集明白无误地告诉人们，这双手曾经造就了不少近乎完美的黑白或彩色照，上面的人体，无论独立、纠缠、无奈，抑或闲适、无聊、沉醉，均美轮美奂，为超然物外的氛围所笼罩，让人分神。而与她握手的时候，她那双漂亮双眼皮下面的漂亮眼仁似乎并不情愿停留在他脸上，而是急切地向着门口人来人往的方向张望，并莫名其妙地连声说，"今天这里太吵了"或者"我今天下午就要回天津了"之类，让人发窘。

　　女性的手会比男性还男性，这是他没想到的。有次他在一个重要会议的间隙与一位全国非常有名的女作曲家握手，对方的热情与直率让他顿生敬仰之情，但女作曲家那只手之坚硬、粗糙、有力，实在出乎意料，让他久久难忘。手与手所产出的东西居然可以有那样大的差距，那些哀婉、缠绵、回味无穷，原来出自如此坚硬不堪的手。是由于早年下乡、长期劳动所致，还是遗传，他无处获知。

　　爱尔兰作家乔治·莫尔有次遇到一位像其名字一样美丽的法国女人，有着特殊的法国风情。这位颇解风情的少妇经常把手放在莫尔触手可及的地方，惹他多次喃喃而语地赞赏说："多美的手。"而对方总是回答"这双手至少五百年没有干过家务了"。家务确实是手的天敌。我们的主人公在小的时候曾经见到邻居一对年龄相差悬殊的老夫少妻的口角。场景是压水井旁。在塞北的深秋季节，年轻妻子在井边淘洗酸菜，一盆酸菜有烂掉的，有能吃的，白皙的少妻撅着屁股在那里翻拣、淘洗，而丈夫却在唠唠叨叨地阻止，大意是说，捡点破菜发不了财，别给我丢人，赶快回家吧。而妻子红着脸忍耐着，用尽自己的力气不停洗、翻、拣，使着粗糙、发红、无奈的双手，与丈夫默默执拗对抗。少妇到底经历了怎样的困苦与磨炼，双手如何与依然动人的美貌形成强烈对比，他没有找到答案。

一位著名作家及翻译家女儿的手也曾给他强烈冲击。这双手之硕大粗糙与身材之纤细精致形成的对比，恰似穿着之粗疏马虎与相貌之细腻婉约形成的对比。这位昔日的大家闺秀，长期从事文字工作，退休后面对多年抱病卧床的母亲，以及大量亲力亲为的家务，她忘记自己年近七十的高龄，以瘦弱之躯，顶狂风、冒严寒，骑自行车参加聚餐，领取过年补贴。就在她立于一辆老式二八自行车旁，在寒风与沙尘中掏出手套的时候，他才发觉，这位女同事的手大得不成比例——骨骼巨大、关节突出，粗糙、红润、莽撞，好像肿过之后再也无法复原的样子。他想，唯一的原因应该就是辛劳，亲力亲为的体力劳动使这双手，代替自己的主人，告白生活的真实，倾诉了一切。

医院病房里一位女同事那双依然白嫩纤细的手，曾让他痛且尴尬。在北京大学肿瘤医院一间昏暗狭小的病房里，他试图去握自己第二个工作单位一位女同事精致的手，以表达自己的善意。没想到手被女同事迅速抽回，她虽已病入膏肓，但依然好强，大概无法接受这种在她看来过于显然的同情或怜悯，她像被动物咬到了一样，瞬间将手撤回到一个足够"安全"的距离。她是笔记本的密友，从她的双手，曾经流淌出的如"钢板字"一般规整、划一的文字，到底有多少，谁也不知道。她酷爱记日记，长时间用活页纸不倦地记，记满一年就订成册收藏起来，积累了许多本。但电脑让她戒掉了手写日记的习惯，并且花时间把所有日记一一录入电脑，整理得井井有条。这些文字如今安在？会有谁关心写了些什么呢？

把手抽回到被子的女同事声气虚弱地说，千万要把身体搞好啊，没有身体，就什么都没有了。作为一个以工作为唯一乐趣的人，说这话想必百感交集吧。此时，她那双修长细腻、纤细苍白的手，正躲在被子里，无声地做着证。身体和身体上的器官是专门用来出了毛病才被意识到的，它们永远是人的奴隶。比起人的雄心、冲动、欲望，身体上的部件永远站在下风口，是十足的承受者。程耳导演的《罗曼蒂克消亡史》有个情节，为了给不顺从的谈判者颜色看，黑社会老大卸下了对方姨太太一只风姿绰约的手，当这只手被呈现在人们眼前的时候，依然带着用以说服的价值不菲的玉镯。他没有想到，这手居然还能那么仪态万方。

三

"手足无措"，作为情态与词语同样很奇妙。他自认是这个词不折不扣的实践者与诠释者。因生来腼腆、害羞，小时候经常见了生人面红耳赤、说不出话来。大姑家一位表姐有一次问他，见到陌生人的时候，感觉最难办的事情是什么，他毫不犹豫地说，不知道手该放在哪里！在生人面前，他感到双手插到兜里不好，放在面前碍事儿，背起来更不像话。与人谈话他很紧张，手会添乱；犹豫不决、拿不定主意，手也捣乱。他觉得手里拿个东西会有效缓解紧张，拿上一支笔最管用。上大学时每逢女同学来访，他会与她们边交谈边摆弄钢笔，尽量不凝视对方的脸庞或双眼，他把笔帽拔下来再安上，笔管拧开再拧住。不知什么时候，"修钢笔"的段子不胫而走，男同学间一说他"修钢笔呢"，就说明他宿舍刚刚来过女生。

手的痛感很强，大概手上的感觉神经系统极为丰富。其实，别的器官同样如此，只不过没有经历过，痛感不会有。初中时期的"学农"活动中，手曾经成为他身上受害最大的器官。有次搬运砖瓦，他的右手不小心卷进砖瓦与车帮的缝隙间，凶狠、突然的挤压使中指指甲盖当场脱落。在场的女数学老师花容失色，尖声大叫，急出满头汗，心疼得几乎掉下泪来。其实当时并没有痛感，过了几分钟，伴随着血液的到来，疼痛袭来，难以忍受。手的使用率高，很难保持干燥，这个手指经过很久时间才痊愈，长出新指甲。手伤导致的后果是各种各样的。高中时候，一位中指被锐器划破的同学，为了向严厉的父母掩盖闯下的祸端，把中指紧紧贴在相邻的无名指上，天天如此，就在大家的眼皮底下，两个手指长在了一起。当双方融为一体的时候，倒霉的伙伴再也瞒不过父母，到医院开刀后才分割开来。

人的手会有很多表情吗？女作家周晓枫在《墓衣》一文里曾说，散文家秋子热衷拍摄手，她利用朋友聚会时抓拍，唯特写手，并不选取五官等。周晓枫发现，"被凝固的瞬间，独立的手更具表情：自然率性的、做作扭结的、阴谋的、克制的、颓废的、害羞的、因渴望而喜悦或不安的，那么多的手，在数量和丰富性上都倍于人脸。"

在恩格斯看来，骨节和肌肉的数目与一般排列，在两只手中是相同的，然而即使最低级的野蛮人的手，也能做几百种为任何猿手所模仿不了的动作。没有一只猿手曾经制造过一把哪怕是最粗笨的石刀。恩格斯将之归结为劳动的力量——人经过几十万年的劳动，手获得了自由，而且将这种灵活性遗传下来，一代一代地增加着手的功用和感觉能力等等。感觉能力的获得告别了手作为劳作主体的从属地位，这是长期进化中的一个必然。手与人的情感联系起来，使之获得了与表情、语言、目光同等的价值。手会"说话"，手能够表达与探索，是手得到巨大解放的结果。手在满足欲望的过程中，作用越来越大，能力越来越强。英文 finger 一词，既是作为器官的手指，也是指触碰、拨弄、抚摸，可以表达用手指去感觉、探寻乃至满足欲望等意思。在春宵一刻值千金的深夜里醒来，手触枕边人，恰值对方滑润似玉，静如处子，必然激起胸中波澜。中国古人无数次吟咏过这样的场景。

同时，手最能传达一个人的意愿。我们的主人公在父亲火化前的追悼仪式上，在与继母并肩而立的时候，隔着大衣的袖子，此生第一次用力握了一下继母的手，传导出自己极度悲伤中的冲动，也注入了太多的意义——悲伤、怜悯、决心以及承诺。重要的是，他马上意识到，对方的呼应非常及时，这个呼应释放和传达出来的信息极为丰富：惧怕、疑虑、感激以及企求。人的求生本能是第一的，会自然而然流露出来，不用任何刻意。

《上海文学》2017 年第 6 期

人在字里行间

朱航满

张中行逸事

作家刘心武在《文汇报》1月17日的笔会副刊发表了一篇散文《请启功题字》，文章写得真是很有意思。刘心武在"文革"刚结束时以发表伤痕小说《班主任》一举成名，后来出版长篇小说《钟鼓楼》又摘得茅盾文学奖。这些年来，刘心武似乎逐渐淡出文坛，只写写忆旧的散文随笔，流年碎影，点点滴滴，显然是老矣。倒是近几年，刘心武忽然研究起《红楼梦》，出书、发表文章、上电视、做演讲，着实热闹了一阵子。这篇《请启功题字》便是一篇忆旧文章，也与他的业余"红学"研究有关。刘心武曾在《团结报》上开设过一个专栏，名为"红楼边角"，系他从"边角"入手来阐释《红楼梦》。不料他的这一系列的短文，竟得到了红学大家周汝昌的赞赏，又得到了张中行的认可。张先生还托人带话，表示愿意和他进行面谈。那么，刘心武的这篇文章名为《请启功题字》，何以又拉扯到了张中行，这分明就是文不对题。毕竟是名家出手，刘心武的这篇文章，妙就妙在这里，他强调的是一个"请"字，而非大名鼎鼎的启功先生。

原来，当时刘心武的老家四川安岳县拟请著名书法家启功为他们新建的宾馆题写名称，于是县政府派人专程来北京找刘。然而，遗憾的是，刘心武说他与启功并无交往，且据说启功当时已公开宣布不再为人题字。后来因为"红学"的因缘，在与张中行先生见面时，刘心武谈起了此事，不料行公立即笑着说："你怎么不早说？请他题字，找我就好！"后来刘心武如愿为家乡完成了这个任务。文章到此，似乎便该结束了。但还没有，刘心武又写了一个非常有趣的细节。行公帮助他完成了题字的事情后，当地政府非常高兴。为了表示感谢，县政府送来三箱茅台酒，其中两箱是给启功先生的酬谢，另一箱则是奖赏他的。刘心武觉得三箱美酒都应该送给启功，但不知道启功先生住在什么地方，于是又求助于张中行先生。不料这次行公传话过来："启功不会喝酒，给他干什么？都给我搬来，我留着喝！"后来这三箱美酒托人交付给了行公，行公则又托友人送来了他签名盖章的赠书《负暄琐话》和《禅外说禅》。刘心武颇为高兴，他说这两册赠书，"是茅台酒不可相比的珍品"。

如此一来，刘心武这篇文章才算写完了。忆旧文章，漫笔系之，拉拉杂杂，但若能细细品读，又觉得旁逸斜出，妙趣横生。诸如对于我这个读者来说，甚感刘心武文章的有趣。一是题目为《请启功题字》，实则是写张中行先生，启功则是从未出场，但又暗写了他们之间"非一般的交情"；二是刘心武写张中行，一个细节就写得鲜灵活现，让人觉得行公真是洒脱和可爱得很。诸如这些细节，想来是不大能够进入正经的研究视野的，但读后对于认识张中行的人与文，却是极有益的。所谓妙笔，便是轻轻点染，满篇皆活。由此，我又想到了两个与行公有关的材料，都是与行公有过接触的两位朋友所写，读后也是难忘。余生也晚，和中行先生没有接触，但因喜读先生的文字，故而有关先生的纪事也是十分留意的。这两篇文章，一篇系与我有忘年之交的河南作家何频先生的《我收藏的老辈文人墨迹》，另一篇则系我的画家朋友许宏泉君的文章《忆张中行老人》。

何频的文章刊发在上海的《东方早报》。去岁的冬日午后，我偶然翻阅报纸，看到友人的文章，细细读来，颇见妙趣。好文章如佳酿，读完一上午都有一种微醉般的感受，至今记忆尤深。何频在文章中写到了当年郑州一家饭店举办"越秀学术讲座"，盛名在外，某年也曾邀请张老来郑州开坛授课。授课后不久，张老在宾馆的会议室写字，以答谢东道主的热情招待。那天下午，张老对着名单认真写了两个多小时。其间，张老还为友人何频写过一个册页，为此他特意记住了张老当时的神态："张先生法眼如炬，便轻濡笔墨，在我的册页上书了一首古诗，笔势是董其昌一路。"那天下午写完字，黄昏下楼的时候，一位出版社的编辑搀着张老，"谁知他逐级下了楼梯，甩开人独自疾步趋前，急匆匆拐进公共厕所小解。一下午没空起身，老人内急，给憋坏了"。后来，张老还托人给他送过来一张琴条，又口头传话过来："当时没写好，特地给服务过他的人，一人补写一幅。"这样的小细节，读完真是一声长叹，此乃古人风范矣。

还有一个关于行公的记述，见载于朋友宏泉君的杂文集《听雪集》。许君虽是画家，但也喜欢写作，早年在京城闯荡时，他曾拜识过诸多的名家，张老便是其中一位。张中行先生去世后，他写了这篇《忆张中行老人》，以为纪念。文章写他某次曾与一个出版社的女编辑去找行公约稿，那时先生已不太写作了，只是整日地想睡觉。和许君一起去的同事是个清秀机灵的小姑娘，嘴巴特别甜，张老竟然很热情地把合同签了。后来这个姑娘要和张老合影，他也是很爽快地同意了，并"拉着小姑娘，轻轻地摩挲着，显得十分安详"。更为有趣的是，张老得知来者的许君系江南人士，便说他晚年也曾有江南之行，并感慨这可能是他人生中最后一次到江南了。许君对此颇为不解，就说现在很方便，一飞就过去了。张先生笑着说："哦，飞机可不敢坐，掉下来几乎没生还的可能。"对此，许君说他当时还暗暗发笑："八十多岁的老人了，还这么怕死。"但后来他也才突然明白，"老人真是一个极其热爱生命的人"。这个细节真是妙哉，远比一大篇论文深刻。

珍藏的纪念

《北京晚报》1月5日"五色土副刊"刊发了作家龙冬的散文《去杭州拿沈从文》。"拿沈从文"，这是收藏界的一个行业俗语，实际上就是"经过一番争取或拍卖竞投终于得到"的意思。在去杭州之前，龙冬说他已经通过委托人拍下了沈从文的一份手稿《忆翔鹤》。沈从文的这篇《忆翔鹤》刊载于《新文学史料》1980年第4期。底稿共9页，作于1980年8月10日，写在"历史研究所稿纸"上，规格20×20，400字一页。据龙冬在文章中的统计，近四千字的底稿上，沈从文有四百多处的毛笔、钢笔和绿色彩笔修改，有个别字句反复修改，也有整段增删，从中可以窥见作家对待写作的慎重仔细和行文思路。龙冬一一分析和探究了这些修改之处，可谓煞费苦心。但更重要的还不是通过这份手稿来做点什么研究，而是因为这份手稿是"上世纪一些珍稀友情的纪念"。

龙冬出生在书香之家，父亲是中国社会科学院文学研究所的研究员，母亲是中华书局的资深编辑，他们夫妇与何其芳、钱锺书、卞之琳、俞平伯、余冠英等学者皆有交往。这篇文章的缘起，便是与其父颇有着直接的关系。沈从文在文章中纪念的故人陈翔鹤，曾与龙冬的父亲在20世纪50年代主持过《光明日报》的"文学遗产"专版，交往很密，因而当《新文学史料》杂志要求龙冬的父亲写一篇回忆文章时，就自然想到了与他同住在一栋楼里的沈从文。也恰恰因为这个缘故，龙冬得以有机会结识沈从文，并开始迷恋上沈从文笔下的文字世界。这或许是龙冬真正文学的启程，他后来感慨说："在文学的欣赏方面，我真可谓一名'红二代'逆子孽种，完全反叛，不接受主流课本任何人的影响。沈从文和他的作品，完全是我自己的选择，一个懵懂少年的直觉判断。"龙冬说他父亲不看重现当代文学，不欣赏当代文学，也从来不读沈从文的作品，其所看重的，主要还是国民党白区左翼作家和到过延安解放区的那些作家。

与沈从文有些相似的是，龙冬也没有读过大学，但也走上了文学的道路。在这篇文章中，龙冬写沈从文与他的交谈，其中有一句便是："不用读大学，没有用，读大学没有用！当作家，不用读大学，到社会上去。"这其中，似乎带着一种历经风浪后的自信。由此也让我想起了一件与龙冬有关的小事。说来我结识龙冬，是因为读了他的一篇长篇随笔《致赫拉巴尔》。此文系他在捷克访问后写下的一篇文学的独白，有着一种独立的文学自省与沉思，读后印象强烈，便收录在了由我主编的年度随笔选集之中。后来有机会拜访龙冬，才知道他已在新成立的十月文学院主持工作。那天在其工作室中，我意外见到了龙冬收藏的很多名家手稿、字画和书信，其中便有沈从文的一幅章草书法条幅、汪曾祺晚年的一幅画作，还有黄裳、汪曾祺等人的手稿以及钱锺书、杨绛的书信，等等，真可谓大开眼界。

最令我吃惊的，则是山西作家韩石山寄给龙冬的一大沓书信。这些信件的时间，从 20 世纪 80 年代到近年来，总计有三四十封，具体的数量我已忘记了。我一一读了这些书信，才知道龙冬还曾是北京一家书店的年轻店员，而当时韩石山已是山西省作家协会的一名颇有名气的作家了。龙冬从韩石山邮购书籍的书目看出了门道，发觉这个山西的作家品味不凡，读书勤奋，于是他们慢慢便由买书寄书这样的事情交往了起来。在信中，他们谈文学，谈写作，谈读书，谈现实，也谈内心的境遇，如此前后持续了十多年。那天晚上，在龙冬的工作室，我把韩石山先生的来信认真拜读了一遍，对于这位山西作家有了更多的了解，也能感觉出韩石山对于龙冬这位青年朋友的看重。无独有偶，拜访龙冬不久后，我又有机会见到了客居京城的韩石山先生。其间，我们谈起了龙冬。他说，龙冬虽然没有上过大学，但文学品味很是不俗，像个绅士。龙冬的这篇《去杭州拿沈从文》作于 2016 年 12 月 28 日，这一天是沈从文 114 周年诞辰。

沈亚明笔下的沈仲章

在《文汇报》笔会副刊读到沈亚明的文章《"谁有五十本书？"和"金羊毛"》（刊于 1 月 15 日），虽然这位作者我不熟悉，但深觉文章写得有趣。沈亚明在此文中写她的父亲和徐志摩交往的旧事点滴，因为当时其父沈仲章在北大读书，听过徐志摩的课。然而，这位沈仲章先生，我也毫无印象。读这篇文章，觉得这位沈仲章可谓一位怪才，他喜欢读书，也偏好"攒养书"，也就是积藏一些自己喜爱的佳本。当时这位北大学生先读理学院，又读文学院，由于寝室里书积攒得太多了，他觉得搬家太费事，于是就索性再考了一次法学院经济系，竟然成功了。按照沈亚明在文章中的说法，"一个人名在注册录上一出一进空折腾，众多本书就可合法安守根据地"。

　　题目中的"谁有五十本书？"，便是徐志摩在课堂上的一个提问。由此沈仲章便结识了诗人徐志摩，并得到徐志摩的两本赠书。题目中的"金羊毛"，则是因为徐志摩在课堂上常常会谈起乘坐飞机的感受，因为可以看到云彩之美。沈仲章嗜好读书之外，还热爱摄影。在徐志摩乘坐飞机失事后，他曾独自爬上庐山之巅，看到"阳光四洒，云朵染泽，*丝丝卷卷*，金色闪耀"，不由得高呼："Golden fleece！ Golden fleece！（金羊毛）"沈亚明说徐志摩乘机失事，云雾太浓也是因素之一，但她笔锋一转，深情地结束了这篇文章："但愿徐大诗人在临终前未曾遭受大的惊吓，而是满眼迷幻之云，满腹赞云佳句，恍恍然好似落入柔软温暖的'金羊毛'……"

　　读完这篇妙文，我在网上查阅关于沈仲章的文章，发觉资料实在少得可怜，但沈亚明倒是写过好几篇，其中一篇刊发在《南方都市报》副刊上的文章《沈仲章遗物中的傅雷相片》也很有价值。沈亚明说她父亲留下的遗物中有两张傅雷的照片，她猜想应该是爱好摄影的父亲所拍摄的。原来沈仲章和著名翻译家傅雷的关系不一般，沈亚明还提及一个重要的资料。在《傅雷遗书》中，傅雷曾提及她的父亲沈仲章，"委托数事如下：一、代付九月份房租 55.29 元（附现款）。二、武康大楼（淮海路底）606 室沈仲章代修奥米茄自动男手表一只，请交还。"说来傅雷的这篇遗书已读过不知多少遍了，但竟然还是没有记住"沈仲章"这个名字。在这篇文章中，据沈亚明介绍，她的父亲早年曾干过几件非常出色的事情，抗战前和汉学家卫礼贤和斯文·赫定一起工作。抗战期间曾遵照傅斯年和徐森玉的指示，在香港摄制编辑居延汉简，抗战后又协助徐森玉在江南清点陈群的遗书。但对于这些事情，沈仲章晚年很少提及。

　　沈仲章的特别，还在于多才多艺，他曾师从刘天华学习音乐，又协助刘半农考察河南古乐器。在北大读书期间，沈仲章还深得胡适的器重，并曾推荐其到美国哈佛大学进修，终因"珍珠港事件"爆发而未能如愿。沈仲章英文极佳，博览群书，爱好广泛，诸如对摄影、天文等都很是喜好，但因缘际会，终没有在学术上有所建树。令我感到意外的是，沈仲章与金克木也是北大好友，后者也曾在文章中专门论述，且据沈亚明提及，他的一篇新作《金克木与沈仲章：难忘的影子》，刊发在中华书局的《掌故》第一辑上。这本《掌故》我曾买来，但这篇文章却未曾过目，这下正好细读。此一方法，也是读书的一个妙径。从文章中还知道，沈亚明系沈仲章之女，毕业于复旦大学，曾留校任教数年，现居美国。

中年记

柴 薪

立秋以后

立秋刚过，天气渐渐凉下来了。但正午时分还是很热的，俗称"秋老虎"。但这种热有点薄，有点浅，有点淡，盛夏时的那种持续、锐利的酷热不见了，蝉声也稀了。蟋蟀声却稠了，稠得密不透风，像一匹巨大的蓝色布匹。不过，倘若细细去听，还是能听出某种破绽。从破绽中透出一丝清寂的东西。破绽越来越大，变成一个一个撕裂的大口子。渐渐地，蟋蟀声也稀了，"布匹"变得褴褛。后来，只剩下一条一条声音的长条儿，蓝色也变成了青灰色，挂在树木的枝头，飘来飘去，细细的，欲断还连，似乎很遥远。

早起晨跑，途径府山公园，草木的景致似乎也和以往不同了。似乎没有了春天的苏醒、蓄势待发，夏天的勃发、欣欣向荣。一切似乎都在变，可一切似乎不是马上在变，而是那种不经意间的变，像那种留声机里的老唱片，不急不缓地旋转着，一圈又一圈，一圈又一圈，仿佛给人一种身不由己的感觉。草木的叶子仍然苍绿，叶沿却悄悄长出了斑点，极为触目。

不知为什么，不只是草木，有些事物，也会莫名地给我某种秋天的感觉。比如，一个地名，长台（我出生的地方）、衢州（我生活工作的地方）；比如，一本书，《本草纲目》；比如，一个人，李时珍；还有徐霞客和《徐霞客游记》。他们和他们的著作是不是一种绚丽而永恒的生命绝学和美学？！还有哪些像秋天一样的诗人和作家呢？温庭筠、李商隐、苏东坡、辛弃疾、徐志摩、萧红、张爱玲、松尾芭蕉、川端康成……

立秋以后，日落时分，露水潮起，秋天的气息和夏天的气息明显不一样了。夏天的气息是激越的、高亢的、热烈的，像一首抒情诗，繁富而复杂。秋天的气息则是低沉的、沉郁的、冷静的，像一阕婉约的宋词，细微而内敛。夏天的黄昏似乎很长很长，像唢呐的声音似乎离你很近，始终围绕着你。秋天的黄昏似乎很短很短，像箫声仿佛离你很远，远得像草原深处的一盏马灯，带着跳动的、模糊的光晕，风一吹，轻轻地晃动着。

父亲生前曾说过，人过六十，手硬脚硬，一年不如一年了。当初还不以为然，其实人过五十，便一年不如一年，老得很快了。如今，只剩下老母亲了。秋风凉了，想起母亲逐渐增多的白发，瘦小的身影，迟缓的动作及举止，自己又不能经常回家看她，隐隐有一丝愧疚感。想替她衰老，却又不可能。

有许多人，在我们的生命中存在着并与我们血脉相连；有许多人，我们往往从没想过他们会变老。日复一日，年复一年，一年四季，春夏秋冬，似乎也没什么变化，一切都似乎天长地久似的。可是不知不觉，居然很快就变老了，令我们猝不及防。他们的衰老里，有某些我们的不忍心，不太愿意和不太敢正视的东西。

"生命如花，岁月如流。"许许多多普通而平淡的经历，不管它的故事是有意味的还是无意味的，却都是我们的一生。

黄昏雨

"黄昏的雨滴，是谁的心哭泣。"每当听到这句歌词，心里忍不住喟叹：茫茫人海里，知己在哪里？知己就是知音。人可以成为大自然的知音，人和人也能成为知音。比如，俞伯牙与钟子期，管仲与鲍叔牙，陈重与雷义，嵇康与阮籍。人和人之间，隔世也可以成为知音。比如，陶渊明与苏东坡，韩愈与欧阳修，"怅望千秋一洒泪，萧条异代不同时"，杜甫晚年漂泊在夔州，咏怀宋玉，杜甫也可以是宋玉的知音。

《诗经》、《全唐诗》、宋词、元曲中，我一直认为，宋词里的雨水似乎要多些，总是没完没了下不完似的，尤其是黄昏开始下的雨。每一阕宋词仿佛都被雨淋过，拎起来抖一抖，都能抖下一身雨水。而抖干的宋词，打开后，里面又处处是月亮，溶溶的、酽酽的、层层叠叠的月亮。

到了南宋，雨下大了，密了，绵了，地上长满了青苔，草木凄凄，人的心头就长满了愁绪，"一片春愁待酒浇……风又飘飘，雨又萧萧"。又说，"红了樱桃，绿了芭蕉"。而无论细雨沾桃花，疏雨滴梧桐，或是骤雨打荷叶，只要不是狂风暴雨，听上去总有一点凄凉、凄清、凄楚，如今在这些之外似乎再笼上一层凄迷了。任你有多少豪情壮志，义薄云天，怕也经不起如此的风雨吹打。雨，尤其是黄昏雨，该是一滴滴湿沥沥的灵魂，在窗外呼唤。

我一直认为，汉语到了宋词已是风流雅致、炉火纯青、登峰造极的境界了。

而戴望舒的《雨巷》，让我徒增一丝忧郁和忧伤，余光中的《听听那冷雨》，却让我起了漂泊感和沧桑感。我是个喜静又喜动的人，或者说是个"矛盾"的人。静极思动，动极思静。但动也不怎么动，不可能剧烈地运动，只能走路散步，动得静悄悄的，就像"月移花影上栏杆"似的。

看惯了春花秋月，花开花落，雨停雨聚，潮起潮落。人过五十，许多问题自然而然也就不成问题了。对许多人来说，人生没什么大起大落。但逆境和顺境，往往都经历过，但逆也逆不到哪里去，顺也顺不到哪里去，既不可能惊天，也不可能动地，更不可能泣鬼神。那么，乐就乐在其中，苦就苦中作乐。

"夜来风雨声，花落知多少。"人总有牵挂，但要懂得放弃，有得也必有失。人生苦短，一路行来，风吹雨沐，山绕水环，山高水远，往事前尘，不知不觉就老了。

"落花寂寂黄昏雨，深院无人独倚门。"

几番风雨之后，一地落花，残红点点，原本是毁灭，却似乎成了一种繁华。在这种情境之中，想不惹尘缘，似也不能。那就策马前行，直接踏过去就是了。

风雨催花开，风雨又送花去。风雨似有情，风雨又似无情。

如今的黄昏雨下到哪里去了呢？

只有记忆里的那场黄昏雨，却再也无法抹去了。

中年记

早上起来去衢江边散步，从西安门大桥东端朝北往二中方向走，看见信安阁边上的那几株桃树，枝条透红，似乎已经孕蕾了。台阶边的那几丛嫩绿的草芽，也早已按捺不住从台阶的缝隙处钻了出来。春天来了，似乎一夜之间，花朵又一次次第开放，青草和树木又一次苏醒过来。不久后，一切似乎又将一片生机盎然。回去时，顺手折了一枝长满花蕾的桃花，回到家里插进前段时间购得的一个铜瓶里。忽然觉得，中年就像铜瓶里插花。

中年以后，生活是沉甸甸的，如一个铜瓶。自己的生活，自己承受，酸甜苦辣咸，风霜雨雪雾，还有如今频频出现的雾霾。同样，自己的路自己走，自己的饭自己吃，自己吃不完，也不能倒掉。人生经不起浪费，也不能分给别人，就像自己的字画、自己的文章，自己以为是好的，到别人那里可能就不好了，甚至会感到厌恶。

于是，知道了不能强人所难；于是，知道了欣然接受；于是，知道了随遇而安，知足常乐。虽时不时仍有艳想、妄想、幻想，但知道那些都是不切实际的虚幻。于是对自己现在拥有的东西懂得珍惜，怕失手打碎了，因为很明白自己已经经不起太大的折腾了。

中年以后，不知为什么，我似乎开始偏爱短的东西。短发、短衫、短文、短诗、短剧（对长篇电视连续剧已经没有心思看了）、朋友之间短暂的相聚和别离、短暂的外出采风或旅行，等等。

中年以后，哪些东西不是短的呢？！划过天边的大雁，飞过信安阁的麻雀，一闪而过的流星，璀璨的烟花和烟火，回故乡去的次数和日子，来去匆匆的春天和秋天。光阴一寸寸在消逝，暮色中，那些幽远、绵长的河流，总会让我莫名地感到无穷无尽的寂寞和短暂。中年是人生的鼎盛时期吗？不，绝对不是。对大多数人而言，上有老，下有小，两头都有牵挂，虽心比天高，却往往命比纸薄。满汉全席是属于那些大人物和幸运儿的，普通人吃普通的饭，乐而忘忧，不知老之将至，这样才好。比如，今天，我把铜瓶洗干净，插上一枝亲手折的带蕾的桃花。中年，有的时候会刻意寻找热闹。但大多时候是喜欢寂静的，不想说话，一个人对花无语。

中年是陶罐里煎中药。

陶罐是一种最本色的器皿，陶土经过碾压、打磨，制成土坯，不用上油彩，在阳光下晒干或风干，放进窑里，用柴火焚烧，再经过火与焰的洗礼，涅槃，铅华尽洗，成为陶罐。而中药大多是草木，大多是苦的。是药三分苦，良药苦口利于病，只有苦才是一种人生的至味。祖母生前经常说："人来到这个世上就是受苦的，不是来享福的。"以前一直认为这话悲观，如今才领悟，原来是生命中的大度和坚忍。

人不耐甜，却能耐苦。甜的东西容易发腻，苦里有大智慧、大境界，吃得苦中苦，方为人上人，苦海无边，苦中作乐，苦尽甘来，梅花香自苦寒来。苦，最耐人寻味，哑巴哑巴，似乎有隐隐的甜，像大漠孤烟，像长河落日，像无限清穆中的一抹殷红。

药喝完，而陶罐犹温，陶罐来自于土，也终将复归于土。而药渣泼在地上，会被尘土覆盖，就像人来自于尘土，也将归于尘土。天高云淡，花瓣无风而自落。没有多少人读过我的文字，也没有多少人知道我的名字，没有多少人会牵挂我或者记着我。有些人爱过我，已经将我忘记，有些人恨过我，也已经将我忘记。

中年以后，天光云淡，暮色渐起，褪去满身的荆棘，河流奔流，飞鸟轻啼，孤帆远去。中年以后，这苍茫的人间，多少人孤独一生，永不能相遇；多少人轻言离别，却从此变成陌路人。

可喜记

"莫愁前路无知己。"

这是唐朝诗人高适《别董大》里的一句诗。高适的《别董大》共写了两首，另一首我是多年以后才读到的。董大，即唐玄宗时著名的琴师董庭兰。高适《别董大》诗的第二首说："六翮飘飖私自怜，一离京洛十余年。丈夫贫贱应未足，今日相逢无酒钱。"从诗的内容来看，这两篇作品当是写高适与董大久别重逢，经过短暂的聚会以后，又各奔他方的赠别之作。而且，两个人都处在困顿不达的境遇之中，贫贱相交自有深沉的感慨，诗的第二首可作如是理解。第一首却胸襟开阔，写别离而一扫缠绵幽怨的老调，雄壮豪迈，堪与王勃"海内存知己，天涯若比邻"的情境相媲美。我读了觉得可喜，不管经历了什么，朋友之间的友情依然风雅可喜。如今，这等风雅似乎已不复存在了。

可喜的东西很多，可喜的东西也不多。微信群里的几个诗人朋友近来喜作旧体诗，作得风生水起。我不懂平仄和韵律，但偶尔也凑热闹即兴乱写，其中有一首是写给慈溪诗人俞强兄的："兄居浙江东，我住浙江西，共饮一江水，情义无南北。"诗的好坏且不去管它了，但友情应该是真的。好风，好雨，好山，好水，好花，好诗，好酒，好茶，好朋友，好地方都是可喜的东西，都应该珍惜。

可喜的东西往往不实用，实用的东西往往不可喜。有时会觉得自己不合时宜，其实还是自己不够强大。若强大到绝对自信的地步，不为外物所动，不合时宜其实就是独特。清水出芙蓉，天然去雕饰，文章千古事，得失寸心知。这样，也很可喜。

三月的一天早晨去府山公园散步，有薄薄的雾，公园内所有的草木像都披了一件白色的婚纱，朦朦胧胧中似乎有隐隐的风姿与风韵。有雾霾的早晨不可喜，但有雾的早晨却是可喜的。

走到府山九曲池边看了看，记得去年夏天那满池荷花，蓝涛汹涌，白色的、红色的荷花开得尽显妖娆，蔚为壮观。如今，经过了一个冬天，荷花早谢了，荷叶枯萎了，只剩下几枝残茎，偌大的一个池塘看上去孤零零的，一片萧条。郁郁葱葱是一种美，无边落木是一种美，肃杀萧条也是一种美，看上去也很可喜。在池边站了一会儿，只赏残荷，不思荷花，想池水寂寂，池水默默，却终是一泓深潭，不知水中是否有鱼？鱼儿是否寂寞？

据说，诗人杨万里也来过这里，但他没有留下咏荷的诗，他的咏荷的诗给了杭州西湖。"毕竟西湖六月中，风光不与四时同。接天莲叶无穷碧，映入荷花别样红。"但六月还是要来的，满池的荷会快速生长的，荷花也会争相开放的。管它是不是西湖的荷花，只要是盛开的荷花，管它是不是杨万里写的，只要是诗人写的，就是可人的，可喜的。

九曲池边有一树梅花，正在孕蕾，我忽然想起陆凯的"折花逢驿使，寄与陇头人。江南无所有，聊赠一枝春"。眼前仿佛出现了陆凯折梅赋诗赠友人范晔的场景。现代人往往势利现实，远远没有或者缺少了古人的思想的浪漫与真性情。这一瞬间的想法，不知为什么，不怕人家笑话，却也让我觉得可喜。

作为和陆游齐名的诗人，杨万里的诗，虽然比陆游的少了点厚重的味道，但还是有很多可喜之处的。杨万里的诗，给我的印象是清癯，偶尔还瘦骨嶙峋。似乎有"上前敲瘦骨，犹自带铜声"之韵。

写到这儿，我忽然想到露台上的几盆茶花，我养了好多年了，平时除了给它浇水，就没怎么管它，更不要说给它施肥了。它只在第一年开了花，然后就只长叶，不见它开花，而且经过一个冬天叶子渐渐变黄；没想到今年开春，却如梦方醒般抽出一朵朵花蕾，今天居然盛开了，红艳欲滴。这几盆茶花养了七八年了，并且还要继续养下去，从今以后，还要记得给它施肥，培土，修剪，仅仅这点，就已经让我觉得非常可喜了。

冬去春来，繁花盛开。回来时，听了一支马头琴的曲子《鸿雁》，没见到大雁，只见到自己，却能感受到人世间的真情厚谊。人总会有那么一刻，对这个世界，可以不存芥蒂。琴声一拔，花朵微微动了一下。人的心里，也有什么东西，微微动了一下。

苍茫记

苍茫。很喜欢这个词。可以让人感叹人世茫茫，陡增万丈豪情。李白的《关山月》写："明月出天山，苍茫云海间。长风几万里，吹度玉门关。"

苍茫，是一种意境。它就在那儿，无处不在的样子，不远也不近，看得见，却又无法触摸。也许正因为无法触及，才如此美好。年轻时，无拘无束，总想着逃离藩篱，现在意识到受制约也是一种美好。坐而论道，或许更能看清事物的本源。

去年六月份，我去南疆，来到乌什。乌什这个小城位于阿克苏地区西部的边陲，北靠天山山脉，与吉尔吉斯斯坦接壤，有着"半城山色半城泉"绝美的自然风光。而在风景之外，回荡在这个小城的历史之音，同样让人感怀和激荡。它是古丝绸之路中道串联起的重镇之一，小城内有着与伊犁惠远钟楼同一形制的钟鼓楼。它也曾经是南疆主要的铸币局所在，小城至今依然留下许多冷兵器时代用作军事防御的烽燧。

在距离吉尔吉斯斯坦边境小城伊什提克大约 25 公里处的乌什县亚曼苏乡，伫立着一座沧桑却坚韧厚重的烽燧，它的名字叫别迭里烽燧。历经风雨的它就像一位战士，依然伫立在前往别迭里山的路边戈壁滩上。站在别迭里烽燧上，但见天山在远处盘桓，四周一片空旷，一片苍茫。我不由得想起陈子昂的"负剑空叹息，苍茫登古城"的诗句，一股沉重与苍凉感油然而生。这里是离李白出生地（碎叶城）最近的地方，也是我在地理上最接近李白出生地的地方。

李白是有唐一代的天才诗人，站在黄鹤楼上，面对一片苍茫的长江，面对崔颢的题诗，居然废笔无言。还有哪些善写苍茫的诗人呢？陈子昂、王昌龄、高适、岑参、王之涣、王翰、王维等等。王维是唐代最有悟性的诗人之一，其"诗中有画，画中有诗"堪称一绝，但也能写出"大漠孤烟直，长河落日圆"这样极致的苍茫苍凉之句。而托马斯·艾略特的《荒原》，是那种有着宗教般的渗入到骨子里的人性的恍惚与苍茫。

面对苍茫，青山依旧，几度夕阳，独不见伊人之容颜。面对苍茫，绿肥红瘦，佳人倚门，桃花依旧笑春风，只是人面不知何处去。面对苍茫，睡莲冰清、弱水三千，我只取一瓢饮。面对苍茫，烟柳长堤、斜阳古道、大漠雪山，我为你筑起千年古刹，还有楼台亭阁、小桥流水。

夜色阑珊，流年似水。苍茫间，一个熟悉的身影划过心间，那一瞬间的记忆，飘然定格成一个永恒的底片。想伸手去揽，才发现已恍惚得无影无踪。忧伤再起，洒落一地的细碎记忆，是泪水的一抹碎影，漂洗了一生的怨恨，留下旧时斑驳的落寞与苍茫。

一弯残月，一盏孤灯，摇曳的烛光，是一抹淡淡的忧愁与忧伤。影影绰绰地恍惚着的一杯浊酒，本以为借酒可消愁，不曾想，酒入愁肠，却化作相思泪，泪涌腮愁；可曾想，酒入心间，似抽刀断水，剑斩情丝，情丝未断，青丝如雪。可谓是千年化情缘，三生不离殇。

或许只有沧桑与苍茫的感觉最现实，也最真实。躬身掬一汉赋唐诗、宋词元曲，坐下抚一琴弦古曲。高山流水，在苍茫间，在红尘阡陌中，在滚滚渡口边，看那白衣飘飘，风度翩翩，遗世独立。把满腹的才华，一腔豪情与痴情化作一缕清风；把浑浊涤荡，把红尘中的记忆捻成一串佛珠，只为清尘如故的夕阳；把缠绵千年的忧伤回眸成殇，只为"视天日兮苍茫，面邑里兮萧散"。

往事悠悠，往事苍茫，一点一滴碾碎在时光的飞轮下，一点一滴模糊在飞梭的时光隧道里。

最是寻常味道

人 邻

柿子

柿子，吃过好多种。大的一种，近乎饭碗那样，敦实，朴素。也有半大的，不同的半大，平的和有尖的。一种脆的，咬起来咔嚓咔嚓，有趣。也有一种极小，叫晶柿，半透明的。

喜欢柿子的味道，尤其咀嚼起来，它里面的略脆的"瓣"，口感极好。

柿子的红，难以描述，也许可以叫作"柿子红"。它的成熟，颜色也在变，有点素白的绿，不知不觉就稍稍带着霜白，泛着霜白的红，隐隐透出来，悄悄浓了，从肉里洇出来一样。转瞬，在飒飒凉风里，色泽深了，更深。它原先的绿，经霜的杀打，隐隐含着黑铁一样的红。国画这一点是颇厉害的，朱红色里，调一些淡墨，也有花青，竟然就是柿子的红。

这也和高手的烹调是一样的吧，要糖的甜，也是需要微妙地调上点盐的。味道的甜，是要潜在的，没有痕迹才好。

柿子的红是微微矛盾着的，些许奇怪，就如同最初，世界原初的某一种红，石头一样，生生冷冷的，不知不觉就在霜白里红了，暗暗生着一点点不易觉察的微微的暖。

我五年前写过一首诗《柿子树》：

> 门，清冷虚掩着。
> 挨着院墙，柿子树上
> 三几个青黑色的柿子，
> 薄薄的霜

裹着它内心的铁。
院子里的人出门去了，
似乎也不回来了。
似乎没有谁会想着回来，
在这个冬天彻底结束以前。
只是我没有见过那么沉的柿子，
独自的柿子。
谁也不想理睬。
它们比我的指点更沉。
这准备在树上过冬的柿子，
没有一片叶子
也会在树上过冬的柿子，
早就向自己的内心深处
结结实实下了一场大雪。

柿子，也真是这样。若说有一种容当敬重的果实，坚实沉稳，不哗众取宠，不艳俗，不临风屡弱，柿子也。

柿子，多了不够雅致，少了孤单，两三个正好。置于红木的书架上，挨着几册蓝布面的线装书，取书、看书的时候，有意无意拿起来端详一下，又放下，似乎想起了什么。

那个人，会想起些什么呢？

李子的气味

李子的气味从李子的黑紫色里隐隐透出来，迷人、神秘，也有些决绝、凄绝、宿命。

李子的气味是黑色的。黑色里面，有几乎看不见的紫红，刚刚要亮，又无奈地黑下去的黑紫气味。

这样的李子，千万别吃它，只嗅嗅它的气味就够了。

这李子，是那种硕大的，饱满，充满了汁液的。不是那种小的、黄色的，一下子就咬到了李子的核。

这黑色，无法打开。无法打开它的神秘。

它的气味，一直留在空气里，似乎永远不会消失。

这样的黑色李子，在暮色里是最为迷人的——似乎，空气，暗暗地，浓香地，熟了一样。

乖巧的荞麦

荞麦花那么"软"，荞麦却是黑的，口感有些"硬"。比之白面，荞面似乎更是男人的食物，润着臊子汤，三碗下去，在腹中是可以顶住劲，大汗淋漓干半天死力气活的。地里活重的时候，给牲口也会加几把料，比如黑豆、玉米，不然光是草料顶不住。另一面，也有人的善良，那么干活，即便是哑巴牲口，也不能亏了。

转过身，说荞麦花，那年，我看见它们的时候，正漫山坡开花呢。荞麦花，真是好看，红粉粉，大片大片随山坡的凹凸，来而复往的风，也有会儿风就乱了，说不清的好看的过来过去，叫人哑然。

荞麦地的田埂，随意的虚土，雨浸透了，净是泥泞，似乎有意不让人走近。试着走几步，很快，满鞋的泥，沉得拔不起脚来。稍用力，脚要出来的样子，鞋却几乎要粘在泥里，得大脚趾用力弓着，勉强把鞋从黏黏的泥里生硬硬地拽出来。鞋底，三四寸厚的泥，笨得踩不稳脚。

已经在荞麦地里了，索性不管满鞋的泥，只用心看荞麦花。荞麦的秆子，圆溜溜的，笔直笔直，似乎正看的那一瞬，"刷"的一下升上去了，好看的小女孩儿娇嫩也骄傲的腰一样。秆子的绿，可是透着紫、紫红，从绿里头悄然生长着一样地透出来。绿，寻常，可是活着一样的绿，水水的绿，可以实在触摸的，少见。绿里面透着的紫红，鲜嫩嫩的，透出来、浸出来一样，似有微微的苦味儿，那种哑紫的水味儿。

荞麦花瓣，细看，薄嫩，可是显得鼓灵灵的顽皮淘气。看半天，不敢触摸，干净得叫人觉着触一下，花儿会生气。

走远了，回头看，忽然觉得，好像全世界好看乖巧的女孩儿，都齐齐地聚在这儿了呢。

小葱拌豆腐

小葱拌豆腐，真是一道好菜。

与某人吃饭，我格外点了这一道。那人说，味道别致。岂止，我在心里说。

桌上菜不少，可一顿饭下来，大街小巷穿行过去，心里也只余下了这道菜。

也许还有些不足，可不能怨人家厨子，给多少钱，下得那般功夫。只想若我操刀，得先寻一古朴碟子，上不上釉都不大紧，要紧的是用山泉洗得极为干净。这边的手都太龌龊，最好有一深山女儿，洗了，就湿漉漉、水晶晶上案。豆腐也得老嫩合适才好。在瓦罐里就清泉，山柴一煮。砧板是清水浸去了涩味的柳木。最好是竹刀，没有铁腥味。豆腐切小丁，小颗粒的盐一些些儿撒上，沥一沥水分，撒上葱花。小葱要极新鲜，从葱白到叶子都用，颜色才好看。油分几种，辣椒油、花椒油、香油，味道就妙在点滴之间。吃时，细溜溜一线绕着浇上，绝不可多，多了，菜的本色味道就难得了。也不必细拌，随意三两下，似拌非拌就好，味道也就有了好几种。没盐是本色，少盐是恬淡，有盐的又叫你品味到那微小颗粒的盐在舌尖上一点一点有滋有味地慢慢化开。

这道菜也只小碟子盛才好，才望着如初春好颜色，闻着好味道，不禁吃就没了。再要，多少钱也没有。

这一小碟子，配一碗老酒，花雕就好；若有陈年女儿红，也就好到无话可说了。两只老碗在一帘幽静里轻轻一碰，有多好听。

凌晨五点涮羊肉

那还是在十五年前，正在燕园念书。

凌晨四点多，摸黑和一位同学去老北京站接老师。天也正冷，棉衣捂得厚厚的。接上人，天还黑着，也冷得直跺脚。老师是来京开会，时间太早，即便坐车去报道的宾馆，报到的地方也没有人接待。

犹豫一下，老师却突发奇想，说：走，找个地方，涮羊肉！

不到五点，即便是卖油条、豆浆的小店也不会开门，何况涮羊肉。可是如此的冷，只能先走为是。

运气不错，走不远就看到一家涮羊肉的馆子。裹了白铁皮的门板，东七东六、西一西二地排开。

没有开门，也不能等，敲门吧。门板裹了铁皮，生硬冰冷，说是敲门，其实是用拳头乱砸。

时间早，四外静悄悄的，砸门的声音就有些惊人。半天，里面才嘟囔着不满意地问，干什么？

及至说清楚，主人一脸的不高兴，磨蹭半天，可馆子的门板还是响了起来。

主人洗脸刷牙，迷迷瞪瞪的。一会儿，后堂叮叮当当，涮锅端了上来。

三个人坐好，涮锅下面的木炭燃着。半屋子的烟下去的时候，热气腾腾，水开了。切得极薄的羊肉上来了，萝卜、白菜、粉丝、豆腐上来了，酒也上来了。三个人吃得热火朝天，羊肉一碟子下去，又一碟子上来。一瓶二锅头很快底朝天。借着酒劲，豪爽一把，要了第二瓶。

店小，没有"方便"的地方，出去小解，竟然拐在小店一侧，背过身子撒就是。天还没有彻底亮，依旧寒冷，热乎乎地放松一下，真是舒服。

天蒙蒙亮的时候，借着寒意和最后几颗星，两瓶酒竟然全下去了。

晕乎乎在街上走，看着满街人匆匆忙忙，尤其是那些还没有全然消失了睡意的人，觉得人起早真是好。

觉得这一天开始得那么早，一天有几十个小时似的，人生似乎有了两辈子的长度，可以多看看这个莫名其妙的世界。

也忽然觉得，自己是那么的清醒，人生第一次那么清醒。

温馨的火炉

现在城市已经不用炉子了。那曾经的温暖，已然给人忘却了。那时候，尤其是冬天，待在屋子里，就着火炉，是可以随时弄一点什么好吃的。烤一个土豆、馒头，焦黄黄的，喷香。

我小时候自己觉得发明了一种极其好吃的东西，那就是将馒头掰开（不要用刀切开，掰开的东西两个面都是"毛"的，更容易存住东西），然后将炼制好的猪油抹在上面，撒上盐，在火上慢慢烤。猪油随着烤制过程的加温，一点一点化开，慢慢浸在馒头里。等馒头金黄了的时候，外面焦黄，里面则满是猪油和盐味的浓香。

有时候，没有什么可以吃的，百无聊赖，可以拿一根粉条在火上一燎，粉条就迅速膨化了，吃起来脆脆的。

尤其是在小火上熬粥，慢火熬上一两个甚至两三个小时。那样的粥，已然没有了。即便是有耐心，也没有那样的炉火，现代的煤气，能熬出那样的粥吗？

技术，已经改变了生活，让生活变得冷冰冰的。可是那个时候，虽然清贫，甚至是生火、封火这样的事情都充满了乐趣。

废纸，那个年代也是不多的。要用最少的废纸、劈柴把火生起来，是不容易的。生火的劈柴，要劈得细细薄薄的，一片废纸就能点燃那种。接着，把引燃的劈柴小心地放入炉膛，要立着，让火好往上走。再把稍稍粗的劈柴，顺着放下去，慢慢围着先点燃的劈柴，手法要静，悄然到位，要靠近，可是不要压住。火渐渐大起来的时候，再加稍粗的劈柴。要特别注意的是，"火要虚"，不能把劈柴一根根挤死了，要有空间，有充足的氧气，才能有好的燃烧。火再大些的时候，用火钳子夹了不大不小的煤块，轻轻放在燃烧着的劈柴上。小了，会漏下去，大了，不容易引燃。十几分钟以后，那些煤块烧红了，就可以慢慢再加更多的煤块。

也有糟糕的时候，拿捏不准，煤块加上去，忽的一下，坍塌了。火灭了，满房子是烟，呛得人气都喘不过来。又得重新来，可是废纸没有了，也没有细薄的劈柴，一切得从头来。一边擦着烟熏的眼泪，一边还得接着生火。快中午了，得做饭了。

封火也是一件巧妙的技术。用不大不小的煤块，慢慢地压在炉子里。压够了，还得用煤铲子轻轻地压一下。压实一些，火会燃得很慢。

煤的量，也是一个因素。少了，半夜就燃得通红，母亲得披着衣裳，再压上一些煤；压得太多，会压死的。还有风道，开关多少，都是学问。

最高妙的封火，煤不多不少，风道正合适。大清早，大人孩子起来，火正好，刚刚冒出来。洗脸盆舀了凉水，坐在炉子上，稍稍温了，那边洗脸刷牙，这边母亲已经在忙着早饭了。

榆中乡下的饭

苞谷，在柳条筐箩里；葵花籽，晾在向阳的地上；墩墩肉，下了花椒盐腌在缸里又煮熟了的大块猪肉；拌萝卜，刚从泥土里面拔出来的；西红柿辣子炒鸡蛋；一种叫破布衫的加了苦豆子的烫面油饼；还有凉面，还有酒。

一位乡间写诗的女子，一样样端了上来。

吃饭的时候，我几乎是有几分贪婪的。

这带着泥土新鲜味儿的饭，叫人恢复了动物一样的本性。

走的时候，我说，我要抱一下你。她大方地说，好吧。

她身上哦，有那么好闻的泥土的味儿呢。

腌芥菜

腌制芥菜的方法似乎变化不大。除了个别的制法用了熟麻油、老酒、芝麻外，一般仅仅是加了盐而已。

我小时候，家家户户都会在时令要入冬前腌一些咸菜，除了萝卜、苤莲、白菜、洋姜、雪里蕻、螺丝外，芥菜是主要的一样。

我时常是和母亲一起腌芥菜的。芥菜洗干净泥，将老了的生满了须的根斜斜削去。小的直接晾晒，大块的要用刀切成几块。刀子切下去，芥菜的味道猛地出来，有一点辣丝丝的，难闻，也有点莫名地好闻。

芥菜晾去了水分，入坛子，石头压得紧紧的。才腌制七八天的时候，最好吃。尤其是刀工好，切成极细的丝，稍稍的一点咸，浇上少许香油，夹在热馒头里，真是香得很。如果恰巧有肉，和肉丝炒在一起，就欢天喜地了。

现在再也没有那么香的东西了，不知道是东西真的不好吃了，还是人的味觉已经麻木了，还是心态。

我在一首诗里写过这样的句子：幸福一定是带着一点点贫穷的。

适度的贫穷，才能让人感到幸福。

吃锅盔的麦客

他靠墙坐着，白色的汗衫早就旧了，泛着给汗渍反复浸透了之后、白布褪色之后的那种灰碱的色泽。

天蒙蒙亮的时候，雇主就来了，看看人的身架，捏捏胳膊，相中了就数着数拉在一边。到天快亮的时候，大多的麦客已经给雇主领走了，只剩下这七八个人还在等着，也许是因为小、瘦弱，他们还得接着等下去，一直等到新的雇主看中了他们，或者是无奈，只能领走他们。

关中这边缺少劳力，每年都有大批的甘青宁的乡下汉子来这边，在烈日曝晒下帮着割麦子。除了能结结实实吃上饱饭，每天还能挣上几块钱工钱。可谁都知道，这几块钱挣得实在不容易。

阳光炫目，炽烈的光线无声地下来，唰地就烙在人的脸上身上。一天下来，汗出得几乎虚脱了。

麦客们起得太早，来不及吃饭。其实，哪里来的早饭？只是身上揣着几个锅盔罢了。女人们知道关中快要割麦的时候，就紧着炕几个厚厚的锅盔。锅盔极干，几乎没有水分，带这样的东西可以出远门的，十天半月也不会坏。

那个年轻麦客，看来饿了，从一只印着北京字样的黑色旧人造革包里摸出一块锅盔。没有水，也不敢离开这儿去找一碗水。他就着手心，掰下一块，放在口里，慢慢咀嚼。没有水的缘故，咽得十分困难。我甚至看见了那嚼碎成一团的锅盔，艰难地沿着食管，如同蛇吞咽的感觉一般慢慢干咽了下去。而后，他深深闭一下眼睛，咽一口吐沫，又睁开了眼睛。接着，又是一块，依旧是那般下咽。那咽下去的表情，是有几分痛苦的。

很多年过去了，我还记得那个麦客。那进食的过程，真的是那么痛苦。

肉酒

肉酒是极为独特的早餐。

肉酒馆大多开在背街人家，并不像什么正经餐馆那样，有些也并没有什么招牌，只是本地的人知道，推开门进去就是。有些也并没有桌椅，只是空出来的屋子，客人进来，直接上炕，就着炕桌就是。

如果不要茶，就直接上肉酒了。后堂的小铜锅，倒入黄酒。这黄酒微甜，呈浅浅的黄绿色。酒度只有极低的三四度。黄酒烧开后，下入切得极薄的羊肉片，氽羊肉那样，俟熟就连肉带酒一起盛入大海碗上桌。

食客是连肉带酒一起吃的。一边吃，一边拿出各自带着的馍馍和饼就着。也有的，馍馍和饼太干，就掰开了泡在里面吃。有时候地方挤，三四个人就着一张炕桌，就有好几种馍馍和饼。不同的馍馍和饼，可以看出不同的男人们家里有着什么样的女人。不同的馍馍和饼，可以看出女人的巧与笨、家境，甚至可以看出女子对男人的爱。面揉得透否，馍馍的大小，饼的薄厚、花样，卷没卷花椒盐、葱花，都能看出女子的面目性情。

带着好吃好看的馍馍和饼去吃肉酒的男人，那样的馍馍和饼，拿出来，放在炕桌上，即便是默不作声，也是得意的。而另外一些人，则会边吃边在心里发牢骚，看看人家的女人，手巧的。

来这儿吃肉酒的，也多是不说话，只是默默吃各自的。尤其是冬天的早上，几乎是摸黑就到了这儿，棉衣棉鞋的上了炕，大碗的肉酒上来，只是低着闷头吃，一直吃到满头大汗。

摸摸肚子，几乎圆了。推开门出去的时候，擦擦汗，天已经大亮了。浑身的劲儿，都不知道该往哪儿去使。

几道家常菜

菜简单。

四凉：

五香花生米。五香氤氲，有，但都不大出头，尤其八角。盐，咸淡合宜。火候，熟，但是稍稍有脆意。

蒜泥菠菜粉丝。西北最寻常的青菜，稍过滚水，散开候凉，堆在一起凉得慢，菜叶就熟过了。绿豆粉丝，过滚水，也是菠菜凉法。两样，切长短合适。蒜末、芥末、陈醋、盐、掰碎的干辣椒、烧八成热的胡麻油，一炝。

酱牛肉。取牛腩以及有筋牛肉，加稍许花椒、香叶、草果、玉果，较多姜片，大火烧至水滚，撇去浮沫，再小火。待牛肉六七分熟，约略切块。另起较大油锅，加老抽、盐、黄酒、冰糖、适量水，小火炖。尔后将锅倾斜，牛肉推至一边，用勺子将锅内的卤汤往牛肉上浇，直到将卤汤全部收干。

慢慢阴凉了，切片。点缀蒜苗、芫荽。

糖醋萝卜。红皮小水萝卜，洗净，用刀拍了，淋白醋、撒白糖即可。

六热：

生煎土豆片。比炒菜稍多的油，土豆切片入锅，慢慢煎，及至快熟了，下盐、少许生抽、花椒粉、辣椒粉、白糖。出锅前下切碎的蒜苗，翻匀即可。

炒茄辣。茄子、青辣椒。炝辣椒、蒜片。下切好的茄子，中火慢慢翻炒，茄子半熟的时候，下青辣椒，加盐，炒熟。调料除盐之外，一律不要。

麻辣鳕鱼。鳕鱼切段，较粗的鳕鱼切段后，再切块。入滚水一收。起油锅，油热后火关小。放入鳕鱼、盐、花椒（要整粒的，用擀杖粗擀）、整个的干辣椒（用刀大略切碎即可）。慢火煎，轻翻，至花椒、辣椒、盐味，把鳕鱼浸透即可。

芹菜粉蒸肉。芹菜，只要芹菜叶子，洗净了，稍晾。撒少许盐、碱面，揉。放入笼屉，撒面粉，稍稍拌匀。五花肉，煮半熟，切小片，和炒过的糯米粉、五香粉、盐、酱油，拌匀。码在芹菜叶子上，蒸熟。另，喜欢者可以调蒜泥或辣椒油。

还有两热，想了想，免了。做不出特别味道。

主食，学母亲做一样麻酱面。

芝麻酱，用凉开水打开。手工擀面，切细。大白菜，洗净切细。备好蒜泥、醋、香油。面快煮好了，下切细的白菜，俟好，一起捞起。凉开水里过了，调入芝麻酱、蒜泥、醋、香油。极为爽口。尤其夏天，直吃到一身一脸的汗。

也得有点酒吧，不拘名贵，酒，正牌子，稍陈就好。也许就那么一盏，一二两就是，一饮而尽。说点什么，也可什么也不说。

关键是人，几个合适的人坐在一起，说与不说，说多说少，都好。

也需要一盏灯笼。风吹春灯乱。需要那一点隐隐的红。需要一丝丝儿的风，吹着。

送走三只猫

南　帆

一

一只肥猫长长地打了一个呵欠，懒洋洋地从我的记忆之中踱了出来，鼓出的肚皮隐隐地一颤一颤。

这只猫叫作阿灰，一身又滑又亮的灰皮毛。想不起它怎么来到我们家。20世纪60年代，我们家居住在小巷一幢破旧的瓦房里，大小老少衣裳简陋，面有菜色，只有少许的荤腥短暂地漂过清苦的日子。奇怪的是，阿灰居然在这种日子的皱折里悄悄地长成了一只大肥猫。

阿灰是外婆的宠儿。外婆时常悄悄地挤出几文菜金，买回一些小鱼小虾喂养阿灰。父亲偶尔会流露出不满的神色：饭桌上的人还吃不到鱼虾，怎么又来了一只猫争食。外婆装聋作哑。阿灰分得清亲疏的脸色，它从来不会撒娇地蹭父亲的裤脚。

这是一只懒猫，大部分时间闭目养神，或者干脆盘成一团打起了呼噜。那时我还是一个顽劣少年，不时想方设法捉弄阿灰。我的手臂插进阿灰毛茸茸的怀里，用力搅散它的睡眠。鸡或者鸟的鲜艳羽毛之下隐藏了一个灼热的身体，人们的手掌可能因为意外的温度和嶙峋的骨架而恐惧地缩回；猫的身体温度适中，光滑而柔软的皮毛常常形成某种诱惑。阿灰并没有对我的骚扰表示多大的反感，它愿意配合游戏。阿灰抱住我的胳膊装模作样地啃一口，有时还用后腿奋力蹬几下。敷衍之后，它一仰身滚到另一边继续打呼噜，仿佛不胜劳累。

午间的闷热消散之后，阿灰多半要从厨房出来溜达一圈，从事一些轻松的娱乐，譬如戏弄壁虎。它悠闲地坐在地板上，慢条斯理地拍打一只刚刚捕获的壁虎。壁虎弃掉了尾巴试图潜逃，阿灰对于这种诡计洞若观火。它的一个爪子按住活蹦乱跳的尾巴，另一个爪子及时地把逃出了几步的壁虎一次又一次地拨回来，有条不紊的操作让人想到炉灶前的大厨。奇怪的是，阿灰对于老鼠似乎缺乏应有的仇恨，它生平仅仅擒获一只老鼠。不知那只稚气未脱的小老鼠如何落到它的爪下。大约半小时左右的时间，阿灰兴高采烈地享受自己的战利品：它用前爪将老鼠一次又一次地高高抛起，远远看去如同一个尽职的垫球的沙滩排球运动员。事后阿灰并未吃掉老鼠。它明星一般骄傲地扬长而去，把那一只分崩离析的死老鼠扔给外婆收拾。

这一幢破旧瓦房的地板底下有一条大阴沟，众多老鼠在那里穿梭往返。许多时候，老鼠在朽烂的地板破口探头探脑，然后鬼鬼祟祟地钻出地面收罗一些食品。可是，阿灰仿佛耗尽了攻击老鼠的兴致。它眯着眼坐在一缕阳光里，任由老鼠行色匆匆地窜来窜去，安详的神情如同一个窥破了世情的智者。某次一只大老鼠竟然在不远的地方停下来，目光炯炯地和它对视。这个挑衅仅仅让阿灰微微地动了动胡须，它甚至懒得站起来。阿灰似乎不屑于再与地板底下那些神情诡异的家伙交手，它的漠然终于让那只勇敢的老鼠无趣地怏怏而去。猫是清洁的动物，阿灰肯定对于老鼠的龌龊深感厌恶。魑魅魍魉，不可与之论英雄，赢了这种对手仍然算不上多大的功绩。阿灰大约就是在这个时候仰起头来，开始想念明亮的天空和自由自在的呼吸。某一天下午，它攀上一小段柱子，跃过一个横梁之间的空隙，转过屋檐来到了瓦顶之上。

瓦顶是猫的江湖。它们在那儿谈玄论道，分配阳光、势力范围和异性伴侣。我无法猜度阿灰瓦顶上的浪漫生活，估计多少有些卿卿我我的逸事。阿灰是一只雄壮的公猫，凛凛一躯，堂堂仪表；这一带的雌猫显然乐于迎来送往。某些时候瓦顶上突然传来悠长的嚎叫，这是它们共同高吟的情诗。公猫之间某些局部的小型战事不可避免。瓦顶上鼓点般的脚步踩得瓦片一阵脆响，那是擂台比武的胜者正在将手下败将逐出领地。这些故事情节起伏，引人入胜，可是，一个难堪的结局出其不意地出现了：阿灰不知该怎么回家。返回屋檐跃过横梁之间的空隙之后，阿灰愣住了——它不敢头朝下地沿着柱子滑下来。情场或者战场的凯旋无法兑换为食物。饥肠辘辘的阿灰坐在瓦顶的边缘哀哀地叫着，长一声、短一声。

我找来一架木梯子靠到了屋檐的边缘。阿灰观察了许久，颤巍巍地伸出一条前腿试了几番又缩回去。它显然对于一堆摞起来的方格子极不信任。我不耐烦地攀上梯子试图把它拎下来，阿灰竟然一侧身躲开了。父亲愤愤地表示无须理它，这种笨猫丢了也罢。天渐渐地暗下来了，外婆心急如焚。房前屋后转了几圈，她想出一个笨拙的办法：外婆用晒衣服的长长木杈挑起一个菜篮伸到屋檐上，嘴里阿灰阿灰地叫着。这时，奇怪的事情发生了：犹豫了一会儿，阿灰竟然慢悠悠地跨入了菜篮。它一屁股坐下来的时候，接近十斤的体重压得菜篮一晃，外婆一个趔趄几乎扶持不住木杈。

阿灰善于归纳，它很快形成了习惯。酒足饭饱，鼓腹而游，瓦顶上云游一番归来，阿灰就会坐到屋檐旁边千呼万唤，催促外婆备好菜篮。它堂而皇之地坐入菜篮左顾右盼，惬意得如同坐上了轿子的县太爷。外婆不断地咒骂着，恶狠狠地发誓这是最后一回，然而，阿灰的召唤总是让她一次又一次食言。

我记得阿灰失踪过一回。外婆端上它的饭盆走家串户，一边用筷子叮叮当当地敲打着，一边阿灰阿灰地呼唤。这种老乞婆的形象让我们感到脸红。可是，外婆前所未有地强硬，根本不睬我们的劝阻。几天以后，阿灰不知从什么地方溜回来了，浑身污迹，整整消瘦了一圈。它将脑袋埋在饭盆里狼吞虎咽了一阵，神情慢慢镇定了下来。外婆坐在厨房的小椅子上，一下一下地抚摸阿灰背上的皮毛，嘴里喃喃地劝它不要出门，不要到布满了陷阱的危险世界四处乱窜。它眯起眼睛静静地听着，慢慢地打起了呼噜。

阿灰大约活了十来年，外婆送走了它。多年之后，外婆也到另一个世界去了。他们在那边仍然相依为命吗？

二

为什么猫没有纳入十二生肖之列，这是一个令人不解的问题。

据说当年天庭打算选拔十二种动物作为生肖的代表，群兽踊跃响应。猫和鼠是一对好友，它们相约共同参选。由于猫嗜睡，老鼠答应参赛的日子担任它的叫醒闹钟。当然，接下来的故事情节肯定会如此演变：那一天早晨，老鼠悄悄地独自赴会并且拔得头筹，猫被太阳晒醒的时候十二生肖的名单已经公布。猫并非动物界威风凛凛的大杀器，它常常无声地伏在枝叶斑驳的树干上，如同一个高人冷冷地打量这个世界。猫的长相形同狐狸，它对于自己的智商具有足够的信心。然而，猥琐的老鼠居然出面算计它，奇耻大辱不可忍受。从此，捕杀老鼠成了猫世代相传的天命。

我不太相信这种传说。如果允许放纵想象，我宁愿把十二生肖的龙指认为疑点。"飞龙在天"，龙的伟岸形象活跃在神话之中，龙的鳞甲闪烁的是耀眼的阳光，这种高高在上的神物又有什么必要与鼠、猴、猪、羊之类俗物为伍，格格不入地厮混在十二生肖之中呢？龙几乎不可能与芸芸众生玩到一起。相对地说，猫更像它们之中的一员。猫不仅切齿地仇视老鼠，长期与狗争执不休，同时还自称担任过虎的师傅。如此复杂的交集表明，猫才是与十二生肖共进退的整体。我愿意公布的一个猜测是，会不会当时天庭的点名发生了某种错误，以至于把龙的名字安放到了猫的座位之上？

倒霉的猫从此不断遭受冷落，它远不如十二生肖之中的诸位荣耀。例如，文学勤勉地为十二生肖造册登记，对于猫往往视而不见。猴机灵，猪憨厚，牛勤劳，蛇阴险，马与狗忠诚，兔与羊可爱，雄鸡一唱天下白，威震天下的老虎就不必说了，甚至老鼠也时常有当主角的时候，例如"米老鼠"，或者"老鼠嫁女"，还有"小老鼠，上灯台，偷吃油，下不来……"至于"硕鼠硕鼠，无食我黍"的诗句差不多是向老鼠告饶了。然而，猫几乎没有机会露面。猫的文学性格模糊一团。我一时记得起来的大约就是风行于百老汇的音乐剧《猫》，还有日本出产的那一个头重脚轻的《机器猫》。当然，动画片《猫和老鼠》也算得上名著，但是，影片之中的汤姆不过是杰瑞股掌之中的玩物。

我们景仰的鲁迅先生是一个坚定的仇猫主义者。春暖花开的季节，猫开始忘情地交配。这时，先生就会手擎长竹竿从屋里杀出来，打得那一对苦命的情侣落花流水。如果不是从《朝花夕拾》的《狗、猫、鼠》之中读到这一幕，大部分人恐怕想象不到先生的强烈义愤。先生在文章之中申辩说，他不是由于性压抑或者忌妒而痛下杀手——他仅仅是因为恋爱的猫发出了令人生厌的凄厉嚎叫。被窝里的那些事，有必要叫嚷得全世界寝食不安吗？先生手擎长竹竿向不知羞耻宣战。当然，鲁迅对于他的仇猫精神还有进一步的论证：这些可恶的家伙向主人扮出了一副媚态，转过身又残忍吞噬了他的童年宠物隐鼠。

这些解释真的不那么合理。媚态的猫的确不像英勇的战士，但是，那只隐鼠不正是由于妖媚而赢得了鲁迅的宠爱吗？童年的鲁迅从盘在屋梁上一条蛇的嘴里救出了身受重伤的隐鼠，可是，他从未对蛇——真正的凶手——表示足够的仇恨；况且，不久之后鲁迅即已得知，他的隐鼠并没有成为猫的点心，而死在他家一个健硕的女仆长妈妈的脚板底下。这只隐鼠试图沿着长妈妈的腿往上爬，终于遭到了致命的惩罚。尽管如此，鲁迅仍然变本加厉地与猫为敌，甚至练就了飞石投掷等多种袭击的绝技。当然，伟人多半有权利拥有一些异常的癖好，庸众没有胆量计较他们的任性。得不到先生的宠爱，只能证明猫的福分不够。鲁迅之后，慈祥的冰心奶奶倒是一个有名的爱猫人士。但是，她的文章似乎没有办法为猫增添多少文学史的声望。

为什么猫只能寂寞地徘徊在文学之外？我想到了猫的独立性格。一只猫无声地悠然穿行于各个房间，东张西望，旁若无人，它并未流露出向主人邀宠的愿望——这一点与狗远不相同。一条狗见到了久别的主人常常会欢喜得失态：疯狂地打转，不顾一切地扑上来舔主人的脸，或者因为泣不成声的激动而在主人的裤腿上沾满它黏糊糊的涎水，如此等等。猫的表情冷淡得多，甚至仅仅无动于衷地瞟一眼。君子之交淡如水，猫似乎更乐意遵循这条谚语。所以，狗的故事往往赚足了人们的大把眼泪，很快晋级为热门的文学形象；相反，猫仅仅冷淡地嗅了嗅文学的门槛，转身踽踽离去。猫时常离开人们的视野，回到自己的世界。回眸一望的时候，猫的瞳孔闪过拒人千里的冷光。它不肯充当投机分子，哪怕文学关上了大门。

三

另一只猫的造访，大约是四十五年以后。这时我已经搬到了一幢公寓的九楼。我始终想不明白，老鼠从什么地方潜入了家里的贮藏间。窗门紧闭，所有的下水道出口俱已蒙上不锈钢的盖子，不知道那些黝黑的游击队发现了哪一条秘密通道。

最初是被贮藏间里断断续续的可疑响声惊动了。贮藏间堆放了一些过季的衣物、鞋子和几个箱子。夜深人静的时候可以听到窸窸窣窣的噬咬声。老鼠来访？我将信将疑了一阵。当年我在乡下生活的时候，老鼠曾经在一只长筒雨靴里生了一窝粉红的鼠崽子。我清晰地记得当时毛骨悚然的感觉。几天之后，贮藏间箱子缝隙闪过的一根小拇指粗细的老鼠尾巴证实了入侵者的存在。根据尾巴的长度揣测，这只老鼠接近一尺。遇到一尺长的狮子，我可以毫不犹豫地拎起来远远地扔出去，但是，我没有勇气翻检贮藏间，徒手对付一尺长的老鼠。

太太也察觉到贮藏间的异常，我不敢向她描述那一根老鼠尾巴，担心她可能干脆收拾起行李搬走。我设计了许多骚扰老鼠的方法，期望它们不堪忍受而自愿离去。最为常用的一招是，将一部手机放在贮藏间，反复地打通电话。我的想象之中，各种稀奇古怪的刺耳铃声可能让那些来自阴沟的不速之客久久地失眠。然而，事实证明，老鼠照样安之若素。除了向这一批入侵者的天敌求援，别无他法。

咪咪是外甥女从马路上捡回的一只流浪猫，已经喂养了几个月。那一天下午，外甥女用一个塑料笼子将咪咪作为维和部队运送至公寓的九楼。打开塑料笼子，咪咪慌乱地蹿出来，一溜烟地藏到了一个柜子底下，很长一段时间之后才蹑手蹑脚地露面。当时我没有想到，这种羞怯是咪咪的伪装。事实上，这是一个极其活跃的顽皮家伙。

咪咪抵达的两天之后，贮藏间就安静下来了。尽管咪咪的叫声仍然稚嫩，但是，猫的气息可以让老鼠浑身颤抖。那只一尺长的老鼠知趣地撤退了。于是，我们的公寓成为咪咪的表演舞台。这只猫对于许多事物充满了好奇，例如屋角的一盆蝴蝶兰。它攀上狭小的花盆，亢奋地在花丛之中不停地来回穿梭，直至那些蝴蝶般的粉红色花朵纷纷坠落，香消玉殒，片刻之后，花盆里仅仅剩下几根光秃秃的枝丫可怜地摇晃。完成了对蝴蝶兰的摧残之后，咪咪看上了一排落地窗帘。它后退五米左右，然后一阵助跑，飞身跃起抱住窗帘，跟随摆动的窗帘荡秋千。这是它每日不辍的游戏。数日之后，咪咪的利爪已经将窗帘的下半段撕成一缕一缕。

好奇的咪咪无疑具有科学家的质素。它对于厕所里的各种器具深感兴趣，譬如，马桶为什么可以冲水？人们用过马桶之后按下了冲水的开关，咪咪就会闻声而至。它跳上马桶左右察看，聆听水箱里叮叮咚咚的进水声音，满脸困惑的神情。它很快发现浴缸底部有一根塑料管插入下水道。下水道通往什么世界？阿里巴巴发现的山洞，还是陶渊明的桃花源？咪咪企图将塑料管从下水道里拽出来。对于一只瘦弱的小猫说来，这是一个艰巨的工程。塑料管仅仅露出一小截又噗的一声落下去，咪咪不得不重新开始。这种西西弗斯式的苦役，咪咪往往不懈地坚持一个小时左右，直至精疲力竭。书房里一会儿就能听到厕所传来噗的一声，以至于我不得不在电脑屏幕上写下一个新的标题：一只猫为什么具有如此锲而不舍的精神？

咪咪终于从厕所拐到书房，很快把目标锁定在书桌上的另一个高科技产品——电脑。它跳上桌子，围绕电脑打转，喵呜喵呜地叫。那时我正在电脑上写作《马江半小时》一书，悲愤的叹息不时织入沉重的词句。19世纪80年代，清王朝与法国曾经在福州闽江下游的马江打了一战。仅仅半个小时左右，福建水师灰飞烟灭，七百九十多个官兵陈尸江面。这是一个久久不能愈合的历史创伤。如此沉重的半小时令人扼腕地改变了这一片地域的命运。从左宗棠、沈葆桢、严复的船政学堂到第一架水上飞机，现代社会的雏形曾经在这一片地域缓缓地积攒自己的能量。然而，半小时的炮声无情地震碎了脆弱的梦想，所谓的现代社会如同一只惊飞的水鸟再也没有回返。我的书房窗外是一片建筑工地，勾机伸出长长的铁臂粉碎残存的水泥构件，嘎哒哒的嘹亮声波如同冲刷记忆的阵阵涌浪；近十台的打桩机愤怒地锤击大地，嘭嘭的巨大音响持续地震荡我的耳鼓。令人意外的是，一只猫也想把它的脑袋伸进历史。咪咪苦恼地坐在电脑屏幕旁边，似乎因为弄不明白清王朝的李鸿章、张佩纶或者何如璋这些人的所作所为而焦虑。这一场战役正在发生关键的转折，咪咪转过身一屁股坐到了键盘上。于是，屏幕上一连串 R 或者 Q 鱼贯而至，幽默地取代了故事的不幸结局。

大约一个月之后，完成了使命的咪咪被送还给外甥女。然而，不久之后就听到了噩耗：它居然从外甥女家窗户的防盗网钻出，在不足一寸宽的窗框上行走。那天是不是下了点小雨？总之，咪咪脚下一滑，径直从二十二楼跌下。老话说猫有九条命。可是，二十二楼太高了，咪咪一下子将九条命通通用完。外甥女赶到楼下的时候，它已经气绝而亡。

过了一段时间，网络上开始流传一句话："好奇害死猫。"我立即想到了咪咪，心中不由一颤。

四

咪咪离去不久，狡猾的老鼠似乎有卷土重来之势。贮藏间再度出现可疑的响声。太太二话不说，立即到花鸟市场买来一只黑猫装在麻袋里带了回来。我回到家里，黑猫已经巡视过公寓的各个角落。它身材颀长，目若点漆，一条长长的尾巴拖在身后。我坐到了沙发上。黑猫落落大方地和我对视了一阵，然后缓慢地、坚决地爬到我的大腿上坐了下来。

俗气一点显得亲切——我们将这只黑猫取名为"旺财"。

旺财神情开朗，意态从容。家里来了客人，它从不因为对方陌生而回避。旺财歪着脑袋打量一小会儿，继而镇静地缓步靠近，然后不慌不忙地爬到客人身上，举手投足之间纹丝不乱。"这只猫大方得很"，我有点喜欢。

太太似乎不那么信任它。她隐约地觉得，这只猫主意大得很。旺财的镇静似乎藏了一些冰冷。我们从门外进来，旺财仅仅是礼节性地弓了弓身子，甚至视而不见。或许它觉得没有必要自作多情。旺财是一个手脚敏捷的黑衣捕快，它的职责是捉拿老鼠而不包括讨好主人。对于一个自食其力的雇员说来，感恩戴德的礼仪显得有些多余。

太太的预感很快得到了证实。那天晚上她企图为旺财洗澡。旺财惧怕脸盆里的水，挣扎着往后退；太太将它抱起来轻轻地放入脸盆，没想到它突然湿漉漉地跳起来，恶狠狠地在太太的手掌上咬了一口，尖利的小牙齿啮穿了太太手上的橡胶手套。太太尖叫一声急忙扔开了它，连夜奔赴医院打狂犬疫苗。事后，太太多次心有余悸地回忆那个吓人的瞬间：旺财小小脑袋上所有的毛都狰狞地岑了起来，龇牙咧嘴如同凶神恶煞。人与猫的四目对视让她感到了彻骨的寒意。

一个深藏不露的旺财突如其来地现身。

没有人敢蔑视老虎的凶猛，即使它懒洋洋地踱步或者蜷缩在树荫里打瞌睡。猫如同老虎的一个没有完成的投影。上帝不仅缩小了它的身体尺寸，同时也缩小了它的脾气。猫必须温顺柔媚而没有资格称王称霸。这种想象常常让人忘记，每一只猫的内心都藏匿了一个威风凛凛的虎之梦。必要的时候，猫的尖利牙齿拥有相似的杀伤力。

过了两天，我们下班回到家中的时候，旺财不见了。寻找了许久发现，它钻出了阳台的栅栏跳到了下一层邻居的阳台上。旺财无法原路返回。它静静地趴在下一层邻居阳台的边缘，神色之间似乎并没有多少焦虑。我们下楼把它带了回来，旺财表情坦然，看不出重返家园的庆幸。

几天之后的傍晚，旺财再度失踪。询问了左邻右舍，没有任何消息。匆匆吃过晚饭，我们带上了手电筒下楼到居住的社区寻找。社区停泊的汽车底下趴了几只取暖的流浪猫，都不是旺财。女儿心中焦急，回家之后立即画了许多张"寻猫启事"张贴在社区的走道和电梯出口。"寻猫启事"的正中央笔直地坐着一只漆黑的卡通猫，目光锐利，精神抖擞，旁边有两行说明文字：

我家旺财，出门旅行。因为不熟悉地形，可能误入歧途。哪一位好心的邻居如若发现，恳请通风报信，谢谢谢谢。

接着是电话号码和门牌号码。

次日出门看了看，这些"寻猫启事"都不见了。见到我们诧异的神情，一位邻居笑得有些暧昧。问了半天终于明白过来：因为这些"寻猫启事"画得有趣，被人揭走收藏起来了。

我们又在四处找了一天，仍然杳无音讯。太太自我安慰说，算了，猫的脑容量贮存不了太多的记忆，旺财很快就会忘了我们的。它擅长四处为家，随遇而安的性格不会产生相思之苦。我们的心情终于放松下来了。不久之后，我们又一次搬家离开那个社区。如果没有什么意外，旺财大约还活着，只是不知在哪一户人家。这只猫胆大心细，估计能照顾好自己。

丢失旺财之后，至今再也没有养猫。倒是一条狗跟了我们几年。太太曾经在聊天之中表示，养过狗之后，恐怕就不愿意再养猫了。狗的信义以及不计一切地依恋主人都是猫所无法比拟的。享用过大餐，小菜就会显得索然无味。我赞同太太对于狗的评语，同时对她的结论有些犹豫。许多时候，狗的生死相依可能演变为一副沉重的枷锁，甚至让人没有足够的勇气负担。未来的某一天，聚的所有深情都有可能如数地兑换为散的悲伤。相形之下，猫不像狗那样夸张地挥霍自己的情义，猫的节制和恬淡不至于勒得人们喘不过气来。既然"天长地久"只是一句傻话，不如绕开缠人的内心纠结。与其相濡以沫，不如相忘于江湖，放得下牵挂是另一种透彻的境界。这么说，猫或许比狗明智。

关于王国维之死

黄大荣

　　2017 年王国维先生忌日前后，媒体和学术界照例又热闹了一阵。媒体的兴奋点是王的死因；学术界则重提陈寅恪先生送给他的那两句名言："独立之精神，自由之思想。"

　　所有伟大学者，都是一个伟大的矛盾体。这一矛盾性，是历史开的玩笑，更是上帝"预设的错误"，王国维又岂能例外?

　　王国维出身诗书农商世家，天资过人，有"海宁四才子"之誉。江乡时期，即攻习十余年旧学，铸就了扎实的旧文化根底。又以毕生精力埋首国故，所有研究领域——词学、诗词美学、古文字学、碑帖、考古、古代戏曲、《红楼梦》，无不属于"传统文化"范畴。应该说，遇见罗振玉（后与之结为儿女亲家，两人的恩怨，兹不赘）这位伯乐之后，他的治学生涯是顺当的，有较为安定的环境，"独立自由"的外部条件，也大体可得，虽也是难得总有。王先生又是十分有幸最早接触西学的人之一，罗振玉助他赴日留学，其间他接受了康德、叔本华哲学和西方逻辑学。他在既有的根底上，多了哲学观照和某种程度的科学方法论，治学也便如虎添翼。乾嘉学派考据严谨之风，叠加了新的思维和手段，树立创见，于他便有了可能。虽一度迷恋于西学，终究还是回到国学，沉醉其中而不能自已。这种情形，与陈寅恪极为相似。当然，前面说了，他们是天才，是性情中人。这是成就一切学问的前提。

　　先生治学，整理与阐释国故，有发人所未发的贡献。提出中国词美学的"境界"说，发现《红楼梦》乃"哲学的也"，以及考古学的"二重证据法"，都是他的"独学"（独立研究和进修）成果。

　　先生的丰厚幼学积淀和毕生致力所热衷的事业，决定了他成为一位"国学大师"的可能。传统中国文化，渗透进他的骨血，为其情之独钟，心之独往——他是"为此文化所化之人"（陈寅恪）。纵观其一生，他固守着以中国传统文化为

"本位"的思想理念，虽有叔本华亦不能移其志。这也与陈寅恪先生似无二致。

王先生从一度钻研西学，转向国学，决心是很大的；深层原因，还是他对旧文化在感情上难以割舍。这里且说说他"烧书"的故事。"这些文章，关于教育的，关于文学的，关于西方哲学的，关于美学的……这些文章后来搜集起来，出版为书，叫《静庵文集》《静庵文集续编》，他到京都的时候，带了一百多册——罗振玉讲，王国维到京都以后，学问发生转变，把带去的书烧掉了。"（见刘梦溪在浙江大学的演讲。不过，只因这是出自罗振玉的孤证，学者一般不会征引。刘先生倒是相信确有其事的。）

两位大师，在人格上、治学上，是孤傲的、独立的、执拗的、痴迷的、智慧的。他们最害怕的，是失去安宁舒适的书斋，是被他人左右，被"政治"绑架，被"革命"冲毁，夺其旨趣，丧其情致。陈先生认为，咸道以降，"巨劫奇变，劫尽变穷"，国已不国；王先生则是在南方革命勃兴之际，心生恐惧，对于能否守护中国文化为本的理念，焦虑至深，以至于绝望。

王先生于1927年的6月2日，从容地在颐和园投湖自沉。留有《遗书》："五十之年，只欠一死，经此世变，义无再辱。……"他的死，是为旧文化"殉情"，没有疑问，可以坐实了。

不过，还有轰动一时的新闻，引发了对王国维死因的聚讼。先生自沉三天后，罗振玉代递了一封"遗折"给已经逊位的溥仪，奏折称，王国维自谓"殉清"而去。如是，则王先生之死就是为旧王朝"殉国"了！此事真伪莫辨，至今仍是谜团。因为溥仪在他的《我的前半生》里，明白无误地说，此"遗折"并非王国维的笔迹。还有人指出，是罗振玉为替他谋求谥法，让其第四个儿子模仿王国维的笔迹作伪的。而受王先生"文化托命"的他的至交吴宓、陈寅恪二位先生，也曾一度各执一说。

王国维自沉当天，吴宓在《雨僧日记》中写道："王先生此次舍身，其为殉清室无疑。大节孤忠，与梁公巨川同一旨趣。"而陈寅恪与之意见相左，《王观堂先生挽词》序曰："凡一种文化值衰落之时，为此文化所化之人，必感苦痛，其表现此文化之程量愈宏，则其所受之苦痛亦愈甚；迨既达极深之度，殆非出于自杀无以求一己之心安而义尽也。"

陈先生的析论，显然更为深刻。后来，吴宓纠正了自己的看法，改从了陈寅恪之说。不过，王国维做过溥仪的"国师"南书房行走，曾获溥仪赐"在紫禁城骑马"，王先生称之为"异遇"，受宠若惊。这是旧文人惯有的心态，虽胡适也不能"免俗"，见了"皇上"，人都傻了，落下笑谈。1924年，溥仪遭冯玉祥逼宫，罗振玉、柯劭忞与王国维有同死之约，结果他们并没有实行。陈寅恪《挽王静安先生》诗，内有"越甲未应公独耻"一句，就说的是这件事。那么，他的《遗书》里说的"义无再辱"，是不是也指的这件事？陈寅恪也曾经详细论述过"三纲六纪"，王先生是恪守他的"君臣观"的。

因此，我认为，王先生的自沉，为旧文化"殉情"是主因，但也不排除有为旧王朝"殉国"的次因。其他的一些次次因，比此"二殉"，都不足道了。

他以死明志，完美地守护了他所笃信的旧文化之尊严，完美诠释了他传统的家国理念、家国情怀。

他具有屈原一样的贵族精神——旧贵族精神。

旧贵族，却未必有新思想。——先生把传统文化与家国以及二者的关系，看得太死板了，太沉重了，只因他入情太深，沉溺其中，合二而为一，甚至看成了高于其生命的神圣之物。殊不知，如鲁迅言，一国之文化，是需要和可以不断改造、进步的；如胡适言，一国之国体或政体，是需要和可以不断改革、进步的。当然，最好的方式、成本最低的方式，是渐进式变革。方向既明，日积月累，循序渐进，如春风化雨，润物无声。

他缺失了作为现代人重要的一课：现代先进思想、现代文化、现代国家、现代政治理念。

这样说，与尊重他在"国学"上的成就和他的人格魅力，并无矛盾。但也不妨明说，其成就也就是"国学"的成就；他的"独立之精神，自由之思想"，主要体现在治学态度上和学术范围内。与今人所理解的作为现代思想的核心价值的自由观，即人的自由和一切权利是天赋的、神圣不可侵犯，不但不相干，还在本质上有所抵触；与某些人士借以说事的弦外之音，也只有部分的交集。更重要的启示，倒是在学术体制和学术氛围，在大学教育方面，是不是保障学术自由，是不是尊重治学规律，有如王先生和陈先生早年所身处的环境那样，较为宽松自在，充分包容。

还是我说过的一句老话，要现代化，就要"走出儒道释围城"，就要转变、更新观念和思维方式——像王先生那样学习和掌握运用逻辑学和现代成熟的科学方法，否则，谈现代化就永远谈不清楚，总是一本糊涂账。

为避免误解，再次重申，我没有贬低"国学"（"中国学"或者中国古代思想文化典籍）的意思。我不像某些激进学者，认为那全是垃圾。唐诗、宋词、元明杂剧，老庄墨释、《红楼梦》，以及汉字书法，我同样欣赏甚至心仪。但我更钟情于"新学"，不会把旧学的东西神圣化，更不会把"国学"视作立国之根、立身之本。

随手记

毕　亮

被惊醒的雨声

这是春分以来的第二场雨，下得噼里啪啦，在夜里，听得真清楚。被雨声惊醒，看床头的手机，一点四十一分。睡意被雨水冲散，人却像是在雨中漂得恍惚，索性起来听雨。

虽还是初春，室内暖气停了已有时日。小区里，路灯还没灭，光在雨水里，也显得清冷；光看着这些，该以为是深秋。再看，草坪刚开始泛绿，湿润得很。前天才绽开的杏花、桃花，在雨中照旧卓然而立，树下未见有落花，想来光有雨没有风。花瓣还粘在树上，在这一场雨后，叶子也快长出来了吧。那时候，真是一天一个模样，当真树别三日要刮目相看的。

一同长高的应该还有郁金香和荠荠菜。郁金香，在这座生活了十年的边城，真是到处都能见到，从大街到小巷，甚至庭院和阳台，到了四月都有郁金香在开。这是郁金香的季节，也是郁金香的雨。去年这个季节，正在内地，没来得及生活在初春的伊犁，回来时已经快入夏了，也没吃到荠荠菜。往年，都要绰好水后备一些放冰箱包饺子。今年该不会错过的。

雨的密集，是一条线，靠近路灯处尤其如此。书架上曾经有一本知堂的《雨天的书》，现在怎么也找不到，倒是翻出了《风雨谈》，也没有心思看，还放在原处。依着书架听雨声，睡意还没来。

被雨惊醒，站在窗前看雨落，记下这些句子，时两点三十七分，雨还在落。

下午六点钟的云

下午六点钟，出门去走走。最近连续上了十几日的班，以后也少有这么闲适的午后了。毕竟是立春后多日，有风吹在脸上也是轻的，不像一个月前，风吹过如同被扇巴掌。

从昭苏离开后，对云的关注减了许多兴趣。但今日之云，如鱼鳞。真想躺在草坪上，和云对视。只是想想而已，十多年前放牛时经常如此。而现在，雪还未化完，不然，还真可以放肆一回。

眼前是云，脑子里还是刚刚看的东坡尺牍。早上还没醒来呢，内地的朋友发来十几幅东坡尺牍。起来后，在电脑上看、在手机看，都觉得少了味道，就打印出来看吧，总好过电子屏。

尺牍上，字那么少，印章那么多，朱文、白文，方的、长的、圆的，如同现在景区到处都是"到此一游"。

撇开印章再看，真好。印章其实是撇不开的，看起来也好。《新岁展庆帖》《渡海帖》《一夜帖》《北游帖》《人来得书帖》《覆盆子帖》《归安丘园帖》……我还想列下去，就像天上的云，鱼鳞一样排列着。看尺牍，看的是字，看的更是人情味，满溢了千年还能深陷其中。我看云，看的也是人情味。

家里有一盆一帆风顺，放在小卧室，时间久了忘记浇水，等想起时，已经蔫得萎靡不振，仿佛就要枯萎。睡前，将它浇了个透。第二天早上起来看，又都焕发了生机。下午六点出门前，我又一次给它浇了水。这也是一种人情味吧。

菜薹

在菜市场买菜，见一不知名青菜，长了一点点菜薹，我欣喜得很。买了一大袋回来，挑拣出菜薹，和家里寄来的腊肉一起炒。这顿，我多吃了大半碗米饭。

伊犁人基本不吃菜薹，所以菜市场也不见卖；无需求，便无供应。想吃，要么自己种，要么忍着。

这个季节，在老家，菜薹正多，菜园里都是的。甚至，田埂边都长得到处是，那是撒菜籽时漏下来的几粒，顽强地活着，和不远处园子里一畦一畦的菜并无二致。

春天的菜薹，择嫩的吃。老的就采回来，一箩一箩地倒进猪圈或鸡舍。这个时候的牲畜，口福也都不错。

菜薹吃法多样，怎么吃都好吃，即便只是油盐素炒，也是可口的。做汤饭时可放，煮粥时可放，炒肉时可放……时令菜蔬，在属于它们的季节，占有不可替代的一席之地。

竹笋

家人每年腊月都要寄些咸货、腊货、干货过来，咸鱼、咸肉、香肠是不可少的，还有干菜心和干春笋。

春笋，我会吃不会做。常炖鸡、炖排骨时，泡几片干笋放进去。这么吃也无不可，自己高兴就行。干笋还有许多好吃的做法，我都一概不会，只有想美食而兴叹。

多年以前，我还常望着家门前一大片竹林而兴叹。那时正是假装多愁善感的年纪，喜欢看废名的《竹林的故事》。近二十年过去，废名的书还在看，门前的竹园也还在。

竹子长得真快。家门前的一大片，每年都要砍掉不少，第二年又是一大片。竹子真多，都长进了郑板桥的画里。竹子的繁殖力真强，竹笋很多。吃春笋的季节，每天都有。

初春，春笋长得真是快。一天一个个头，不过几天，就长成一大截了。要吃竹笋，就得抓紧挖，过几天就老得不好吃了。冬笋也是好吃的，只是我们那里吃得少，谁会破土去挖一棵深埋于土里的笋子呢？它们应该长出来看看世界的样子。

少年时，经常被派到竹园去捡自然脱落的竹笋皮，用来做布鞋用。主要是用来放在鞋帮子里吧？好多年前的事了，都快忘得干干净净。现在想穿一双手工做的布鞋，真不容易。

伊犁无竹无笋。清朝时就有流放来此的诗人想吃而不得。近读清朝西域诗，见庄肇奎的《伊犁纪事二十首》中就有记录，诗曰：春水穿沙到麦田，野花初试草连阡。沿渠抽满新蒲笋，带得长镵不用钱。庄肇奎还在诗后自注："伊犁不产笋，惟蒲根颇鲜嫩可食，名曰蒲笋。"

以蒲笋替代竹笋而食，也是不得已而为之。我已多年未吃过新鲜的春笋了。前几日，在小区的菜市场见有鲜笋卖，就买了几个吃，回家一剥，都是皮。剩下的笋肉，也寡淡得难吃，全无乡野之味，再不想买第二回。

蝎子草

我还住在团场的时候，见过很多蝎子草，这是我在家乡未见或者未注意过的，以至第一次见时，差点用手去抓叶子，被紧急叫住而没遭殃。

团场在昭苏高原，蝎子草真多。草原上有，河边有，田间地头甚至住的新建还没来得及绿化的小区楼下也都是，真是出门可见。

蝎子草蜇人，牛羊是无视的，照吃不误。河坝、水渠边、草原上常见到的蝎子草，嫩叶嫩枝多被牲畜吃过，然后又长出新的枝叶，一茬茬地长。在不经意间，蝎子草的蔓延速度惊人。

蝎子草的嫩尖是极其美味的，至少可以和豌豆尖媲美，甚至比豌豆尖还要好吃，好吃在不容易吃到，好吃在季节性，好吃在纯野生，不像现在一年到头都可吃到豌豆尖。

择蝎子草要戴皮手套，剪下嫩头，洗净后开水焯过，凉拌，是道下酒的好菜，好在家常。君子之交，一碟凉菜几杯酒，喝完回家继续回味，回味完睡觉，睡觉做美梦，梦里还有凉拌蝎子草。

不知如汪曾祺拌菠菜那样来拌蝎子草，味道会如何？还没试过。但美味是可以想象到的，汪老来过伊犁，应该无此口福，不然他肯定要写到文章里的。

蝎子草常见，却不常吃，也常有人不识其面目。接待过很多来团场的客人，尤其是从内地来的客人，多不识蝎子草，于是便常有本地陪同人员逗他们要亲近自然，应该和草原植物零距离接触一次，还真有伸手的。当然，后来被拉住了。

我被蝎子草蜇过，看在它是道好菜的分上，我原谅了它。

有人识蝎子草而不识荨麻草，有人识荨麻草而不识蝎子草。也有人知道，蝎子草就是荨麻草，荨麻草就是蝎子草。

刺牙子

和蝎子草一样常见的扎人的植物还有刺牙子。

刺牙子，牛羊偶尔吃一点，但为它们所不喜，自然也就被牧民厌恶。草原上遇到了，还小时，牛羊吃得剩下的，也就顺手拔了。若是大的，或踩断，手中如有铁锹等，也就随手挖掉。这东西繁殖能力强，由一棵到一片，之后会更多，一片草原也就离重播草籽不远了。

防畜沟，田头水渠，常长有刺牙子，本地人见了也见怪不怪，任其长，只要不长到地里就行。长在该它们长的地方，还可以阻止牲畜进地里糟蹋庄稼。

这么看，刺牙子还有它好的一面，它也有它存在的价值。我的宿舍在四楼，楼后原本就是条田，准备开发盖房了，堆满的是建筑垃圾，我去的时候，正是夏秋之际，长满了刺牙子。我在这里住了四年，走的时候，正是夏天，刺牙子依旧满地，往前更远一点，楼房林立。这像是楼房盖在刺牙子丛中，而不是刺牙子见缝插针地长。

有一年植树季，全团职工大会战，种的那片杨树林子可真大。第二年夏天再去看，呵，好家伙，树与树间，杂草没多少，都是刺牙子。它们是怎么长出来的呀。于是都除去了。不能让它们汲取了本该属于杨树的水分和养分。我们在高原种树搞绿化，成本很高，扛过了夏秋的旱，还要扛过近半年的冬天，如此两三年不死，种下的树才算活了。

刺牙子的花开得还挺好看。刺牙子可以长得挺大，足有一人高。刺牙子可入药，所以也有勤快人，设法割了铺在水泥路边，晒干了收起来。

刺牙子是当地人的叫法。许多植物书上也叫大蓟，这么说，可能知道的人就多些。

二月十五日的雪

晨起，天昏黄欲雪。至窗前，原来雪早先已经在下了。原本快融尽的雪，又增加了许多高度。

晨起一看，满天满地都是雪。

午前，细雪纷纷扬扬；午后，鹅毛大雪飘飘扬扬，从早到晚，下个不停。

出小区，每走一步，雪必没至鞋帮，往常，边走边玩手机的人都不见了。

好多人低头在认真地走，帽檐上有水滴。以前五分钟的路，今日走了八分钟。公交站台挤满了人，车还不来。

还没来得及发芽的树在雪中，愈发显得黑。这是水墨画。浓墨，黑得分明；净雪，白得清爽。

走在雪里。落在头上的雪会很快化成水，顺着头发浸润至脖子，冰凉冰凉的。毕竟是春天了，仅仅只是觉得凉。毕竟是春天了，雪落在哪里都化得快。

窗外，在下雪。室内，我背靠暖气片翻书。

有一年，立春后十二日，即二月十六日，日本有雪，德富芦花写下《雪天》，后收入《自然与人生》中。书出版于 1900 年，时德富芦花三十二岁。

近一百二十年后，立春十二日后的二月十五日，新疆伊犁"尽日都是霏霏蒙蒙的，天地被大雪埋没了，人被风雪封锁了，纷纷扬扬地迎来了黑夜"。

黑夜里，三十二岁的毕亮作《二月十五日的雪》，记一场预谋许久的雪。

夹竹桃

从早到晚，下了整日的雨。早上还是忍不住步行上班，五公里路程，走得已经熟悉得不能再熟悉。然而，即便再熟悉，也还常有细微的变化。有些变化我一眼就注意上了，有些变化却视若无睹，听着音乐专心往前走。

走路的时候，雨还不是那么大，我穿着冲锋衣，未撑雨伞，走得不紧不慢。春日的好，在于绿意满眼。走至一家维吾尔族餐厅门前，稍停了片刻。餐厅大门两边各放置了四五盆夹竹桃，细数则是一边四盆，一边六盆。也许，店主只是根据空间大小随意放置，却吸引了我的逗留。

夹竹桃的花还未开，叶子在细雨中绿得新鲜。昨天早上路过时，还没见呢。这些夹竹桃的花儿，我是见过的，去年里有大半年时间，它们都放在门口，早上经过时，常见的是一个男子用水管浇水，顺带着喷洒树叶。其时多是夏天，伊犁是干燥少雨的。

维吾尔人庭院里多植草木，即便没有庭院的人家，也尽可能多生活在绿树鲜花中。城镇化进程中，不少维吾尔人搬进楼房，走在小区里一眼望过去，窗台、阳台上，必然多花木。

路上遇到的十棵夹竹桃，用花盆养着，花盆的直径总该有五六十厘米。在伊犁，这些夹竹桃不算小了。初始，我以为夹竹桃就是长在花盆里的。当然，把夹竹桃当成盆栽植物，这是我的孤陋寡闻。

去年八月，走了一趟江南。从南京往苏州走，奔驰在高速公路，路边时有花色入眼，白的、红的、粉的，一闪而过。同行眼尖者认出了是夹竹桃。我再细看，这些南方的夹竹桃长得足可浓荫蔽天。

夹竹桃也是可以长成参天大树的。

青苔

伊犁的春天真是奇葩，雪一化完，露出的草都是鲜绿的，仿佛是雪将它们保存了一冬。一同绿的还有苔藓。过了几天，绿草开始枯萎，迅速地变黄，等待春天重返绿的家园。而苔藓依旧绿着，直到连续的晴日干燥后，失去新鲜。

苔藓是城里的。在我们乡下，它是青苔。伊犁多青苔，说明伊犁水多，湿润。

这里还能种水稻，也一直在种水稻，这是许多外地人所不知的。汪曾祺在伊犁逗留时，"使我惊喜的是河边长满我所熟悉的水乡的植物。芦苇，蒲草"。惊喜的汪曾祺还被伊犁的蚊子咬过，"新疆很多地方没有蚊子，伊犁有蚊子，因为伊犁水多。水多是好事，咬两下也值得。自来新疆，我才深切地体会到水对于人的生活的重要性"。

伊犁有青苔处甚多，只是季节性分明，一年中也就那些时日。不比真的水乡。

时隔五年，去年三月回乡，春雨不停。眼中所见，多是一庭春雨豌豆尖，一庭春雨竹笋鲜，一庭春雨紫云英，后来还有一庭春雨豌豆花，一庭春雨青苔绿。一地青苔，走在路上滑滑的，走不好就要摔一跤，摔得四脚朝天。地是湿软的，摔了也不会太痛。仿写汪曾祺先生之句：有青苔，因为水多，水多是好事，摔两下也值得。

伊犁不是江南。伊犁也生青苔。

大雪的下午

这样大雪的下午，围炉清谈是好的。围炉闲读也是好的。现在的生活里，火炉早已隐去，好在北方有暖气。暖气取代火炉后，许多生活也被取代。于是便坐在窗前看落雪。

雪落得真急，风也不小，斜飘着的雪，让我无端地觉得室外应该安静得很。半小时里，我未见一个人、一辆车经过，这也是好的。在城市一角的这个新小区，年刚过完，出门的人还没来得及回来，回去的人还没来得及出门。傍晚以后的灯光也比往日少了许多，这是好的，说明他们都回家了，空着的房子只是临时栖居之所。住得再久，也是要回家的。

安静是极好的。世界只剩下落雪和翻书的声音。然而这终究和世界是不相配的。世上还有许多"不相配的东西"，《枕草子》中就写了一段，其中也有与雪脱不了干系的："穷老百姓家里下了雪，月光又照进那里，都是不相配的，很可惜的。"

紧接着就满屋找《枕草子》，想看看更多的"不相配"，从书房的书架翻到卧室的书架，不知藏在哪个角落了，倒是把《源氏物语》《徒然草》翻出来了。雪还是在下，想读的书找不到，亦是不相配的。还有一种不相配，是德富芦花说的："积雪沉沉，压弯了树枝。不知什么树折断了，传来两三次清脆的响声。"

清脆的响声也是静的，之后更是漫长的静，一直持续到雪止。

立春以后

听到铲雪声，才知昨夜又下了雪。昨夜我值班，在狭长的过道里看着一门之隔的街巷，偶有人车往来，透过玻璃门，路灯下看得清如白昼。临睡前的一点钟，一场持久的雪还在酝酿。

待到睡醒，推开办公室窗户看，好大的风里下着好大的雪。

昨日立春，恰巧在翻德富芦花，有一篇《立春》。更巧的是，在书中，立春的后一篇就是《雪日》，写于立春之后十二日，即二月十六日。今年立春却是二月三日，据说这样的时候并不多见，我也未曾留意过，至少前三十年是这样。去年立春是二月四日，有诗为证：

> 二月四日

> 我终于开始迫不及待
> 今夜过后所有的将不同

> 此刻的夜色里
> 会有许多人走在路上
> 齐声说出：春天，春天

> 嘴唇的蠕动堪比
> 一场雪融的惊心动魄

这是去年立春日写的。

今年的二月四日，下了整日的雪，一层层的雪落在雪上。我走在雪里，经过了许多只有我一个人走过的雪地才到家。

入画的雨

今年夏天有些日子特别热，当时想冬天肯定冷极了。没想到，立冬后，唯一一场下了即化的雪后，倒是接连地下雨。四五天来，白天下得小小的，晚上下得不小。一点冬天的样子也没有。

冬天才开始，谁知道往后会不会冷得很呢。

倒像是立春前后。

立春前后也没有这么连续的雨吧，在老家时倒是见过。近十多年来在新疆，还是头一回经历。

下雨，说明气温肯定不会太低，不然就成了下雪。

白天在单位，做完公事，就靠在暖气边上翻书，几本散文集翻来覆去地看。有时也看窗外，看雨滴落下，滴落在积雪上，也是翻来覆去吗？

晚上在家，守着一盏台灯翻书。有时也站在窗前往外看，小区里的灯光昏暗，在初冬雨夜，显得幽远，也能看到雨滴，看不到滴落在积水里。

据说这样的雨下得久了，对农作物和牲畜都有影响。但也听说，明春的草场会长得很好。此刻，在冬窝子里的羊群马匹会感觉到一场接一场的雨吗？它们周边大概都是雪。

快要下班时，绵柔的雨开始下得绵密。走在被雨水冲刷过的街道，有未被冲走的枫叶，在雨水的浸泡中显得湿意绵绵。

湿意绵绵的还有棉衣、羽绒服。走在路上，偶尔也有穿着羽绒服淋雨的——没带伞。

公交车人满为患，索性步行回家。一路上有匆忙一开而过的车，溅起的积水让行人躲得远远的。行人中行色匆匆的，多是未打伞的。不缓不急的行人还是占多数。路过一个中学，正是放学的时候，许多学生都没打伞，有些是故意为之，只为感受行走在雨中的潇洒，当然是自我感觉的潇洒。他们还年轻，我像这样年纪的时候，也经常如此为之，偶尔淋几场雨也不会头痛脑热。还有些家长拿着伞等在校门口。十几年前，这样的天气里我也被如此等过。

留得残荷听雨声。小区里肯定没有残荷，有的多是四季常青的草木，在冬天看起来也没多少生机。但，残荷在朋友圈里。微信真是好东西。即如此刻听着雨声刷朋友圈，就看到有朋友在晒枯荷。从照片里都能感到荷的枯意和干味，配上此时伊犁的雨，此境想必是可以入画的。

朴素

伊犁五月，春已至，夏亦未远，花红草绿，姹紫嫣红是自然的赐予。在文字的世界里，还有一种黑白分明。黑白是好的。

作为一种高辨析度的写作，许多人孜孜以求的就是一种黑白的朴素。

写作中，朴素是好的。

汪曾祺曾说，小说不宜点题。然而，文章都是不宜点题的。题中应有要义，题外更应有余味。余味的好，首先就在于个人味觉的不同。

朴素在短篇小说中尤为难得。有人追求故事之外的语言，自然就有人追求语言之外的故事，其间的平衡让许多写作者手舞足蹈，也让许多写作者手足无措。

朴素作为一种美，也各有不同。许多作品，余味各异。各异的是言外之意。

文字的言外之意，有妙不可言——这些都是诗。

好的散文和小说都应该是诗。

在微信朋友圈看到一句话，大致意思是：汉语在有些人笔下是死面，但在有些人笔下却是发面。看到此言，深以为然，于是就记了下来。确实，汉语在有些人笔下是活的。

中国文章的传统有很多，只是，现在文章的传统早已今非昔比。记不清哪一年了，看到一篇谈读书的文章，建议我们追溯历史往回读，由当代到民国，再到清明、宋唐……直至中国文字的发端。

读书如此，从某些方面来说，写作也是一种追本溯源，一种回望。追寻文脉的过程就是在养文章之气。记住历史，正视现实，但愿能在文学中看得见未来。

作家的写作，应当从内心出发，再回到内心。

走向内心，这是作为写作者应该要做到的。作家所拿出的文学作品，就是他（她）的内心展示。

从内心到内心的过程中，写作者各显神通，表达方式也各有不同，于是有了体裁、题材、风格的差异。相同文字的不同排列组合，可看出一个写作者的水平。

即便是同一篇文章，不同读者也各有解读。要知道，任何一部作品的意义都不可能是单一的，横看成岭侧成峰。

亦如盛夏的伊犁，外地的作家来这里，有人注目草原，有人凝望雪山。从他们步履匆匆的驻留中，我们首先看到的是伊犁风光的魅力，继而看见的是人的魅力，最终才发现，都是缘于文学的魅力。

《广西文学》2017 年第 8 期

藏匿着的甜味

指 尖

我以为世上最好的味道，是甜。

祖母的竖柜里锁着许多好东西，诸如花手绢、银耳环、毛票、新布，当然还有糖罐。

糖罐是个白色的粗瓷罐，长长身形，比暖瓶矮点、粗点。在我稀疏的记忆里，从未有祖母买糖的印象，但糖罐里似乎藏有永远也吃不完的红糖。多年后，问起祖母，糖是从哪里来的，她笑哈哈地说我笨，当然是鸡蛋换来的。清寡的肠胃，对油腻的食物有某种天生的排斥。比起糖，鸡蛋有一股腥味，乃至吃的时候会想到它的出处，心里总有怪怪的感觉。加上祖母吃素，所有带腥味的食物都忌讳，我们家养着十几只鸡，下的蛋差不多都换了食盐和煤油，但不知道，祖母还会悄悄地换红糖。

冬天，朔风肆虐，寒意逼人，我急切地盼望生病，高烧或者咳嗽，这样的话，就能喝到一碗酽酽的红糖水。

在我有限的喝糖水经验里，糖水必须是滚烫的，喝到嘴里，满满的热甜。当它沿着喉舌被缓慢地咽下去的时候，那种甜暖会通过食管，一点一点暖到心底，不久，扩散到四肢、指尖和脚尖。这是一个既漫长又短暂，且充满矛盾的过程，渴望喝糖水的时间再长点，那种舒适的甜暖感也再长点。但我每次喝糖水，都太着急，远未享受够糖水所带来的妥然滋味，也来不及细细品味，唇齿间就剩下了一缕余香。

放下碗，面前是祖母笑眯眯的眼睛，那些深长的皱纹里，充满了关爱。她用手摩挲过我的额头，在那里，红糖水仿佛已渗出了我的身体，微微湿润起来。

我的祖母，在村里曾是很厉害的人，这跟我祖父去世早有关，但同时，也跟她好强的性情有关吧。现在，她虽然已经老了，不再跟队里人多打交道，但她还保持着与人为敌的警惕。最明显的表现是，她跟邻居女人之间的谩骂，无论什么样的小事，都能挑起一场吵闹。有次她竟然试图去跟人家打架。诸如一些她家的鸡跑到我家院子吃食，她家孩子摘了我家的花这等小事，都是祖母谩骂对方的理由。当她们之间发生吵闹时，我并不感到害怕和羞愧，相反，我很兴奋，和前来看热闹的小孩一起哈哈大笑。

祖母呈现在外人面前的，永远是强势的一面。可是，当她抱我在怀里的时候，她的声音会变得很柔和。她跟我讲古话，讲父亲小时候的事，我常在她散发着青草味道的怀里睡去，也在她的怀里醒来。每当喝完红糖水，我眼里的祖母是这世间慈祥可亲的人，因为她，幼小的我感觉到了人间的美好。

夏天，为了去暑，母亲买了白糖给我泡水喝。每次祖母都说，少喝点、少喝点吧，还对着我的母亲翻白眼。母亲似乎故意跟她作对，连续好几天中午，都给我喝凉透的白糖水。白糖水跟红糖水不同，它看起来虽然跟白开水无异，但喝到嘴里，却有比红糖更甜的味道，它是凉的，让人在瞬间就凉爽下来。但不舒服的是，喝完白糖水后，嘴里会有一种酸味，嘴唇也黏黏的。我喝了三天白糖水，就开始咳嗽起来。母亲给我喝甘草片，那是世上最难吃的带有甜味的药，每次闻到，就有种想吐的感觉，喝下，真的会呕吐。

祖母在红糖里加了姜末，砂锅里熬好，然后倒入碗中，将姜末挑去，让我喝下。自此，我再不喝白糖水。即便是腊八的时候，在窗台上冻了一夜的放了糖的冰，我都不去沾一口。我以为，白糖是导致我咳嗽的某种毒；而红糖，无疑是医我的良药。

我在伙伴们面前显摆，说祖母的柜子里藏着糖罐。有时趁她睡着，将她挂在衣襟上的钥匙偷出来。下午伙伴们来，我会开了竖柜，偷点红糖出来，放到自己和她们嘴里，然后在享受甜味的同时偷笑。

许多年后，我的祖母与世长辞，整理她的东西时，家里人将那个藏在柜底的糖罐也搬出来了。我掀开那个熟悉的盖子，雪白的罐体中，未残留一丁点糖渣。仿佛我的童年，童年里跟祖母度过的日子，喝过的红糖水，从未有过般，苍白而空旷地摊展在时间面前。

渐渐地，有甜味的食物，开始出现在我的生活里。

夏天，我跟禾苗去地里给她家的兔子拔草。据说兔子喜欢带奶的草，我们就在地里找燕儿衣。许多燕儿衣都开着小黄花，花茎呈灰绿色，上面还有一层毛茸茸的小毛。拔燕儿衣不能用手，得拿铲子挖。如果用手拔，草里的奶会溅出来，沾到手上，很难洗掉不说，还黏黏的不好受。禾苗竟然喜欢用力吸花茎里的奶汁，据她说是很好吃的，并怂恿我也吸。还有一种开紫花的草，禾苗喜欢将花放在嘴里嚼，嚼的时候，一副极尽陶醉的表情。她总笑话我胆小，没用，像她爹说她的话。我对陌生的事物，打小就有种排斥感。即便是游戏，没有做过的，也从不参与。来自陌生事物的恐惧，使我产生深深的自卑感。

就像冬天每家窗台上晒着的胡萝卜干，因为我家没有，便从未敢尝过一口，即便她们给了我，我也只是装到口袋里，回家放到炕沿边上。不知道那些被放在炕沿边上的萝卜干最后去了哪里。在乡下，胡萝卜干是孩子们冬天唯一的零食。秋后，村里人扛着镢头，在河对面收过的萝卜地里掀翻，总是能找到不少被遗落的小胡萝卜，有时是一小筐，有时是半口袋。将小胡萝卜在河水里洗得干干净净，回家在锅里煮熟透，然后放到屋外窗台上风干。这时候，满村都是煮胡萝卜的味道，空气中甜丝丝的，这味道，让人想笑。煮胡萝卜也有诀窍，锅里的水，要刚刚烧完，萝卜里的糖稀刚刚出来，那时，将萝卜倒出来，锅里的糖稀用水泡了，小孩争抢着喝。几场风，晾在院里的萝卜干就干透了，干透的胡萝卜是深褐色的，缩成小拇指长短，弯弯曲曲，上面有许多的皱褶，皱褶里全是土和沙。讲究点的人，吃的时候会吹吹上面的土，但一般人就那样放嘴里嚼了。按老人的话说，不干不净，吃了没病。还有说小孩是要吃点土，身体才硬朗的。咬开的萝卜干里面还是橘黄的肉，很有劲道，韧性也大，吃的时候，都用后槽牙咬着，用手使劲拉，才能将它撕开咀嚼。

伙伴们会进行吃胡萝卜干比赛，看谁吃得快。女娃总是比不过男娃。但有一次，一个男娃吃多了胡萝卜干，拉稀拉了好几天，脸都绿了。那时觉得，即便是甜的、好的，也不宜过多食用。

到了深冬，平山人推着柿子来换炭。柿子是我小时吃过的最甜的果子。夏天时，伙伴们偷军军家的桑葚吃，那个黑里泛紫的果实，我也不敢去吃。禾苗说，真是甜的，你吃吃。我看到她的嘴唇已经被果子染黑了，她手里的果实，跟她的眼睛一样。直到有天中午，我们被军军爷爷抓住之前，我都不敢去吃一颗桑葚。我总觉得，这个黑色的果实里，藏匿着一些自己未知的东西，吃掉它，会有一些无法预料的后果。而伙伴们在秋天不停地去摘这家的果子、那家的梨，并将它们吃掉时，我都在观望，等待。我等待的，就是柿子的到来。刚换的柿子是涩的，不能入口。祖母就溇柿子，烧一锅水，放到容器里，晾一会儿，将柿子投进去，然后放置在灶台上，两夜之后，柿子虽然是硬的，入口却已泛出甜味。但这样的溇柿子我也是不喜欢吃的。我喜欢等着柿子们不经过任何加工，在时间中慢慢变软的过程，像藏了一团秘密的火，在手心里。吃柿子是世界上最美的事，将皮和柿汁先吃掉，让涩涩的皮，先入了肠胃，最好吃的柿骨留到最后，柿骨到嘴里，滑滑的，咬在齿间，有清脆的声音。但每次吃完柿子，嘴里总是涩的、苦的，喝水也不行，吃东西也不行，你依旧只能等，仿佛彼此之间有了某种亏欠。

祖母总是将吃完的柿蒂粘在门后的墙缝里，等干透了，拿下了，捣碎，如果她咳嗽，就会用开水冲了喝。禾苗弟弟咳嗽，看了先生，说是百日咳，到处找柿蒂。村里有柿蒂的人家不多，而祖母毫不吝啬，将门口的柿蒂全掰下来，送给了禾苗妈。

我们家常驻人口只有祖母、母亲和我，所以家里没有煮饭的大锅。每到端午节，家里包了粽子，祖母就到处借锅去煮。平日我们家因为有存粮，颇让人羡慕。到了春天，当别人家到处找野菜或者借粮的时候，我们家的米缸还是让他们馋羡的。但到了祖母借锅时，别人就会笑话我们家人口少，连一口锅也没有。祖母有时会瞪大眼睛，跟那人说，你不用俏，我们家很快就要添丁了。那时，我的母亲正怀着我妹妹，在祖母和母亲眼里，那应该是她们愿望中的男孩。粽子和月饼，在当时的乡下，不是每家都可做的。只有稍微富裕的人家，才有闲钱买得起蜜枣和红糖。这两种食物，带来生活的富足感，让人喜爱着，也让我一直以为，甜的，就是金贵的，也是最好的。

初参加工作，工厂院子里栽满了果树，桃、梨、苹果、李子、山楂，还有一株木瓜树。这些树中，我最喜欢木瓜。所有这些树上的果实，只有木瓜没有被我和同事们吃过。有三个原因：一是因为它是南方的果树，不适应北方气候，结果很迟；二是我们从没吃过木瓜，不知道怎么吃它；三是它结得很少，我们舍不得吃。我们经历和见证了它从开花到结果的全过程，当那几枚寥寥可数的果实从树上掉下来后，我们总是小心翼翼地将它们摆设到桌子上。如果外面的人来，我们还会跟他们炫耀说，这是木瓜，没见过吧。来人亦是一副惊异无比的表情。

那时每个月能挣到二十四块钱的工资，除去买书的钱，其余的就上交给父母了。同事家境优越，父母都是干部，所以她的工资由她自由支配。每次发工资，她第一件事是去工厂外面的村供销社买糖吃。当时供销社卖的多是水果糖，偶尔有橘子糖。但这些糖根本无法满足她。她家住在县城，所以回家的时候，总是去百货公司买奶糖，然后带回班上来吃。那也是我初次见到并尝到奶糖，连糖纸都跟水果糖不同。同事喜欢收藏糖纸，她将糖放到嘴里的时候，会将糖纸在桌子上仔细抹平，然后夹到书里，过段时间，从书里拿出来，放到铁盒子里。奶糖跟水果糖的区别是吃完以后，嘴里没有酸味，而且口腔里有股鲜奶的味道。这种味道也让人知足和幸福。

不长时间，她跟男同事好上了，自此，她的糖果均是对方提供，而来自对方的糖果，在她嘴里，比之前的要甜很多。有次她非要问我，她男朋友买的糖是不是更甜更好吃。当时我只能点头赞同。爱情的味道，应该是这世上最甜的味道吧。那是精神和肉体双重享受的味道，一种超越了食物糖分的味道。

后来，她又喜欢上了黄桃和山楂罐头。因为男同事的老家在农村，家里困难，工资大部分要接济家里，这样，她就有些生气。比起来，黄桃罐头更便宜，而山楂罐头要两块多一罐，所以男同事在供销社给她赊黄桃罐头吃，说这个更甜更好吃。她既享受爱情，又享受食物的甜味，渐渐地，也就不挑剔男同事了。

隔年，她调回县城。因为家庭条件优越，人也漂亮，不久又有人追她，对方跟她门当户对，关键是，对方每天给她买奶糖、果丹皮、蛋糕这些城市人吃的甜食，她很快就不在乎原来工厂的男同事了。

但她没料到，他们的分手仪式会成为别人的笑谈。因为要到县城办事，两人也好久没见面了，男同事买了她喜欢的糖和山楂罐头去宿舍看她，没想到，她的宿舍锁了门。他就向其他人打听，别人并不知道他是她的前男朋友，就跟他说，她跟她对象看电影去了。我这男同事一时间气冲霄汉，怒发冲冠，将手里的网兜朝着宿舍的玻璃窗砸了下去。玻璃破了，罐头破了，糖果撒了。她的床刚好紧贴着窗户，整张床上，全是红艳艳的黏稠甜腻的山楂，一时引来全单位的人看。他也异常气愤地指责着她，从此她的名声就不大好了。而城里的这个新男朋友，听说她脚踏两只船，一气之下也跟她断绝了来往。太甜，原来也不是最好的爱。

许多年后，我又跟她成为同事。因为血糖高，她已不再吃甜食了，不是不喜欢，也不是甜味诱惑不了她，而是，她的身体里再也盛不下糖分。"老天给你的东西都是有尽数的，年轻时，人傻，不懂得好东西是要慢慢来享用的。"她说的时候，眼里满是迷惘。

时至今日，我已很少去喝一碗红糖水了，总觉得如今的味道跟童年有天壤之别，情境不同，感觉也不同了。如果身体实在不适，来自藿香的呛人之味，更让人心安。我喜欢白开水、绿茶，咖啡喝不加糖的，但这并不代表我不再接受甜味，甜味依旧存在于我的菜食中。我最喜欢做的菜里有烧茄子、糖醋鱼、糖拌生菜、宫保鸡丁、京酱肉丝，这些菜或多或少都存有糖的甜味。这味道，渐渐就养成了一家人相同的味觉系统，也成为一个家庭显著又隐秘的特征，即便分开，也会在一个菜品中找到家人的味道。这也是我如今最珍视的味道。我也会用这味道来招待与我相熟的人，这也是件充满神奇意味的事。因为有几次，几个朋友跟我说，这些味道所携带和藏匿的感觉，竟然是她们熟悉、喜欢的，言下之意，这是一种来自相同气场的味道，欣喜之余值得安慰。上天自会安排气息相投的人来相聚，即便千山万水。甜味，就该是组成生活的好味道吧。

冬天，坐了一夜火车，从大雪苍茫之地抵达姑苏，这里绿树茂密，鲜花盛开，暖如春日。我喜欢这个城市带给我的随意和舒适感。同时，还有它的食物中，南北交融的某种中和和缓冲。在这里，我随处能遇到糖和甜味。观前街的酒酿饼，山塘街的桂花糕，一碗放了四只胖乎乎大汤圆的汤羹，北疆饭店门口小超市的豆包，还有无数种团子、粽子、苏式月饼，到处都是甜味。那种热烘烘的糖的气息，带着安适、接纳、平稳和妥帖，所谓的红尘美好，在这个城市中独显无疑。连姑苏城墙在传说中都是用糯米所砌，来自米的香甜，仿佛在这个城市已氤氲了几千年。而过年必吃的糖年糕，也成为姑苏独特的标志。糖和米，就像梦想和诗歌，男和女，入口的香甜，令人陶醉。夜里站在桥上，水鸟掠过河面，相门灯火辉煌，空气中隐约有桂花的香味，那也是来自糖的吧？糖，是多么美好的一种物质啊。在草坪上遇见合照的情侣，他们的眼神，像糖稀牵扯在一起。而街上一个老人注视一只小狗的眼神，也充满了甜味。来自遥远山间的一罐蜂蜜，携带了几千里山河的甜味，在热水里袅袅散开。诗人说，感觉自己被爱时，一定是甜的。我走在平江路的石板路上，身后响起丁零零的自行车的铃声，一闪身，入了桃叶铺。这是一间专卖甜品的小店，要了红豆、杏仁、椰汁双皮奶，冰镇的，入口，清凉甜爽，仿佛整个世界全部消失，仅剩藏在味蕾中这点安心的暗喜和幸福。

儿子要尽地主之谊，带我们去十全街的小饭店，据他说，这里虽然小，但饭菜很地道。既然是地主，当然就由他来点菜了。二十分钟，菜均上桌。松鼠鳜鱼、茄汁豆腐、酿南瓜……四个菜里有三道甜菜。我禁不住问，怎么全是甜菜？他认真地看看我，笑着说，你不是喜欢甜的吗？

那个冬日的中午，窗外阳光大好，我坐在一个充满甜味的城市小饭店里，觉得自己并不是在吃菜，也不是在品尝甜味，我是在享受糖的扩散和融入，享受爱和温暖。眼底和心里，同时洋溢着甜暖的饱和感，我知道，这才是藏匿在这世上、这人间、这一生，最爱、最渴望，也最正宗的糖。

《雨花》2017 年第 8 期

有美一人，独倚青山

安　然

一

梭罗在谈到一些至极的美好时，多次这样形容："像黎明一样美好。"

一百五十年之后，在羊狮慕大峡谷，一个春雨之夜，听闻此言，我心尖儿起了颤动。

心灵和心灵的相契之好，莫过于越过漫漫时空，有人于无言的交谈之后，冲着对方莞尔作笑。

是的，梭罗，我听懂了他。

羊狮慕地属湘赣边的武功山脉，海拔 1700 多米，全长约 4 公里，因深度大于宽度得名。

在远古，这里曾经是一片海域。

大峡谷的存在，向世人诠释着，何谓沧海桑田。

近两年，因为一个好的机缘，我有幸长时间漫步高山之巅，日日朝圣于大峡谷。置身于大自然诗一般的美妙风景里，摆脱了在人群中起承转合的无奈，这实在是一桩"像黎明一样美好"的事情。

二

一些事情总是受着另一些事情导引才会发生。

前些年，我还没有邂逅大峡谷；前些年，我更不知自己正在走向大峡谷；前些年，没有来由地，我常常把自己化生成另外一些事物。

我想做一朵闲散的云、一棵婀娜的树、一枝妩媚的野花，或者深山小溪里的一条鱼，或者飞鸟口中落下的一粒麦种……

一个阳春日，我默立在闹市广场，对着一架紫藤说了一堆废话，好像我和它前生有个共同的秘密。

一个浅秋清晨，峨眉山巅，我于深庙的放生池里相认了一只乌龟，当时它正从睡梦中醒来。

秋更深了，在内蒙古响沙湾，一头老骆驼和它背上的那只长尾巴喜鹊让我挂念至今。

忘不掉的还有：夏日拂晓，我化生为额尔古纳河右岸的一朵牵牛花，又蓝又紫，在清凉的晨雾里微颤；初冬时节在江南丘陵，我进入一株乌桕，籽白如玉，一树红叶灼灼如火，像要把原野点燃。

"不可思议"（语出《金刚经》）。我是谁？我从哪儿来？我到哪儿去？也曾一路寻寻觅觅，执意要从生命的迷障中去找回纯一如圣婴的自己。不知不觉间，却不再执着于"我相""人相""物相"，而是谦卑地藏身在万物怀抱，自由地出入万物之中。

这些不可思议的"物我同一"经历，深藏着一份隐秘而久不自知的情怀——我似乎寄望于，与寄身的环境融为一体，从而确立一个新的自我。

这个嬗变来得神秘。我看得见心灵在嬗变中蓬勃生长，却缄默不言，不外道，怕一道就破。

一个人，一旦内心辽阔起来，她必得把眼睛和脚步从日常挪开，投向更辽阔的事物。她正在出走，在去往远方。

比人类世界和日常文化更大的世界是什么呢？

"自我"成长到此境，答案不言自明，是"自然"。

唯有自然，才能提供一个没有边界的精神王国。唯有自然，才有可能抗衡当代文化中的群体意识，而让"出走者"葆有个性，挖掘她生命质地里更深沉、更丰满的自我。

嬗变至此，一枝花、一朵云、一条鱼、一粒种子已经远远不够。

当逢此时，一座山的出现就具备了里程碑式的意义。

对于羊狮慕大峡谷，初时，我一见钟情、倾慕万分；未几，这种肤浅的情感令我惭愧莫名。

这片远古深沉、集壮美和秀雅于一体的风景，它永久的威仪和无价的宁静，它亘古的寂寥和永恒的稳泰，不就是一座天造地设、独一无二的庙宇吗？对于我，在大峡谷中，万物皆神明，芥子藏须弥，一粒苔藓、一只毛毛虫、一声鸟鸣、几抹祥云，都给予了我足够的沉静和安宁。

原来，爱一个人的方式是亲密；爱一座山，比亲密更浓烈、更神圣，它是信仰。

三

"现代艺术之父"，法国画家保罗·塞尚，爱上了家乡的圣维克多山。费二十多年光阴，他从不同的季节和角度画山，最后倒在了山前。

圣维克多山，借助于塞尚的画笔长了脚，走向了世界。

我的爱一座山，是一种深沉广博的移情。听微信中有人诉说，"情书是多美的字眼啊"，我哂然一笑。

她不会明白，情书已然不是一个人跋山涉水后的最爱了。

人类个体和个体的两两相爱甚至多角相爱，远远不能填补生命中巨大的茫然惶惑。一个人在另一个人身上寻找归属地几乎没有可能。实现生命皈依的途径有二：信仰宗教和寻找自然造化。两者的目标所向，皆是让心灵安定沉静，像群山、大地、沙漠、海洋那样稳泰。

圣维克多山给予塞尚的，远不止那些呈现于世人面前的画作。纸上的圣维克多山和塞尚心里的圣维克多山吻合度有多高，取决于塞尚的笔力有多强。然而，为一座山生、为一座山死的生命行为，已经让我确信：圣维克多山，就是塞尚的信仰。

一生爱上一座山是有福的。

缪斯赐我之笔力，并不足以描述一段人和山之间，深沉相依的情感浓度和深度。但是，羊狮慕已经给足了神明般的恩宠，我在大峡谷度过的每一个片刻，都是光明神圣的，这是一个朝圣者十足的荣耀。

塞尚去世后五年，1911年，比塞尚小一岁，十一岁就移民美国的苏格兰人约翰·缪尔，也为他心爱的一座山，写下了经典名著《夏日走过山间》。书中记载的，是其三十一岁初次走过优美圣地山时的经历。

这时，他已经七十三岁。

四十二年，一座山在缪尔的心里持续生长，那蓬勃的爱意和敬意经历光阴的冲洗，愈发深沉浓厚。

很难想象，放在人和人之间，那追慕迷恋的情怀，可以沉淀在光阴深处而久久不置一语。

爱一座山，就可以在时光的河流中细作揣摩品味，慢慢表白。

因为，人心易变，肉身易坏，山却可以长生，它可以抵达时间的无涯之处，与地老、共天荒。

白云苍狗，世事变幻，黄沙漫起处，惊回首，那些记录一个人对另一个人情感的文字，已然暗淡失色难以动人。而一个人写给一座山、一汪湖，或一片沙漠的文字，却穿过岁月风沙，携带着安详安定的魅力，感动越来越多的、走得越来越远的现代都市人。

这是因为，在一座山的怀抱里，生长着许多人们血脉基因里同根同源的东西，更容易唤起情感共鸣吧？

从前我认为最不辜负人生的事情是，有一个人值得去爱一生。如今我最想祝福的是，每一个人都能邂逅一座山。

世人装修新家，多爱悬挂山水画。白话讲这是讲究风水，往深里论，每个人心中都有一座山吧？那象征着我们需要找到一个恒常的事物，用以对抗生命中无所不在的流变：爱恨情仇、悲欢离合、环境污染、天灾人祸……

而在我看来，纵使人力巧夺天工，那纸上的一脉江山，终究少了天地所赋的真气元气和灵气，很难令自己动心注情。人可以描摹一切，却恰恰不能把八方天地中的精华灵魂注于纸墨之中；世间锦绣，本由天地间的无边风月织就。

好的是，自古今来，人类从来没有放弃充当江山风月搬运工的努力，文字、绘画、摄影等无不尽其能。这既源于人类向往美、追求美的本能，也源于人类踞美之心的小小"贪婪"。

现在再来看，我们努力地把八方好天地浓缩于方寸之间带回家的行为，真是有着孩子般的纯一可爱。我小时候，见着一块小小的石头子儿，只因喜其光滑，也要拾进口袋带回家中好好藏了呢。

也亏得人类世世代代，在大美小美面前始终如一，有着最纯真的欢喜崇拜，所以才发育成了一部丰厚的文明史吧。

从崇山峻岭中出走逐水而居的人类，谁也逃不脱无形之山的束缚。每个人的心底，都蕴藏着一种原始的气质。当远祖们从莽莽山野里走出来，大地上的崇山峻岭就注定会成为人类共有的心灵家园。

四

独步高山之巅，不想尘世。

在这里，生活的重担暂时得以放下，大自然对每一个懂得并敬惜她的人，都会慷慨地施以援手。她的慈悲之力，作用于芸芸众生，令万物和谐共荣。而人类，更是仰仗于大自然的恩泽，得以一次次校正在世事无尽的角逐中出了偏差的身心，回归生命本有的和谐之道。

多年以来，我习惯了定期投奔山水的节奏，这种节奏已然成为生命自身的韵律，不可中断，不可延时，否则心里定生一片荒芜。

在我的内心，早已把每一程山水行旅归位于"朝圣"之举。

亏得我们的双脚，还拥有奔赴自然的动力和自由。

进峡谷前有友人相约："卡上有钱一万多，到南方的海边，找个好地方享受享受。"

我笑了，你自个儿玩吧。

人生行至此境，花花世界已然了无诱惑，唯有亘古至今的山水风流，令我迷醉不已。

一个人降生于天地之间，在虚幻的繁华和享乐之中，总得适时抽身，细细打量一番置身的自然万物，并致以无尽的感恩之意。感谢它们的存在，令我们有可能穿越短短的人生局限，而去接通生命携带的远古的感受和记忆。

正是有幸伫立于自然中央，借鉴山水的万古风貌和气息，我们才有可能，望见生命的来处和去处，从而也有可能，解除部分的人生短暂的伤感和叹惜。

是的，大自然恢宏澎湃，天遥地阔间，人如浮蚁，渺小得不值一提。

朋友小雪转来一张图片，是一张羊狮慕的雨后秋景图。

峭壁万仞，植物万紫千红，薄岚湿润饱满，天幕若灰似白。这些层次丰满的景致里，却有一个小小人儿，紫红的伞，翠蓝的衣裳，眉眼全无，她是我。

这是现代版的《宋人山水图》。

无论是谁，在这张图片里，都只能占据那丁点位置，这就是我们在自然界的真实位置——小，小到可以忽略不计！

然而，正是亿万个小"我"的出现，才凸显出山水的价值和意义。是"我"的看见，"我"的称美，"我"的听见，"我"的陶醉，让亿万年生生不息的风景，让云朵，让霞光，让朝暾夕月，让鸟鸣，让山花的气息，让山色，让一切的一切，因为人类血脉情感的介入，而变得有了体温，有了意蕴，有了美的意义……

从这个意义上，自然对"我"的接纳慰藉，以及"我"对自然的缱绻依靠，正是造物主想要看到的"天人合一"图吧。

五

家住丘陵。从小，大山对我就是一种十足的引诱：那高山之巅，会有什么？

多年以来，我足迹所至的大山不少，无一例外的是，它们皆已开发成熟，人造景物甚多。

有没有一座山，人类活动的影响尽可能小，而远古的风韵保留得多？

唯有这样一座山，才能对我的日久存疑给出接近完美的解答。唯有这样一座山，才有可能充满淋漓神性令人"朝圣"情怀浓厚。

大地辽阔，山外有山，山路蜿蜒无尽，行走没有终点。我登上一座山，又告别一座山。

直到有一天，我登上了羊狮慕，从此不再说告别。

哦，命定的那座山，终于与卑微的我相逢了。

高山之巅有什么呢？

时光深处，一个小女孩在好奇发问。无疑，到了今天，羊狮慕大峡谷，给了她最为精彩的答案。

黎明时分，森林低处滴滴答答的露珠；

画眉、斑鸠、红嘴相思鸟、雨燕、栗耳凤鹛、灰喉雀鹛、百灵鸟、黑眉柳莺、白鹇、乌鸦等的清晨音乐会；

求爱的野山羊，会酿酒的猴子，树林中倒挂下来一百多条"开会"的竹叶青蛇；

东方的启明星呼应西山的素月；

山谷中冉冉升起的红日以及捧日而出的朝霞；

峡谷中不断抬升的牛奶白的晨雾；

春天岭上的烂漫山花；

夏天山谷里的满天繁星；

秋天的猎猎山风，萧萧落叶；

冬天的白雪冰凌，雾凇雨凇；

沐浴着阳光雨露而缓慢生长的万物；

群峦作屏云海为幕，不知天尽何处地始何方；

一只松鼠在摇落树叶；

一粒苔藓在侵蚀古岩；

一庭云彩在舒舒卷卷；

一股山泉在潺潺而下；

一只孤鸦在遥遥作喊；

两只鸟儿在夕照中归巢；

三朵杜鹃在小风中飘落；

辉煌的夕阳在眼际徐徐沉落；

……

天籁渐渐响起，山野开始低吟，长风如琴，任亘古的音律催眠长夜中的万物……

这就是羊狮慕。

无以相告，这是我眼里的羊狮慕，还是我心里的羊狮慕？

大峡谷如此美丽神奇。可是，"我知道什么呢？"蒙田这一问，问得我无语作答。

六

山间日久，幸遇美景缤纷，各有其韵，又各具其妙。

常常地，我的灵肉洁净如洗，在美的滋养中越发静定清慧。像那古老的睡莲，布满一湖宁静。

这深深的宁静，无时无刻，不在把我带往一个神奇之境：我竟然，一回又一回地，听到了自我开花的声音。

终有一天，这个自我会经由丰满抵达丰美，长成一树优美繁花吧。

常闻"人生如白驹过隙"。其实，只有虔诚抵达高山流水的怀抱，才能深切了悟"世间过客"的含意所指。

有时候，我呆伫于大峡谷的凌云岸上，止息妄念纷飞，忍不住伸出手，温存又敬畏地，抚摸那岩石的肌理和质地。一个坚硬的事实就是，羊狮慕大峡谷，在天地间已经活了亿万岁。

一朝知闻，身心巨震。短暂人生所垒起的心墙迸裂开来，一点一点崩塌沉陷。爱恨离合，执着不舍，从此可以挥挥手——云淡了，风轻了。

亿万年的无形岁月，就凝固在了一面又一面巨崖里，在满山满谷的乱石岩里。在这里，光阴变得有了质感，具化为有形又有情的事物。在这里，过去、现在、将来融于一体，它们不可分割，也不能分割。

毫无疑问，我触摸到的，既是沧海桑田，也是地老天荒。

我既不自惭肉身渺小，也不叹惋人生易逝。在这样庄严的时空里，一切为人者的忧愁怅惘都是不合时宜的。

相反，我的内心，荡漾起不可言述的隐秘欢乐：那是真正的永恒之物才能唤起的情感，是被引领着，一寸一寸溯往生命源头，激发血脉基因中的古老记忆。

大峡谷，令人透过世间纷纭，撇开光阴河流上的浮华，看见了"永恒"，相信了"永远"。

这个亿万岁的大峡谷，它冷峻和庄严的存在，无时不在以其神圣和永恒，启示着每一个闯进其怀抱的人：这里有一个比我们熟知的日常世界更伟大、更古老、更深沉的世界。文明和自然，我们缺一不可。两个家园，我们各有倚仗、各有依赖。文明世界或许会有尽头，而自然家园，必将循着自身生死繁衍的至高法则，与天地同在。

七

有时我独步山间，会碰上三五成群的游人。他们操着人类的语言，彼此兴奋地赞美着山景。那一刻，我竟有些陌生，恍如从梦境里穿越到了一个嘈嘈杂杂的坏世界。

某个时候，有人独行于山中某一处，大概是激动于峡谷中的美景，他不知怎样安置内心奔涌的激情，就会忍不住发出野兽般的嚎叫。我遥遥听到，总会想象一下他的样子。但这样的嚎叫，应该与他的外表无关，绅士和汉子的内心，同样沉睡着野性的基因吧。我作为一个女人，也屡屡有过在大美山水中放声嚎叫的冲动和作为呢。

还能怎么样？

美的杀伤力太大，人心的承受力有限，偶尔的放任狂野，倒更像是对造化唱颂的一首无字赞美诗，其情感的真挚和浓烈不容置疑。人的一生，能有几回这样元气饱满、淋漓充沛作野兽嚎？凭借这罕有的嚎叫声，我们才可以在内心搭起一座通往远祖的桥梁，看见自己真实的来处和去处吧？如果恰好，在这动人心魄的嚎叫里，有人灵性所至有所得悟，是否有可能，他从此的人生画风大转，一派见素抱朴、清风在野的姿态？

独行大峡谷，我静默如山，脚步轻轻，恭肃如仪，这是一个朝圣者应有的神色形容。不止于爱慕，不止于迷恋，更有崇仰和敬畏在其中，这是一场无数幸劫轮回里预订下来的朝圣，是我独自在世间兜兜转转，起伏转承之后，积聚了足够的勇气和悟性，才敢来、才能来，接受一座山的恩泽和洗礼。

在大峡谷，我看见自己分成了两个我：一个与万物同游，一个旁观她同万物游；一个安静无言，一个对着大山说着万语千言；一个内心奔涌着无尽的情感，一个极为冷静，打量她如何归置好这些情感；一个要寻找新世界，一个稳当地把守着旧时光……

最好玩的一件事是，有一天风和日丽，我端坐于青山白云间惬意读书，不知不觉间午饭点到了，一个说要下山吃饭，另一个很不高兴，觉得她真是俗物——一个吃饭的念想就生生扫了雅兴。

每天有两个不同的"我"同步山间，无言执手，看山光山色，云卷云舒，日出日落。生命的和谐圆融，大概就是依赖于，这两重人格的互为补充、互为渗透、互为照耀。

八

一直觉得这是一个好听的故事。文字有一种节韵，内容的神妙也非笔墨能尽。

——起初，神创造天地。地是空虚混沌、渊面黑暗的。神的灵运行在水面上。神说，"要有光"，就有了光。神看光是好的，就把光暗分开了。神称光为昼，称暗为夜。

……

西方人懂得省力气，凡事走轻巧便捷之道，神的威力真是巨大到不可思议：他轻言几声，就万物备齐，世界创立。

比较起来，东方人的勤劳勇敢、敢于牺牲，似乎自盘古而来，代代相继。同样是开天辟地，盘古的故事，听来就要悲壮得多，那舍我其谁的勇烈无畏，铮铮我心久不能平。

可惜的是，这个从前在祖母们怀抱中代代相传的启蒙神话，如今还有几个娃娃听闻？只恐上帝创世纪的传说更有听者。文化的传承和失落，一个神话即可明鉴几分。科学昌明时代，神话的远去似乎是一种必然，一个民族的精神发育史似乎已经横盘停滞……

独步羊狮慕，面对着太古造化而来的大峡谷，自然而然地，我执着于追问它的起源和演化，追问天长地久。信仰无类的我，记忆摇晃于"上帝之光"和"盘古开天"之间。

我在这两个故事中的摇摆，正如这个时代的价值摇摆。

好的是，无论如何，存世已久的大峡谷，惯看宇宙沧海桑田，白云苍狗。它完全没有在意一个独行者的遐思——江山风月本就依傍着地老天荒，徜徉于其中的人只是过客一枚、蜉蝣一粒，她杞人忧天式的种种妄念，除了佐证其自大自负，别无意义。

倒不如，踏踏实实、无所作为地单纯看风景，莫问，莫问天何以长、地何能久。老子早有言：天地所以能长且久者，以其不自生，故能长生。

九

其实，对于美丽的自然物象和美好的自我生长，语言总是无力的。

我常常传递不了所见所感的万分之一，这令我愿意分享的善念无有落处。

或许很多时候，美就是这样无言的存在，美是安静的，美不喜欢多嘴，她需要的是个体生命全然的沉醉，而不是从他者的转述中得来廉价的二手分享。

只是，如此一来，我总是有些不好意思，觉得比之世间他人，自己从造物主手中领取太多。

神明的确恩赐了我特权。

在羊狮慕大峡谷，飞鸟繁花，日月星辰，流云飞瀑，春光秋色，我只管任性地去爱我所爱就好。在这里，我可以欣慰地领略自我的圆满进程。

一个初夏的黎明，我独伫于凌云栈道，无语端看一树雪白清雅的云锦杜鹃。她们安详纯洁的神态，令我心中神圣安宁的情感慢慢生长。

是时，一朵、两朵、三朵花儿在我的眼际飘落，她们坠如玉响，划开了大峡谷的万古宁静，更惊动了我。

我克制着，不去想它们的命运，也不想自己的命运。面对落花，我记起了佛家的"往生"。

"往生"，一个慰藉人心的好词，充满生生不息的强大力量。明明是去那寂灭死境，却说是去往勃勃"生"地。"死"之后就是"生"，死生演替，绝望孕育希望，悲哀连着欢喜。

的确，在悉心倾听万物的过程中，总有一些草木花朵、飞禽动物，可以让我们恍惚间有如相知三生。在我们凝视一朵花、一棵树、一株新芽之时，总会意外体会到，人和物之间发生着暖融亲切的能量互动，存在彼此间磁石般的相互吸引。这种体验，令人忘记生命界别的阻隔。"我们不是同类，却是知音。"一时，心里有百合盛开，翠色初染；有新月静照，星光飞泻；有黄鹂啼啭，蝴蝶翩翩……而这些都不够，这些都不及黎明来临时的美好。

我想说，这就是爱情降临了。

我想说，这样的对面含春，无语倾动，心意翻腾，如自远古来，往万古去，在同类身上，几乎无望知遇。人海苍茫，最深的信赖和最契合的理解，只能是浪漫者们的奢求。但是，造物主以仁慈之手，缔结了人和自然的知遇之美，令孤单的人类，获得了透过自然女神面纱窥见天人合一大美的特权。

毫无疑问，我们敏感的身心，由此获得了最深切、最圆满的安抚和慰藉。

十

天气晴好的黄昏，我总是要在流云台上静守太阳落山。

德富芦花把日落比喻成"圣贤辞世"，那意味着，我已经幸运地，有过很多次"送别圣贤"的经历。大千世界，红尘滚滚，无奇不有，唯有圣贤音容，众生难以目睹。而我，却不知因了哪一世的修行之功，可以在万古羊狮慕，独自领受着造化的恩宠。

一个立夏前夕，黄昏五时左右，空山无人，我照旧恭立于流云台上，面西而立，虔敬地开始又一次的送行。

突然，如接神谕，我一个转身，背对落日，目光越过山谷，望向东面的座座崖峰，有了前所未有的"看见"。

我看见，明亮而温暖的夕光打在一面一面直立巨崖上，其岩石的肌理沐光而现，隔着远远的山谷，竟然丝丝缕缕，纤毫分明，每一丝石肌都在述说着沧桑情怀……

万古寂静！落日正远！我在寂静中央，隔空注视着这一切。奇迹发生，一种前所未有的情感排山倒海而来，受这种力量驱使，我的眼里饱含热泪，忽然长出翅膀向崖峰飞去……

"咣唧"一下，如神锤破法，我不仅看见了大山的骨骼，更知遇了大山的灵魂。我的心中，汹涌着滔滔巨浪，更缠绵着万千柔情。我知道，这是一种无以言说、无可复制的神性之爱。那是我经亿万年光阴流转，握着一个特定密码，千转百回后的蓦然回首。那一刻，我体验到了至高无上的情感况味，完美、圆融、饱满、庄严、纯洁、光芒四射……

这是信仰之爱，比光阴长，比天地宽，比世界上所有的诗篇更美。

就这样，生命的情路蜿蜒到了羊狮慕，从此，有一份爱叫海枯石烂、地老天荒。从此，一个渺小的女子迷失在大山深处，不知她是走向了苍茫远古，还是去往了无垠将来。可以肯定的一点是，幸运的她，冲出无常，不畏流变，邂逅了无以言说的永恒之美……

（注：武功山脉原系"湘赣海域"，5 亿至 4.1 亿年前因大陆板块挤压而抬升露出水面，2.2 亿年前因大陆板块碰撞，海水退尽，形成大陆。两百多万年前山体基本成形。）

未被删除的微信号码

王丽娟

周日的夜晚，窝在青山乱叠的书房很温暖。一直忙乱。第二波创意工坊成果压在手里多日，迟迟未推出，好像在等待什么。

逼着自己静下来，专心进行"创意写作小栈"后台的编辑操作，22时25分，最后一个键按下去，知道水终于泼出去。

长长伸个懒腰，我开始写"文传系2015级创意写作课堂第二波成果展来袭，孩子们阳光般明丽的感悟与表达可以洞穿世间的一切阴霾和忧伤"的朋友圈推送推荐语。

为何在这本该轻松的时刻下意识地提到了"忧伤"？我到底想起了什么？抑或在期待什么？我怔怔地将自己瘫埋在背椅里。是的，今年的我早已经习惯，自己的每一篇作品在朋友和同学圈推出，都能看到一个人热情洋溢的点赞，也都会看到她明媚的笑靥。

我打开了微信通信录，碧叶田田间只一朵粉色荷花硕硕盛开，她的头像、名字还在：姚东硕。

东硕，这一次，你终于要让我的期待落空了吗？

东硕，从此以后，你再不理睬我和所有的同学们，你再也不搭理这世间的一切了吗？

东硕，你难道不清楚，十一月的菏泽，日子一向难熬，你就真的这么忍心雪上加霜吗？

我的眼泪终于掉落了下来。

我向来是不肯去逝者灵前的，我怕那种哀伤，那种气氛。死者长已矣，生者却虚空甚至转头酗酒高歌的种种让我怀疑人性的幽暗和残酷。但"2016年11月17日上午9:00在市立医院举行东硕悼念仪式"。东硕君，这个仪式我去了，去和东硕君你告个别，为了一个曾经的生命和温度，去见东硕君你最后一面，避免友情的残缺与追悔。

一律的哭声，一律的压抑，那种生命的脆弱与无助，那种望不见的宿命的手掌，在告别的仪式上，追逐着逼仄灵堂间的每一寸空气，震荡着每一个还活着的灵魂。

好像黄昏落幕了，一部分人生被带走。但如同怀念夕阳最后一抹余晖一样，我怀念着东硕。

然而，从追悼会现场回来后，提笔想写写东硕，才茫然发现其实我对东硕的过去和病况几乎一无所知。

东硕到底在哪里工作？家住何处？孩子何时考上大学？何时患病？……

高中毕业后，虽同住一个城，我们却从无任何交集，高中阶段是抬头碰面淡淡一笑的普通同学，参加工作后因不在一个圈子里讨生活也未曾有任何联系。

算来我是在去年夏天高中同学聚会上，见了东硕毕业后的第一面也是现世的最后一面。

聚会期间第一次含混听同学说起东硕罹患乳腺癌的事。尚未来得及唏嘘，脸蛋红扑扑的她已端着酒杯来到我们的桌边，笑靥如花地挨个跟同学寒暄。是啊，又有谁忍心把面前精神饱满的东硕，和一个不久于人世的癌症晚期患者联系起来呢？

跟东硕高中相熟的振君同学讲，东硕很看重这次毕业二十七年后的高中同学聚首，为了出席这次聚会，还特意让妹妹陪着买了一套价值几千元的衣服，振君在电话那头哽咽着说不下去了。东硕平时是极俭朴的。

同学聚会之前，东硕的病情已开始恶化，距查出病情仅仅两年。

东硕的追悼会散了，和同学芙蓉前后缓步而出，一段很短的顺河小路我们走了很久。"她说那段时间肝区一直疼，打算送孩子上了大学再去复查。我当时心里就咯噔一下，其实我们心里都清楚，应该是肝转移了……"

芙蓉回忆起去年夏天同学聚会后跟东硕的一次谈话。我听了心里酸楚，东硕也许早已清楚自己的大限将至，这才要盛装来见我们吗？要来跟全体高中同学做一次生的告别吗？

东硕是2013年9月查出癌症的。在之前也发现些症状，但当是乳腺炎、肩周炎一类常见女性病痛，直到一边胳膊疼到抬不起来才想到要去北京检查。东硕对自己太粗心大意了。

东硕的儿子一凡跟我儿子一样大。有同学转给我东硕去世前不久，一凡在微信朋友圈发的图文消息：一凡和妈妈、姥姥一家人在西双版纳游玩。照片上的东硕依然在笑，玩得很开心的样子，但身形已经十分消瘦。一凡帮妈妈完成了少女时代就萌生的对远方的向往。到有异域风情的傣族村寨去，孩子肯定认为这是妈妈在世间的最后一个心愿吧。

懂事的好孩子！但是一凡你知不知道，在妈妈心里，嘴唇才有茸毛的儿子你才是她世间最后的牵挂？还有白发人送黑发人、耄耋之年的父母亲。我们知道，对于这个世界，东硕君，你是不舍得对吧？

东硕主动加我微信好友几乎是在给我的散文《致灵魂深处的姥娘》留言的同时。我姥爷曹景林先生20世纪80年代曾是东硕的历史课老师："看着看着，我突然悟到姥爷便是教我历史的曹老师，那时我们都盼着上历史课，好像贫瘠的岁月里，打了顿牙祭。他博学的思维，英俊的脸庞，微微有些驼的背，沉淀在了他所有教过的学生的血液里。一代宗师啊！怀念曹老师！"

就像很多人会遗忘自己的来路，有谁记得脚下的泥土？有谁还记得教过我们的初、高中的老师呢？然，东硕记下了。

那之后没过多久，东硕微信留言我关注下她儿子一凡的微信公众号"篮球阵地"。此后我在朋友圈发的每一篇文章东硕都给我热情点赞。

东硕像常人一样在班级、年级以及微信朋友圈里驰骋出入，谁也看不出她是每天要忍受放疗、化疗巨大痛苦的一个癌症患者。前年秋天到去年春天，应该是东硕患病以后感觉最轻松的一段时光，几个疗程的放化疗结束后感觉不错，她回到菏泽还跑到老年大学去学习绘画和摄影。

东硕去世后，同学纪文在我们班级微信群留言：东硕总是把病情有好转、有改善的消息告诉大家，不让大家担心。虽然食不甘味，身体疼痛，东硕肯定希望同学们记住她开朗大笑的样子。

会的，东硕，我们会永远记住你开朗大笑的样子，我们知道愁容从不曾入侵你的眼角和眉梢！

很多跟东硕熟识的同学都说东硕感情非常细腻，她跟你聊天时总能绘声绘色描述她的感受与经历，给人的感觉她爱这世间的一切，哪怕是在手术和放疗、化疗那么痛苦的过程中。

但东硕终于撑不下去了。

郭立同学将东硕给他的最后一条八个字的短信（东硕去世前两天）转发到群里："快好了！不担心，没劲。"并补充：东硕上周日凌晨三点半发我短信（之前我打电话一次，是孩子接的，说妈妈睡了。）

我的眼泪又一次流下来了！

一个像东硕这么要强的人，那是怎样的难以支撑，才会对同学说出"没劲"二字？

去年秋天，当东硕再一次住进山东肿瘤医院的时候，我们班里也曾发起过一次募捐，当时负责组织活动的同学只是说东硕病情又加重，并没有提及更多。据专程去探望的同学回来讲，她不接受大家的捐款，也拒绝见大家，打了几次电话，她和老公才说出住址。

那时医生就已经给家属下了最后通牒：生命最多还剩七八个月……她身上能扎得下去针的好静脉已经不多了，为了注射方便，右上臂始终插着一根管子，因为天开始转冷穿脱衣服不便，右胳膊的毛衣袖子被剪去了大半条。

病痛的持续折磨也开始让她对挚友不设防了："像我这样生活质量这么差，其实就是在一秒一秒地挨时间……"振君在电话那头语气沉重地转述。

她的肝、肺已经开始肿大，因需要长期不间断治疗，一家人就在肿瘤医院附近租了很狭窄的一小套房。放化疗的副作用越来越明显，导致口腔溃疡起泡吃不下饭、手脚起泡穿不了鞋。肺积水、肝腹水也越来越严重，积水抽排不出去，让东硕感到憋气，她只能半坐半躺着睡觉。估计很多同学近段时间来收到的东硕的信息，都是她后半夜难受得无法入睡时编写发送的。

但是，尽管家人坚持不放弃，尽管东硕那么留恋这个世界，但慢慢地，常规用药已经对东硕不起任何作用了，她从济南回到了菏泽，她的生命也开始进入了倒计时：

10月底，东硕给振君发短信说换了印度进口药，治疗有效果，让她放心。

11月初，菏泽有跟东硕相好的朋友去市立医院看她，东硕颈部插着管子，精神看上去还不错，能以微弱的声音聊几句话，还说几天没洗脚了，闺蜜扶着她把脚洗了洗。

但进入11月中旬，有去看她的同学回忆说，东硕的眼神已经开始变得无力，饭吃不下，话也几乎不能说了。

11月15日，菏泽2016年的冬天开始正式供暖的这一天，东硕永远地去了。

东硕走了，总觉得她仍在这座小城忙碌的人群中奔波治疗。还是那么红扑扑的脸，还是那么热情，要是永远都笑呵呵的东硕还在奔波多好，她那红扑扑的脸，总让你感觉到这个世界是可信赖和充满希望的，孕育着疗救和美好的未来；真的，即使病着，只要东硕奔波，那人生的绝望坍塌、孤独之感便要少了许多；然而，为命运献祭的东硕走了……

现在再发出微信，就会蓦地想起，东硕再也看不到，再也不会留言了，那心里的坍塌和惊悸会一下子袭来，这时才觉得东硕是真的走了，真的从这个她留恋的世界上消失了。

有的人消失，连带她的衣物鞋帽和用具都会被烧掉带走。也许，东硕君的微信号也会消失，但她给我留言的那个微信号的名字和截图，我会一直留存。

八月黍成

宁 雨

一

一棵黍子。

其实，它只是这块黍田无数棵黍子中的一员，阴差阳错被播在垄头，而最先受到我的关注。这片田地是挂在小长梁顶上的台地，当地人也称为塬，海拔有九百九十九米。在地势平坦的华北平原向坝区的过渡地带，九百九十九米，也是颇引人瞩目的一个高度了。这样一个海拔高度，竟如此繁茂地生长着这些迥异于我家乡冀中平原的禾稼。

塬，按词典的解释，是我国西北高原地区因流水冲刷而形成的一种地貌，呈台状，四周陡峭，顶上平坦。这里，却属华北地区河北阳原境内的黄土高原。大田洼村老村长周老汉对我说，塬上最趁的就是土，田里黄土厚度至少六丈六，可惜命里缺水。只要老天能给下几场雨，黍子、山药、小杂粮，都能长得欢实。

农历七月，是塬上的好季节。天蓝，云白，风轻。站在田野，即便我这个比一棵黍子高不了多少的矮个女子，也能望见远处黛色的阴山余脉，近处坡梁下面丝绸般缠绕在大滩上的桑干河，桑干河边饮水的棕色马、大黑骡，以及西山上云朵一样飘动的群羊。这般风景，让我内心荡起一串串温暖的涟漪，温暖到有些微微地疼痛。

第一眼便遇到一棵正在扬花的黍子。不知是一种天意，还是一个偶然。

近两年总喜欢琢磨植物的进化史，尤其着迷《诗经》里的植物。黍和稷，在《诗经》所涉植物中，几乎是出镜频率最高的，用现在的时髦话说，是"热词"。考古学研究表明，包括桑干河上游阳原、蔚县在内的华北地区，是黍的原产地，年代距今大约一万年至八千七百年，这至少比《诗经》的年代要再向前推五千年。

一万年前，泥河湾盆地桑干河两岸，正生活着全新世人类，他们制作出大量顺手的石头工具，农畜并作。聪明的先民率先驯化了一种植物，并且命名为"黍"。煮饭用它，酿酒用它，祭祀也用它。黍，成为泥河湾农耕文明始作的象征。

到了公元 2016 年，塬上人家的粮，最最要紧的，还是黍子。小长梁一带，散落着大田洼、小田洼、东谷它、大井头、小井头、油房、岑家湾、柳沟等大大小小的村庄。因"泥河湾地层"而闻名的泥河湾村，则坐落于稍远的桑干河北岸。村庄无论大小，洼坪、河下、深山、山腰梯田，每一户人家都会记得在春天里择一片最肥沃的黄土地，一遍又一遍地精耕，撒下厚厚的农家肥，趁一场细雨去播下心爱的黍种。

细小的黍种，枕着布谷鸟的叫声酣眠，一夜之间吸饱水分，冒出针鼻儿大的白根。又几天朗朗的日头照着，杏黄风软软地吹着，小小的嫩绿的芽头倏地拱出地皮儿。不要多少时日，黍苗开始在暗夜里咔嚓咔嚓地拔节，孕穗。塬上的老汉和女子们，走在河湾、坡道上，一仰头，一低头，满眼的青绿替换了一冬天单调的土黄，出口气儿都是无比顺畅的。一地黍苗，如同自家青葱的儿女。

大田洼的老祝，最爱在黍子扬花的七月天气，于沟沟梁梁到处逛荡。他说他喜欢黍花的香味，每天往后沟里走着，看看古堡，看看古堡中的葵花、玉米、山药，闻闻黍花香，可以省下二两酒。老祝是塬上公认的酒仙儿，每天不喝酒就打不起精神。他从后沟逛回村子，俨然是喝过酒的，脸色酡红，目光炯炯。有人说老祝跟黍神有缘分，他是跟黍神一块儿喝酒了。

我也撮起鼻子嗅，却没觉得有老祝吹乎的那么香。问村中女子们，她们也觉得黍子花儿不香。如果说黍花真的有香气，也是最清淡的香，清淡到最灵敏的鼻子都无从捕捉。黍子开花，不是让人闻香的，如同一个好看的女子，眉眼身段长开了，就要为人妻，为人母，踏踏实实过日子。黍子开花，只是为了秀穗、结实。

二

"八月黍成，可为酎酒。"《诗经》时代的黍子，用来酿制美酒，祭祀祖先。塬上，不知道从哪个朝代便丢失了酿造黍酒的传统。人们爱黍子，是因为迷恋那一口香香的黏黏的黄糕。

黄糕，是用黍米面蒸的。家家户户的午饭，都离不了一盆热腾腾的糕。一天不吃糕，就好似一天没吃饭，心里头空落落的。秋天打下的黍子，被女子们送到磨坊去碾米磨面。黍米色泽灿黄，越是好的黍米就越黄，完全跟太阳一个成色。黄黄的黍米是有香气的，温和的、新鲜的黍米香。这香气，外人也许闻不到，但泥河湾的子民人人闻得真切。一捧新米的香气，能逗引出一腔湿漉漉的口水。

"三十里的莜面四十里的糕，十里的荞面累断腰，累断腰。"原本一句顺口溜，八十二岁的羊倌儿老汉硬生生给哼成了桑干河独有的腔调。老祝在坡梁上逛荡，一到快晌午，就会听到老羊倌儿的调调。那调调好像专门提醒他，该回村里给九十岁的奶奶和十八岁的儿子做饭了。午饭，照例是一顿黄糕炖大菜。奶奶牙口不好，胃口不好，但每天离不了糕，一顿午饭要满满一小碗瓷瓷实实的黄糕。好在塬上人吃黄糕是不嚼的，祖上传下的规矩，用筷子撕扯一块儿，蘸一蘸熬好的土豆茄子豆角大菜汤，送进嘴里，"咕嘟"一下顺嗓子眼儿就到了肚里。

一方水土养一方人，塬上人吃糕，算是一例。不过，作为一种拥有万年历史的古老农作物，黍子养育的又何止这泥河湾的塬上人家？夏商周时期，黍的身影曾遍及大半个华夏。汉代以后，中华文明与世界各大文明之间实现前所未有的交流和交融，农作物的种植清单也急剧更新。但黄河以北大部分地区，仍以种植旱作农业为主。及至 20 世纪 80 年代，水田在广袤的北方平原才不是什么稀罕之物。随着水浇地面积的扩大，黍子、大麦，甚至高粱、谷子，才飞快退出主要大田作物的序列。我问一些"90 后"的孩子，何为黍，何为稷。他们只会翻着字典说，黍稷都是庄稼，散穗者为黍，实穗者为稷。至于黍稷何滋何味，则是完全陌生的、毫不相干的，远不如一杯珍珠奶茶、一份哈根达斯来得亲近。

数千年前沿着泥河湾人迁徙、繁衍的路线，一路向南攻城略地过淮河、跨黄河的黍子，只用了不到三十年的时间，便被飞速发展的水浇田逼退到原初的出发地。而今，以黍子为大田主导作物的地方已经非常稀少。但泥河湾人，像祖先一样爱着黍子，并以之为主粮。

耐人寻味的是，黍子这种农作物在华北广大地区向北撤退的路线，跟告别贫困的地理分界线有着惊人的相似。贫困，又与干旱缺水等恶劣的自然条件如影随形。2015 年国家公布的贫困县名单，河北北部的张家口市占十个，包括泥河湾遗址群所在的阳原和蔚县。

泥河湾盆地的庄稼人，是数着一场一场雨过日子的。就说发现一万一千七百年前全新世人类遗址的大田洼乡，十几个村庄，几乎个个严重缺水。饥渴的黄土地，与生性耐旱的黍子却相宜。黍子播种期间，正是桑干河上游地区降水最金贵的时候。有点潮气儿就能扎根生芽，黍子让庄稼人心中坚定着年复一年播种的希望。再差劲儿的年景，只要一片黍子地还有收成，这沟沟坡坡就能养活人。

扶贫干部老郝在工作日志中记载着这样一件事：小长梁以南十公里的南柏山中有个漫坡村，家家都要赶着毛驴到村东五公里开外的深沟蓄水池里驮水吃。六年前的冬天，一个老汉到处找驴驮水用的木架子，生生给冻死了。大田洼村，20

世纪 90 年代才有了第一眼机井。现在，这眼井已经不符合饮用水标准，只能用来浇地。于是，大田洼四千零七十亩耕地中，罕见地有了二百亩水田。2014 年，乡里利用上级支持的资金在小长梁河下深沟打了一眼新井，管道入户定时供水，村里人幸福坏了。一位老汉逢人便说，新来的王书记，把水送到家里，相当于帮我养了一个能挑水的儿子！

"帮着挑水的儿子"政府给养了，自家养活的儿子却"跑"了。在大田洼村里待了两天，没碰到一个年轻的后生、女子。年轻人到阳原县城和张家口市，甚至远赴北上广等一线大城市打工，在大田洼乡和阳原县已是普遍现象。年轻人一走，一年两年不回一趟家，混得有点模样的，携父母子女举家搬迁。大井头村 2015 年底在籍人口一百七十二户、三百八十三人，常住人口却只有九十八户、一百九十五人。

地方穷，养不住人呢。当了多年村长的周老汉卸任了，还在为村里忙前忙后。他说，大田洼村 2015 年的人均收入是两千六百五十元，达到两千八百五十元就算是脱贫了。

两千六百五十元，还不足一线城市一个新毕业大学生月薪的一半。

早起糊糊中午糕，黑下里一锅烆山药。这听起来合辙押韵的日子，被塬上的年轻人厌倦了、嫌弃了。黍子和人之间，出现了一个"你退我进"的现象：当黍子全面退守回一万年前出发的原点，塬上的后生小子，却坚定地告别着养育了世代祖先又养育着他们这代人的黍田和黄糕饭，奔向城市生活。

三

吃惯了黄糕的塬上人，也许无暇思考人与黍的进退史。这片土地，作为"东方人类的故乡"，却得到全世界越来越多的关注。

一个世纪之前，泥河湾村还是桑干河畔一座不出名的村庄，人家不足百户。1924 年，随着美国地质学家巴博尔的到来，"泥河湾"三个字逐渐被赋予了不同寻常的意义。八十多年来，相关领域的专家学者在东西长八十二公里、南北宽二十七公里的桑干河两岸区域内，发现了含有早期人类文化遗存的遗址八十多处，出土古人类化石、动物化石和各种石器数万件。这些文物几乎记录了从旧石器时代至新石器时代发展演变的全部过程。小长梁遗址作为我国古人类活动最北端的见证，被镌刻在中华世纪坛的青铜甬道上。

2001 年，泥河湾遗址群被列为第五批全国重点文物保护单位；2002 年，泥河湾被列为国家级自然保护区。泥河湾考古遗址公园正在建设中，一座东方人祖的大型石雕高高伫立于中心广场。

在小长梁，总有一批又一批的游人前来寻根、祭拜。远道而来者，在完成一个虔诚的仪式之后，往往愿意到附近的村庄走一走，到沟里捡上一两块石头，甚至在坡梁上剜下一块泥土，用干净的丝帕或白纸包裹好带回家。在大田洼村街上，我跟一个女子闲聊。我问她，有没有游客想到你家里吃饭？她连说，有的，有的。今年春天，四个背包客敲开她家门，央求给做一顿最地道的农家饭。于是，黄糕蘸大菜，第一次作为招待外地游客的饭食被端上桌。那些吃惯了大米白面的嗓子眼儿，对付一块粗糙的黄糕十分不习惯，但还是学着主人的样子"咕嘟"一下咽到肚里。似乎，一顿塬上人家的黄糕饭，才结结实实拉近了寻根者与人类祖先的距离。

老实说，一株黍子、一块黄糕的历史，对于第四纪的早期人类史，实在短暂得无足挂齿。因此，一顿寻根的黄糕饭，实在难以接通数百万年前先祖的气息。而作为一个土生土长的泥河湾子民，却有与黍文化割不断的血脉。

在小长梁间的村村落落，跟一个老汉谈起泥河湾遗址，他表现出不了解、不关心，我一点都不见怪。他更关心的，是一季黍子、玉米和杏扁的收成；还有，美丽乡村建设、退耕还林、精准扶贫，自家能有哪些好处；抑或，哪个考古队要来，他们是不是要在当地招募帮忙挖土的人，以及在考古现场打工，一天能挣到多少钱。当独特而丰厚的文化遗存遭遇物质的极度贫瘠，普普通通的庄稼人，似乎少了一点对先祖、对根的热情，多了一些现实和庸常。这，正是塬上人朴实敦厚的性情所在。

四

七月里，嘎啦嘎啦的响雷惊动了一棵黍子的美梦。

大田洼村几个老汉站在二云家理发馆门口，一边吸烟一边打望着凤凰山那边滚过来的黑云，看上去情绪蛮好。杏干上市，黍子扬花，这场雨来得正是时候。

老汉们嘴里埋怨着"穷，养不住人哩"。问他们要不要像年轻人一样搬出这个塬不再回来，一个个马上摇头，拨浪鼓一般。

大田洼往南深山区的朝阳山沟村，村上有个老兵，已经九十八岁，国家每个月都给发补助。老兵的儿女在外地工作，接他走，却死活不干。老人家身子骨硬朗，还能下地侍弄庄稼，种几垄黍子、一片山药。闲来无事，搬个小马扎，坐在院门口看着对面的大山，一口接一口地吸烟。他与家乡的青山，相看两不厌，就算是死了，也要跟列祖列宗一块儿埋到大山里头。

这些老一辈的泥河湾农民，恋土，恋家，恋黄糕。许多人入土之前，灵堂里的供奉都少不得一碗糕。

宁老汉七十多岁，光棍一个，终身未娶，现如今在中心学校看大门。老汉的家，在大田洼村东头儿，夯土垒的院墙，夯土堆的窑屋，木格门窗，门上有大红纸糊的对子，窗上有大红纸剪的窗花儿。前院养鸡养狗，后院种菜栽花。一个红彤彤的大南瓜趴在地上，像老汉待客的笑脸，憨厚、笃定。

论日子过得精致，在这塬上，宁老汉绝对数不上。但老人家过日子的心气儿，连精打细算的女子们都很佩服。日子当然要好，好了还想好；可这份好里，永远离不开那个心气儿。心气儿足了，孬日子也能往好里过；心气儿没了，好日子也过不出个好。自打年轻人一个接一个外出打工，在城里定居，村子里越来越清静了，清静得人心惶惶的。太清静，女子们过日子的心气儿就往下塌。走过后街，往宁老汉的窑屋和小院瞅上一眼，老母鸡领着一群小鸡仔安闲地溜达呢；再走，再瞅一眼，一架眉豆已经爬满墙头。脸红，心虚。儿女双全的人，咋还不如一个光杆老爷们儿？

老李家兄弟，也是过日子的好手。老大和老三，一家一个大院套，前后相连，一水儿新房，外墙瓷砖到顶，屋里纤尘不染。老大家院子里栽大苹果、香水梨，老三家屋前一大丛明艳的菊花，两畦有已出了玉米须的玉米棒子。两家的孩子们都在外地工作、读书。老大两口儿带着四岁小孙女，种十亩地、打一份零工。老三家春天里刚给闺女、姑爷办完喜事，喜房里彩练、灯笼、福字剪纸，一派喜气。孩子回家办婚事，办完又走了。老三家女子每日里打扫着，就盼一双小燕儿常回老巢住住。

越来越寡淡的日子，因为理发店的二云起了一些变化。二云的娘家在大田洼，婆家在小田洼。自打学了理发，她就不再把心思放在田地里，而是专心开起理发馆。开理发馆需要人气，大田洼是乡政府所在地，人口多，热闹。干脆，二云租了大街边两间房子，开店兼休息。小时候耍高跷的底子，打十七岁开始跳舞，无论什么舞对二云来说都是小菜一碟。自己跳不过瘾，拉扯着村里的女子们一块儿跳。早起熬糊糊之前跳，晚上吃了烆山药之后又跳。不经意间，二云舞蹈队就红火起来了。庄稼人天性爱热闹。腊月里赶大集买窗花，正月里耍社火、打树花，秋天打完黍子蒸下头锅黄糕，还有口梆子、二人台。这些年，村里人口越来越少，红火耍不起来了。二云舞蹈队，也是人们的一个宽心事儿。

塬上女子们不欺生，一个个又大方、又淳朴。她们跟我唠叨：现在国家号召建设美丽乡村，又派干部"精准扶贫"。这村也美了，贫也脱了，到底能不能把年轻人的心再拴回来？

五

老祝还是一天到晚在后沟泡着。他逢人便嚷嚷，今年黍花开得格外香，秋后必定有好收成。没人在意他的疯话，大家都忙活着，忙着到考古队打工，忙着一日三餐，忙着找二云学跳舞。

见我对黍子感兴趣，老祝像是找到了知己。他邀请我八月再来，吃一顿新黍面蒸的黄糕。八月，该是黍子的节日了。一捆捆穗头饱满的黍个儿，被骡车、驴车运送到村边的打谷场上。老汉们牵着大牲口，大牲口拉着碌碡转圈轧场。"吁，哦，吁吁，哦哦"的呼喊声，是人和牲口之间最默契的交谈。吆喝牲口的间隙，嘴里随便哼几句口梆子、信天游。小调和吆喝声，交织着，飘荡着，绕过场边的白杨树，一直飘到沟对面的南山梁，飘到南山梁上棉垛子似的云里。

大田洼的打谷场，静静的，碌碡安卧在场边，等待秋收的节气。最后的农耕图画，还存续于塬上的八月。而一棵黍子的命运，却到达新的拐点了。

2017 年 9 月 17 日"小众"公众号

何用哀伤付一生

吴昕孺

这条麻石街名曰"太平"，却是这座中部古城阅历战乱和灾难最多的地方。因为，两千多年来，城市的中心始终没有变化过，美丽的湘江东岸一直是长沙城最为核心的市井之地。这在世界城市史上，都近乎一个奇迹。但对于刚到这里、年仅二十四岁的贾谊来说，那都是后来的事情。这位对历史洞若观火的年轻人，并不知道若干年后，这座僻处南方的小城会成为一个地域文化的中心，并且让他和一位他最敬重的伟大诗人并称，以"屈贾之乡"作为城市的代名词。

如今，太平街是长沙仅存的古街，在这个高楼林立、以娱乐闻名于世的大都会，它承载着现代生活的丰美繁华，各色店铺、酒吧鳞次栉比，将它的古雅朴质藏匿起来，装饰成都市人白日闲逛、夜晚沉醉的最好去处。但真正懂得这座城市的人，往往能拨开那灯红酒绿的迷离，于灰墙青瓦中嗅出沉淀其间的千年光阴。眼前这栋别具一格的庙式建筑，在潇潇春雨中，显得凝重而庄严。白色门楣上，"贾谊故居"四字仿佛一个密码，等待人们开启那段封存已久的记忆。

公元前177年，青年书生贾谊从都城长安，经他的老家洛阳，不远数千里来到长沙国。他这一趟不是出差，更不是旅游，而是被"迁"。舟车劳顿，随从零落，一人南方辄披风戴雨，心情郁闷不堪。好不容易到了湘江边，但见波翻浪涌，云积雾沉。他想起百余年前那位在这里愤然投江的楚国诗人屈原，他们的境况是多么相似。

屈原"博闻强志，明于治乱，娴于辞令。入则与王图议国事，以出号令；出则接遇宾客，应对诸侯。王甚任之"，却遭到上官大夫等人的谗妒，致使"王怒而疏屈平"。贾谊呢？由老师吴公、张苍推荐，二十二岁即成为朝中最为年轻的博士，"每诏令议下，诸老先生不能言，贾生尽为之对……诸生于是乃以为能不及也。孝文帝说之，超迁，一岁中至太中大夫"。正当天子准备将贾谊升任公卿的时候，朝中那些老臣、武夫坐不住了，他们纷纷向文帝举报贾谊"专欲擅权，纷乱诸事"。汉文帝是和贾生一样的年轻人，有仁义之心，亦爱才惜能，对这些话并不相信。这时，一个人从深宫的阴暗处走出来，悄然改变了贾谊的命运。与贾谊同为太中大夫的邓通，最受文帝宠幸。说起来，邓通的宠幸得来不易，他曾用嘴去吸文帝身上痈疽的脓血，把文帝感动得无以复加，"拟于至亲"。显然，贾谊瞧不起邓通的为人，经常讥讽他。邓通咬咬文帝的耳朵，可比那些老夫子管用多了。贾生恃才，邓通专宠，最终才不敌宠，即便是面对像文帝这样爱才的明君。贾谊在毫无思想准备的情况下，踏上了南行的漫漫长途。

屈原当时是流放，贾谊这次是迁谪，虽然没有那么严重，心情却是同样的沮丧与失落。在湘江边的一个小旅馆里，贾谊连夜写了《吊屈原赋》，投到水中。这是屈原自沉后第一篇传世的悼文，这篇悼文由贾谊来写，再合适不过。贾谊在遭受政治挫折之际，不期然延续了屈原的文脉与道义。长沙这块不起眼的卑湿之地，能铸造出独一无二的忧乐天下、敢为人先的"湖湘文化"，屈、贾乃其源头。

其实，《吊屈原赋》并不是贾谊深思熟虑的作品，他即兴而写，率性而成，文辞间怨忿汹涌，情绪化的东西颇多。而且，当时的他不太认同屈原投江："般纷纷其离此尤兮，亦夫子之故也。历九州而相其君兮，何必怀此都也？"这是贾谊年轻气盛的一种体现，他觉得以他和屈原的杰出才干，到哪里不会被看重？何必吊死在一棵树上？

长沙何其有幸！在屈原沉江一百五十年、贾谊到长沙五十年后，另一位杰出的文学家、史学家司马迁，翩然来到此地。与屈、贾的穷途末路相比，当时二十出头的司马迁春风得意，志存高远，他的南巡既是私人游学，还带有一点公务考察的味道。

司马迁特意去汨罗"观屈原所自沉渊"，并因"悲其志"而怆然涕下。所谓"悲其志"，乃悲其赍志以殁。同为二十来岁的年轻人，司马迁与贾谊略有不同，他非常赞赏屈原的牺牲精神："其志洁，故其称物芳；其行廉，故死而不容。自疏濯淖污泥之中，蝉蜕于浊秽，以浮游尘埃之外，不获世之滋垢，皭然泥而不滓者也。推此志也，虽与日月争光可也。"这种评价，在整个《史记》中，再无第二。可见在司马迁心目中，屈原就是他的精神偶像。后来，司马迁能"就极刑而无愠色"，隐忍苟活，得以成就"史家之绝唱，无韵之《离骚》"，可见屈原对他的影响是很大的。

司马迁在《史记》中特撰《屈原贾生列传》一文，"屈贾"并称自此肇端。毫无疑问，司马迁将贾谊当作屈原思想独立、志洁行廉这一人文传统的唯一继承人。但从个人性格而言，贾谊和屈原差异较大。屈原是典型的楚人，优雅而决绝，有超越生死的高蹈之风；贾谊思虑缜密却多犹疑，为人自信又过于天真，一旦遇到挫折则十分自责。因此，贾谊来到长沙之后，心情一直阴沉郁结，不得舒展。他认为这次迁谪南方，凶多吉少，"寿不得长"。这难道是上天埋在他心里的一个命运的伏笔？但即便如此，他也不愿像屈原那样，抱石自沉。

长沙是西汉唯一的异姓诸侯国。高祖刘邦击败项羽、建立汉代后，他册封的"异姓王"韩信、彭越、黥布、臧荼、张敖等，复被他以谋反罪悉数诛灭。为何独独留下了长沙王吴氏呢？贾谊一到长沙就明白了，这里地处荒蛮，人烟稀疏，"才二万五千户，力不足以行逆，则功少而最完，势疏而最忠"。长沙历代藩王眼见异姓王的下场，赶紧表忠诚，守本分，日日以休闲娱乐为务，让汉朝天子彻底放了心。长沙的娱乐基因，看来亦由此结束。

那天，贾谊到长沙王吴差那里报到。吴差早闻贾生大名，待之甚恭，随他挑选住处。贾谊在城里转了一圈，见城西江畔有一空宅，竹林环护，涛声入耳，他就把铺盖书籍搬了过来，栖身于此。现存的"贾谊故居"是一个不到两亩的狭长院落，苔深阶净，草木葳蕤，一股幽情荡尽凡尘俗气。遥想当年，贾谊知音寥落，举目无亲，那寂寞必定像南方的湿热之气一样紧裹其身。

贾宅内有一眼泉，细长如注。贾谊最喜欢坐在泉边读书。一日，他突发奇想，凿泉为井，上敛下大，状如陶壶。他在井边植柑树，筑石床，从此大块文章总与肝胆肺腑为邻。现在的故居里，能找到贾谊遗迹的，恐怕唯有这口古井了。

贾谊当然没有忘记圣上和朝廷。日近长安远，他得到的信息不是太少，就是太迟。但他依然不忘太傅使命，坚守朝臣职责。公元前176年，高帝旧臣、前丞相周勃因被告谋反，不仅入狱，还受到狱吏"侵辱"。贾谊听说此事，上疏文帝，要求给予大臣应有的尊严，"廉丑礼节以治君子，故有赐死而无戮辱"。意思是说，大臣若犯了罪，皇帝可以贬他的官、革他的职，甚至赐死，但不要让那些徒长小吏"詈骂而榜笞之"。汉文帝接受了贾谊的谏言，自此大臣有罪，"皆自杀，不受刑"。

过了一年，文帝"除盗铸钱令，使民得自铸"，这也是为他的幸臣邓通大开绿灯。文帝赐给邓通蜀郡铜山，邓通就在那里铸钱，致使"通私家之富侔于王者"。贾谊在长沙向文帝上《谏铸钱疏》，痛陈私人铸钱的弊端。但这次，与邓通亲密无间的汉文帝不可能接受贾谊的建议。

贾谊心头涌起一种从未有过的无奈和无力感。他觉得自己的迁谪与屈原的流放没什么两样，他沦为了南方一株蔓生的野草、一粒飘浮的尘埃，从此便无所事事，闲游度日。这对于胸怀天下的贾谊来说，的确是一种煎熬。他想起刚担任博士时，和好友宋忠一同私出朝廷，赴民间寻找真正懂得"道术"之人。他们在陋巷中见到来自南方楚国的奇士司马季主。司马季主当时有一段话让贾谊怅然良久，噤口不能言：

> 故骐骥不能与罢驴为驷，而凤凰不与燕雀为群，而贤者亦不与不
> 肖者同列。故君子处卑隐以辟众，自匿以辟伦，微见德顺以除群害、
> 以明天性，助上养下，多其功利，不求尊誉。

音犹在耳，仿佛就是说给现在的自己听的。贾谊决心随遇而安，潜心向学，不仅要做到通晓世务，还要探究天地万象振荡相转的原理。每天清晨，他到江岸的古樟下闻鸡起舞，目睹云、气、水的转换与腾跃，感受风、光、色的变化和组合。湘流北去，逝者如斯；白云千载，夫复何存。贾谊由一个关注国事的朝臣变成了一名俯身低处、体贴万物的智者。在长沙这个气象万千、朝云暮雨的地方，贾谊走进了文学和哲学，由事务的繁杂琐碎抵达自然的神妙精微，在卑湿的地理中反而提升了自身的生命境界。贾谊三十三年短暂的生命历程只有区区三年多在长沙度过，但以他与长沙的相交相知，"贾长沙"实至而名归。

我想，这个时候，如果要贾谊再来写《吊屈原赋》，他一定会对屈原投江有不同的看法吧。他在与《离骚》风格极为近似的《惜誓》中写道："已矣哉！独不见夫鸾凤之高翔兮，乃集大皇之野。循四极而回周兮，见盛德而后下。彼圣人之神德兮，远浊世而自藏。使麒麟可得羁而系兮，又何以异乎犬羊？"

《惜誓》直接与《吊屈原赋》相对应。《吊屈原赋》认为天生我材必有用，应好自珍藏，以待明君；而《惜誓》已看清君王有始无终、弃信约如敝屣的真实面目，他绝望的心里渐渐露出一片澄明。

这年夏天的一个黄昏，一只鵩鸟飞进贾谊的住处，长时间蹲踞在一张椅子上。鵩鸟形似猫头鹰，面目狰狞，叫声古怪，被视为不祥之物。传说它如果飞入民宅，则"主人将去"。去，有两种解释，一是离开，二是去世。这只鵩鸟唤起了贾谊内心的敬畏感，他不知道自己将去哪里，又将何时去、怎么去。忐忑之下，他发出疑问："予去何之？吉乎告我，凶言其菑。淹数之度兮，语予其期。"我离开这里将去何方？是吉是凶请说端详，如果生死有定数，请将日期告诉我。那只鵩鸟竟然叹息一声，还举首奋翼，却口不能言。这一下触动了贾谊迁谪生活的无限悲情与无穷感喟：万物流转，祸福无常，忧喜相聚，吉凶同域，生与死有何界限？去到哪里又有什么意义？于是，汉代最为奇伟卓绝的文字《鵩鸟赋》诞生了：

> ……释知遗形兮，超然自丧；寥廓忽荒兮，与道翱翔。乘流则逝兮，
> 得坻则止；纵躯委命兮，不私与己。其生若浮兮，其死若休；澹乎若

深渊之静，泛乎若不系之舟。不以生故自宝兮，养空而浮；德人无累兮，知命不忧。细故蒂兮，何足以疑！

《屈原贾生列传》最后一段"太史公曰"："及见贾生吊之，又怪屈原以彼其材，游诸侯，何国不容，而自令若是。读《鵩鸟赋》，同死生，轻去就，又爽然自失矣。"司马迁用"爽然自失"来表达内心的感受，真是一言难尽。一方面，他欣然于贾谊态度的转变；另一方面，思及自己身残处秽、苟合取安、生不如死的处境，又不禁荒凉顿生。

鵩鸟给贾谊带来的却是好消息。

几个月后，不知出于什么动机，汉文帝将贾谊召回长安。那天傍晚，文帝正在未央宫前的宣室吃祭肉，听说贾谊到了，赶紧宣召。君臣二人彻夜长谈。贾谊这些年潜隐长沙，学问日益深湛，远非当年初出茅庐时可比。文帝叹道："吾久不见贾生，自以为过之，今不及也。"终于回到了梦寐以求的长安城，回到了曾驰骋才情的朝堂上，但这次谈话丝毫没有提振起贾谊治国安邦的热情，因为整整一个晚上，文帝向老朋友咨询的都是有关鬼神的事情。

文帝或许仍旧推崇贾谊，可朝中老臣云集，一个被贬归来的年轻人难有容身、出头之地。而且贾谊博学多识，心直口快，什么事都能挑出刺来，放远了吧，想他，搁在身边，又有点心烦。怎么办？文帝灵机一动。他最疼爱、寄望最深的小儿子梁怀王刘揖好读诗书，聪颖过人，便派贾谊去梁国做太傅。贾谊对这一委派很是失望，但他没有表现出来，他知道刘揖在文帝心目中的位置——如果能教导、辅佐好小刘，假以时日，他依然有实现自己政治抱负的可能。

人事能料，天命难违。公元前169年，贾谊任梁怀王太傅四年之后，刘揖不慎坠马而死。如何坠的马，一说是上朝，一说是游猎，这个不重要。重要的是，贾谊与刘揖相处甚欢，而刘揖之死，让他肩负的使命与责任轰然委地。文帝虽没有直接怪罪于他，可文帝的悲恸更让贾谊心如刀绞。此刻，贾谊遽然明白，屈原的命运必将落到他的头上，这几乎是无法逃脱的宿命。于是，他茶饭不思，诗书不进，一年后撒手人寰，年仅三十三岁。

毛泽东在七绝《贾谊》中说："梁王坠马寻常事，何用哀伤付一生。"说得很有道理。文人的脆弱往往如此，贾谊因才高而心气高，才奇高心气亦奇高。贾谊是政论家而不是政治家，官场上的显规则与潜规则他都不放在心上，他的政治理想全系于明君，文帝还算不错，却受制于佞臣。他只有将全部希望寄托在梁怀王身上，所以在贾谊看来，梁王坠马不仅非寻常之事，简直是"梁柱折而泰山崩"。更何况，早已没有用武之地的贾谊，或许深藏的正是一心向死的决心呢。

　　贾谊无疑是一位旷世天才。他的《过秦论》是反思秦朝灭亡最为深刻警醒的作品,在秦亡后短短三十年内即有《过秦论》这样的作品问世,对于汉初开启的"文景之治"功不可没。贾谊强调礼治和仁政,明确提出"民本"概念,开董仲舒"独尊儒术"之先河。贾谊担任太傅多年,他的教育思想让后人惊叹。比如从 20 世纪下半叶开始风行世界的胎教理论,早在两千多年前已由贾谊提出。贾谊的著作叫《新书》,其中有一篇重要的教育论文,标题就是《胎教》。贾谊还认为:"教者,政之本也。"教化在国家政治生活中居于首要地位。他将志向、实行、见识作为学习三要素,直启日后湖湘学派经世致用、知行互发之门户。

　　758 年,唐代大诗人李白因"永王事件"受到牵连,被流放夜郎,路经武汉黄鹤楼,听到吹奏《梅花落》的笛音,不禁想起同样悲情的贾太傅,感慨赋诗:"一为迁客去长沙,西望长安不见家。黄鹤楼中吹玉笛,江城五月落梅花。"

　　769 年清明时节,大诗人杜甫沿着长沙的一条老街踽踽独行。此时他已是"此身飘泊苦西东,右臂偏枯半耳聋",忽然看见一栋民居上书"贾谊祠",他信步而入,但见庭院深深,草木丰茂,柑树超迈如老叟,古井清冽似新泉。愁苦不堪的他欣然写下:"朝来新火起新烟,湖色春光净客船。绣羽衔花他自得,红颜骑竹我无缘。胡童结束还难有,楚女腰肢亦可怜。不见定王城旧处,长怀贾傅井依然。虚沾焦举为寒食,实藉严君卖卜钱。钟鼎山林各天性,浊醪粗饭任吾年。"杜甫便在这条街上住了下来,一年后,他在附近巧遇流浪到此的宫廷音乐家李龟年,写下脍炙人口的名篇《江南逢李龟年》:"岐王宅里寻常见,崔九堂前几度闻。正是江南好风景,落花时节又逢君。"不久,杜甫客死于湘江的一条船上。

　　1897 年冬,清代诗人黄遵宪担任湖南按察使,力邀梁启超来长沙时务学堂做总教习。一天,黄遵宪领着梁启超参观贾谊故居,他写下一首诗:"寒林日薄井波平,人去犹闻太息声。楚庙欲呼天再问,断流空吊水无情。儒生首出通时务,年少群惊压老成。百世为君一洒泪,奇才何况并时生。"这一年,梁启超正好二十四岁,任《时务报》主编。诗中,黄遵宪将梁启超比作贾谊,希望他能在屈贾之乡汲取更多的精神元素,将维新事业向纵深推进……

　　寒林空见日,秋草独寻人,故居依旧在,新书几度吟。

　　历经沧桑的贾谊祠,而今坐落于长沙最为繁华富丽的商业区,如同喧闹中突如其来的一段安静。当你走进去,那安静就会像一件衣服穿在你身上。长怀井还是那么清冽,任何人从中都可以看到他自己。

　　看到了,就不会再丢失。

天涯博客"昕孺阁"2017 年 9 月 25 日

村庄的声音（系列）——咳嗽

李公顺

一

父亲没有办法控制自己的咳嗽，就像肚子饿了没有办法不吃饭一样。他呼吸不像别人若无其事地照常该吃吃该喝喝，啥事不耽误；他要用嘴呼用嘴吸，鼻子对他来说好像聋子的耳朵，尽管不完全是摆设，但一到冬天嘴巴还是要张得老大才能打通心肺的通道，吸引空气进来。这时候我就明白了，夏天村民们将收割的苘麻放在我们村子周围的汪里沤，苘麻腐烂时给汪中的鱼造成了缺氧的情况，鱼们就都浮上水面，张着大嘴呼吸。鱼翻汪的场面是很壮观的，鱼密麻麻地将嘴和头露在水面上，任由村民捕捉。它们顾不得被人逮住的危险，临死前就为了吸一口氧。

父亲没有鱼之顾虑，他可以肆无忌惮地张大嘴巴呼吸。一呼一吸，他的呼吸道就会发干，一干就会发痒，一痒就会咳嗽。

这样说吧，父亲可以随时随地地咳嗽，咳嗽起来如永动机一样没完没了，他的两肋时常咳嗽得疼痛，咳出的秽物中有时还夹杂着血丝。他说他咳嗽的时候感觉到村里有好多人随他一起咳嗽。可是他说的好多人里面有的人早已不在世了。

父亲经常想象着有一天还能和常人一样闭上嘴用鼻子呼吸，他觉得张着嘴巴喘气太难看，一口气喘得短一口气喘得长，不是有修养的人所做出的样子。特别是遇上个红白事，亲戚朋友坐在一起，父亲的神态就特别别扭，他的嗓子里发出的声音好像是用初春的柳枝做成的柳哨，吹不成调调，"嘶啦嘶啦"的瘆人。周围的人看到他那憋闷的神态也不敢明目张胆地瞅他，他更为自己的行为感到惭愧。于是，除一些必须参加的场合外，可去可不去的时候他尽量不去。

其实，像我父亲这样的哮喘患者随处可见，每当回到老家，我都能从掠过耳畔的风声中辨听出是谁在咳嗽，是谁的哮喘病又发作了。在乡村，哮喘患者算不上病人，他们有可能是因为一场感冒发热烧成了肺炎，热退了肺还没有消好炎，就心疼那点吃药的钱，留下了病根；有可能在某一个恶劣的环境中工作，嫌戴着口罩太憋屈，或怕人家说太洋气，于是那五脏六腑就成了吸尘器，时间久了就有了一个稀罕的病名——尘肺病。哮喘病发作时尽管没有疼痛来得尖锐，但那种末日之罪会伴其终生，乡亲们一辈子就这样在习惯与不习惯中急促地消耗着他们的困苦与生命。

我父亲不是这两种情况造成的，他得哮喘病应该怪罪万恶的王洪九。八九十岁以上的临沂人知道他，五十岁以上的临沂人可能听说过他，他是新中国成立前夕最后一任伪临沂行署专员。杀人如麻的他逃往台湾前，在临沂周围村庄大肆抓丁，我父亲就是附近四五个村庄被抓的二百余名壮丁之一。我父亲被抓丁三个月后，淮海战役之前奏宿北战役开始，在解放军攻打郯城的战斗中，父亲被俘虏。接着，他们这些被俘虏的国民党兵有愿当解放军的，领章帽徽一撕就算是了。

父亲偷偷揭过行军途经村庄的老乡贴在墙上晾晒的草纸，就是那种当作纸钱的草纸，那是老乡准备春节前卖出去赚钱的。怕被老乡和领导看见，父亲将偷来的草纸掖在裤腰里、绑在裤腿里抵御风寒。作为对不遵守纪律的一种惩罚，行军途中草纸在父亲的身上发出难听的声音不说，还让他奇痒难忍，粗糙的草纸甚至划得他身上都是血道子。父亲说，多亏了痒和疼转移了大脑对冷的敏感，让他熬到了发棉衣的日子。即使这样，父亲还是得了肺炎。那年他二十五岁。

二

我们村得哮喘病的人不少，年长的多，年幼的也有。乡亲们搞不清哮喘病与气管炎有什么区别，只要喘气不顺溜的一律叫气管炎，好像哮喘还是一个很洋气的字眼，说出来怕被乡亲们笑话。村里谁得了这病，生产队长一般是不会让他干重活的。享受这一待遇的还有心脏病患者，乡亲们称那是富贵病，他们能干多少干多少，从没人与他们攀比，也就是与他争个高低。男人们得了这病活得就有些难为了，喘得轻一些的，看场或下湖看青（护庄稼，别让人偷了），或者跟着一群"老娘们"干活，那工分就与壮劳力不一样了。如果一个工每天按十分计算，推独轮胶车的壮劳力每天得十分工，"识字班"八分，而"老娘们"就只有六七分了。如此一来，年底通过全年所挣工分结算夏秋两季所分的口粮款，和"老娘们"一起干活的男人们汗颜了，他们家要向生产队倒交口粮钱，生活的拮据就显现在了他们家的房子上、饭桌上、衣服上，还有他们家大人小孩的脸上。

后来，当生产队长某一天干活之前点名发现某一人没有答到时，便派人去他家看看，就发现有的是一家出走了，有的是一人出走了。没有走的家人也不会说出走的人去了哪里。其实，那时候谁都知道，肯定"闯关东"去了。

我父亲也闯过关东。那是父亲从队伍上和同村的苏杰三回到家后的三四年，抗美援朝最后一次征兵，村长便又让他去。村长心里有鬼，他知道我父亲手里抓着他曾经作恶的把柄，如果让我父亲在抗美援朝的战场上牺牲了，他也了了一件心事。

我大舅听说父亲要当志愿军去朝鲜抗美援朝，冒着大雨蹚着齐膝的雨水穿行在刚收过棒子的玉米地往我家跑，没有衣服穿的上身被玉米叶划得左一道右一道也全然不顾。跑到我家时，父亲他们已到了临沂城北门口，大舅又拼命往城里跑。当时的临沂城北门是以涑河为屏障的，大舅赶到这里时，滔滔的涑河水正暴涨，将父亲他们这些候补志愿军隔在北门外一天多，这样就让大舅看到了正在唱"雄赳赳，气昂昂，跨过鸭绿江。保和平，卫祖国，就是保家乡"的父亲。大舅不敢靠近正在唱歌的父亲，他满身汗水地站在我母亲跟前远远地瞅着我父亲笑。大舅死了好多年后，我父亲还记得当时大舅的笑比哭还难看。父亲说那是让他感觉最亲近的笑。

就在父亲这些新兵出发时，传来了抗美援朝结束的消息，父亲他们被告知回家待命，大舅和母亲在北门外抱着父亲就大声哭了起来。父亲知道他们的哭是因为自己没能当上志愿军喜极而泣，他怕被带队的领导看到会过来批评，一边劝着大舅和我娘，一边偷偷看领导。大舅憨憨地责怪我父亲："让你去朝鲜你就去啊，你真是死心眼，就不会说你有痨病？"

父亲这时候才想起自己的哮喘病，便感觉到自己真的像大舅说的那样憨。

大舅的思想觉悟我不好评定，我敢说当时像他这样的人不在少数。在我的感觉里，痨病最重，哮喘次之，气管炎最轻。大舅能提到这一点，说明父亲的病起码要比气管炎重。

等待了半年多父亲没有接到命令，看贼似的村长成天派人暗中监视着他，他一咬牙，带着和他一起从部队回到家的苏杰三二叔去了东北。村长是从新中国成立前一直当到新中国成立后的。1947年5月中旬孟良崮战役结束后，没有跟上大部队转移的三位解放军战士蹚过我们村东的祊河，刚上岸就被村长带人将他们引到了村里，路上他们将一位发现村长心怀歹意的战士开枪打死，另两位解放军被他们缴了枪。后来，活着的两位又被村长带人押解到临沂城，交给了当时的国民党驻军83师李天霞部，以邀功请赏。这件事情父亲最清楚，其实，村里还有好多人清楚，父亲觉得村长只防着他一人，特别是父亲从南下的队伍中将患病的苏杰三二叔带回家之后，父亲又成了村长的心头之患。父亲努力把自己变成一只缩身的刺猬，在村里很少与人说话，人们听得最多的只是父亲的咳嗽声。父亲就是要用咳嗽声告诉村长，自己是一个无用之人，不必防着他或者除掉他。父亲满心想着像刺猬一样趁没人的时候舒展一下腰身，又怕猝不及防地被村长一锨拍扁。他想，与其在村里当村长的眼中钉，还不如在他的视线中消失为好。父亲是一位农民，尽管新中国成立后是共产党的天下，他也不敢得罪一直当村长的村长。于是父亲这只刺猬决定闯关东。

那时我哥四五岁了，父亲就没带我娘走，他打算找到工作稳定下来再悄悄把我娘我哥接去。其实，父亲到东北去还有一个原因——寻找他的哥哥，也就是我的伯父。我的伯父新中国成立前也当过伪村长。

村长杀害并抓获解放军交给国民党的事情最后还是败露了，他落了个应得的下场。那是被村长押解到临沂城的一位解放军被家人保出，重返队伍，新中国成立之后专门来到他曾经被捕的地方，揪出了作恶的村长。父亲不知道村里的情况，一直没敢回家。

三

哮喘和气管炎的发作与冬天有一定的关系，但也不能完全归咎于冬天，他们就是不能干稍微重一点的活。他们的器官娇嫩，经不得一点异常风丝的侵入。春天青草发芽的日子里，照样有在返青的麦苗地里拔草的人咳嗽得抱着肚子蹲下。随着夏天的到来，他们心想着没有了冷风心肺总会平静一些，盼望着咳嗽声减少一些，可还是没有间断过。躺在地头的土沟里晒着暖阳歇息的间隙，他们还会张着大嘴喘气，生怕天底下的空气会被没有哮喘或气管炎的人吸没，生生地把他们憋过去。

他们就这样伸长脖子把麦苗从雪底下用嘴吹出来，再一口气一口气地把麦苗吹得分蘖、拔节、抽穗、黄梢；直到将金黄的麦子割倒捆成个运到打麦场上，他们才意识到不能再张着大嘴喘不息了，也要气定神闲地与老天爷比赛比赛了；如果不能把在土地上孕育了半年多的希望收到口袋里、粮囤里，就不会最终进到自己的嘴里。嘴里没有粮食会心慌的，心慌张着大嘴咳嗽也没劲。

我转身看看躺在病床上的父亲，此刻他正张着大嘴喘息。我搞不清父亲有没有睡着觉，他睡觉时眼睛经常是半睁半闭的，好像一边睡觉一边还要看着什么紧要的东西，并不时压抑着总也抑制不住的咳嗽；嘴唇干着，张着嘴喘气的喉咙就干了，喉咙一干，咳嗽声就一个连着一个。我就在他咳嗽醒的时候，将凉好的温开水端给他润润嗓子。

　　我是坐在父亲的病床前趁他似睡非睡的时候写这一篇文章的，像一个画家把父亲当成了模特。父亲穿着衣服还盖着棉被，头上还戴着一顶线帽子，不像模特那样光鲜亮丽。他已经一个羸弱的老人了，他需要我的搀扶才能做他想要做的事情；他已经是手无缚鸡之力，只有生气时的情绪是硬的。所以，当我面对着病魔缠身的父亲去写他的故事和他的村庄的故事时，我觉得自己是一个不孝之子。父亲似乎觉察到了我的尴尬，他总是在我还没问我们村里谁谁有种病时，就列出一个个我熟悉的和不熟悉的人的名字，他和我说这些人的故事时心情很平稳，喘得也不费劲了。

　　我娘曾经说过，她是被我爹哄来的。哄比骗好不到哪去，娘没具体说是如何被哄的，我们不便问，因为娘说这话时脸上还有一丝笑意，流露出一种被哄的幸福感。娘是当着我们的面说的，爹就很着急，一种被诬陷的样子，说："我如何哄得了你，俺家的穷藏不住、掖不住，我的气管炎也是结婚以后得的。你要怪就怪王洪九吧。"

　　娘说："我一进你家门就没有粮食吃，回娘家就是向娘家要粮食的时候。不光这些，还有别的。"爹就不回话了。我爹、我娘都要强了一辈子，磕磕碰碰走到了八九十，却也兴兴旺旺活了一大家人口，且儿孙绕膝，四世同堂。每当他们斗嘴，都是爹先不说话，娘就没了脾气。我就认为爹真有亏心的事瞒着娘。

　　我问爹是如何哄俺娘的，爹说别听你娘的话。爹不让我听娘的话，只针对娘说爹哄她的事，其他的话还是要听的。爹还说了，那时候谁家不穷，不穷的人家早被定上地主、富农的成分了。你六奶奶好不容易从鸡腚里抠出了二十多亩地，土改时就被定了个地主，一口气没上来就憋过去了；西院的你大娘的哮喘就是整天要饭又冷又饿得的"饿痨"。

四

　　20 世纪 90 年代之前的东北似乎遍地黄金，谁家有人在东北混是很令人羡慕的事。那时候，我们称从东北回来的人为"东北客"，他们头戴狐皮长毛棉帽，脚穿高腰高胶不怕踩泥的"乌拉鞋"，阔气的还穿着皮大衣，脖子上挂着用一根绳子两头系着的大棉手套，更重要的是那一口洋气的东北话，再加上"俺东北那旮旯"，俨然东北就是他家的。即使如此，在村里稍能温饱且没有一些无奈之事的人家或个人，是不会想着"闯关东"的。村里一个年纪轻轻的青年因气管炎总是找不到媳妇，经人指点去了东北，当有一天他胳膊挎着一个漂亮女子出现在村里时，乡亲们都惊得嘴巴合不拢了。青年去东北三四年的光景就混到了这步田地，你就能猜到东北确实是一个好活人的地方了。

风风光光的青年在村里显摆着他的辉煌，也依旧显摆着他的哮喘。村人问他何时再回东北，他只是笑笑。若干年后也没有回去，带回来的女子也没有回去。这就让村人对东北"那旮旯"甚至对青年人产生了怀疑。

在村庄里，在有风或无风的夜晚，咳嗽声会传得很远、很清晰。爹说，在村里住的时候，是谁的咳嗽声他都能听出来。当咳嗽之人走近，爹隔着墙都不会叫错名字。那人就会在墙外回答爹的问话，叫我爹二叔，或二哥，或二爷，当然还有叫别的称呼的，也许就两个字再没有下文，却透着街坊邻居乡里乡亲的一种温暖，一种亲情。

爹曾经逮过一只刺猬带回家，那小家伙全身的刺让我和弟弟都不敢靠近它，更不敢摸它。只有看到它逃到我家大门口就要钻门缝时，我才用脚把它踢回院子，或用棍子将它滚回院子。它逃跑的时候速度很快，外力一作用到它的身上，它立马会缩成一个球，球上面全是刺。爹叮嘱我们不要让它偷吃了咸东西，否则它咳嗽起来像一个老头那样难听。我早就知道刺猬吃盐会咳嗽，父亲还没说之前我们就用树枝沾着盐让刺猬舔了。正是我们的这一恶作剧，引得父亲也咳嗽不止。父亲一生气，趁我们晚上觉睡得正香，将刺猬放了。至今我只要听到咳嗽声，就会想到是小时候被父亲放走的那只刺猬回来了。

如今乡亲们住的房子都有了盖，像住在一只只箱子里，他们的咳嗽声就不会轻易传出来了，他们居住的村庄已经叫居委或社区，他们在居住的楼下叫卖着水果、蔬菜、早餐，他们变成了居民或市民，可他们在有霾或无霾的早晨，在有风或无风的傍晚，在一天劳作的开始或结束，都要咳嗽几声，告诉人们自己还好好的。

他们曾经是我们村的村民，只是我离开了他们，他们并没有离开我，他们仍然在老地方过着生活，过着日不出而作，日落也不息的生活。他们原来居住的与天地相接的房子刺猬也是可以去住的，现在刺猬住不进去了，村民住进了高楼大厦远离了刺猬，刺猬只能到庄稼地或更远的山里生活。刺猬以假乱真的咳嗽曾经蒙蔽过我爹，他费了好大的劲就是判断不出咳嗽出自谁的口。我敢保证，现在再也不会发生这种事情了。

夜晚无灯无火的楼宇里还有跑来跑去的刺猬就好了，我可以将此起彼伏的咳嗽声追加于它。

可是，它能将百姓们的痛楚带走吗？看它那满身的针刺。

《临沂日报副刊》2017 年 8 月 24 日